争先果

쟁선계 18

2015년 7월 3일 초판 1쇄 인쇄
2015년 7월 8일 초판 1쇄 발행

지은이 이재일
발행인 이종주

기획 팀 이주현 이기헌
책임 편집 백승미

발행처 (주)로크미디어
출판등록 2003년 3월 24일
주소 서울시 용산구 원효로97길 46 5층
Tel (02)3273-5135 **Fax** (02)3273-5134
홈페이지 rokmedia.com **E-mail** rokmedia@empas.com

값 11,000원

ISBN 979-11-255-9415-4 (18권)
ISBN 978-89-257-3094-3 04810 (세트)

爭先界

쟁선계

18

| 이재일 장편소설 |

ROK
MEDIA

로크미디어

차례

동맹同盟

(1)

발 없는 말이 발 있는 말보다 빨랐다.

한 마리의 유능한 쥐가 한 명의 무능한 인간과 함께 각으로 복귀했을 때, 문강은 쾌마 편으로 달려온 그 쥐가 전할 소식이 무엇인지 짐작하고 있었다. 마른하늘에 날벼락처럼 터져 나온 그 소식은 너무도 엄청난 것이어서, 관이든 강호든 이 숨 가쁜 쟁선爭先의 세계에 약간이라도 발을 담근 자라면 듣지 못하고 넘어가기가 오히려 힘들었다. 하물며 관과 강호, 양쪽 모두에 발을 담근 문강이라면 더욱 그러했다. 그래서 그 소식에 관한 구체적인 보고를 쥐로부터 받는 동안, 그는 별다른 동요 없이 복기復棋를 진행해 나갈 수 있었다.

"음."

어느 순간부턴가 문강의 눈길은 바둑판 위에 놓인 작고 동그란 백돌 하나에 고정되어 있었다. 이 바둑의 아흔두 번째 수인 그 백돌을 노려보는 그의 눈동자는 지난 수십 번의 복기 때마다 늘 그랬듯 특유의 침착과 평정을 잃은 채 가늘게 떨리고 있었다.

세력을 쌓으려는 것도 아닌 듯하고 실리를 취하려는 것도 아닌 듯한 그 어정쩡한 수는, 실제로는 팽팽히 유지되던 국면을 일거에 무너뜨린 음험한 도발이었다. 도발의 표적은 문강의 심리. 그 수에 담긴 의도를 헤아린 문강은 이대로는 곤란하다는 불안감에 휩싸였고, 보다 격렬하고 파괴적인 수법으로써 상대의 도발에 맞서지 않으면 안 된다는 조급한 결정을 내리기에 이르렀다. 그 결과가 지금 그의 인지와 중지에 끼워져 바둑판 위에 놓이는 아흔세 번째 수였다.

딱.

문강은 바둑판을 물들인 흑백의 물결 속으로 새로이 합류한 아흔세 번째 수를 내려다보며 나직이 한숨을 쉬었다. 자신에게 쓰인 패착이라는 오명을 아는지 모르는지, 그 흑돌은 광물 특유의 차가운 질감을 두른 채 패배의 나락으로 향하는 첫 번째 관문 위에 무정히 자리 잡고 있었다. 그 흑돌이 패착이라면, 이 바둑의 승리를 신무전 책사에게 안겨다 준 승착은 바로 전에 놓인 백돌, 즉 아흔두 번째 수임이 분명했다. 문강은 그 수가 묘수임을 인정하지 않을 수 없었다.

"묘수……."

문강의 입술 사이로 한숨을 닮은 토막말이 흘러나왔다. 바둑을 두는 사람은 안다, 상대로부터 전혀 예측하지 못한 묘수를 당했을 때의 심정을, 그것에 담긴 의도를 파악했을 때의 충격과 그것이 야기할 결과를 내다보았을 때의 두려움을. 산월월의 밤, 신무전의 책사와 바둑판을 사이에 두고 마주 앉은 그는 바로 그런 심정을 느꼈다. 그리고 그날로부터 석 달 가까이 지난 오늘, 그는 다시 한 번 그런 심정에 사로잡힐 수밖에 없었다.

"참으로 묘수가 아닌가. 네 생각은 어떠냐, 서일?"

바둑판으로부터 세 걸음쯤 떨어진 곳에서 시립해 있던 회색 옷의 장년 남자, 서일이 고개를 숙이며 대답했다.

"부끄럽습니다만 속하는 바둑에 대해 잘 알지 못합니다."

문강은 그제야 고개를 돌려 서일에게 눈길을 주었다. 서일이 이 방에 들어온 이래 바둑판으로부터 단 한 번도 눈길을 돌린 적이 없는 문강이지만, 그의 귀는 서일이 올린 보고를 빠짐없이 들었고, 그의 머리는 두 개의 묘수에 대해 끊임없이 생각했다. 바둑판 위에 놓인 묘수와 서일이 올린 보고 속의 묘수. 그중 전자에 해당하는 묘수를 머릿속에서 슬며시 밀어내며, 그가 말했다.

"바둑을 얘기하는 것이 아니라 옥천관을 얘기하는 것이다."

문강의 말을 잠시 음미하던 서일이 조심스럽게 물었다.

"석대원과 그 도당이 저지른 혈겁을 묘수라 말씀하신 것이옵니까?"

"그것이 왜 묘수인지를 이해하지 못하는 모양이구나."

서일은 솔직히 시인했다.

"그렇습니다. 사십일비영의 진술을 듣고 설마 하는 마음은 있었습니다만, 그래도 칙명을 받은 좌첩형까지 죽이리라고는 예상하지 못했습니다."

"묘수란 본래 사람의 예상을 벗어나는 법이지."

"확실히 예상을 벗어난 일이긴 합니다만……."

"왜 묘수인지는 여전히 모르겠다?"

"그렇습니다."

문강은 피식 웃었다.

"이왕에 말을 꺼낸 이상 답까지 가르쳐 줘야겠지?"

서일이 즉시 고개를 숙였다.

"황송한 마음으로 경청하겠습니다."

문강은 바둑판 위에 놓인 흑돌과 백돌 들을 걷어 내며 담담히 운을 떼어 놓았다.

"너는 어리석은 자가 아니니, 노각주께서 왕 태감을 찾아가 고개를 숙이면서까지 동창을 끌어내려 하신 이유에 대해서는 따로 설명할 필요가 없으리라고 믿는다."

강북의 백도와 무양문을 상잔시킴으로써 강호가 보유한 힘의 절대치를 뭉텅 깎아 내겠다는 당초의 계획은, 신무전의 전주 자리가 이창이 아닌 도정에게 돌아간 시점에서 완전히 틀어지고 말았다.

적당의 이목이 악양으로 요양을 간 가짜에게 쏠린 사이 관동으로 달려가 신무전의 주력인 백호대를 장악한 도정은, 전임 전주의 장례식과 신임 전주의 등위식이 동시에 열리는 날 극적으로 등장, 중인환시리에 주인을 배신한 호랑이의 가죽을 벗기는 데 성공했다. 이후 도정이 보인 조치는 놀라우리만치 신속한 것이었다. 신무전에 뿌리내렸던 배신의 잔재를 말끔히 걷어 낸 그는 완강하기로 유명한 북악의 문호를 한시적으로 개방함으로써 산월월로 인해 손상된 사방대를 재정비했고, 비명에 죽어 간 신무대종 소철의 복수가 최우선이라는 명분을 내세워 기존에 이창이 추진하던 모든 대외 활동을 단칼에 중지시켜 버렸다.

이러한 조치에 가장 큰 타격을 받은 곳은 바로 건정회였다. 제갈휘가 이끄는 무양문 삼로군에 의해 장강 전선이 허무하게 돌파당한 뒤 사기가 바닥까지 떨어져 있던 그들에게 향후 신무전이 함께할 것이라는 이창의 약속은 다시 한 번 일어설 수 있게 해 줄 튼튼한 지팡이나 다름없었다. 그런데 거의 수중에 들어왔던 그 지팡이가 도정의 주먹질 몇 번에 부러져 나간 것이다.

가장 든든한 지원을 졸지에 잃어버린 건정회는 백약이 무효한 늙은이처럼 무기력해졌다. 보신을 신중의 미덕으로 착각하는 일부 나약한 인사들의 입에서 이번 사건의 발단이 된 서문숭의 손녀를 무양문에 돌려주고 화해를 청하자는 얘기까지 나왔다는 소식을 전해 들은 문강은, 일이 어쩌다 이 지경까지 되었을까 하는 생각에 자조를 금할 수 없었다. 그런 건정회에 힘을 불어넣어 대對 무양문 전선으로 다시금 내보내기 위해서는 특단의 조치가 필요했다. 그래서 문강은 동창을 끌어들이기로 결심했다. 비각이 오랜 세월 공을 들여 온 강호의 일에 동창을 끌어들이는 것은 자칫 정성껏 지은 밥을 동네 불한당에게 갖다 바치는 꼴이 될지도 몰랐다. 하지만 밑천이 거의 바닥난 문강으로서는 선택의 여지가 많지 않았다.

"……아마도 동창의 좌첩형 조휘경은 옥천관에서 자신의 중재 아래 현학 진인과 제갈휘를 화해시킴으로써 정난칙사로서의 입지를 다지려 했을 것이다. 그럼으로써 이제껏 본 각이 담당하던 강호 감찰 업무를 동창으로 가져가려 했겠지. 간특한 만큼이나 영리한 판단이고, 실제로 그렇게 되었다면 본 각은 동창의 뒤를 이어 왕 태감의 사냥개로 전락하게 되었을 것이다. 하지만 조휘경은 강호인의 생리를 알지 못했다. 아, 그 또한 강호의 물을 마신 적이 있으니, 오랜 관부 생활에 젖어 강호인의 생리를 망각했다고 표현하는 쪽이 정확하겠구나."

마지막 백돌 한 줌을 바둑돌 통 안으로 떨어뜨리며 문강이 말을 이었다.

"백도의 명숙이란 체면을 목숨처럼 귀히 여기는 작자들이 아니더냐. 장강 전선이 뚫리는 과정에서 제갈휘로 인해 한차례 수모를 겪은 그들이 단신으로 옥천관에 들어온 제갈휘를 그냥 놔두려고 할까? 아니, 그것은 배고픈 고양이 떼가 생선 한 마리를 그냥 놔두는 것만큼이나 바라기 힘든 일이지. 그리고 거기에 더해, 아, 너도 알겠지만, 나는 이번 행사를 위해 옥천관으로 파견한 비영들에게 밀령 하나를 내려 두었다. 사실 밀령이라고 할 것도 없는 아주 간단한 일이었다. 잔칫상에 오른 한 잔의 독주일 수도 있고, 소리 없이 날아가는 한 대의 독침일 수도 있는. 하지만 화약으로 가득 채워진 방 안에 작은 불똥 하나가 떨어지면 어떤 일이 벌어질까?"

대나무를 짜서 만든 바둑돌 통의 뚜껑을 닫으며 문강이 입을 벙긋거렸다.

"펑."

제갈휘가 살든 죽든 그것은 중요한 문제가 아니었다. 무양문으로 하여금 정난칙사의 위엄을, 나아가 천자의 위엄을 정면으로 거역하게끔 만듦으로써, 건정회와 무양문의 대결 구도를 제국과 무양문의 대결 구도로 옮기려는 것이 문강의 의도였다. 판이 그 정도로 커지면 칙령으로써 신무전을 움직이는 것도 불가능한 일은 아닐 터. 결국 최후의 선장에서 피를 흘리는 것은 관권에 떠밀린 강호 전체와 무양문이 될 것이다. 이것이 옥천관이라는 새로운 바둑판 위에 문강이 놓으려 했던 회심의 첫수였다. 하지만……

문강은 고개를 작게 저었다.

"그것을 석대원이란 자가 망쳐 놓았다. 제갈휘가 당도하기도 전에 그자가 불쑥 나타나 내 계획을 시작조차 못 하도록 만들어

버린 것이다."

문강의 입장에서는 실로 억울한 일이 아닐 수 없었다. 기껏 준비를 하고 대국장에 들어섰는데, 생각지도 못한 엉뚱한 사람이 상대입네 나서서 바둑판을 엎어 버린 셈이었으니……. 사실 문강은 수다쟁이가 아닐뿐더러 아랫사람을 대함에 있어 그리 친절한 사람도 아니었다. 그런 그가 서일을 상대로 이처럼 많은 말을 하는 것은, 남들이 알지 못하는 책사의 억울함을 이렇게나마 풀어 보려는 자위심의 발로일지도 모른다.

이제껏 공손한 자세로 경청하고 있던 서일이 입을 열었다.

"하지만 무양문을 대신해 받아야 할 대가를 생각하면 너무 무모한 짓이 아닐까요?"

문강이 날카로운 어조로 서일에게 반문했다.

"대체 그 대가를 어떤 식으로 받아 낸단 말이냐? 무당파 장문 진인을 비롯한 수백 명의 강호인들을 몰살시킬 만한 무력을 가진 자에게, 그것도 일정한 거처도 없이 온 천하를 자유로이 떠돌아다니는 자에게, 무슨 재주로 대가를 치르게 만든단 말이냐?"

"칙사를 살해한 것은 삼족이 구멸俱殄당할 대역죄가 아닙니까. 그러니 그자의 가족이라든지……."

서일의 말에 문강은 실소했다.

"국법에 따르면, 문적門籍을 박탈당하고 쫓겨난 자가 저지른 죄는 그 가문에 연좌시킬 수 없도록 되어 있다. 하물며 쫓겨난 시점이 십 년도 넘는 자가 아니더냐. 강동제일가를 이번 사건에 얽는 것은 이치에 어긋나는 처사겠지."

콧수염 끝을 만지작거리며 잠시 생각하던 문강이 덧붙였다.

"그자에게 객원순찰통령이라는 직함을 준 무양문이라면 또 모르겠구나. 하지만 말이 좋아 객원순찰통령이지 실제로는 식객이나 마찬가지라서, 무양문 측에서 그렇게 주장하고 나선다면 책임을 깊이 추궁하지는 못할 것이다.”

물론 왕진처럼 무소불위의 권력을 휘두르는 자에게 있어서 국법이란 그 행위를 정당화시켜 주는 도구에 지나지 않는다. 그러므로 왕진의 한마디면 제국의 칼끝이 강동제일가를 겨눌 수도, 또 무양문을 겨눌 수도 있다는 것, 문강도 안다. 문제는 왕진에게 그럴 의향이 과연 있느냐 하는 점이었다.

문강이 판단하기에, 석대원이 옥천관에 남겨 놓은 조휘경의 수급은 왕진에게 보내는 강력한 경고였다.

―나는 천자와 제국을 두려워하지 않는다!

그리고 조휘경의 수급과 함께 진열된 건정회 인사들의 수많은 수급은 그 경고의 신뢰도를 높여 주는 강력한 증거들이었다.

―똑똑히 보아라! 내게는 그럴 무력이 있다!

상식적으로 볼 때 권력은 무력에 우선하지만, 무력도 무력 나름이었다. 쟁쟁한 강호 명숙들의 머리통을 농사꾼이 오이 꼭지 따듯 똑똑 잘라 내는 절대적인 무력 앞에서는 그런 상식이 통할 리 없었다. 왕진을 환복천자로 만들어 준 거대한 권력도, 한 마리의 거대한 붉은 늑대가 보내는 단호하고 살벌한 경고 앞에서는 서리 맞은 갈잎처럼 움츠러들 수밖에 없었다. 환복천자는 백만의 금군을 동원할 수 있지만, 그렇다고 백만의 금군이 환복천자의 목숨을 주야로 지켜 줄 수 있는 것은 아니기 때문이었다.

“지금쯤 북경의 노각주께선 왕 태감에게 곤욕을 치르고 계실 것이다. 아마도 정난칙사가 죽은 책임을 노각주에게 떠넘기며, 본 각에서 석대원의 행방을 찾아내 주살하라고 닦달을 하겠지. 그것이 현재 왕 태감이 할 수 있는 전부일 테니.”

문강은 한숨을 쉬었다.

“결과적으로 석대원이라는 자는 옥천관에서 한차례 혈겁을 일으킴으로써 무양문을 곤란에 빠트리려는 내 계획을 무너트렸고, 나아가 본 각과 왕 태감의 결속마저 흔들어 놓았다. 그러면서도 정작 그자가 감당해야 할 위험은 지금으로서는 존재하지 않는 것 같으니, 이 어찌 묘수라 하지 않겠느냐.”

서일은 문강이 신임하는 쥐들 중에서 첫 번째 자리를 차지할 만큼 영리한 인물이었다. 그래서인지 옥천관의 혈겁이 왜 묘수인지에 대해서는 더 이상 의문을 품지 않았다. 잠시 침묵하던 서일이 말했다.

“함께 복귀한 사십일비영이 밖에서 대기하고 있습니다.”

문강은 닫힌 방문 쪽을 돌아보았다.

“참, 아까 말했지. 파견 나간 열두 명 중에서 사십일비영만 데리고 복귀했다고.”

서일의 고개가 깊이 내려갔다.

“속하의 생각이 짧았습니다. 일이 그렇게 될 줄 알았다면 더 많은 비영들을 데리고 옥천관을 벗어났을 겁니다.”

문강은 쓴웃음을 지을 수밖에 없었다. 사실 옥천관으로 파견한 열두 명의 비영 중에는 쓸모가 제법 큰 자도 끼어 있었다. 그 대표적인 이가 열두 명의 주장으로 내세운 십사비영, 생사판 오이심이었다.

지난해부터 잦은 결원으로 말미암아 인물난에 허덕이게 된 비각이긴 하지만, 그래도 무공에 능한 자는 어찌어찌 보충해 넣을 수 있었다. 하지만 생사판 오이심처럼 특정 분야에 달통한 전문가는 권력과 금력을 최대한 동원한다 해도 좀처럼 구하기가 힘들었다. 가진 바 특이한 재주가 제갈휘를 상대하는 데 도움이 될까 싶어 외부로는 좀처럼 내돌리지 않던 인물을 굳이 파견했던 것인데, 드러난 결과가 참으로 허탈했다. 그도 그럴 것이, 의술과 독술에 두루 능한 생사판 오이심이 의술과 독술 한 가지도 제대로 발휘해 보지 못한 채 수백 개의 수급 중 하나의 신세로 되어 버릴 줄 누가 알았겠는가.

'하긴, 예상을 벗어나니까 묘수겠지.'

아까 서일에게 했던 말을 입속말로 뇌까린 문강은 아쉬움을 떨어내듯 화제를 돌렸다.

"그 사십일비영이라는 자, 참으로 명이 길구나."

서일이 엷은 미소를 지으며 고개를 끄덕였다.

"속하도 그렇게 생각했습니다."

"네 보고를 들어 보니, 최소한 이번 일에 있어서 그자의 과실은 없는 것 같구나."

우낙이라는 자는 너무나 미미한 존재여서, 이번 옥천관의 혈겁처럼 엄청난 사건에는 좋은 면으로든 나쁜 면으로든 영향을 끼칠 만한 위인이 못 되었다. 그러나 공이 없어도 상을 받을 수 있고, 과실이 없어도 벌을 받을 수 있다. 문강은 그날 밤 연벽제의 눈길 한 번에 화들짝 놀라 뒷걸음질을 치던 우낙의 모습을 떠올렸다. 그렇게 비루한 자가 이번에 석대원을 만나 비영의 지위에 걸맞은 당당한 모습을 보였다고는 도저히 생각하기 힘들었다. 이는 실질적인 과실 없이도 벌을 받을 만한 사유였다.

"하나 동료들은 모두 죽었는데 혼자만 살아 돌아왔으니 그냥 넘어갈 수는 없는 일."

"하오면?"

"차가운 감방에서 한 달쯤 반성하는 것이라면 그자에 대한 처벌로 과하지도 부족하지도 않겠지. 말이 나온 김에 역천뢰에 가 봐야겠다."

문강은 자리에서 일어섰다. 서일이 조금 놀란 표정으로 그를 쳐다보았다.

"죄인을 역천뢰로 압송하는 일쯤은 아랫것들을 시키셔도 되지 않을까요?"

문으로 향하던 걸음을 멈추고 서일을 돌아본 문강이 차갑게 말했다.

"서일, 상전이 하는 일에 왈가왈부 간섭하려 드는 것을 보니 몇 마디 말을 받아 주었다고 방자해진 모양이구나."

소스라치게 놀란 서일이 급히 허리를 꺾었다.

"속하가 참람했습니다."

그 뒤통수를 잠시 내려다보던 문강이 매섭게 오므렸던 눈매를 풀었다. 서일은 우낙과는 비교할 수 없을 만큼 유능한 수하였다. 그런 수하를 말 한마디 실수했다고 심하게 몰아붙이는 것은 상전으로서 현명한 처사가 아니었다.

"역천뢰에는 따로 볼일이 있다."

아까와는 달리 냉기가 씻겨 나간 목소리에 서일이 조심히 허리를 펴 올렸다. 쥐란 본래 호기심이 많은 족속이었다. 말로는 감히 꺼내지 못해도, 서일의 까만 눈동자에는 그 '볼일'이 무엇인지 궁금해하는 기색이 어려 있었다. 실소한 문강이 그 눈동자에 대고 덧붙였다.

"궁금하면 따라와도 좋다."

콧구멍에서 흘러내린 콧물을 콧수염 위에 그대로 얼어붙게 만드는 무시무시한 냉기 속에서 그 남자를 처음 대했을 때, 고항은 그 남자가 살아 있는 인간이라고는 결코 생각하지 못했다. 실오라기 한 올 걸치지 않은 벌거숭이의 상태로 이런 냉기 속에 버려져 있다는 점도 그렇거니와, 그 남자에게선 살아 있는 인간이라면 반드시 가지고 있어야 하는 최소한의 생기조차 감지할 수 없었기 때문이다.

　고항을 그 무시무시한 냉기 속으로 데려간 책사가 말했다.

　―신체의 치수를 재시오.

　고항은 얼음이 낀 바닥에 길게 누워 있는 벌거숭이 남자를 내려다보며 눈살을 찌푸렸다. 수의를 맞출 작정이라면, 그를 부른 것은 옳지 않았다. 그는 대장장이였다. 산 사람에게 입힐 것이든 죽은 사람에게 입힐 것이든, 옷가지는 종류를 불문하고 그의 전문이 아니었다.

　―저는 대장장이입니다. 수의가 필요하시다면 장의사를 부르도록 하십시오.

　그러나 책사의 다음 말을 들었을 때, 고항은 자신이 전문으로 삼는 옷가지가 적어도 한 종류는 있다는 사실을 깨달았다.

　―내가 원하는 것은 갑옷이오.

　그래, 맞다. 갑옷을 만드는 일은 내징장이의 몫이 분명했다. 하지만 그렇다고 해서 의혹이 전부 가신 것은 아니었다. 얼어 죽은 송장에게 갑옷을 입혀 무엇에 쓰려고?

　그때 책사가 말했다.

　―일어서라.

　고항은 자신에게 한 명령인 줄 알고 고개를 갸웃거렸다. 냉기와 얼음이 지배하는 이 감방에 들어온 이래 줄곧 서 있는 사람에게 일어서라니? 그러나 책사의 명령이 향한 대상은 늙은 대장장이가 아니었다. 전신이 희뿌연 얼음에 둘러싸인 채 바닥에 길게 누워 있던 송장이었다.

뿌득. 뿌드득.

송장이 뻣뻣한 팔다리를 움직여 책사의 명령에 따르는 광경을 목격했을 때, 고항의 눈은 더 이상 커질 수 없을 만큼 휘둥그레질 수밖에 없었다.

—어찌, 어찌 이런 일이…….

고항을 놀라게 만든 것은 그 일만이 아니었다. 그 남자가 몸을 일으켜 세우자 그 남자의 주위를 피갑被甲처럼 감싸고 있던 얼음이 조각조각 부서져 바닥으로 떨어졌다. 그렇게 해서 드러난 얼굴은…….

—흐억!

고항은 차가운 바닥에 엉덩방아를 찧고 말았다. 두꺼운 얼음 파편들 너머로 드러난 그 남자의 얼굴은, 눈까풀과 코와 입술이 깡그리 제거된 채 푸르뎅뎅하게 얼어붙은 근육의 결들을 고스란히 내보이고 있는 그 얼굴은, 고항이 팔십 넘는 생애를 통해 접한 그 어떤 얼굴보다 끔찍한 것이었기 때문이다.

—귀, 귀신입니까?

고항의 물음에 책사가 대답했다.

—인간이오.

—인간이 어떻게 저런 상태로 살아 있단 말입니까?

—온전히 살아 있다고는 할 수 없소. 육신은 살아 있되 영혼은 죽은 상태니까.

영혼은 죽었다고?

—그, 그렇다면…… 강시?

책사의 입술이 슬쩍 비틀렸다.

─그렇게 부를 수도 있을 거요. 태서백망의 음기를 극한까지 빨아들여 도검이 먹히지 않는 강철 같은 몸을 이루었으니까. 어떻소, 철을 다루는 장인으로서 한번 시험해 보겠소?

책사가 허리에서 비수 한 자루를 뽑아 고항에게 내밀었다. 시퍼런 요광이 자르르 흐르는 것이 일견하기에도 범상치 않은 비수였다.

─정말 그래도 되겠습니까?

책사는 작은 미소로 늙은 대장장이의 용기를 북돋아 주었다.

비수를 받아 든 고항은 그 남자에게 다가갔다. 예리한 날붙이가 가슴팍에 대어지는데도 그 남자는 미동조차 하지 않았다.

─그럼…….

비수가 그 남자의 맨가슴을 긁었다. 살갗에 얇게 들러붙어 있던 얼음 막 위로 손가락 길이만 한 홈이 파였다. 그러나 그게 전부였다. 제법 힘을 주었음에도 비수의 날은 살갗 속으로 파고들지 못했다. 호기심이 동한 고항은 비수를 똑바로 겨누어 남자의 가슴팍을 세게 내리찍어 보았다.

캉.

경쾌한 금속성과 함께 얼음 가루들이 분분히 날렸다. 그러나 이번 역시도 그게 전부였다. 게다가…….

─얼음 막이 복구되고 있군요.

그 남자의 가슴을 살피던 고항이 얼빠진 목소리로 중얼거렸다. 비수가 남긴 두 개의 흔적 위로 새하얀 얼음 실들이 올올이 돋아나 파인 부분을 저절로 메워 나가고 있었던 것이다.

─체내에 품은 빙정지기氷精之氣로 인한 현상일 것이오. 문제는 외부의 온도가 높아지면 얼음 막이 녹으며 빙정지기가 조금

씩 누설된다는 점이오.

책사의 말에서 고항은 한 가지 의문을 느꼈다.

－빙정지기가 모두 누설되면 어떻게 되는 건가요?

－육신 또한 영혼을 따라 죽게 될 것이오. 이자가 이 빙귀굴을 벗어나지 못하는 이유도 바로 그것에 있소.

고항은 비수를 책사에게 돌려주며 한숨을 쉬었다.

－마치 빙벽氷壁 같은 자로군요.

책사가 고개를 갸웃거렸다.

－빙벽?

－젊은 시절 관동의 흑룡강黑龍江 부근을 지나다가 빙벽을 본 적이 있지요. 추운 지방이라 그런지 사월인데도 여전히 얼음이 남아 있더군요. 하지만 보름쯤 뒤에 다시 가 보니 빙벽은 사라지고 시커먼 절벽만 서 있었습니다. 초여름 햇볕 아래 마침내 녹아 무너져 내린 것이지요.

－빙벽이라, 빙벽……. 영혼이 없는 자를 본래의 이름으로 부르기도 무엇해서 난감해하던 참인데 잘되었소.

빙긋 웃은 책사가 그 남자에게 말했다.

－이제부터 네 이름은 빙벽이다.

영혼이 없는 상태에서도 지각의 어느 부분은 여전히 기능하고 있는 것일까? 고항은 눈까풀이 제거되어 안구의 반면이 불거져 나온 그 남자의 두 눈 위로 한 줄기 기이한 광채가 스치고 지나가는 것을 보았다.

책사는 만족한 표정으로 고항을 돌아보았다.

－자, 이제 빙벽의 치수를 재시오. 머리끝에서 발끝까지 꼼꼼히 재어야 하오. 그리고 그렇게 잰 치수에 맞춰 갑옷을 한 벌 만들어 주시오.

－도검이 먹히지 않는 자에게 갑옷이 무슨 소용이겠습니까?

－외부의 타격을 막기 위한 갑옷이 아니라 내부의 누설을 막기 위한 갑옷이라면 얘기가 달라지지 않겠소?

－하지만 철로 만든 갑옷으로 어떻게 빙정지기의 누설을 막는단 말입니까? 제게 그런 재주는 없습니다.

책사는 빙긋 웃으며 말했다.

－요행히 북해에서 생산되는 한철寒鐵을 백수십 근 입수하게 되었소. 오늘 중에 고 노인의 대장간으로 보내도록 하겠소. 그것으로 만든 갑옷을 입는다면 빙벽은 이 빙귀굴을 벗어나도 체내의 빙정지기를 장시간 유지할 수 있으리라 믿소. 물론 그러기 위해서는 갑옷의 접합 부위에 한 치의 틈새도 있어서는 아니 될 것이오.

이어 책사의 입가에서 미소가 서서히 지워지기 시작했다. 미소를 버린 책사의 얼굴은 빙벽이라는 새 이름을 얻은 남자만큼이나 차가워 보였다.

－하나의 손도 아쉬울 때요. 가급적 빠른 시일 안에 갑옷을 완성해 주기 바라오.

대내의 병장국에서 청춘을 보냈다는 늙은 대장장이의 솜씨는 만족스러웠다. 그래서 문강은 역천뢰 입구에 우뚝 선 채로 창백한 겨울 햇빛을 온몸으로 받고 있는 검푸른 한철 덩어리를 향해 밝은 미소를 지을 수 있었다. 그러나 그 덩어리의 뒤편에서 걸어 나오는 패륵의 얼굴은 불퉁하게 일그러져 있었다.

"이 쇳덩어리를 여기까지 끌어내느라 밑에 아이들 고생이 이만저만이 아니었소이다."

밑에 아이들의 고생에 대해 단 한 번이라도 진지하게 생각해 본 적이 있는지 의심되는 위인으로부터 저런 푸념을 듣는 것은 가소로운 일이 아닐 수 없었다. 문강은 고개를 갸웃거리다가 패륵에게 물었다.

"이상하군요. 제가 올 때까지는 빙귀굴에 놔두라고 분명히 지시했는데……. 혹시 전달받지 못하셨습니까?"

이 말에 패륵이 당황하는 기색을 보였다.

"물론 그 지시는 전달받았소만……."

문강이 담담히 물었다.

"지시를 어긴 이유가 무엇입니까?"

"그게…… 본 좌가 관장하는 뇌옥 내에 저런 흉측한 물건이 머물고 있다는 것이 영 꺼림칙해서……."

서장인들은 미신에 취약했다. 패륵처럼 줏대 없는 서장인이라면 더욱 그러할 것이다. 그의 눈에 비친 빙벽은 아마도 사람보다는 귀신에 가까운 존재였을 터.

'한시라도 빨리 치우고 싶었겠지.'

때문에 한철 갑옷의 장착이 끝나기 무섭게 아랫사람들을 동원해 빙벽을 역천뢰 밖으로 끌어낸 것이리라. 이 짐작을 뒷받침해 주듯, 고항과 그의 대장간 일꾼들이 작업에 사용된 장비들을 둘러메고 역천뢰 밖으로 꾸물꾸물 나오는 모습이 문강의 눈에 들어왔다. 문강은 패륵을 바라보며 차가운 미소를 지었다.

'지시를 어긴 대가는 곧 치르게 해 주지.'

역천뢰를 나온 고항이 문강을 발견하고는 급히 다가와 허리를 굽혔다. 그 발걸음이 유난히 무거워 보이는 것은 역천뢰의 지하 심처를 왕복하며 행한 작업이 노구에 버거웠기 때문이리라.

"수고하셨소, 고 노인."

문강의 진심 어린 치하에도 고항의 찌무룩한 표정은 펴지지 않았다.

"이 늙은이로서는 최선을 다했습니다만, 이비영님의 마음에 과연 드실지는 모르겠습니다."

문강은 검푸른 한철 갑옷을 전신에 두른 빙벽을 다시 한 번 살펴보았다. 특이한 점은 갑옷을 구성하는 모든 부위가 앞면과 뒷면, 한 조씩으로 이루어져 있다는 것이었다. 각 면의 접합부에는 한 치 길이의 테두리를 내어 직각으로 꺾어 올리고, 그 테두리에 짧고 가는 쇠못을 촘촘히 박아 넣음으로써 앞면과 뒷면을 고정시키는 방식이었다. 고통을 느끼지 않는 만큼 몸뚱이에 대고 직접 못을 박더라도 무방할 테지만, 빙벽은 보도에도 베이지 않는 불파불괴不破不壞의 신체를 가지고 있었다. 못 따위에 뚫릴 리 없는 것이다.

"관절은 어떻게 처리하셨소?"

문강의 질문에 고항이 송구해하는 표정을 지었다.

"한철의 성질이 부드러움과는 거리가 멀어, 관절 부위만큼은 쇠가죽을 사용할 수밖에 없었습니다. 안팎으로 열 차단에 좋은 약물을 여러 겹 입히기는 했지만 한철만큼의 효과는 아무래도 기대할 수 없을 거라 생각합니다."

갑옷 전체가 한철로 만들어졌다고 해도 완벽한 열 차단을 바랄 수는 없었다. 빙정지기의 누설은 어차피 불가피한 일이고, 빙벽은 일정 시간을 외부에서 보낸 뒤 빙귀굴로 돌아가 유실된 음기를 보충해야만 했다.

"그만하면 충분하오. 오늘은 이만 돌아가도록 하시오. 그간의 노고에 대한 보상은 추후에 내릴 것이오."

고항과 일꾼들이 인사를 한 뒤 물러갔다. 문강은 마침내 바깥세상으로 나온 빙벽을 흡족한 눈길로 쳐다보다가 뒷전에 서 있는 서일을 돌아보았다.

"이제 내가 말한 볼일이 무엇인지 알겠느냐?"

서일이 문강을 향해 허리를 굽혔다.

"새로운 호위를 얻으신 것, 축하드리옵니다."

"축하받기는 이르지. 시험할 것이 아직 남아 있으니까."

문강은 역천뢰 입구에 꿰다 놓은 보릿자루처럼 멀뚱히 서 있는 패륵을 향해 고개를 돌렸다.

"법왕의 작은 도움이 필요합니다만……."

패륵이 눈을 끔벅거렸다.

"작은 도움이라고요?"

"그렇습니다. 허락해 주시겠습니까?"

말투야 공손하지만 문강은 엄연히 패륵의 상관이었고, 이 단천원의 실질적인 주인이나 다름없었다. 패륵으로서는 떨떠름한 얼굴로도 고개를 끄덕일 수밖에 없었을 것이다.

"이비영께서 원하신다면 당연히……."

문강은 패륵의 말을 끝까지 듣지 않았다.

"빙벽, 저자를 공격해라."

명령과 이행은 거의 동시에 이루어졌다.

구웅─.

백 근이 넘는 인체와 백이십 근에 달하는 한철 갑옷이 한 덩어리로 내딛는 걸음 소리는 가히 지축을 뒤흔든다고 표현할 만했다. 그 진동의 여파가 채 가시기도 전에 검푸른 빛줄기가 지면에 깊고 긴 직선의 족적을 남기며 패륵을 덮쳐 갔다.

"억!"

대경실색한 패륵이 황급히 몸을 피하려 했지만, 빙벽의 몸놀림은 그의 대응 속도를 추월했다. 졸지에 운신할 수 있는 모든 방위를 차단당한 패륵은 부득불 공력을 끌어 올려 빙벽의 공격에 맞서야만 했다.

펑! 콰과곽!

순식간에 네 번의 접장이 이어졌다. 패륵이 쌍장으로 번갈아 때려 낸 마라살강의 기세는, 창졸간에 당한 상태임을 십분 감안한다 하더라도, 빙벽이 뻗어 내는 위맹한 장력 앞에 너무도 간단히 허물어져 버렸다. 그도 그럴 것이, 빙벽으로 말할 것 같으면 과거 일장진삼주一掌震三州라는 별호로 강동 일대를 주름잡던 장법의 대가였다. 그런 고수에게 태서백망의 가공할 음기까지 주어졌으니, 본신의 무공보다는 정치력을 팔아 행세해 온 서역의 교활한 노승으로서는 처음부터 감당할 수 없는 상대인 셈이었다.

"크흑!"

다섯 번째 접장이 패륵의 두 무릎을 흙바닥에 꿇리도록 만들었다. 그리고 빙벽의 여섯 번째 장력이 패륵의 늙은 머리통을 박살 내기 직전.

"빙벽, 멈춰라."

문강의 짤막한 한마디가 패륵을 살렸다. 빙벽은 한철 수갑에 덮인 오른손을 어깨 높이로 올린 상태에서 동작을 멈췄고, 패륵은 네 발을 부리나케 놀려 전권에서 벗어났다.

빙벽으로부터 일 장이나 떨어진 뒤에야 몸을 세운 패륵이 문강을 향해 노성을 터뜨렸다.

"이비영, 이게 대체 무슨 짓이오!"

문강은 흙먼지에 덮여 낭패한 몰골로 변한 패륵을 향해 두 주먹을 모아 흔들어 보였다.

"이런, 제 예상이 빗나갔군요. 설마하니 다섯 합도 못 버티실

줄은 몰랐습니다.”

“그거야 저자가 기습을 했기 때문에…….”

“아, 그러시다면 기습이 아닌 정식 대결을 통해 다시 한 번 저자의 능력을 시험해 주시겠습니까?”

이 대목에서도 선선히 승낙한다면 문강이 아는 패륵이 아닐 것이다. 패륵은 강팍한 얼굴에 어울리지 않는 엄숙한 표정으로 고개를 저었다.

“본 좌는 고매한 법왕이오. 사람도 아니고 귀신도 아닌 잡스러운 것과 손을 섞고 싶지 않소이다.”

“지당하신 말씀입니다. 운신에 별다른 장애가 없다는 점은 충분히 확인했으니 저자에 대한 시험은 이것으로 마치도록 하겠습니다.”

패륵을 향해 빙긋 웃은 문강이 저만치서 조각상처럼 굳어 있는 빙벽에게 명령했다.

“빙벽, 이리로 와라.”

빙벽이 자세를 풀고 문강의 곁으로 돌아와 시립했다. 두 자 밖에 떨어지지 않은 자리에 서 있음에도 이 얼음 인간에게선 숨소리조차 들리지 않았다. 오직 한철 갑옷 너머로 흘러나오는 오싹한 냉기만이 느껴질 따름이었다. 그러므로…….

‘빙벽, 참으로 잘 어울리는 이름이 아닌가.’

문강은 흡족해하며 서일에게 말했다.

“사십일비영을 법왕께 인계하도록.”

사십일비영 우낙은 자신에게 떨어진 형벌을 들은 순간부터 파랗게 질린 상태였다. 문강이 패륵에게 덧붙였다.

“양형量刑이 집법을 맡으신 법왕의 고유 권한임을 모르지는 않지만, 가벼운 사안이라 제 선에서 처리했습니다.”

우낙과 함께 인계받은 문서를 슬쩍 펼쳐 본 패륵이 고개를 거만하게 끄덕였다.

"흠, 한 달간 지상 층 감방에 수감하는 것이라면 적절한 처벌이라고 생각하오."

"동의하신다면 다행입니다. 그럼 저자의 처리를 부탁드리겠습니다."

"알겠소."

우낙으로선 몹시 불행한 것이, 신병을 인계받는 옥사장의 심기가 그다지 편해 보이지 않는다는 점이리라. 그러나 그것은 어디까지나 우낙의 사정, 비루한 자의 사정일 뿐이었다.

죄수를 앞세운 옥사장이 역천뢰 안으로 모습을 감춘 뒤, 문강은 서일을 돌아보며 말했다.

"아까의 축하, 이제는 받아도 될 것 같구나."

"참으로 좋은 호위인 것 같습니다."

문강은 미소를 지었다.

(2)

섬서성 북부에 위치한 백건산白乾山은 달리 백간산白干山이라고도 불렸다. 북방의 산악답게 바위가 많은 데다 동서로 누운 길이가 삼백 리에 달해, 남쪽에서 올려다보면 마치 거대한 백색 방패를 세워 놓은 것 같다 하여 붙은 이름이었다. 하지만 백간이라는 별칭이 단지 외양에만 기대어 붙은 것은 아니었다. 시황제 이후, 천육백 년간이나 그 길이를 꾸준히 연장해 온 만리장성이 실제로 백건산의 북쪽 능선을 지나고 있었으니…….

백건산 동쪽 끝자락에 자리 잡은 천리사千里寺.

사찰이라고 이름 하기는 했지만 적멸궁寂滅宮(불상을 모시지 않고 법당만 있는 불전)을 중심으로 세워진 탓에, 경내의 넓이로 보나 건물의 규모로 보나 암자보다 조금 나은 수준에 지나지 않는 소찰小刹이었다. 하지만 당나라 때부터 이어져 온 역사는 장장 팔백 년에 가까워, 강북의 십팔대선종十八大禪宗에 당당히 이름을 올리고 있었다.

천리사를 이고 앉은 야트막한 둔덕 아래에는 무며 배추 따위를 키우는 채마밭이 넓게 펼쳐져 있었다. 본래에는 산중의 화전민들에게 빌려 주고 세를 받았으나 두 달 전에 가을걷이를 모두 마친 터라, 이즈음이면 인적이 끊긴 채 멧돼지나 까마귀 같은 산짐승들의 겨울나기 창고로 활용될 따름이었다.

그런데 오늘, 그 채마밭에서 난데없는 함성이 터져 나왔다.

"와아아!"

수백 명의 건장한 사내들이 작정을 하고 내지른 듯한 그 우렁찬 함성에, 사찰을 에두른 송림에서 한가로이 겨울 볕을 즐기고 있던 까마귀들이 화들짝 놀라 하늘로 날아올랐다. 사내들의 함성에 놀란 것은 비단 미물만이 아니었다. 주지승으로서 천리사의 방장실을 삼십 년이나 지켜 온 적엄寂掩 또한 점심 공양으로 받은 밥사발을 떨어트릴 만큼 놀라고 말았다.

"사부님, 괜찮으십니까?"

수제자이자 천리사의 다음 대 주지로 내정된 해행海行이 급히 달려와 물었다.

"또 시작이구나, 또 시작이야! 저 마군魔軍은 늙은 중이 점심 한 끼 편히 먹는 것도 허락하지 않는구나. 세존께서도 야속하시지, 어쩌자고 저런 흉물들을 우리 천리사에 보내셨단 말이냐."

벌렁거리는 가슴을 움키며 치를 떨던 적엄이 밥알들로 어지러워진 마룻바닥을 치우는 해행에게 물었다.

"소림에서 온 다른 연통은 없더냐?"

"연통이라니요?"

"저 마군이 언제 떠나는지에 관한 연통 말이다."

"……없습니다."

연통이 오지 않은 것이 제 죄라도 되는 양 해행이 고개를 푹 숙였다. 적엄은 장탄식을 터뜨렸다.

"허어! 큰일이구나. 저러다 겨울 내내 눌러앉겠다고 나서면, 그 패악을 어찌 감당할꼬."

"강호 물을 먹는 자들이 설마 그렇게 오래 머물기야 하겠습니까? 소림사 방장 대사께서 보낸 서찰에도 분명히 '한시적'이라고 명기되어 있었으니……."

"그 '한시적'이란 구절이 더 무서워서 하는 말이다. 이달이면 이달, 내달이면 내달, 기한이 잡혀 있어야 견디든 말든 하지. 게다가 오늘 아침에는 한 무리가 더 합류했다질 않느냐. 갈수록 줄어들기는커녕 오히려 세를 불리고 있으니, 이러다간 육조六祖께서 선장禪杖을 꽂아 창건하신 이 청정도량, 마군이 우글거리는 구덩이로 전락할까 염려되는구나."

해행이 조심스러운 목소리로 고했다.

"오늘 아침에 당도한 무리는 강북에서 수십 년간 명망을 얻어 온 신무전에서 나온 사람들이라고 합니다. 그들까지 마군에 포함시키는 것은 좀……."

아직 혈기 있는 나이라서 그런 것일까. 해행은 강호인들에 대해 사부만큼 박하게 보지는 않는 것 같았다. 적엄은 가슴을 움키고 있던 손바닥으로 마룻바닥을 내리치며 노성을 터뜨렸다.

"신무전은 강호의 집단이 아니더냐! 그리고 강호인이 누구더냐! 사람 목숨을 파리 목숨으로밖에 알지 못하는 인두겁을 쓴 살귀들이 바로 그들, 강호인이란 족속이 아니더냐!"

강북의 십팔대선종 중에서도 종주 격인 소림사와 특히 각별하여 항렬까지 함께 쓰는 천리사 주지가 한 발언치고는 지나치게 편협하다 아니할 수 없겠지만, 그럼에도 적엄은 젊은 시절부터 품어 온 소신을 거둘 의향이 없었다. 적엄의 이러한 소신은, 소림사 임시 방장인 적심의 소개장을 앞세워 등장한 마군이 천리사 경내에 울긋불긋한 천막들을 설치한 지난 이십 일 동안 더욱 확고해졌다. 그가 판단하기로, 적심이 양해를 구하며 쓴 '한시적'의 '한시限時'는 그 이십 일 안쪽의 어느 날인가에 끝났어야 옳았다.

어디 그뿐이랴. 마군을 대표하여 적심의 소개장을 적엄에게 건네던 마군 대장의 얼굴은 그야말로…….

'사람의 것이 아니었지.'

벼락이라도 맞은 듯 반면이 흉측하게 일그러진 얼굴을 떠올린 적엄은 자신도 모르게 부르르 진저리를 치고 말았다. 신벌을 받지 않고서야 그런 얼굴이 되지는 않을 터였다.

그때 사찰 아래쪽으로부터 사내들의 함성이 다시 한 번 들려왔다.

"우와아아!"

이번에는 단발이 아니었다. 꼬리를 물며 뒤따르는 함성들 가운데에는 '밟아 버려!'라든지 '죽여!'와 같은, 적엄처럼 신실한 불제자로서는 차마 들어 넘기기 힘든 험악한 말까지 섞여 있었다.

"내 이놈의 마군을!"

더 이상 참지 못한 적엄이 부들방석에서 벌떡 몸을 일으
켰다.

"사, 사부님!"

동그래진 눈으로 올려다보는 해행을 뒤로한 채 적엄은 환갑
의 노구를 이끌고 방장실 밖으로 뛰쳐나갔다.

소나무 우거진 오솔길을 돌아 채마밭이 있는 평지로 내려갔
을 때, 적엄의 눈에 들어온 것은 울타리처럼 채마밭을 빙 둘러
친 단단한 등짝들뿐이었다. 그 등짝들로부터 울려 나오는 함성
은 잠깐 사이 더욱 장해져서 딛고 있는 흙바닥이 출렁거릴 지경
이었다. 이러다 절간이 무너지지나 않을까 걱정이었다.

"이보시오, 저, 저기……."

방장실을 박차고 뛰쳐나올 때와는 다르게 마음이 절로 위축
되었다. 게다가 적엄은 본래부터 무승이었던 사람이 아니었다.
소림사의 주인들과 한가지로 '적' 자 항렬을 쓴다고 해서 바위를
깨트리고 하늘을 날아다니는 무공까지 한가지는 아니었던 것
이다. 자연, 등짝들의 울타리를 향해 흘러나간 적엄의 말소리는
모깃소리처럼 오그라들 수밖에 없었다.

우레 같은 함성 속으로 모깃소리가 섞여 드니 흔적도 없이 묻
혀 버리는 것은 당연한 일. 뒷전에서 앵앵거리는 노승에게 눈길
을 주는 친절한 중생은 최소한 이 주변에는 아무도 없는 것 같
았다. 어찌할 바를 몰라 울상을 짓던 적엄의 곁으로 해행이 헐
레벌떡 달려왔다.

"사부님, 이 사람들이 너무 흥분한 것 같으니 차후에 다시 내
려오시는 편이 좋을 것 같습니다!"

해행은 함성의 벽을 뚫어 내기 위해 목청을 돋워야만 했다.

그러나 적엄은 오활한 만큼 고집이 센 사람이었다. 승포 자락을 붙잡는 제자의 손길을 뿌리친 그가 이번에는 말이 아닌 행동을 사용했다.

"이보시오. 이보시오!"

아까보다는 조금 커진 말소리와 함께 적엄은 눈앞에 보이는 등짝을 팡팡 두드렸다.

"뒈지려고 환장을 했나, 어떤 새끼가…….."

큰맘 먹고 고른 게 하필이면 개고기라고, 볼따구니에 큼직한 칼자국이 달려 있는 흉한이 인상을 우그리며 뒤를 돌아보았다.

"뭐야, 날 친 게 스님이오?"

"그, 그렇소."

"왜? 내게 무슨 볼일이라도 있소?"

적엄은 애써 어깨를 펴며 흉한에게 말했다.

"이곳의 대장을 만나고 싶소."

"대장?"

픽 웃은 흉한이 고개를 돌렸다. 이는 누가 봐도 명백한 무시라, 적엄의 흰 눈썹이 부르르 흔들렸다. 그는 앙상한 주먹을 들어 흉한의 등짝을 다시 한 번 쥐어질렀다.

"아니, 이 스님이 돌았나, 뒷자리라서 가뜩이나 보기 힘든데 왜 자꾸 귀찮게 구는 거요?"

"대장을 만나고 싶다고 했잖소."

"여긴 대장 같은 거 없소."

불퉁하게 돌아온 흉한의 대꾸에 적엄이 눈을 끔벅거렸다.

"대장이 없다니? 그럼 당신은 누구의 지휘를 받는단 말이오?"

"물론 내게는 대장이 있지만, 이곳 전체로 보면 대장이 없다는 뜻이오. 그리고 내 대장은 지금 저 안에서 젖비린내 나는 애송이를 상대로 한창 기분 내고 있는 중이니, 만나는 일이 쉽지는 않을 거요. 이제 됐소?"

더 이상 귀찮게 굴면 가만있지 않겠다는 뜻을 눈씨에 심어 보낸 흉한이 고개를 다시 안쪽으로 돌렸다. 돌아가는 눈치를 조심스럽게 살피던 해행이 재빨리 적엄에게 말했다.

"사부님, 제 말씀대로 지금은 일단 올라가셨다가……."

하지만 해행의 간곡한 권유는 맞은편 울타리 쪽에서 터져 나온 벼락같은 함성에 그대로 먹히고 말았다.

"와아아!"

"제대로 들어갔다! 승부가 났어!"

"무슨 소리! 우리 부군장님을 어떻게 보고!"

이제는 호기심이 일어 견딜 수 없었다. 이 인간 울타리 안에서 무슨 일이 벌어지고 있는지, 적엄은 반드시 알아야겠다고 마음을 굳혔다. 그는 검버섯이 피기 시작한 민머리를 앞세워 물한 방울 스며들지 못할 것처럼 단단히 맞물려 있는 등짝과 등짝 사이를 비집고 들어갔다.

"응?"

"어떤 놈이 이리 밀어?"

그러나 무공 한 초식 익힌 적 없는 노승이 코뿔소처럼 기운찬 강호인들의 벽을 돌파할 수 있을 리 없었다. 기운 한번 제대로 써 보지 못한 채 누군가에게 뒷덜미를 낚아채인 적엄은 어, 어, 하는 사이에 짐짝처럼 뒤로 던져지고 말았다. 제자가 서 있는 방향이라면 받아 주기를 기대해 보련만, 붕 떠올랐다 가라앉는 시야로 해행의 경악한 얼굴이 멀어지고 있었다. 거친 자갈밭에 꼼짝없이 곤두박질치게 생긴 늙은 중으로서는 몹시도 불운한 일이라 아니할 수 없는데…….

그 불운을 누군가 걷어 가 주었다.

"조심하십시오."

이 아수라장에 전혀 어울리지 않는 정중한 한마디와 함께 적엄의 몸이 바로 세워졌다. 덕분에 늙은 뼈다귀나마 보전하게 된 적엄이 가슴을 쓸어내리며 구원에 감사하기 위해 고개를 돌렸다.

"고맙소이…… 히끅."

딸꾹질로 끝나 버린 적엄의 괴상한 사례에도 구원자는 개의치 않는 눈치였다.

"거친 객들이라 주인도 몰라보고 무례를 범했습니다. 소생이 대신 사과드리겠습니다."

적엄의 몸뚱이를 받아 준 건장한 체격의 흑의 남자가 화상으로 눌어붙은 반면을 일그러뜨리며 말했다. 만일 미소를 지은 것이라면, 악귀의 미소라 불러야 옳을 터였다. 적엄은 마른침을 꼴깍 삼켰다.

'마침내 등장했구나.'

적심의 소개장을 들이밀며 넉살 좋게, '며칠 신세 지겠습니다.' 하던 마군 대장이 바로 이 남자였던 것이다!

"한데 주지 스님께서 이 아래까지 어쩐 일로 내려오셨습니까?"

마군 대장이 물었다. 마군이 언제 떠날 건지 네놈에게 따지려고 내려왔다는 말을 차마 꺼내지 못한 적엄이 어물거리자, 마군 대장이 또 한 번 끔찍한 미소를 지었다.

"아, 저 안쪽에서 무슨 일이 벌어지나 궁금하셨던 모양이군요. 마침 소생도 그러하던 참이었습니다. 허락만 하신다면 소생이 모시도록 하지요."

적엄은 등짝들로 이루어진 울타리를 힐끔 돌아보았다. 본래의 목적과는 거리가 있긴 하지만, 저 안의 사정이 궁금한 것도 사실이었다.

"뭐, 딱히 궁금한 것은 아니지만, 시주께서 정 궁금하시다면 야……."

"그럼 허락하신 걸로 알겠습니다."

고개를 숙여 보인 마군 대장이 적엄을 향해 왼팔을 슬쩍 뻗었다. 다음 순간, 발밑이 별안간 허전해졌다. 이게 무슨 영문인지 머리를 굴리기도 전에 세찬 바람 소리가 파라락 귓전을 때리고, 적엄은 인간들로 둘러쳐진 채마밭을 까마득 높은 곳에서 내려다보고 있는 자신을 발견할 수 있었다. 높이는 어림잡아 사오 장. 채마밭 가장자리에 우뚝 선 느릅나무의 중간 가지에 어느 틈엔가 올라서 있었던 것이다.

"서 계시면 위험하니 앉으시지요."

마군 대장이 적엄의 허리에 두르고 있던 왼팔을 빼내며 주의를 주었다.

"아이고."

그제야 제 있는 자리를 깨달은 적엄이 기겁을 하며 나뭇가지에 가랑이를 걸었다.

"말씀만 하시면 언제든 내려 드리겠습니다."

평지를 걷듯 옆의 나뭇가지로 성큼 옮겨 간 마군 대장이 엉덩이를 가지에 붙이며 말했다.

자세가 안정되자 적엄은 비로소 아래쪽을 살필 여유가 생겼다. 채마밭을 겹겹이 에워싼 인의 장벽 안에는 반경이 삼 장쯤 되는 공터가 형성되어 있었다. 그리고 지금 그 공터 위에서는 두 남자가 싸움을 벌이고 있었다. 공터를 에워싼 사람들은 두 패로 나뉘어 각각의 남자를 응원하는 것으로 보였다.

두 남자가 벌이는 싸움은 육박전이었다. 흡사 보이지 않는 줄에 몸뚱이가 연결된 듯, 두 남자 사이의 거리는 적엄이 지켜보는 어떠한 순간에도 두 걸음 이상 떨어지지 않았다. 그렇게 좌에서 우로, 우에서 좌로, 어느 때는 앞으로 나아가고, 어느 때는 뒤로 물러나며 양팔을 난마로 휘저어 대는데, 그 광경을 높은 곳에서 내려다보고 있자니 수백 번 호흡을 맞춘 두 무희의 잘 짜인 공연을 관람하는 기분마저 들었다. 그런데 한 가지 눈에 걸리는 점이 있었다.

"불공평한 것 아니오?"

적엄이 눈살을 찌푸리며 말했다. 옆 가지에 앉아 있던 마군 대장이 반문했다.

"무엇이 불공평하단 말씀입니까?"

"강호인의 싸움에도 법도란 게 있을 텐데, 어찌 한쪽만 병기를 들고 다른 쪽은 맨손이란 말이오?"

"아, 주지 스님의 눈에는 황 부군장이 맨손으로 싸우는 것처럼 보일 수도 있겠군요."

"그럼 아니란 말이오?"

"황 부군장의 토시를 잘 보십시오."

마군 대장의 말에 적엄은 눈가를 가늘게 접어 전장을 바라보았다. 마군 대장이 '황 부군장'이라고 부른 중년 남자는 양손에 쇠막대기를 쥔 산발 청년과 달리 분명 맨손처럼 보였다. 하지만…….

'토시를 보라고?'

적엄은 황 부군장이 양 팔뚝에 두르고 있는 새카만 빛깔의 토시에 주의를 기울였다. 그러자 뭔가 이상하다는 점을 금세 알아차리게 되었다. 다른 것은 다 접어 둔다고 쳐도 소리부터가 몹시 이상했다. 산발 청년이 휘두르는 쇠막대기에 저토록 맹렬하게, 저토록 연속적으로 두들겨 맞는데도 쩡쩡거리는 금속성만 울려 내는 토시라니. 저런 신통방통한 토시가 범상한 물건일 리 없었다.

"강호의 수법 중에는 병기를 신체에 밀착함으로써 공수의 효율성을 극대화시킨 것도 있습니다. 황 부군장이 수련한 십전박十全搏이 바로 그런 수법이지요."

마군 대장의 설명이었다. 적엄이 확인하듯 물었다.

"그 말인즉, 저 토시도 병기다?"

"오금사烏金絲로 짠 철망을 여러 겹 겹쳐서 만든 기물이라고 알고 있습니다. 도검에도 뚫리지 않는다고 하더군요."

"흠, 그렇다면 병기가 맞구려. 불공평하다는 아까의 말은 취소요."

"솔직하십니다."

마군 대장의 칭찬을 귓등으로 흘리며 적엄은 다시금 전장으로 시선을 옮겼다. 그러는 동안에도 황 부군장과 산발 청년의 육박전은 줄기차게 이어지고 있었다. 한쪽은 양 팔뚝이 쇠막대기나 다름없고 한쪽은 진짜 쇠막대기들을 휘두르고 있으니 실제로는 무척이나 험악한 형국일 텐데도, 두 남자가 함께 펼치는 공수와 진퇴에는 기이하리만치 여유가 있어 보였다. 그것을 급박하고 살벌하게 인식되도록 만드는 것은 아마도 소리인 것 같았다. 병기끼리 맞부딪치는 금속성과 주위에서 떠들어 대는 응원성. 거기에 두 남자가 위치를 옮길 때마다 발길에 차이고 파여 흩날리는 채마밭의 흙가루들이 그러한 분위기를 더욱 부채질하는 듯했다.

"내년 밭농사가 걱정이군."

적엄이 작게 투덜거리자 마군 대장이 미안함이 담긴 목소리로 말했다.

"싸움이 끝나는 대로 복구하도록 하겠습니다."

"당연히 그래야지. 그나저나……."

적엄이 마군 대장을 돌아보며 물었다.

"진심으로 때려눕히려는 의도도 없는 것 같은데, 저들은 대체 왜 싸우는 거요?"

"그 점을 알아보시다니 안목이 대단하십니다."

화상으로 짝짝이가 된 눈을 크게 뜨며 감탄한 마군 대장이 말을 이었다.

"북악과 남패가 제대로 만난 것은 아마 오늘이 처음일 겁니다. 반백 년 가까이 숙적으로 알고 지내던 이들이니, 아무리 좋은 의도로 만났다 한들 술잔부터 나눌 수는 없겠지요. 마침 양측의 주장 모두가 육박전의 달인이라기에 소생이 친선 비무를 제안했습니다."

강호 일에 아무리 무관심하다고 해도 북악남패마저 모를 수는 없었다.

"북악과 남패라면 싸우고 싶어 안달이 난 자들이 아니오. 그런 자들에게 싸움판을 벌여 줬단 말이오?"

적엄의 힐문에도 마군 대장은 당황하지 않았다.

"이열치열이라고나 할까요. 한바탕 저렇게 악을 쓰다 보면 예기가 소진되어 조금 온순해질 거라고 보았습니다."

차분하게 대답하는 마군 대장을 물끄러미 바라보던 적엄이 불쑥 내뱉었다.

"대장이 맞군."

"예?"

"북악과 남패를 쥐락펴락하는 것을 보니 시주를 마군…… 아니, 저들의 대장으로 본 노납의 눈이 틀리지 않았다, 이 말이오."

그 점 하나만으로 내린 결론은 아니었다. 선종의 명찰名刹 천리사의 주지승에게는 전황을 파악하는 안목뿐 아니라 사람을 알아보는 안목도 있었다. 상대가 보여 준 태도와 그사이 나눈 몇 마디 대화는 이전에 생각하지 못하던 많을 것들을 짐작케 해 주었다.

"감당하기 어려운 말씀입니다. 소생은 다만 중재자일 뿐입니다."

마군 대장이 고개를 저었지만 적엄은 그의 겸손을 받아들이지 않았다.

"중재는 아무나 하나? 반발을 제압할 능력과 더불어 불신을 잠재울 덕망까지 갖춘 자라야 할 수 있는 법이오."

이렇게 말하고 나니 저 남자를 마군 대장이라고 깎아내리는 스스로가 우스워졌다. 외양에서 받은 첫인상만으로 사람을 판단하려 들다니, 수양 부족이요, 부덕의 소치였다. 내심 반성한 적엄이 마군 대장, 아니 흑의 남자에게 물었다.

"스무 날이나 한 경내에 머물면서도 여태 시주의 이름조차 모르고 있구려."

흑의 남자가 앉아 있던 나뭇가지 위에서 몸을 일으키더니 적엄을 향해 포권례를 올렸다.

"강동에서 온 석대문이라고 합니다. 적심 대사의 소개장에 적혀 있을 텐데 제대로 읽지 않으신 모양이군요."

"석대문……."

홧김에 대충 훑어보고 구겨 버린 소개장에 적힌 이름 따위는 하나도 기억나지 않았다. 하지만 북악과 남패를 중재할 수 있는 인물이라면…….

'머지않은 미래에는 기억하고 싶지 않아도 저절로 기억할 수밖에 없는 이름이 되겠지. 산사에 묻혀 사는 나 같은 늙은 중이라도 말이야.'

강호인을 기휘하는 소신까지 바뀐 것은 아니지만, 적엄은 눈앞에 서 있는 흉측하기 짝이 없는 남자가 일생에 두 번 만나기 힘든 큰 인물임을 인정하지 않을 수 없었다.

적엄은 아직도 육박전이 한창인 전장을 턱짓으로 가리키며 석대문에게 물었다.

"응원하는 소리에서 결기가 많이 빠진 것 같은데, 이제 슬슬 싸움을 멈출 때가 되지 않았소?"

석대문이 예의 끔찍한, 그러나 적엄의 눈에는 더 이상 끔찍해 보이지 않는 미소를 지으며 대답했다.

"안 그래도 그러려던 참이었습니다. 함께 내려가시겠습니까?"

"그럽시다. 높은 곳에 오래 있다 보니 멀미가 오는구려."

잠시 후, 석대문의 단단한 팔뚝에 안긴 적엄은 전장 한복판에 내려설 수 있었다. 적엄을 안착시킨 석대문이 두 손을 번쩍 들고 낭랑한 목소리로 말했다.

"두 분께서는 비무를 멈추시고 천리사 주지 스님께서 판결 내리실 비무 결과를 경청하시기 바랍니다."

질풍처럼 사납게 전개되던 두 남자의 육박전이 거짓말처럼 멈췄다. 각자의 병기를 거둔 그들은 일 장의 거리를 벌리며 몸을 세웠다. 솜옷을 여러 겹으로 껴입어야 하는 추운 날씨임에도 그들의 얼굴은 땀투성이로 변해 있었다. 두 개의 건강한 육신이 건조한 공기 속으로 허연 김을 무럭무럭 피워 올리고 있었다.

황 부대주라는 중년 남자가 적엄을 향해 공수를 올리며 말했다.

"무양문의 황사년이 스님의 판결을 기다립니다."

그와 맞상대하던 장발 청년 또한 양손의 쇠막대기를 등 뒤로 돌리며 말했다.

"신무전의 증훈이 판결에 승복할 것을 약속드립니다."

석대문의 말 한마디에 바라지도 않던 판결관 노릇을 하게 되었지만, 적엄은 전혀 불쾌히 여기지 않았다.

'현명함까지 갖춘 자로군.'

실제적인 전의가 있든 없든 간에, 북악남패의 대표자들 간에 벌어진 비무였다. 강호에 몸담은 자라면 판결을 내리는 데 부담을 가질 수밖에 없었다. 하지만 판결을 내리는 사람이 강호와는 하등 무관한 북변의 늙은 중이라면? 생각이 여기에 미치자, 불쾌하기는커녕 기분이 좋아졌다.

'저 범강장달이 같은 놈들 수백 명이서 이 늙은 입만 쳐다보고 있구나.'

적엄은 길게 늘어지려는 입매를 애써 다잡으며, 자신을 향한 모든 시선들을 향해 엄숙하게 선언했다.

"이번 비무는 무승부요."

잠시 정적이 감돌았다. 그 정적을 깨며 석대문이 말했다.

"탁월하신 판결입니다."

관전하던 사람들 사이로 웅성거림이 일어났다.

"역시 무승부로군."

"화국和局일세, 화국이야."

"신무전의 신임 백호대주란 자도 보통이 아닌걸. 새파란 나이에 우리 부군장님의 십전박을 견뎌 내다니."

"누가 누굴 견뎌 냈다고! 장기전으로 갈수록 젊은 쪽이 유리한 것도 모르나? 비무가 일각만 더 이어졌다면 아마도 무승부로 끝나지는 않았을걸."

그러는 사이, 석대문이 다가와 적엄에게 속삭였다.

"유치한 짓거리에 장단을 맞춰 주셔서 감사합니다."

적엄은 빙긋 웃으며 고개를 저었다.

"아니오, 강호의 풍습도 나쁘지만은 않다는 걸 알게 된 노납이 오히려 감사하고 싶소."

주위의 분위기를 한 바퀴 둘러본 석대문이 적엄에게 포권례를 올렸다.

"초면의 서먹함도 많이 가신 것 같으니, 이제 본격적으로 주재자가 나설 때가 된 것 같군요. 소생은 이만 물러가겠습니다."

이 말에 적엄은 이제껏 까맣게 잊고 있던 본래의 목적이 떠올랐다.

"잠깐만 기다리시오, 석 시주."

석대문이 걸음을 멈추고 몸을 돌렸다.

"하교하실 말씀이라도……?"

적엄은 단도직입적으로 물었다.

"대체 언제쯤 이곳을 떠날 작정이오?"

석대문의 두 눈에 처음으로 당황한 기색이 떠올랐다.

"아, 저희들이 머무는 게 폐가 되었나 보죠?"

"당연한 소리를."

흉측한 얼굴을 실룩거리며 난색 비슷한 표정을 짓던 석대문이 작게 한숨을 쉬었다.

"실은 이곳에서 만나기로 한 사람이 아직 오지 않았습니다."

풀려 있던 적엄의 표정이 살짝 굳어졌다.

"오늘 아침에만 해도 이백 명이 넘는 사람들이 본사에 새로

들어온 것으로 아는데, 아직도 올 사람이 남아 있단 말이오?”

“그렇습니다.”

“대체 그 사람이 누구요?”

적엄의 질문에 석대문이 북쪽 하늘로 시선을 돌리며 말했다.

“천하에서 가장 오지랖이 넓은 노인입니다.”

섣달 초이튿날 밤이었다.

갓 태어난 이해의 마지막 초월初月이 구름 사이로 실금처럼 여린 빛을 가물거리고 있었다. 밤공기는 얼음 가루를 뿌린 양 싸늘했고, 성가퀴를 타고 넘는 바람에는 북방 특유의 텁텁한 흙냄새가 짙게 배어 있었다.

밤새의 울음소리도 잦아들 늦은 시각, 섬서 북변의 열세 군영 중 한 곳인 용주보龍州堡를 관장하는 진장鎭將 왕횡王竑에게 뜻밖의 손님이 찾아왔다.

“북경 보운장주의 소개장을 가져왔다고?”

“그렇습니다.”

침실 입구에 서 있던 부관이 대답했다. 이불을 젖히고 침대에서 내려온 왕횡이 손짓하자, 부관이 침실 안으로 들어와 들고 있던 봉서를 내밀었다. 왕횡은 봉서에 찍힌 주홍색의 밀랍 봉인을 살펴보았다. 젊은 시절부터 익히 봐 온 보운장주의 봉인이 분명했다. 봉서를 열고 그 안에서 나온 서찰을 읽어 내려가는 왕횡의 표정이 서서히 굳어졌다. 이윽고 그가 부관에게 물었다.

“손님은 어디에 모셨느냐?”

"남관南關 앞 초소에 대기시켜 두었습니다."

만리장성의 한 구역을 담당하는 용주보는 북변의 다른 보들이 그러하듯 남쪽과 북쪽으로 난 두 개의 관문을 가지고 있었다. 물론 명나라로 향한 쪽이 남관이요, 북적北狄으로 향한 쪽이 북관이었다.

"귀빈께 실례를 범했구나. 즉시 내 집무실로 모셔 오너라."

"알겠습니다."

왕횡은 천하제일 부귀가인 북경 보운장과 무관하지 않았다. 노환이 깊어 회생할 가망이 안 보인다는 보운장의 장주 왕고가 그에게는 당숙이 되는 사람이었다. 그러므로 왕고의 아들로서 보운장의 전권을 물려받은 왕금과는 육촌지간. 멀다면 먼 관계겠지만, 관로에 오른 이후 중요한 시기마다 보운장의 지원을 받아 온 그로서는 결코 소홀히 여길 수 없는 관계이기도 했다.

침의 대신 정복으로 갈아입은 왕횡이 집무실로 자리를 옮겨 일각쯤 기다리고 있노라니, 부관이 푸른 장삼 위에 털조끼를 걸친 노인 하나를 뒤에 달고 나타났다. 시골 훈장처럼 꼬장꼬장한 생김새보다 먼저 눈에 들어온 것은 바닥을 향해 부자연스럽게 늘어진 노인의 왼쪽 소맷자락이었다.

'외팔이?'

이제껏 만나 본 보운장 사람들 중에서 외팔이는 없었다는 점을 떠올리며, 왕횡이 의자에서 일어섰다.

"원로에 고생이 많으셨습니다. 용주보의 진장 왕횡입니다."

머리 허연 노인이기도 하거니와 차기 천하제일 거부의 소개장을 들고 온 인물이었다. 맞이함에 있어 깍듯이 예의를 갖추는 것은 당연한 일이었다. 아쉬운 점은, 그 손님에게는 주인을 상대로 예의를 갖추고자 하는 의향이 그다지 없어 보인다는 것이었다. 외팔이 노인은 흔한 고갯짓 한번 보여 주지 않고 퉁명스러운 목소리로 말했다.

"사정이 있어 이름을 밝히지 못하는 점, 양해해 주시기 바라오."

왕횡은 아까 침실에서 읽은 소개장을 떠올렸다. 왕금이 직접 쓴 그 소개장에는 저 외팔이 노인을 상대하는 방법이 간략하게 설명되어 있었다.

─강호의 기인이니 예의에 어긋나는 점이 있더라도 개의치 마십시오.

이처럼 늦은 시각에 불쑥 찾아온 것만으로도 이미 예의는 아니었다. 왕횡은 돈 많은 육촌 아우의 조언을 받아들이기로 마음먹었다.

"이리로 앉으시지요."

손님에게 자리를 권한 왕횡은 문가에 서 있는 부관을 멀찍이 물렸다. 이 자리에서 오갈 대화가 남들에게 알려져서는 곤란하다는 것쯤은 충분히 짐작할 수 있었다.

탁자 맞은편에 자리를 잡은 외팔이 노인은 예의를 따지지 않는 사람답게 단도직입적으로 본론을 꺼냈다.

"사흘 뒤, 장성의 곽로郭路(성곽 상부에 설치한 군사용 도로)를 통해 서쪽으로부터 이동해 온 한 무리의 병력이 이곳 용주보를 통과할 예정이라는 점은 진장께서도 아실 것이오."

왕횡은 탁자 위에서 깍지 끼고 있던 양손을 풀고 의자 등받이에 몸을 기댔다. 방금 외팔이 노인의 입에서 흘러나온 말은 용주관의 진장조차도 이틀 전에야 전달받은 기밀 사항이었다.

"그 사실을 어떻게 아셨습니까?"

외팔이 노인은 왕횡의 질문에 전혀 다른 질문으로 답했다.

"그들이 누구인지 아시오?"

왕횡의 표정이 조금 딱딱해졌다. 상대의 거듭된 결례에 심기가 불편해진 탓이었다. 그 기색을 읽은 듯 외팔이 노인이 입술을 슬쩍 비틀었다.

"우첨도어사右僉都御史 자리가 조만간 빌 예정이라고 하더이다. 차기 보운장주께서는 그 자리에 친인이 앉기를 바라시는 모양이오."

이 말에 왕횡의 얼굴에 생겨난 딱딱함이 묵처럼 흐물흐물해졌다. 우첨도어사라면 병부 내에서 한 손은 아니더라도 두 손 안에는 능히 꼽히는 고위직이었다. 한서에 시달리며 모래 먼지를 뒤집어써야 하는 변방 보의 진장과는 비교도 할 수 없는 알토란같은 요직인 것이다. 오랜 세월 중앙으로 진출하는 날을 고대해 온 야심 많은 진장이 이 미끼를 어찌 거부할 수 있을까.

"그들이 누구인지 아시오?"

외팔이 노인이 다시 물었다. 이번에 진장에게서 나온 대답은 당연히 고분고분하게 바뀌어 있었다.

"보를 책임진 진장으로서 부끄러운 말씀입니다만, 그들이 누구인지는 전혀 모르고 있습니다. 선생께서 알려 주신다면 경청하겠습니다."

외팔이 노인이 잠시 뜸을 들이다가 말했다.

"멀리 천산으로부터 마적馬賊들이 출발했소. 그 아래 서장에서도 악승惡僧들이 움직였소. 장성이 황하에 분절되는 감숙의 은천銀川에서 지난달 하순에 합류한 그들은, 통관증을 가지고 그곳에서 대기하고 있던 모 관부인을 앞세워 장성 위의 곽로를 따라 동진하기 시작했소. 아마도 내일쯤에는 섬서 경내에 접어들 것이오.”

왕횡으로서는 깜짝 놀랄 수밖에 없는 말이었다.

“하면, 오랑캐의 군대가 이 장성을 밟고 진군해 오는 중이란 말씀입니까?”

외팔이 노인이 고개를 저었다.

“군대는 아니오. 굳이 따지자면 강호의 부류라고 할까. 하지만 모두 무장을 한 상태고, 위험하기로 따지면 같은 수의 군병보다 열 배는 더할 것이 확실하오.”

왕횡은 야심만 많고 용기는 부족한 졸장이 아니었다. 제국에 대한 충성심과 오랑캐에 대한 증오심만큼은 장성을 지키는 어떤 진장의 것보다 뒤지지 않는다고 자부해 온 터였다.

“그런 자들에게 어떻게 통관증이 발부된 겁니까?”

분기에 못 이겨 소리치기는 했지만 관과는 무관한 외팔이 노인에게 할 질문은 아니었다. 그런데 외팔이 노인은 당최 모르는 것이 없는 것 같았다.

“잠룡야의 능력이면 그리 어려운 일도 아닐 것이오.”

변방에서 잔뼈가 굵은 왕횡이긴 하지만 반백 년 가까이 북경 정계의 거물로 불려 온 잠룡야 이악의 이름은 당연히 들어 본 적이 있었다. 환복천자 왕진의 무소불위한 위세도 그에게는 미치지 않는다고 하던가.

“그들을 국경 안으로 부른 자가 잠룡야라는 말씀입니까?”

“그렇소.”

왕횡은 입술을 깨물었다. 좋다, 잠룡야에게는 변방의 일개 진장으로서는 상상도 못 할 권력이 있을 테니, 그 권력을 동원하여 통관증을 발부받았다고 치자. 하지만……

"다른 길도 아닌 장성의 곽로를 통해 이동시키다니, 장성을 지키는 우리 수비군들을 능멸하려는 의도가 아니고서야 도무지 이해할 수가 없습니다."

못내 분해하는 왕횡에게 외팔이 노인이 말했다.

"곽로를 이동 경로로 택한 이유는 아마도 강호의 눈을 속이기 위함일 것이오."

"강호의 눈이라면?"

"바로 나 같은 사람의 눈 말이오."

외팔이 노인의 말대로라면, 잠룡야의 의도는 철저하게 빗나간 셈이었다. 외팔이 노인은 이번 일에 관한 모든 사항들을 낱낱이 파악하고 있는 것처럼 보였기 때문이다. 그러자 처음의 의문이 다시금 고개를 치켜들었다. 저 외팔이 노인은 이 모든 정보들을 어떻게 알고 있는 것일까?

잠시 침묵하던 왕횡이 한숨을 쉰 뒤 말했다.

"미안합니다."

외팔이 노인이 고개를 갸웃거렸다.

"뭐가 미안하다는 거요?"

"그들이 오랑캐건 한족이건, 상부에서 정식으로 발부한 통관증을 앞세우고 오는 이상 그들을 막을 명분이 없을 것 같아서 드리는 말씀입니다."

외팔이 노인이 콧방귀를 뀌었다.

"내가 그것을 원하리라고 생각하셨소?"

"아닙니까?"

"이곳의 전력으로 그들을 막으려 들다가는 진장을 포함한 모든 병사들이 몰살될 것이오."

이 야박한 평가가 왕횡의 눈썹을 부르르 떨리게 만들었다.

"몰살……이라고요?"

"둔전병屯田兵이 대부분인 병력이 아니오. 성곽의 단단함이 이 보를 지탱하는 방어력의 원천일 텐데, 그들은 이미 곽로에 올라와 있소. 성곽은 더 이상 아무 도움도 되지 못한다는 뜻이오. 그런 상황에서 오백 명에 가까운 새외의 고수들을 무엇으로 상대하겠단 말이오?"

"오, 오백 명!"

전시에는 전투에 동원되고 평시에는 농사를 짓는 둔전병은 결코 정예병이라고 볼 수 없었다. 그리고 설령 보의 모든 병력이 정예병으로 채워져 있다고 해도 오백 명에 달하는 새외 고수들을 상대할 수는 없었다.

"그뿐인 줄 아시오? 지금 남쪽으로부터는 수백 명의 녹림도들이 올라오고 있소. 그들은 이 용주보를 통과한 이족의 병력과 삼도三道에서 합류, 물길을 통해 산서로 들어갈 예정이오."

이어진 외팔이 노인의 말에 왕횡은 정신을 차릴 수 없었다. 천산의 비적들과 서장의 악승들이 함께 몰려오는 것만으로도 충분히 놀랄 만한 일인데, 거기에 중토의 산적들까지 더해진다고?

"대체 잠룡야는 천하의 악종이란 악종은 죄다 끌어모아서 어디에다 쓰려는 겁니까?"

"명목상으로는 마장의 일꾼으로 쓴다고 하오."

외팔이 노인의 대답에 왕횡은 바보라도 된 것처럼 눈을 끔벅거렸다.

"마장이라고요?"

"명년 봄부터 산서 땅에 역사상 가장 큰 규모의 마장이 건설될 예정이란 것은 아시오?"

"그 소식은 들었습니다. 나라에서 추진하는 사업이라고 하더군요."

"정확히 말하면 고자 놈이 추진하는 사업이오. 그 마장에서 쓸 일꾼이라고 하더구려."

하지만 이 또한 이해하기 힘들었다. 마장 일을 시키기 위해 비적에 악승에 산적을 끌어모으다니, 이 나라에는 일꾼의 씨가 말랐단 말인가? 의혹에 사로잡힌 왕횡에게 외팔이 노인이 차분한 목소리로 말했다.

"너무 자세히 알려 하지는 마시오. 이번 일 안에 감춰진 사정은 모르는 편이 더 낫소."

생각해 보니 저 말이 옳았다. 환복천자와 잠룡야가 얽힌 일에 섣부른 호기심을 품는 것은 독사가 든 항아리에 손을 집어넣는 것만큼이나 위험한 일이었다.

'내게 닥친 일에만 집중하자.'

왕횡은 긴 심호흡으로 마음을 가라앉혔다. 그 모습을 지켜보던 외팔이 노인이 픽 웃으며 말했다.

"무장답지 않게 수양이 좋구려. 보운장의 왕 대공자가 높이 평가할 만하오."

왕횡은 눈을 반짝였다. 든든한 후원자에게 높은 평가를 받았다는 점은 반가운 일이 아닐 수 없었다. 그는 상체를 탁자 위로 당겨 외팔이 노인에게 물었다.

"하면, 제가 무엇을 도와 드리면 되겠습니까?"

"모레 저녁나절, 강호의 친구들과 함께 오겠소. 그들을 이곳으로 들여보내 주시오."

관문의 출입을 총괄하는 진장의 권한을 생각하면 그리 어려운 요구는 아니었다. 다만, 외팔이 노인의 말 중에서 마음에 걸리는 부분이 한 군데 있었다.

"친구들이라면…… 몇 명이나 올 예정인지?"

"조금 많소."

하지만 조금 많은 게 얼마나 많은지는 정확히 설명해 주지 않았다. 못마땅한 마음에 미간이 절로 찌푸려졌지만, 외팔이 노인의 요구가 보운장의 요구와 다름없음을 아는 이상 거부할 도리는 없었다. 더구나 우첨도어사 자리가 걸린 일이 아니던가.

"좋습니다. 그분들을 보 안으로 받아들이기만 하면 되는 겁니까?"

확인하듯 묻는 왕횡을 향해 외팔이 노인이 천천히 고개를 저었다.

"아니, 그다음 날 진장께서 해 주셔야 할 일이 한 가지 더 생길 것 같소."

모레에서 그다음 날이면 장성 위를 동진해 온 오랑캐 병력이 용주보의 관내를 통과하기로 예정된 날짜였다. 그날 생길 일이라면? 왕횡이 떨리는 목소리로 물었다.

"그 일이 무엇입니까?"

"시체들을 치우는 일이오."

왕횡은 마른 숨을 삼켰다. 담담히 들어 넘기기엔 그 안에 담긴 의미가 너무 섬뜩했던 것이다. 경악에 물든 진장의 심정은 아랑곳하지 않는 양, 외팔이 노인이 의자에서 몸을 일으키며 말했다.

"협조해 주시리라 믿소."

더 이상은 용무가 없다는 듯 몸을 돌려 문가로 걸어가는 외팔이 노인을 왕횡이 다급히 불러 세웠다.

"선생!"

외팔이 노인이 발길을 멈추고 왕횡을 돌아보았다.

"왜 그러시오?"

"한 가지 여쭙고 싶은 것이 있습니다."

"이번 일에 도움이 되는 질문이오?"

"그, 그런 것은 아닙니다만……."

찌푸린 눈으로 왕횡을 쳐다보던 외팔이 노인이 말했다.

"말해 보시오."

"대체 이 모든 것들을 어떻게 이리 잘 아시는 겁니까? 비적들과 악승들 그리고 녹림도들의 움직임에 대해 어떻게 이리도 낱낱이 파악하고 계신 겁니까?"

외팔이 노인을 만난 이후 가장 궁금히 여기던 점이기도 했다.

"정보를 사고파는 것이 내 일이오. 남들이 모르는 정보를 아는 것은 당연한 일 아니겠소?"

외팔이 노인의 대답에도 불구하고 왕횡의 의문은 풀리지 않았다.

"하지만 내부자가 아니고서야 그처럼 은밀한 정보를 어찌 알 수 있단 말입니까?"

외팔이 노인의 눈빛이 매섭게 변했다.

"정보 상인은 정보 제공자의 신분을 비밀에 붙일 의무가 있소. 그 의무가 위협당할 때 정보 상인이 어떤 조치를 취하는지 직접 확인해 보고 싶소?"

왕횡은 어리석은 사람이 아니었다. 그는 저 외팔이 노인 또한 환복천자나 잠룡야처럼 항아리 속의 독사가 될 수 있는 인물임을 즉시 깨달았다.

"아, 아닙니다."

외팔이 노인이 눈빛 속에 품은 살기를 풀었다.

"잊지 마시오. 모레 저녁나절이오."

이 말을 끝으로 외팔이 노인은 왕횡의 집무실을 떠났다.

(3)

벽조곡霹棗谷이라는 이름의 골짜기는 용주보에서 동북쪽으로 이백여 리 떨어진 곳에 있었다. 골짜기 초입에 벼락 맞은 대추나무 한 그루가 높다랗게 서 있다 하여 그런 이름이 붙었다고 한다. 말로는 천 년 전의 일이라는데, 멀쩡한 나무도 백 년 살기 힘든 판국에 벼락 맞아 검게 타 붙은 나무가 그리 오래 살 수는 없는 노릇이니, 길어야 오십 년 내에 벌어진 일임을 짐작할 수 있었다. 그럼에도 그런 헛소리가 나도는 까닭은 벼락 맞은 대추나무를 축귀척사逐鬼斥邪의 신물처럼 떠들고 다니는 일부 땡초, 말코 들의 영향이 지대할 터였다.

야밤에 용주보를 나와 노중의 낡은 관제묘에서 노루잠으로 피로를 쫓은 모용풍이 벽조곡의 시작을 알리는 벼락 맞은 대추나무 앞에 당도한 것은 섣달 초사흘 늦은 오후.

모용풍은 걸음을 멈추고 대추나무를 올려다보았다. 잎사귀 한 장 남아 있지 않은 검고 앙상한 가지에 사람 하나가 매달려 있는 모습이 보였다. 가지에 오금을 걸고 거꾸로 매달려 있는 그 사람은 이처럼 뜻하지 않은 장소에서 만나기엔 너무 어리고 너무 못생기고 너무 꼬질꼬질해 보였다. 그 사람을 잠시 올려다보던 모용풍이 물었다.

"거기서 뭐 하는 게냐?"

대추나무 가지에 매달린 사람, 추한 외모와 달리 초롱초롱한 눈망울을 가진 어린 거지가 콧방귀를 뀌었다. 모용풍이 다시 물었다.

"물어볼 것이 있으니 이리 내려오너라."

"지랄, 영감이 뭔데 오라 가라야."

기껏 돌아온 대답이 몹시 맹랑한지라 모용풍은 두 눈을 부라리며 으름장을 놓았다.

"존장을 몰라보는 놈이로다. 혼나 봐야 정신을 차리겠구나."

"헹, 나한텐 영감처럼 때깔 고운 존장 없거든."

"때깔?"

"존장 대접받고 싶으면 최소한 아홉 군데는 기운 옷을 걸쳐야지."

"아홉 군데라면…… 개방의 구철법九綴法을 말하는 거냐?"

어떤 괴팍한 인간이 만든 법인지는 몰라도, 개방의 거지는 아홉 군데 이상 기운 옷을 입어야 했다.

"구철법을 아는 걸 보니 귓구멍은 뚫렸나 보네."

그네를 타듯 몸을 흔들다 나뭇가지 위로 날렵하게 올라앉은 어린 거지가 엄지로 골짜기 안쪽을 가리키며 말을 이어 갔다.

"이 골짜기는 본 방이 접수했으니 험한 꼴 당하기 싫으면 얼른 꺼지라고."

모용풍은 고개를 작게 끄덕였다. 저 버릇없는 어린 거지가 누구인지 비로소 알 수 있었기 때문이다.

"어려서부터 빌어먹고 돌아다닌 놈이라 그런지 주둥이 하나는 제대로 여물었구나. 하긴 소아귀도 네 나이 땐 그랬느니라."

"소아귀가 누군데?"

"네 부친."

어린 거지의 어깨가 움찔 흔들렸다.

"아버지를…… 아세요?"

어느새 말투도 바뀌어 있었다. 모용풍은 나무 위를 향해 하나뿐인 오른손을 슬쩍 들어 보였다.

"걸신들린 네 부친만이 아니라 소귀신 닮은 네 사형도 알지. 사형에게 못 들었느냐, 손버릇 나쁜 외팔이 노인네에게 끌려 다니느라 뒤통수에서 혹 떨어질 날 없었다는 얘기를?"

"힉."

어린 거지가 나뭇가지에서 훌쩍 뛰어내렸다. 세 길 가까운 높이인데도 깃털처럼 사뿐히 착지하는 것을 보니 신법의 기초가 꽤나 훌륭하게 잡힌 것 같았다.

모용풍을 향해 쪼르르 다가오다 멈춰 선 어린 거지가 간교한 웃음을 지으며 말했다.

"개방의 소마자少痲子가 노야께 인사 올립니다."

어린 거지가 멈춰 선 자리는 이쪽에서 팔을 한껏 뻗을 경우 아슬아슬하게 닿지 않을 만한 거리였다. 원숭이처럼 엉덩이를 엉거주춤 빼고 선 품이 여차하면 달아날 속셈인 것 같았다. 많이 봐줘야 열두어 살밖에 안 돼 보이는 놈이건만 약삭빠르기가 보통이 아니라는 생각이 들었다. 물론 죄다 헛수고에 지나지 않을 테지만.

"놈!"

짤막한 호통과 함께 늙고 어린 두 사람 사이에 푸른 그림자가 어른거렸다.

"아쿠쿠."

어린 거지가 머리통을 감싸 안으며 앓는 소리를 냈다.

"존장에게 버릇없이 군 벌이니라. 잔머리를 계속 굴리면 한 대로 끝나지 않을 게다."

모용풍이 눈씨에 힘을 주고 꾸짖자 어린 거지가 머리를 감싼 양손을 얼른 내리고 자세를 바로 했다. 눈물로 그렁그렁해진 눈을 보니 생각보다 과하게 손을 쓴 모양인데, 한 팔을 잃은 뒤로 종종 그랬다. 모용풍의 표정이 조금은 누그러졌다.

"내가 누군지 알겠느냐?"

어린 거지가 모용풍의 눈치를 살피며 조심스럽게 대답했다.

"강호오괴의 일인이신 순풍이 모용 노야가 아니십니까."

모용풍은 고소를 삼켰다.

"오괴가 이괴로 줄어든 지는 제법 되었지만 내가 귀 밝은 원숭이인 것은 맞다. 네 부친이 지어 준 이름이 설마 소마자는 아닐 테고, 본명이 뭐냐?"

"우대만于大萬이라고 합니다. 소마자는 별명이지요."

마자麻子(곰보)란 별명이 말해 주듯 어린 거지의 이마와 볼따구니는 움푹한 곰보 자국과 크고 작은 붉은 점으로 온통 뒤덮여 있었다. 얼굴에 덕지덕지 낀 땟국으로도 가려지지 않는 것을 보니 홍역을 앓아도 호되게 앓은 모양이었다.

"그래, 골짜기를 접수했다며 큰소리 탕탕 치는 놈이 여기는 왜 혼자 나와 있는 게냐? 망이라도 보고 있었던 게냐?"

"그런 것은 아니고……."

"아니면?"

"저 안에 있으면 이것저것 시키는 게 많아서……."

모용풍은 입술을 실룩였다. 개봉에 총단을 둔 개방의 거지들이 머나먼 북방의 섬서까지 진출한 까닭은 본업인 걸식을 위해서가 아니었다. 비각은 무너진 전열을 정비하고 열세에 빠진 국면을 전환하기 위해 내외에 흩어진 우군을 소집해 놓은 상태였다. 비각의 강호 공작에 대항하기 위해 이번에 극적으로 결성된 '동맹'에서는 그것을 결코 좌시할 의향이 없었다. 그 동맹에서 정보 분야를 담당하는 황서계는 비각이 소집한 병력의 이동로를 낱낱이 파악하여 동맹의 맹주 격인 중양회주 석대문에게 전달했고, 석대문은 태원을 향해 두 갈래로 이동 중인 적 병력이 합류하기 전에 각개격파 한다는 전략을 수립했다. 그중 개방이 맡은 것은 하남의 태행산을 벗어나 육로를 따라 북상하고 있는 칠성노조의 녹림도들. 그러니 저 우대만이 이번에 동원된 거지들 중에서 가장 어릴 것은 자명했다.

'소아귀의 성격으로 보건대 제 새끼라고 특별히 감싸고돌 리도 없을 테고…….'

열한두 살이면 아직 애였다. 출정이란 소리에 신바람을 내며 따라왔다가 우박처럼 떨어지는 허드렛일에 질려 버릴 만도 했다. 수염을 쓸어내리며 잠시 생각에 잠겼던 모용풍이 계곡 안쪽으로 시선을 돌리며 우대만에게 물었다.

"부친은 저 안에 있느냐?"

"예."

"또 누가 왔느냐?"

우대만이 손가락을 꼽으며 대답했다.

"악양과 무창 분타에서 오신 상 숙부님들과 서안 분타에서 오신 손 숙부님, 순찰노두이신 호 숙부님과 기아구제飢餓救濟 할아버지들, 그리고……."

"잠깐, 기아구제도 왔다고?"

"그렇습니다."

"허, 놀랄 일이구나."

개방의 전대 방주인 금정화안신개의 어린 사제들로서 지금은 방 내에서 가장 존장이라고 할 수 있는 기아구제 사대장로는 장로라는 직위에 걸맞게 여간해서는 총단을 떠나지 않는 작자들로 유명했다. 그처럼 엉덩이 무거운 작자들까지 들볶아 움직이게 만든 것을 보면, 개방 방주 우근도 이번 행사의 중요성을 모용풍만큼이나 깊이 인식하고 있는 것이 분명했다.

'그 노물들을 보는 것도 이십 년 만인가?'

과거에는 견원지간처럼 여기던 이름들이 반갑게 들리는 것을 보면 나도 어지간히 늙었구나 하는 생각이 들었다.

'더 늦기 전에 제자라도 하나 들여야 하는데…….'

제자라고 하니, 반년 전 석대원에게 말을 전하러 무양문을 찾아갈 때 십여 일간 노중 수발을 들어 주던 황우의 얼굴이 떠올랐다. 황우 정도면 제자로 삼기에 부족하지 않을 테지만, 이미 다른 문하에 들어간 놈을 빼 올 수도 없는 노릇이었다.

'제자라…….'

모용풍은 눈을 가늘게 뜨고 눈앞에 서 있는 어린 거지를 살펴보았다. 우직한 부친과 달리 눈치 좋고 영특해 보이는 것이 정보를 다루는 일에 잘 맞을 것 같았다. 게다가 우근에게는 이미 모든 것을 물려줄 황우가 있지 않은가.

"너, 거지가 좋으냐?"

"예?"

"부친이 거지라서 거지로 자란 것은 어쩔 수 없는 일이겠지만, 그것과 평생을 거지로 사는 것은 다른 문제이지 않겠느냐?"

미래를 생각해 두기에는 너무 어린 나이였는지 우대만은 눈알만 굴릴 뿐 쉬 대답하지 못했다.

"아니다, 급할 것 없는 문제이니 천천히 생각해 보려무나. 혼자 판단하기 힘들면 사형과 의논해 보는 것도 좋고. 참, 그놈도 저 안에 있겠지?"

"사형은 이곳에 안 계십니다."

"없어?"

당연히 있으리라 믿고 물은 것인데 없다 하니 괴이했다.

"방의 존망이 걸린 행사에 방주의 장제자가 왜 빠지게 되었을꼬?"

"부친께서 일을 하나 시키셨습니다."

"무슨 일?"

"빌려준 볏을 받아 오라고 하셨지요."

이 또한 괴이한 대답이 아닐 수 없었다.

"닭도 아닌 네 부친이 있지도 않은 볏을 어떻게 남에게 빌려준단 말이냐?"

"자세한 내막은 저도 잘 모릅니다만, 사형을 보내시기 전에 분명히 그리 지시하시는 것을 들었습니다."

모용풍은 천하에서 가장 오지랖 넓은 사람답게 호기심이 뭉클뭉클 이는 것을 느꼈지만, 어린 거지에게서 얻을 수 있는 정보란 본래부터 한계가 있었다. 정히 궁금하면 본인에게 물어보면 될 일이었다.

"앞장서라. 네 부친을 만나야겠다."

모용풍은 우대만을 앞세워 벽조곡 안으로 들어갔다.

우거진 관솔 숲을 지나 낡은 잔교 하나를 건너자 계곡이 본격적으로 시작되었다. 계곡의 규모는 작지 않았다. 계곡 왼쪽으로는 붉은 절벽이 병풍처럼 가로막고 있었고, 계곡 오른쪽으로는 아름드리 소나무들이 빽빽이 들어차 있었다. 갈수渴水로 말라붙은 계곡 바닥에는 청회색 얼음 웅덩이가 군데군데 고여 있었다.

울퉁불퉁한 산길을 따라 계곡을 오르는 동안, 모용풍은 개방에서 벽조곡을 접수했다는 우대만의 발칙한 말이 사실임을 절감하게 되었다. 양쪽 콧구멍을 중심으로 잔뜩 오므라든 그의 얼굴근육이 바로 그 증거였다. 두 놈만 모여도 더러운 게 거지인데, 그런 거지들 수백 명이 우글거리고 있으니 계곡 전체가 악취에 뒤덮인 것은 당연한 일이었다. 지린내와 구린내, 발 냄새, 음식 썩는 냄새가 한데 뒤엉켜 공기 아래 무겁게 깔려 있으니, 이대로 며칠만 더 접수했다가는 명년 봄에 풀이라도 제대로 날지 걱정되었다. 하지만 진실로 놀라운 일은, 먹은 것도 게우게 만드는 이 지독한 악취 속에서도 고기를 굽고 삶는 놈들이 있다는 점이었다.

"이게 웬 고기 냄새냐?"

계곡 곳곳에서 자욱하게 피어오르는 누린내 밴 연기를 보며 모용풍이 묻자 우대만이 군침을 삼키며 대답했다.

"결전의 날을 대비해 부친께서 특별히 명을 내리셨습니다. 배 속이 든든하지 않으면 제대로 싸울 수 없다고 하시면서요."

소아귀다운 생각이 아닐 수 없었다. 모용풍이 실소하며 다시 물었다.

"무슨 고긴데?"

"개고깁니다, 우리 거지들이 제일 좋아하는."

"저 많은 개를 어디서 구했단 말이냐?"

"아침나절에 서안 분타의 형님들이 인근 마을들을 샅샅이 훑었다고 합니다."

거지들이 설마 돈을 주고 사 왔을 리는 없을 테고, 주인 몰래 때려잡은 것이 분명했다. 모용풍은 혀를 찼다.

"도적이 따로 없구나."

개방 거지들에 대한 이 신랄한 촌평을 받은 것은 등 뒤에서 울린 걸걸한 목소리였다.

"대사를 앞두고 개를 잡아 조사야 전에 제사를 올리는 것은 본 방의 오랜 전통이오. 그것을 두고 왈가왈부하는 것은 본 방에 대한 심각한 도전으로 간주될지도 모르오."

모용풍은 발길을 멈추고 고개를 돌렸다. 대나무처럼 껑충한 일신에 남루한 도포를 걸친 중늙은이가 실처럼 가늘게 접은 눈으로 자신을 쳐다보고 있는 모습이 눈에 들어왔다.

"제 돈 내고 올리는 제사라면 누가 왈가왈부할꼬. 그나저나 본분에 어울리지 않는 차림을 즐기는 건 이십 년 전이나 지금이나 달라지지 않았나 보군. 자네 형제들도 여전히 그 모양인가, 아도인?"

모용풍의 말에 개방의 기아구제 사대장로 중 둘째인 아도인이 능청스러운 표정으로 대꾸했다.

"조변석개朝變夕改하는 세상에서 우리 형제들이 추구하는 불변은 미덕이라고 칭송받아 마땅할 거요."

모용풍은 코웃음을 쳤다. 중 아닌 놈이 중 차림을 하고 도사 아닌 놈이 도사 차림을 하고 선비 아닌 놈이 선비 차림을 하고 관리 아닌 놈이 관리 차림을 하는 것은 기아구제의 유명한 기벽이었다. 그러면서 큰소리치기를, 방으로부터 입은 은혜만 아니었다면 반드시 그렇게 되었을 거라나. 하지만 모용풍이 보기에는 팔자에 굴복한 못난 거지들이 늘어놓는 가소로운 넋두리에 지나지 않았다.

"그 훌륭한 미덕, 부디 죽는 날까지 열심히 추구하길 바라네. 나는 방주를 만나야 하니, 회포를 풀려거든 형제들을 찾아 그리로 오게나."

가짜 도사를 뒤로한 모용풍은 우대만을 앞세워 골짜기 더 깊이 올라갔다. 우대만은 아래쪽보다 조금 아늑하고 조금 한적하며 조금 청결한 곳으로 그를 안내했다.

"오셨습니까, 숙부님."

반년 만에 다시 본 개방 방주 우근의 얼굴은 어딘지 모르게 의기소침해 보였다. 평소의 호방한 성정과도 맞지 않을뿐더러 큰 싸움을 앞둔 무인이 지을 표정은 더더욱 아니었다. 모용풍은 눈매를 좁히며 우근에게 물었다.

"얼굴이 왜 그 모양인가? 이 늙은이를 다시 보는 것이 그리 못마땅한가?"

"예? 아, 아닙니다. 그럴 리가요."

"그럼 일껏 찾아온 손님을 앞에 두고 그렇게 우거지상을 하고 있는 이유가 대체 뭔가?"

우근은 한숨을 푹 쉬었다.

"그럴 일이 있습니다."

"그럴 일?"

눈썹을 찡그리는 모용풍에게, 우근을 대신하여 대답해 준 사람이 있었다.

"방주님께서 저러시는 게 두 달쯤 됐지요, 아마."

우근 옆에 시립하듯 붙어 있는 작달막한 거지에게 시선을 돌린 모용풍이 잠시 후 알은체를 했다.

"누군가 했더니 호 노두였군."

"인사가 늦어 죄송합니다."

개방의 순찰노두 호유광이 모용풍을 향해 포권을 올렸다.

"미안하네. 살집이 많이 붙어서 얼른 못 알아봤어."

빼빼 말랐다 하여 젊을 적에는 수후개瘦猴丐라고까지 불리던 호유광이 지금은 풍채 좋은 장사치처럼 보였던 것이다. 호유광이 면목 없다는 듯이 뒤통수를 긁적거렸다.

"한 일 년 총단에서 빈둥거리다 보니 그렇게 되었습니다."

"빈둥거리고도 먹고살 수 있다면 거지 팔자로는 최고인 셈이겠지. 그건 그렇고, 두 달 전에 무슨 일이 있었기에 자네 방주가 저런 얼굴이 된 겐가?"

호유광은 대답 대신 질문을 던졌다.

"우리 방주님, 뭔가 달라지셨다는 거 모르시겠습니까?"

모용풍은 우근의 위아래를 다시 한 번 훑어보았다. 그러고 보니 이상한 점이 한 가지 있었다. 강호인들은 우근을 가리켜 '철포를 묶고 다니는 자', 철포결이라고 불렀다. 바로 그 철포가 보이지 않았던 것이다. 반년 전에 호북에서 만난 우근도 철포를 두르고 있지는 않았지만, 그것은 도처에 깔린 적 밀정들의 이목을 피하기 위해서였다. 하지만 총단의 정예들을 휘몰아 나온 지금은 그때와 입장이 달랐다. 지금의 우근에게는 스스로를 감출 이유가 전혀 없었다.

그때 우근이 음울한 목소리로 중얼거렸다.

"볏 잃은 수탉 신세가 되었지요."

저 볏이라는 단어, 처음 듣는 게 아니었다. 그리고 볏에 비유된 물건이 철포였다는 점도 짐작할 수 있었다. 모르는 것은 딱 하나. 모용풍은 눈썹을 찌푸리며 우근에게 물었다.

"수탉에게서 볏을 빼앗아 간 사람이 누군기?"

우근이 이를 갈듯이 대답했다.

"당금 강호에서 가장 유명한 인물입니다."

십여 날 전이라면 모를까, 지금은 그 인물이 누구인지 금방 알아차릴 수 있었다.

지난 동짓날, 동창의 좌첩형이 정난칙사의 이름으로 주최한 옥천관의 연회장에 새벽빛과 함께 들이닥쳐 건정회주인 현학

도장을 포함, 수백 명의 목숨을 앗아 간 희대의 살성 혈랑곡주!

'석대원.'

모용풍은 자신도 모르게 두 눈을 질끈 감았다. 그의 의형이자 강호오괴의 대형 격인 기광 과추운을 향해 무자비하게 떨어져 내리던 붉은 검광이 일 년이라는 시간을 뛰어넘어 그의 망막을 가득 채워 왔기 때문이었다. 하지만 그날의 소름 끼치던 붉음은 눈까풀 안쪽을 후비듯 여전히 생생하기만 했다.

"수족처럼 여기던 신물을 두 달 가까이 떼어 놓고 살다 보니 당최 입맛도 없고……."

"그만."

모용풍은 낮은 한마디로 우근의 푸념을 잘랐다. 감았던 눈을 떠 보니 잠깐 사이에 눈물이라도 고인 것인지 우근의 네모난 얼굴이 흐릿해 보였다. 고개를 한차례 흔들어 시야를 밝힌 그가 작지만 딱딱한 목소리로 말했다.

"그 인물과 관련된 얘기는 더 듣고 싶지 않구먼. 우리 일에 대해서나 얘기하세."

젖은 빨래처럼 늘어져 있던 우근의 입매가 조금 진지해졌다.

"말씀하십시오."

모용풍은 바쁜 일정을 쪼개어 이 벽조곡에 온 용건을 꺼냈다.

"개방이 상대해야 할 녹림도들의 수가 이백 명가량 불어났다네."

"이백씩이나요?"

"종남산終南山 아래를 지나며 삼리강三里岡의 녹림도들이 합류했다고 하더군."

우근은 팔짱을 끼며 인상을 찌푸렸다.

"삼리강이면 만만치 않겠군요."

"방주도 삼리강의 새로운 채주에 대한 소문을 들은 모양이군."

"자신이 죽인 대적의 숫자로 이름을 대신한다는 장십구도莊十九刀가 아닙니까."

"호, 거기까지 알고 있었나?"

여름이 끝날 때만 해도 열일곱이던 이름이 가을을 넘기며 종남산의 산채들을 병탄하는 과정에서 열아홉으로 늘어났던 것이다.

"이 조카는 본 방의 정보력이 황서계에 뒤진다고는 생각하지 않습니다."

우근이 목에 힘을 주며 말했다. 예전 같았으면 발끈할 만한 발언인데도 모용풍은 단지 고개를 끄덕일 뿐, 덤덤하게 넘길 수 있었다. 이 또한 늙었다는 증거일 터.

"그리고 또 한 가지, 방주가 특별히 새겨들어야 할 소식이 있다네."

"예?"

"이번 대전에서 칠성노조 곽조를 맞상대할 사람이 방주 아닌가. 바로 그 곽조에 대한 정보라네."

적 수괴의 이름이 거론되자 우근의 눈에 정광이 번득였다.

"뭡니까, 그 소식이란 게?"

"곽조가 올봄 무당산에서 열린 건정회의 결성 집회 이후 강호에는 한 차례도 모습을 드러내지 않았다는 사실은 아는가?"

"압니다. 곽조 휘하의 칠성장군들은 간혹 목격되었지만 곽조 본인은 코빼기도 비치지 않았지요."

고개를 끄덕인 모용풍이 다시 물었다.

"하면 곽조가 무엇 때문에 그랬는지에 대해서도 아는가?"

"거기까지는 알지 못합니다만……."

모용풍의 얇은 입술 위로 작은 미소가 지나갔다. 고급한 정보력에 있어서만큼은 천하제일 대방이라는 개방마저도 황서계의 적수가 되지 못한다는, 전임 계주로서의 자긍심이 일어났기 때문이다. 하지만 모용풍은 그런 기색을 애써 감추고 말을 이어 갔다.

"곽조는 무당산의 집회를 마친 뒤 본거지인 태행산에서 폐관에 들어갔다고 하네."

우근이 고개를 갸웃거렸다.

"이상하군요. 살날도 얼마 남지 않은 상늙은이가 거기서 뭘 더 이루겠다고 폐관에 들어갔단 말입니까?"

"상식적으로 생각하면 그렇지. 현역으로 활동하는 강호인들 중에는 가장 늙은 노물이 바로 곽조니까. 하지만 곽조도 나름 인물이었는지, 평화로운 여생을 보내며 죽을 날을 얌전히 기다릴 의도가 없었던 모양일세. 그리고 곽조가 폐관 수련에 들어간 데에는 그가 외부로부터 제공받은 한 가지 신이한 음공陰功이 결정적인 역할을 했다네."

"음공……이라고요?"

"그것을 제공한 사람은 올해 초 토번의 사신단과 함께 입국한 서장 아두랍찰의 주지였네. 곽조가 비각의 노각주 잠룡야의 든든한 우군이라는 소리를 듣고는 선물로 마련해 온 모양이야. 그런데 참으로 교묘하다고 할 수밖에 없는 것이, 밀종에서 온 음공과 곽조가 평생을 수련한 고목인이 내공 면에서 마치 한 뿌리에서 갈라져 나온 두 개의 가지처럼 조화를 이루었다지 뭔가. 이를 알게 된 곽조가 뛸 듯이 기뻐하며 폐관에 들어간 것은 당연한 수순이라고 해야겠지."

우근은 침음을 흘렸다. 앞으로 열 몇 시진 뒤에 싸워야 할 대적에게 뜻밖의 진전이 있다는 소식은 우근처럼 철담을 가진 장부에게도 작지 않은 부담으로 작용한 모양이었다.

"폐관 결과에 대해서는 아십니까?"

"믿을 만한 정보에 따르면, 폐관을 마치고 나온 곽조는 머리카락이 검어지고 이빨도 새로 돋아났다고 하더군."

우근의 눈이 휘둥그레졌다.

"설마 반로환동返老還童을 이루었다는 말씀입니까?"

"그 경지가 이야기 속에 나오는 반로환동인지 아닌지는 모르겠지만, 어쨌거나 이전보다 강건해진 것만은 사실인 것 같네."

"끄음."

이마에 굵은 주름을 접으며 다시 한 번 침음을 흘리는 우근에게 모용풍이 조심스럽게 물었다.

"어떤가, 그래도 곽조를 꺾을 자신이 있는가?"

곁에서 두 사람의 대화를 경청하던 호유광과 우대만도 걱정을 담은 눈길로 우근의 얼굴을 쳐다보았다. 우근이 팔짱을 풀고 표정을 편 것은 약간의 시간이 지난 뒤였다.

"자신이 있든 없든 이미 호랑이 등에 올라탄 몸이 아닙니까. 싸움을 목전에 두고 꼬리를 말 수는 없는 노릇이죠."

항상 자신감 넘치던 우근이 이처럼 애매한 말로 대답을 대신하자 우대만이 울상을 지었다.

"아버지, 노괴가 요괴가 되었다는데 괜찮으시겠어요?"

우근은 손등까지 굳은살이 박인 큼직한 손으로 우대만의 머리카락을 헝클어뜨렸다.

"걱정 마라. 노괴가 요괴가 되는 반년 동안 이 아비도 놀고 있지만은 않았으니까."

모용풍은 고개를 작게 끄덕였다. 우근이 지난봄 무당산에서 낭패를 당한 이후 내외공의 수련에 더욱 박차를 가했다는 사실은 우근과 각별한 사이인 석대문에게 들어 알고 있었다. 더구나 모용풍으로 말하자면 본래부터 우근에 대한 믿음이 두텁던 사람이었다. 철포결을 검왕, 고검과 더불어 신오대고수 중 한 사람으로 꼽은 것은 다름 아닌 모용풍 본인이었던 것이다.

"어쨌거나 전황이 우리의 예상보다 험악해지리라는 점은 분명하네. 그래서 하는 말인데……."

모용풍은 까치집으로 바뀐 머리카락을 손가락빗으로 훑어 내리는 우대만을 슬쩍 쳐다본 뒤 말을 이었다.

"그런 자리에 이처럼 어린 아이를 데려가는 것은 조금 위험하다는 생각이 드는구먼."

"그게 무슨 말씀이십니까! 저는 부친의 곁을 지킬 겁니다!"

주먹을 움켜쥐고 발딱 일어서는 우대만을 못 본 체하며, 모용풍이 우근에게 청했다.

"방주가 허락한다면 저 아이는 내가 잠시 맡아 둘까 하네. 내 임무야 중앙회주가 이끄는 병력을 전장까지 안내하는 데서 끝나니, 아이의 안전에 대해서는 걱정하지 않아도 될 걸세."

잠시 생각하던 우근이 고개를 끄덕였다.

"아무래도 그러는 편이 낫겠군요."

"아버지!"

우근의 눈길이 아들을 향했다.

"숙부님의 말씀을 들어 보니, 모레 이 아비는 일생일대의 싸움을 치러야 할 것 같구나."

"그러니까 더더욱……."

우근은 고개를 저어 아들의 말을 자른 뒤 조금 엄한 목소리로 말을 맺었다.

"피붙이의 안위에 신경을 쓰느라 그 싸움을 망치고 싶지는 않구나. 너는 잠시 숙부님을 따라가도록 해라.”

우대만의 눈동자에서 불복의 기미가 조금씩 사그라드는 것을 본 모용풍은 길쭉해지려는 입매에 힘을 주었다. 일석이조라고, 며칠간 데리고 다니며 황서계의 정보 상인이 개방의 거지보다 낫다는 점을 보여 주면 늘그막에 수발들어 줄 제자를 거두는 일도 아주 막연하지는 않으리라는 기대감이 들었다.

그때 계곡 아래로부터 왁자한 소음이 밀려왔다. 그러더니 잠시 후 네 종류의 전형적인 복장을 한 네 명의 늙은이가 김이 펄펄 올라오는 개고기를 판자에 받쳐 들고 올라오는 모습이 보였다. 이른바 기아구제, 나이순으로 기미륵飢彌勒, 아도인餓道人, 구학사救學士, 제세리濟稅吏라 불리는 개방의 사대장로는 머리가 하얘지고 주름이 자글자글해졌을 뿐, 하고 다니는 짓은 이십 년 전과 조금도 달라 보이지 않았다.

“여어, 모용 형, 오랜만이외다.”

가짜 중 기미륵이 뱃살을 출렁거리며 물꼬를 트고.

“노독물을 죽이고 황서계를 부흥시킨 점, 축하드리오.”

가짜 도사 아도인이 점잔을 빼며 비위를 맞추고.

“하지만 계주 자리는 보운장에 팔아넘겼다던데?”

가짜 선비 구학사가 입술을 비틀며 이죽거리고.

“부자가 되신 참에 적선이나 하시구려.”

가짜 관리 제세리가 손바닥을 비비며 실리를 챙기니, 이들 네 가짜들의 불변함은 진실로 칭송받아 마땅할 미덕이라는 생각이 들었다. 모용풍은 이십 년 전으로 돌아간 듯한 기분을 느끼며 기아구제의 수작에 한 묶음으로 응수해 주었다.

“오랜만이네. 할 일을 했을 뿐인데 축하는 무슨. 확실히 돈이 좋긴 좋더군. 개봉에 들를 기회가 있으면 재신 노릇 톡톡히 하겠네."

서로를 돌아본 기아구제가 어느 순간 웃음을 터뜨렸다.

"하하! 모용 형도 여전하구려. 반갑소, 반가워."

나이를 먹어 관계에 유순해지는 것은 꼬장꼬장한 정보 상인만이 아닌 모양이었다.

어느새 땅거미가 짙어져 있었다. 모용풍이 앉아 있던 거적자리에서 엉덩이를 뗀 것은 개고기로 수북하던 판자가 거의 바닥을 드러낼 무렵이었다.

"가시려고요?"

개기름으로 번들번들해진 열 손가락을 하나하나 빨아 먹던 우근이 모용풍을 올려다보며 물었다. 모용풍은 화주 두 단지에 얼굴이 불콰해진 개방의 네 장로를 둘러본 뒤 말했다.

"가야지. 원래는 말만 전하고 곧바로 떠날 작정이었는데, 옛 친구들과 어울리느라고 시간을 너무 지체했어."

우근이 아들에게 눈짓을 보냈다.

"뭐 하느냐, 얼른 따라나서지 않고."

우대만이 쭈뼛거리며 몸을 일으켰지만 부친을 연신 힐끔거리는 품새가 가기 싫어하는 기색이 역력했다. 그 속내를 짐작한 모용풍이 아이를 향해 부드럽게 말했다.

"네 부친은 강한 사람이니 그리 걱정하지 않아도 된다. 너는 며칠 나를 따라다니며 견문이나 넓힌다고 생각하려무나."

"……예."

나이 어린 거지의 바깥나들이엔 꾸릴 만한 행장도 딱히 없었다. 개고기를 덜어 먹던 바가지를 뒤춤에 걸고, 깔고 앉았던 거적때기를 훌훌 털어 등에 메는 것으로 채비를 끝마친 우대만이 부친에게 큰절을 올렸다.

"아버지, 꼭 이기세요."

우근은 듬직한 미소로 아들의 기원에 답했다. 그 모습을 지켜보던 모용풍이 우근에게 전할 마지막 정보를 들려주었다.

"곽조가 새로 얻은 음공의 이름은 백룡흡호공白龍吸呼功이라고 하네. 그리고 황서계에 이 정보를 알려 준 사람이 방주에게 전하라는 말이 있었네."

모용풍은 잠시 짬을 둔 뒤 그 사람이 한 말을 그대로 읊었다.

"백룡을 보지 말고 백룡의 둥지를 봐라."

"백룡을 보지 말고 백룡의 둥지를 봐라……."

심각한 얼굴로 모용풍이 한 말을 되뇌던 우근이 고개를 번쩍 들고 물었다.

"이처럼 은밀한 정보를 황서계에 넘긴 사람이 대체 누굽니까?"

모용풍으로선 처음 듣는 질문이 아니었다. 어젯밤 용주관의 진장도 그 사람의 신분에 대해 몹시 궁금히 여겼던 것이다. 진장에게는 정보 제공자의 신분을 알려 들지 말라며 매섭게 경고했지만, 이 바닥 사정에 훤한 개방 방주를 상대로는 그럴 수 없었다.

"그는……."

모용풍은 밤기운에 물들어 가는 하늘을 올려다보며 한숨을 쉬듯 말을 이었다.

"지금 이 순간 가장 마음 아파하고 있을 사람이라네."

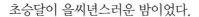

초승달이 을씨년스러운 밤이었다.

그는 언덕 끝자락에 올라서서 발아래로 펼쳐진 평원을 내려다보았다. 넓은 겨울 평원을 가득 메운 색색의 천막들이 곳곳에 피워 놓은 화톳불의 광채를 받아 그의 눈동자에 담겼다. 눈동자가 흔들리고, 어깨가 흔들리고, 마음이 흔들렸다. 그리고 그렇게 흔들린 마음은 남모를 고통으로 이어졌다.

그는 신의를 모르는 사람이 아니었다.

그는 배신을 즐기는 사람이 아니었다.

그래서 그는 마음 아파할 수밖에 없었다.

한동안 평원을 내려다보던 그가 울음처럼 구슬픈 한마디를 뇌까렸다.

"충성이라……."

일편단심이란 말이 있긴 하지만, 충성의 대상이 반드시 하나일 필요는 없었다. 인간은 나라에 충성함과 동시에 부모에 충성할 수 있었고, 집단에 충성함과 동시에 가족에 충성할 수 있었다. 그런데, 무척 드문 일이긴 하지만, 그렇게 나뉘어 바쳐지는 충성끼리 충돌을 일으킬 경우도 없지는 않았다. 이를테면, 충성을 받는 두 주체 사이에 심각한 대립이 벌어진 경우였다.

그 경우 두 갈래로 충성을 바치던 인간은 선택을 강요받게 되고, 어느 쪽을 선택하든 배신은 불가피했다.

어떤 충성을 지켜 갈 것인가?

어떤 배신을 감수할 것인가?

상충된 충성이 야기한 선택의 기로에 서게 되었을 때, 그는 오래 고민하지 않았다. 충성이란 아랫사람이 가지는 덕목. 결국은 더 강성하고 더 존귀한 주인을 따를 수밖에 없었다.

그의 시선이 평원에 설치된 천막들 중에서 가장 크고 가장 화려하며 가장 중앙에 위치한 천막으로 향했다. 저 안에 잠들어 있는 노인은 그의 충성을 받을 자격이 충분한 인물이었다. 하지만 그가 처음으로 섬긴 또 다른 주인과는 비교할 수 없었다. 아니, 어느 누구도 그의 첫 번째 주인과는 비교할 수 없었다. 왜냐하면…….

그의 첫 번째 주인은 인간이 아니기 때문이었다.

언덕을 올라오는 작은 발소리가 들렸다. 하지만 그는 평원을 내려다보는 시선을 거두지 않았다.

잠시 후 그의 등 뒤에서 젊은 목소리가 나직하게 울렸다.

"오군의 부군장 대경용입니다. 모시러 왔습니다."

그는 천천히 몸을 돌렸다. 금빛 대궁을 등 뒤에 엇질러 멘 거구의 청년이 여섯 명의 궁수들을 뒤에 거느린 채 그를 향해 광명의 예를 올리고 있었다.

그는 청년들이 두 손으로 짓고 있는 불꽃 모양의 수결을 바라보다가, 다시 시선을 돌려 화톳불과 천막 들로 뒤덮인 평원을 내려다보다가, 마침내 결심한 듯 작게 중얼거렸다.

"예상은 했지만…… 아프구먼."

녹림의 문곡성으로 이름을 알리기 전부터 민간 백련교의 사대명두 중 도두道頭로서 암약해 온 채요명은 재 가루처럼 허허로운 미소로 마음의 상처를 어루만졌다.

섬서대회전陝西大會戰 (一)

(1)

모용풍은 콧잔등을 찡그렸다.

긍- 그응-.

고막을 할퀴듯 사납게 울부짖는 바람 소리 아래로 낮고 무거운 소음이 가까워지고 있었다. 그 소음은, 잿빛 하늘로부터 채찍처럼 떨어지는 바람 소리와는 반대로, 장성의 성벽 아래로부터 천천히 기어 올라오고 있었다. 마치 소한小寒의 추위와 함께 남하한 북쪽 나라의 어떤 괴물이 둔중한 네 발로 눈 덮인 화강암 벽면을 차례차례 찍으며 장성을 넘어오고 있는 것 같았다.

"눈 어는 소립니다."

묻지도 않았건만 대답해 준 사람은 문루의 서쪽 기둥 앞에 서 있는 왕횡이었다. 지금의 왕횡은 스물 몇 시진 전 용주보 진장의 집무실에서 처음 보았을 때와는 전혀 다른 외양을 하고 있었다. 투구와 갑옷 대신 털모자와 털외투로 단단히 무장한 그는 국경을 지키는 장수라기보다는 포목점에서 굴러 나온 커다란 털 뭉치처럼 보였다. 하지만 모용풍은 그의 장수답지 않음을 탓하고 싶은 마음이 전혀 없었다. 뿜어낸 콧김을 콧수염 위에 곧바로 빙결시킬 만큼 혹독한 추위 앞에서는 어쭙잖은 숭무崇武 정신을 고집하는 놈이 바보였다.

"눈이 언다는 게 무슨 소리예요?"

모용풍의 코앞, 문루를 빙 둘러쌓은 성가퀴의 우묵한 곳에 올라앉아 있던 우대만이 모용풍을 돌아보며 물었다. 박박 얽은 아이의 얼굴이 새파랗게 얼어붙어 있었다.

"새벽까지 큰 눈이 내리지 않았느냐. 장성 벽에 두껍게 들러붙어 있던 그 눈이 한파로 얼어붙으면서 저런 이상한 소리를 내는 모양이구나."

왕횡이 다가오며 모용풍의 설명을 부연했다.

"이 보에 처음 부임했을 때도 지금처럼 겨울이었는데, 눈만 내리면 울리는 저 소리 때문에 잠을 제대로 이루지 못했습니다. 조용한 밤중에는 꼭 적병이 성벽을 향해 진군하는 소리처럼 들리거든요. 그래서 장성에서 수자리하는 군사들은 저 소리를 '눈 적병의 군호 소리', '설적호雪敵號'라고 부른답니다."

그러나 이번 적병은 성벽을 향해 진군해 오지 않았다. 성벽 위에 설치한 너른 곽로를 따라 진군해 오고 있었다. 이민족의 침입을 막기 위해 쌓은 장성이 오히려 그들의 이동에 도움을 주고 있다는 점이 역설적으로 여겨졌다.

"춥지 않으십니까, 모용 선생? 아랫것들에게 화로라도 준비하라고 할까요?"

왕횡이 장갑 낀 손으로 언 볼을 문지르며 조심스럽게 물었다. 이쪽을 염려해서 하는 소리 같지만 그 본심이 제 몸 돌보려는 데 있음을 모용풍은 모르지 않았다.

"진장께서 굳이 나와 계실 필요는 없으니 견디기 힘들면 안에 들어가 계시구려."

왕횡의 얼굴 위로 솔깃해하는 본심과 그러지 못하는 의무감이 교차로 떠올랐다.

"보 내에서 심상치 않은 변고가 예약된 마당에 진장 자리에 있는 몸으로 그럴 수는 없지요."

"그렇다면 그냥 계시오."

"그래도 기왕이면 따듯하게 있는 것이……."

"화로는 안 되오."

냉정하게 말한 모용풍은 시선을 문루 아래로 돌렸다.

외팔이와 어린 거지와 진장이 올라 있는 용주보의 문루는 백건산 북쪽 능선을 따라 이어진 곽로 위에 삼 층 높이로 세워져 있었다. 곽로를 따라 서쪽으로부터 이동해 온 인마가 동쪽으로 계속 진출하기 위해서는 튼튼한 쇠살문이 내려진 문루의 일 층을 통과해야만 했다. 이를테면 곽로 위에 설치된 관문인 셈인데, 평소에는 보초 병력과 보급 물자의 이동로에 불과한 탓에 동서 양방향으로 두 명씩의 관병만 서 있던 그곳이 오늘은 오백 명에 가까운 강호인들에 의해 철통처럼 가로막혀 있었다.

싸움을 앞둔 강호의 무사에게 방한을 위한 옷붙이는 사치였다. 행동에 지장을 주는 모자며 목도리, 두꺼운 외투 등을 일절 착용하지 않은 그 강호인들은 오직 일신에 쌓은 내공과 적들을 향한 전의만으로 올겨울 들어 가장 혹독한 한파에 맞서고 있었다. 그들의 머리 위에는 그들이 뿜어낸 입김과 열기, 그리고 그것들보다 더욱 뜨거운 투지가 한데 얽혀 봄 벌판의 아지랑이처럼 일렁거리고 있었다.

강호인들의 가장 선두, 경장으로 지어진 검은 무복에 허리에도 새까만 요대를 두른 건장한 체격의 남자 하나가 서쪽으로 아스라이 뻗어 나간 관로를 향해 팔짱을 낀 채 서 있었다. 남자의 뒤편에는 남자와 뜻을 함께하는 강호인들이 오백 명이나 있었지만, 설령 그렇지 않다고 해도 지금 그 남자가 전신으로 피워 내는 삼엄한 기세, 단 한 명의 적이라도 통과시키지 않겠다는 강철처럼 단단한 결의는 퇴색되지 않을 것 같았다.

문루의 성가퀴 아래로 그 남자의 뒷모습을 내려다보던 모용풍이 작게 말을 이었다.

"동지들이 저리 칼바람을 맞고 서 있는데 내 한 몸 녹이자고 불을 지필 수는 없는 노릇 아니겠소."

강호인이 되어 저 전선의 일익을 담당하지 못하고 비교적 안전지대라 할 만한 이 문루 위로 물러나 있는 데에 대한 자괴심도 없지 않아서, 모용풍의 입가에는 불편한 비틀림이 맺힐 수밖에 없었다. 그러나 전사에게는 전사의 임무가 있고 정보통에게는 정보통의 임무가 있는 법. 한쪽 팔이 잘려 나감으로써 가진 바 무공의 절반 가까이를 잃은 불구 노인이라면, 어쩌면 알아서 후방으로 피해 주는 것이 아군을 도와주는 일일지도 몰랐다.

"노야, 지금 이리로 오고 있다는 이방의 적들이 대체 누구기에 우리 숙부님께서 그처럼 염려하시는 거죠?"

우대만이 모용풍을 돌아보며 말했다. 호형호제를 빌어먹는 일만큼이나 남발하는 개방의 습속상 어린 거지에게는 밥알처럼 많은 숙부들이 있었지만, 방금 아이가 한 말에 등장하는 '우리 숙부'는 거지가 아니었다. 그 숙부는 개방 방주 우근이 지난해

방 외에서 얻은 의동생이자, 이 년도 안 되는 짧은 교분에도 불구하고 경개傾蓋의 우의를 맺었다고 자랑해 마지않던 강동의 신흥 패자인 동시에, 스스로는 중재자에 불과하다며 겸손을 부리지만 저 아래 모인 모든 강호인들로부터 이번 동맹의 진정한 맹주로 인정받은 뛰어난 지도자이기도 했다.

바로 강동제일인, 판검대인 석대문.

그 이름을 입속말로 작게 뇌까리자 석 씨 성을 가진 또 한 명의 이름이 반사적으로 딸려 나왔다.

'……석대원.'

한 핏줄을 나눈 그들 형제는 지극히 강하면서도 파란만장한 운명을 타고나 당금 강호의 정세에 지대한 영향을 끼치고 있었다. 호기심이 남달리 많은 모용풍으로서는 그 대단한 핏줄의 근원이 누구인지 캐 보고 싶을 정도였다.

"노야?"

우대만의 조심스러운 부름에 모용풍은 눈을 떴다. 어느새 눈을 감았던 모양인데, 이는 석대원을 떠올릴 때마다 생긴 버릇이기도 했다. 고개를 작게 흔들어 그 쓰디쓴 인연의 여운을 머릿속에서 지워 낸 모용풍이 우대만에게 말했다.

"네 숙부는 불필요한 염려를 하는 사람이 아니란다. 지금 이리로 오고 있는 적들은 결코 만만하지가 않아."

"그들이 누군데요?"

"강호육사 중 한 곳이자 보유한 전력으로는 최강이라고 할 수 있는 철마방이 총력을 동원했다. 철마방주로서는 척박한 천산 대신 풍요로운 중원에 자리 잡을 수 있는 이번 기회를 놓치고 싶지 않았는지도 모른다. 그래서 안상귀장 고륭이 선발로 이끌고 온 오십 기 말고도 천산에 머물고 있던 이백오십 기의 갑마병 전부를 움직였다고 하더구나. 철마병鐵魔兵이라는 이름으로 천산 일대에서 백여 년간 악명을 떨쳐 온 갑마병의 파괴력은 정말로 무섭단다. 평지에서는 노도처럼 몰아쳐 오는 그들의 기세를 막아 내기 어렵지.”

“평지에서는……?”

이 말로부터 뭔가를 떠올린 듯, 우대만은 밤새 내린 눈이 얼어붙어 빙판으로 반짝거리는 곽로를 힐끔 내려다본 뒤 두 눈을 빛내며 소리쳤다.

“우리 숙부님께서 이번 싸움의 전장을 저 곽로 위로 잡으신 이유가 바로 그것이군요!”

사실 전장을 용주보의 곽로로 정한 사람은 석대문이 아니라, 황서계로부터 들어온 정보를 총합하여 분석, 전달하는 위치에 있는 모용풍이었다. 하지만 모용풍은 강호의 영웅인 숙부를 앙모하는 어린아이의 뜨거운 단심에 찬물을 끼얹고 싶지 않았다. 그는 빙긋 웃으며 고개를 끄덕였다.

“그렇지. 천산의 눈보라도 보통이 아니라고 하니 저 곽로가 갑마병의 발을 묶는 데 얼마나 큰 효과를 발휘할지는 미지수지만, 그래도 평지보다는 상대하기 수월할 게다.”

그때 노소의 문답에 귀를 기울이고 있던 왕횡이 슬그머니 끼어들었다.

“일전에 마적들과 함께 악승들도 올 것이라 하셨는데, 그들은 누구입니까?”

철마방이야 약탈과 살인이 본업인 자들이니 마적 소리를 듣는 게 당연하다 쳐도, 서장에서 활불처럼 추앙받는 수행자들을 악승이라고 표현하는 것은 다분히 일방적이라고 할 수 있었다. 그러나 인간이 내리는 평가란 진영의 논리에서 어차피 자유롭기 힘들었다. 적을 악으로 규정하는 것은 싸움의 명분을 세우는 가장 간단하면서도 효과적인 방법이었고, 모용풍은 그 방법을 굳이 외면하지 않았다.

"오래전부터 중원 진출을 호시탐탐 노려 온 자들이라오. 그들 중 일부는 지난해 토번의 사신단에 섞여 국경을 넘었는데, 세 불리를 의식하고 서장에 지원군을 요청한 모양이오."

모용풍이 왕횡에게 해 준 설명은 간단했지만, 감숙의 은천을 무대로 활약하는 황서계원을 통해 입수한 정보는 그리 간단하지 않았다.

각방의 고인들에 대해 가장 광박한 식견을 지녔다고 알려진 모용풍조차도 이번 기회를 통해 새롭게 알게 된 사항, 서장에는 천룡팔부중에 버금가는 인물들이 다수 존재하고, 그들 중 흰 사자와 검은 말을 상징으로 삼는 다섯 사원의 수장인 오대명왕五大明王이 팔부중의 수좌이자 밀종의 대스승인 데바의 부름을 받아 휘하의 백팔번뇌장百八煩惱障을 이끌고 국경을 넘어왔다는 사실은 놀라움을 넘어 두렵기까지 한 일이 아닐 수 없었다.

"은천에서 이곳까지 늘어선 보의 개수만도 열에 이르건만, 화살 한 대 날려 보지 못한 채 이역의 마적과 악승 들을 무사통과시키고 있다는 사실이 참괴하기까지 합니다."

왕횡이 얼굴을 일그러뜨리며 분통을 터뜨렸다. 모용풍은 고개를 작게 흔들었다.

"병부를 통해 정식으로 발부받은 통관증이 그들에게 있는 이상, 진장들의 잘못이라고 할 수는 없을 거요."

"병부의 우 상서尚書는 이민족들을 증오하는 마음이 누구보다 철저하다고 알려진 인물인데, 무슨 까닭으로 통관증을 발부해 주었는지 모르겠습니다."

불만을 쉬 누그러뜨리지 않는 왕횡에게 모용풍이 씁쓸한 목소리로 말했다.

"우 대인이 병부상서에 오른 것은 불과 한 달 전의 일이 아니겠소. 우 대인이 강직한 것은 세상이 다 아는 바이나, 이전까지 왕 태감의 수중에서 좌지우지되던 병부를 완전히 장악하는 데에는 꽤나 긴 시일이 필요할 거요."

사례태감 왕진이 역모의 죄로 궁지에 몰린 우겸에게 극형 대신 승진의 길을 열어 준 것은 올겨울 들어 북경의 정가를 가장 놀라게 만든 의외의 사건이었다. 환복천자라는 아름답지 못한 별명으로 천하인들의 지탄을 한 몸에 받아 온 그 고자는, 그러나 모용풍이 판단하기에는 선악과 공과를 속단하기 힘든 복잡다단한 인물이었다. 그러므로 왕진에 대한 정식 평가는 결국 역사에 맡길 수밖에 없을 터인데, 먼 옛날 십상시+常侍가 그러했듯 큰 권력을 가진 환관 세력에 그리 고운 시선을 보내지 않는 사필史筆의 속성을 감안할 때 위인 영걸 소리는 바라기 힘들 것 같았다.

"어?"

그때 우대만이 성가퀴에 앉아 있던 작은 몸을 발딱 일으켜 세우더니 서쪽 방향을 손가락으로 가리키며 외쳤다.

"노야, 적들이 나타난 것 같습니다!"

모용풍은 눈매를 가늘게 접고 아이가 가리키는 방향을 바라보았다.

눈은 새벽 나절에 그쳤지만 구름은 여전히 짙게 깔려 훤해야 할 하오인데도 시계는 그리 좋지 못했다. 안개처럼 희뿌연 공간 속으로 길게 뻗어 나간 곽로의 서쪽 끝단에 한 덩어리의 그림자가 점차 다가오는 것이 보였다. 처음에는 눈 덮인 곽로와 대비되어 거뭇한 색감 정도로만 구별할 수 있던 그 그림자는 시간이

갈수록 점점 세분되고 명확해져, 이내 인간과 마필로 구성된 무리임을 알아볼 수 있었다.

"시작인가."

모용풍은 성가퀴에 얹은 오른손으로 차갑고 단단한 돌 표면을 움키며 중얼거렸다.

(2)

장성의 성곽이 백건산의 산세에 맞춰 축조된 탓에 곽로라고 하여 완전히 평평한 것은 아니었다. 중간중간 오르막과 내리막이 있었고, 경사가 심한 곳은 계단도 설치해 두었다. 그로 인해 곽로에 내려서 있던 석대문은 문루 위에 자리 잡은 모용풍보다 조금 늦게 적의 등장을 알아차리게 되었다.

곽로는 여덟 마리의 말이 동시에 이동할 수 있을 만큼 폭넓었다. 만 리에 걸쳐 이어진 모든 곽로가 그런 것은 물론 아니었고, 군대에 화포가 본격적으로 도입되면서부터 화포를 이동하고 발사할 수 있는 공간을 확보하기 위해 보 인근의 곽로에 한해 특별히 폭을 넓혀 놓은 결과였다.

그 폭넓은 곽로를 빽빽이 메운 채 점차 다가오는 무리는 모용풍이 사전에 언급한 바, 마적과 악승이라는 표현에 딱 들어맞는 외양을 하고 있었다. 한 손에 말고삐를 말아 쥔 채 짐승의 털가죽을 뒤집어쓰고 걸어오는 험상궂은 사내들은 마적처럼 보였고, 한 손에 금강저를 움켜쥔 채 흑백의 양색으로 지어진 승포를 입고 걸어오는 요사한 승려들은 악승처럼 보였다. 언뜻 생각하기에는 어울리지 않을 것 같지만 실제로는 기이하리만치 잘 어울리는 그들 두 부류가 어깨를 나란히 한 채 얼어붙은 눈을 밟으며 곽로의 야트막한 둔덕을 넘어 진군해 오는 모습을 보고 있노라니, 거리가 제법 떨어져 있음에도 벌써부터 느껴지는 압박감이 예사롭지 않았다. 그래서일까?

특. 특. 특. 특.

어느 순간부턴가 관자놀이 밑에서 울리는 맥동이 손에 잡힐 것처럼 생생해져 있었다. 석대문은 오랫동안 끼고 있던 팔짱을 풀고 체온으로 부드러워진 오른손을 배꼽 어림으로 내려 그 위에 채워진 새까만 요대의 금속 장식을 쓰다듬었다. 강동제일인과 고락을 함께한 연검이 낮지만 또렷한 검명劍鳴으로 주인의 손길을 반겼다. 그는 점차 빨라지려는 심장의 박동을 연검의 검명에 맞춰 유장히 이끌어 내려고 노력했다. 전의로 달아오른 피가 이내 식었고, 그는 평소의 냉정함을 되찾을 수 있었다.

"고맙다."

석대문은 애검에 작게 속삭인 뒤 뒤를 돌아보았다. 수평으로 천천히 움직이는 그의 시선 안에 긴장으로 굳어진 몇 개의 얼굴들이 차례대로 들어왔다가 나갔다.

무인답지 않게 동네 아저씨처럼 수더분한 인상을 가진 무양문의 주장 황사년. 야차 같은 용맹에도 불구하고 아직 덜 자란 소년처럼 앳되어 보이는 신무전의 주장 증훈. 이십 대의 젊은 나이임에도 이미 고승의 풍모를 갖춘 소림의 주장 적송. 그리고…… 필시 원독으로 가득 찬 눈빛을 죽립의 그늘 아래 감추고 있을 천산의 도객.

한 가지 아쉬운 점은, 저 대단한 면면 중에 부친 세대부터 석가장의 가장 든든한 우군이 되어 준 사자검문의 주장이 보이지 않는다는 것이었다.

'어쩔 수 없는 일이겠지.'

결전의 장소는 이곳만이 아니었다. 용주보가 위치한 백건산에서 그리 멀지 않은 삼도에서는 어쩌면 이곳보다 더욱 험악한 혈전이 예고되어 있었고, 이번에 결성된 동맹 중에서 가장 큰 규모를 자랑하는 개방이 그 혈전을 담당하기로 되어 있었다.

개방 방주 우근은 태산처럼 큰 신뢰를 실어 주어도 아깝지 않을 만큼 믿음직스러운 인물임에 분명하지만, 섬서로 들어온 곽조의 세력이 종남산을 지나는 과정에서 한층 더 불어났다는 정보가 마음에 걸렸다. 적 세력이 충원되었다면, 아군도 그에 맞출 필요가 있었다. 그래서 오늘 아침 사자검문의 주장인 관룡봉에게 부탁했다, 동맹의 일부를 이끌고 삼도로 달려가 개방을 지원해 달라고.

석대문은 화상으로 눌어붙은 한쪽 입꼬리를 비틀며 생각했다.

'그들을 본 형님은 아마도 이렇게 소리치시겠지.'

─우리 거지들을 어떻게 보고!

거지와 산적의 싸움은, 모용풍이 한 풍자대로 '밑천 없이 장사하는 뻔뻔한 놈들 간에 대가리 터지는 이독제독以毒制毒의 싸움'일지도 모르지만, 대가리 터지는 쪽이 거지는 아니기를 바라는 것이 석대문의 간절한 심정이었다.

사실 석대문의 이런 걱정은, 두 갈래로 이동하는 적들이 한자리에 모이기를 기다려 상대한다면 하지 않아도 좋았을 것이다. 그러나 곽로에 올라 기동력이 봉쇄된 갑마병을 삼도의 너른 평지에 다시금 풀어놓는 우를 범할 수는 없었다. 그것에 더하여, 한 무리를 격파했다는 소식이 다른 무리에 알려져 이동로를 바꾸기라도 하는 날에는, 인세에 두 번 다시 출현하기 힘든 이번 동맹의 최초이자 최후의 출정이 절반의 성과만으로 끝날 위험도 있었다. 두 갈래로 이동하는 적을 같은 시간, 다른 장소에서 각개로 격파한다는 전략은 그래서 세워진 것이었다.

'형님 일은 형님에게 맡기자.'

석대문은 자꾸 우근에게로 향하는 마음 가지를 애써 거두었다. 결전은 곧 시작될 것이다. 어쩌면 많은 피가 흐를지도 모른다. 그리고 그는 이곳의 총주장이었다. 이곳에서 흘릴 아군의 피는 그가 책임져야만 했고, 그는 그 책임의 무게를 가급적 가볍게 만들고 싶었다.

동지들의 면면을 한차례 훑고 지나간 석대문의 시선이 다시 돌아온 곳은 붉은 가사를 늘어뜨린 채 음전하게 서 있는 적송의 탈속한 얼굴 위였다.

"중원 무림의 태두는 누가 뭐래도 소림이라고 생각합니다. 하여 저들에게 보내는 첫인사는 옥나한玉羅漢 대사께 부탁드리고자 합니다."

석대문의 정중한 청에 적송이 빙긋 웃었다.

"변변찮은 재주지만 회주께서 그리 치켜세워 주시니 부끄러움을 무릅쓰고 나서 보겠습니다."

세 발짝을 걸어 석대문의 옆으로 나선 적송이 양손을 합장하며 공력을 끌어 올렸다. 이윽고 청년승의 분홍빛 입술이 살짝 벌어지며 긴 불호가 흘러나왔다.

"아ー미ー타ー불ー!"

석대문은, 적송의 입으로부터 비롯된 작은 진동이 긴 불호의 마디가 넘어갈 때마다 점점 자라나 곽로의 바닥과 벽면에 얼어붙은 눈을 부숴 날리며 천지를 뒤흔드는 거대한 울림으로 달려 나가는 광경을 감탄 어린 눈으로 지켜보았다. 소림이 자랑하는 불문 음공, 사자후獅子吼는 동맹의 첫인사로 전혀 부족하지 않았다. 네 음절로 이루어진 한 토막의 불호가 백건산 산세에 구석구석으로 파고들어 어지러운 메아리를 만들어 내고 있었다.

'과연!'

석대문은 곽로 위에 발광하는 눈가루들 건너편에서 적들의 발길이 일제히 얼어붙는 것을 보았다. 그들의 후미 어딘가에서 시작된 웅성거림이 자욱한 눈가루의 장막을 뚫고 그가 선 자리까지 전달되어 오고 있었다. 모두 적송이 발휘한 신공의 위력인데, 이 겸손한 청년승은 단 한 톨의 자부심도 내비치지 않은 얼굴로 멀리 떨어진 적 진영을 향해 차분한 독장례를 올린 뒤 처음 서 있던 위치로 돌아가는 것이었다. 옥은 맑고 고고한 광물이었다. 옥나한은 진실로 옥 같은 승려였다.

잠시 후, 적 무리의 전면으로 한 사람이 나서더니 높은 소리로 외쳤다.

"누가 감히 나라의 행사를 가로막으려 하는가?"

이제 주장이 나설 차례였다. 석대문은 중기가 가득한 목소리로 전방을 향해 말했다.

"이것은 강호의 일이다. 경고하건대, 관의 가면을 쓴 비각의 개는 이 일에서 빠져라."

아마도 통행증을 가지고 적 병력을 인도하는 비영이리라 짐작되는 작달막한 중년인이 살집 좋은 얼굴 가득 노기를 드러냈다.

"무엄하도다! 용주보의 진장은 대체 어디에 있기에 너 같은 무뢰배가 천자 폐하의 위엄을 능멸한단 말이냐!"

나라니, 천자니, 파리 떼가 꼬인 것처럼 귓바퀴가 간질거렸다. 석대문은 개와 길게 대화하고 싶지 않았고, 짖는 개를 조용히 만드는 데에는 몽둥이만 한 것이 없었다. 그래서 그는 몽둥이를 동원하기로 마음먹었다.

츙!

석대문이 좌장을 슬쩍 뻗어 낸 순간, 날카로운 파공성이 양 진영 사이에 가로놓인 눈가루의 장막 한가운데를 뻥 뚫고 날아갔다. 몽둥이처럼 굳센 기세로 뻗어 나간 가전의 태을장은 눈 깜빡할 사이에 중년인의 전면으로 몰아닥쳤다.

"힉!"

이를 뒤늦게 발견한 중년인이 헛바람을 들이켜며 통통한 허리를 비틀었다. 몸놀림이 둔한 것으로 보아 투견 노릇도 제대로 못 할 집개 같았다.

어떤 옛날이야기에 등장하는 대목처럼, 가련한 개를 몽둥이 찜질로부터 구해 낸 것은 어떤 승려였다. 하지만 그 승려는 옛날이야기에서 묘사하는 것처럼 자비로워 보이지 않았다. 아니, 귓불과 콧방울은 물론이거니와 얼굴 가죽 전체에 걸쳐 주렁주렁 매달려 있는 수십 개의 금속붙이들은 그 승려의 형상을 악귀처럼 보이게 만들고 있었다. 그중에서도 가장 끔찍한 것은 양 볼에 비죽 튀어나온 기다란 철침이었다. 좌우 어금니 자리를 관통하고 있는 그 철침으로 인해 승려는 커다란 바늘꽂이처럼 보이기도 했다.

게걸음을 연상케 하는 기이한 보법으로 작달막한 중년인의 앞을 막아 선 그 승려가, 승포 밖으로 드러난 문신투성이의 두 팔뚝을 얼굴 앞에 방패처럼 모아 세워 태을장의 장력에 정면으로 맞섰다.

퍽!

묵직한 소음과 함께 태을장의 경력이 흩어지고, 천천히 벌어지는 두 팔뚝 사이로 승려의 얼굴이 드러났다. 양 볼을 뚫고 나온 철침 때문에 가뜩이나 길쭉해 보이는 승려의 입술이 히죽 늘어났다.

"업業의 왕王이로군."

석대문은 눈썹을 슬쩍 찌푸렸다.

우대만이 모용풍을 돌아보았다.

"노야, 저 중놈은 미친 건가요? 왜 몸뚱이에 꼬챙이며 쇠고리들을 꽂고 다니는 거죠?"

"밀종 가운데에는 천축의 유가공瑜伽功(요가)을 받아들여 새로운 형태의 무공으로 발전시킨 지파도 있지. 저들 백사흑마파白獅黑馬派도 그들 중 하나란다."

"저게 무공이라고요?"

"저들은 신체에 지속적인 고통을 가함으로써 삶의 근원이 되는 '바퀴'를 돌릴 수 있다고 믿는단다."

"바퀴?"

"우리에겐 단전과 같은 의미지."

"아하, 그러니까 고통을 통해 내공을 증진시킨다는 뜻이군요."

"그런 셈이지."

모용풍은 웅크린 몸을 펴 올리는 장신의 밀승을 굽어보며 수염을 쓸었다.

"보아하니 저자는 백사흑마파의 오대명왕 중 업왕業王인 것 같구나."

백사흑마파의 다섯 존주인 오대명왕의 용모에 대해서는 모용풍을 통해 들은 바 있었다. 달리 금강야차명왕金剛夜叉明王이라고도 불리는 업왕은 오방 중 북방을 수호하며, 청흑색 장대한 신형에 붉은 화염을 두른 채 여섯 가지 법기를 가진 여섯 개 팔로써 악마를 항복시킨다고 한다. 하지만 그것은 어디까지나 경전에 적혀 있는 얘기고, 실제로 마주한 업왕은 고행을 지나치게 사랑한 나머지 하나뿐인 몸뚱이마저 고통의 제단에 아낌없이 바친 고행 중독자처럼 보였다.

기괴한 문신이 가득 들어찬 팔뚝을 내린 업왕이 움츠린 허리를 곧게 펴고 석대문을 향해 사나운 목소리로 뭐라 외쳤다. 분위기와 말투로 미루어 다짜고짜 때려 낸 일 장에 대한 꾸짖음인 것 같은데, 서장어를 모르는 석대문의 귀에는 짐승의 울음소리와 매한가지로 들릴 뿐이었다.

언어의 불통에 대한 비슷한 답답함을 느꼈는지, 저쪽에서도 한어를 아는 자가 등장했다.

"이것이 강호의 일이라는 네 말은 무척이나 흥미롭군. 본 방의 역사적인 동방 진출이 너무 밋밋해서 지루하던 참인데 잘되었어. 지긋지긋한 추위에 몸을 풀어 볼 기회도 생겼고 말이야."

번쩍거리는 은색 비단 장포 위에 진귀한 검은담비 갓옷을 걸친 초로인이 업왕의 옆으로 나서며 말했다. 흰자위 안을 동동 떠다니는 듯한 작은 검은자위와 아래로 심하게 매부리 진 코, 강퍅하게 파여 들어간 볼따구니와 수염자리조차 찾기 힘든 좁은 인중이 심성의 잔인함을 그대로 보여 주는 그 얼굴은, 놀랍게도 석대문에게는 낯선 것이 아니었다.

"나는 천산에서 온 온교다. 너도 강호인이라면 삼불귀三不鬼라는 이름쯤은 들어 보았겠지?"

중원과 이역을 통틀어 가장 강력한 다섯 자루의 칼을 꼽을 경우, 돌아보지 않고[不顧] 용서하지 않고[不容] 자비를 모르는[不悲] 삼불도三不刀가 그 안에 포함된 지는 벌써 이십 년도 더 되는 일이었다. 그 삼불도의 주인이자 원나라 때 전설적인 마두로 천산남북로 일대를 주름잡던 천산철마의 후예는…… 그러나 진짜가 아니었다. 석대문은 등 뒤에 도열해 있는 동지들의 대열 어딘가에서 한 줄기의 으스스한 살기가 맹렬하게 솟구치는 것을 느낄 수 있었다. 굳이 확인하지 않아도, 가짜에게 모든 것을 빼앗긴 진짜의 고통과 슬픔과 증오가 그 살기의 원천임을 짐작할 수 있었다.

당장이라도 가짜의 정체를 밝히고 싶었지만, 그 일은 엄연히 다른 사람의 몫. 석대문은 욕지기처럼 치미는 가증스러움을 암암 달랜 뒤 스스로를 삼불귀라고 주장하는 가짜를 향해 천천히 포권을 올렸다.

"강동에서 온 석대문이라고 하오."

가짜의 길쭉한 눈꼬리가 잠깐 흔들렸다.

"석대문…… 들어 본 적이 있는 이름이군. 요즈음 강동 땅에서 가장 유명한 검객이라지."

짧은 턱수염을 쓸어내리며 기억을 더듬던 가짜가 말을 이었다.

"복수에 혈안이 된 오행독문의 독중선이 네 검 아래 팔이 잘려 나갔다고 했던가?"

포권을 풀며 석대문이 담담히 대꾸했다.

"본래 부친에 의해 잘렸던 팔이었소. 내가 자른 것은 의수에 불과할 뿐."

"흠, 그런 거였나?"

냉소를 흘리며 고개를 끄덕이던 가짜가 미간을 좁히며 석대문에게 다시 물었다.

"설마 자신을 신선이라고 우기는 노망난 늙은이와 나를 한 묶음으로 여기는 것은 아닐 테고, 우리의 앞길을 가로막는 이유가 대체 뭐냐?"

하지만 석대문은 둘을 한 묶음으로 여기고 있었다. 가짜 신선이 가짜 삼불귀보다 못한 까닭은 어디에도 없기 때문이었다.

가짜는 어디까지나 가짜였다. 진위가 밝혀지는 결정적인 순간이 닥치면 가짜는 뒤집어쓰고 있던 탈을 벗고 본래의 모습으로 돌아갈 수밖에 없었다. 결정적인 순간, 가짜 신선의 탈이 벗겨진 독중선은 비굴한 인간의 모습으로 비참하게 죽었다. 그리고 가짜 삼불귀에게도 그런 순간이 다가오고 있었다. 물론 본인은 알아차리지 못하겠지만.

석대문이 말했다.

"나는, 그리고 우리는 이방의 무리가 중토로 들어오는 것을 용납하지 않을 것이오."

"용납?"

매부리 진 코끝에 살짝 가려진 가짜의 얄팍한 입술이 뒤틀렸나.

"건방진 놈 같으니라고. 강동의 촌놈이 명성을 조금 얻었다고 주제를 잊어버린 모양이구나."

상대의 속된 언사에도 석대문은 흔들리지 않았다.

"이번 일에 나선 것은 본인의 가문만이 아니오."

"네 가문만이 아니면? 오호라, 아까 보니 승포 입은 어린 땡추가 부처를 찾던데, 소림도 한몫 거든 것이냐?"

"어디 소림뿐이겠소?"

석대문은 뒷전을 향해 슬쩍 손짓을 보냈다. 그 신호를 알아차린 두 사람이 당당한 걸음으로 나와 석대문의 양옆으로 벌려 섰다.

전장에서는 장유유서의 도리를 세울 필요가 없다는 양, 먼저 이빨을 드러낸 것은 젊은 쪽이었다.

"신무전의 백호대주 증훈이다."

가짜의 눈매가 파드득 떨렸다.

"석 달 전 철마방이 본 전에 안긴 빚을 이자까지 톡톡히 쳐서 갚고 오라는 전주님의 명으로 이 자리에 나왔다."

음절과 음절 사이에 푹푹 섞여 나오는 거친 숨소리는 증훈의 전의가 이미 극한까지 차올라 있음을 보여 주고 있었다.

다음 차례는 선수를 북악에게 양보한 남패였다.

"무양문 이군의 부군장 황사년이외다. 본 문과 귀 방 사이에는 딱히 청산할 은원이 없으나, 석 가주를 도우라는 문주님의 명을 받자와 이번 동맹에 참가하게 되었소."

정중하지만 바위 같은 굳건함이 느껴지는 황사년의 말에 가짜가 유지하던 평정심은 여지없이 무너져 버렸다.

"말도 안 돼. 북악과 남패가 어떻게 한자리에……."

아연해하는 가짜를 바라보며 석대문은 회심의 미소를 지었다. 북악과 남패는 중원 강호라는 하나의 산을 차지하려는 두 마리의 호랑이처럼 양립이 불가한 관계였다. 서로의 목줄에 이빨을 박아 넣어도 시원찮은 판국에 이렇듯 한편이 되어 전선을 공유하고 있으니, 지금 저 가짜가 받는 심적 충격이 얼마나 클지는 능히 예상할 수 있었다.

'하긴 짐작조차 못 했겠지.'

하나의 산을 차지하려는 두 마리의 호랑이가 싸움을 멈추는 경우도 없지는 않았다. 다른 산에서 건너온 승냥이 떼가 자신들의 산을 넘보려고 할 경우, 두 마리의 호랑이는 싸움을 멈추고 공동의 적을 향해 이빨을 드러낸다. 이른바 오월동주吳越同舟의 재현.

　그리고 강동제일인 석대문은, 그들 모두가 올라탄 배의 상앗대를 쥔 사공이었다. 그는 두 마리 호랑이 모두로부터 지지를 받아 냈고, 그렇게 모은 힘을 이제부터 발휘해 볼 작정이었다.

　"다시 말하거니와, 이것은 강호의 일이오. 길을 막아선 것은 우리 쪽이니 싸우는 방식의 선택권은 그쪽에게 넘기겠소."

　석대문은 당장 앞으로 뛰쳐나가지 못해 안달이 나 있는 젊은 호랑이의 어깨를 한 손으로 지그시 누르며 가짜를 향해 말을 이었다.

　"하나 대 하나, 다섯 대 다섯 아니면…… 오백 대 오백. 당신이 바라는 방식을 말하시오."

　"적들이 물러나고 있어요! 이대로 돌아갈 모양이죠?"

　문루 아래를 내려다보던 우대만이 눈을 빛내며 외쳤다. 아이의 목소리에는 제발 그렇게 됐으면 좋겠다는 바람이 담겨 있었지만, 상황이 그렇게 녹록히 돌아갈 리는 없었다.

　"각각 수천 리를 달려온 자들이다. 그리 간단히 꼬리를 말 것 같지는 않구나."

　모용풍은 물러나는 와중에도 어깨를 나란히 붙이고 뭔가를 논의하는 마적과 악승의 수뇌부들을 바라보며 덧붙였다.

　"아마도 석 가주가 말한 방식 중 선발전을 받아들일 모양이다.”

“선발전이면…… 하나 대 하나? 아니면 다섯 대 다섯?”

“저들이 강동제일인의 검법 아래 독중선이 꺾였다는 사실을 알고 있는 만큼 감히 하나 대 하나를 택하지는 못할 테고, 내 예상으로는 다섯 대 다섯으로 하자고 나올 것 같구나.”

“그래도 전면전이 벌어지지 않아 다행 아닌가요? 다섯 명씩 나와서 무공의 고하로 승부를 판가름한다면 불필요한 희생을 최소로 줄일 수 있잖아요.”

“그렇기는 하다만…….”

석대문이 승부를 결정하는 방식에 선발전을 포함시킨 까닭도 바로 그 점에 있을 터였다. 모용풍은 일전에 벌어진 독문과의 대전을 통해 석대문의 인품과 성정을 알게 되었다. 석대문은 당당했고, 공정했으며, 자비로웠다. 누가 지었는지는 모르지만, 판검대인이라는 별호가 저처럼 잘 어울리는 인물도 찾기 힘들 터였다. 그런 석대문이기에, 동지들이 오늘 흘리게 될 피에 대해 얼마나 큰 부담을 느낄지 충분히 짐작할 수 있었다.

‘희생이라…….’

석대문만이 아닌 저 아래 모인 모든 이들의 마음도 마찬가지 겠지만, 모용풍 또한 동맹의 희생을 바라지 않았다. 그래서 몇 대 몇이든 정당하고 깔끔한 대결을 통해 이번 일이 해결되기를 바랐다. 그러나 그것이 얼마나 일어나기 힘든 일인지를, 강호에 대해 누구보다 깊은 통찰력을 가진 노인은 모르지 않았다. 강호 란 누군가가 흘린 선혈 위에 세워진 세계였다. 강호의 그런 속 성상 피비린내가 배지 않은 승리는 너무도 희소할 수밖에 없 었다. 그러므로 필시…….

‘난전이 벌어지겠지.’

모용풍의 눈꼬리가 가늘게 떨렸다. 뿔 달린 검은 투구를 쓴 뚱뚱한 남자가 적 수뇌부들이 모인 곳에서 이탈하여 주인과 마찬가지로 검은 철갑으로 무장한 전마의 고삐를 잡고 후방으로 슬금슬금 물러나는 것을 목격했을 때, 모용풍의 이런 생각은 확신으로 굳어졌다.

　"우리 편 선봉은 누굴까요? 설마 대장인 우리 숙부님이 나오시진 않겠죠? 역시 홍안투광紅顔鬪狂이라는 별호로 한창 떠오르는 증 형님일까? 아니면 황 아저씨? 아, 궁금해 죽겠네."

　아무것도 모르는 어린 거지는 추위도 잊은 채 마치 비무장에라도 온 듯한 들뜬 얼굴이 되어 곽로를 내려다보고 있었다. 그런 아이의 얼굴을 잠시 바라보던 모용풍은 문루 아래 동맹 진영의 최전방에 철탑처럼 버티고 서 있는 강동제일인의 뒷모습으로 시선을 내렸다. 모용풍의 생각은, 당연한 얘기겠지만, 결국 저 남자의 머리와 용기와 힘을 믿을 수밖에 없다는 것으로 귀결되었다.

(3)

　처음 멈춘 자리에서 오십 보 가까이 물러섬으로써 양 진영 간의 공간을 충분히 넓힌 적들이 발길을 멈추고 몸을 돌려 세웠다. 석대문은 팔짱을 낀 채 오른 주먹으로 아래턱을 툭툭 두드리며 적들이 진영을 새로이 가다듬는 과정을 지켜보고 있었다. 얼핏 별생각 없이 서 있는 듯하지만, 예민해질 대로 예민해진 그의 이목은 적 진영에서 벌어지는 갖가지 움직임들을, 특히 뿔 달린 투구를 쓴 뚱보가 전마의 고삐를 틀어쥐고 적 후방으로 빠져나가는 모습을 놓치지 않았다.

　'비장의 패를 만들겠다는 속셈일까?'

석대문은 모용풍으로부터 전해 들은 인상착의를 통해 저 뚱보의 정체를 이미 파악하고 있었다. 철마방주의 오른팔이자, 방내 가장 강력한 무력 집단인 철마단을 이끌고 있는 안상귀장 고룡. 철갑으로 무장한 갑마병의 거칠 것 없는 파괴력을 봉쇄하기 위해 이 곽로를 격전지로 선택했음에도, 철마단은 여전히 위협적인 존재일 수밖에 없었다. 그러나 비장의 패를 염두에 둔 것은 저들만이 아니었다. 상대가 가진 바 장점을 굳이 발휘하려 든다면, 이쪽도 손 놓고 당하지는 않을 것이다.

적 진영에서 다시금 모종의 변화가 일어난 것은 약간의 시간이 흐른 뒤였다. 은빛 장포와 검은담비 조끼로 치장한 가짜가, 흑백이 반반씩 어우러진 가사를 입어 마치 두 사람이 포개어 서 있는 듯한 착각을 불러일으키는 피둥피둥한 노승과 어깨를 나란히 한 채 선두로 나서는 모습이 석대문의 시선에 잡혔다. 노승이 머리에 쓴 흑백 양색의 높다란 승관僧冠의 아랫단에는 한 가닥 굵은 금줄이 물결무늬를 이루며 둘러 있었다. 검은 부분을 가로지를 때는 하얗게 보이는 금줄이 흰 부분을 가로지를 때는 기이하게도 검게 보였다.

불법을 닦는 승려로 보기에는 너무나도 비대한 몸집을 가진 노승.

하지만 그 노승의 정체가 백사흑마파의 장문인이자 오대명왕 중 우두머리로 꼽히는 부동명왕不動明王임을 알아본 석대문으로서는 결코 만만히 여길 수 없었다. 밀종의 공부 중에는 반야첩상공般若疊象功이라는 괴공이 있어 불괴의 보호막을 두른 듯 도검의 침습을 불허한다고 하는데······.

'어쩌면 그것을 보게 될지도 모르겠군.'

석대문이 이런 생각을 할 때, 고개를 오만하게 치켜든 가짜가 작고 잔인한 눈동자를 빛내며 이편을 향해 카랑카랑한 목소리로 말했다.

"대덕하시고 자비로우신 명왕님들과 의논한 바, 너희 동방 무부들의 하천함을 가엾이 여겨 서역 공력의 높은 가르침을 다섯 차례에 걸쳐 내리기로 결정했느니라."

"하면 다섯 대 다섯으로 싸워 보자는 말씀이오?"

"그렇다."

석대문은 끼고 있던 팔짱을 풀고 뒷전에 도열해 있는 동지들을 돌아보았다.

"황송하게도 가르침을 내리겠다고 하는구려. 이번에 우리가 맞이한 적은 지나치게 자존자대하여 겸손의 미덕을 배울 기회가 없었던 모양이오. 자, 어느 분께서 먼저 나서서 저들에게 겸손의 미덕을 가르쳐 주시겠소?"

그러면서도 석대문의 시선이 향한 곳은 아까부터 전의를 억누르지 못해 양어깨를 풀무처럼 들썩거리고 있는 젊은 호랑이의 얼굴이었다. 아니나 다를까, 증훈의 고개가 옆에 서 있는 황사년에게로 돌아갔다.

"만일 나를 선봉으로 내보내는 데 동의하지 않는다면……."

황사년은 증훈의 말을 끝까지 듣지도 않았다. 그가 손사래를 치며 말했다.

"동의하오, 동의해. 감히 증 대주를 젖히고 선봉을 차지할 담량 같은 것은 이 사람에게 없소."

부스스한 앞머리에 가려진 증훈의 붉은 눈이 이번에는 적송을 향했다. 적송도 얼른 불호를 외우며 그 사나운 기세를 비켜냈다.

"아미타불, 소승도 동의합니다."

근자 들어 강북 강호의 신성新星으로 주목받는 홍안투광의 투지가 워낙 대단할뿐더러, 명분을 따져 봐도 그랬다. 신무전은 지난가을 철마방에 의해 크나큰 수모를 당했고, 증훈은 그 수모를 갚기 위해—도정의 표현대로라면 이자까지 톡톡히 쳐서— 백호대의 일부를 이끌고 이번 동맹에 참가했다. 그러니 서역과는 아무 은원도 없는 무양문이나 소림에서 그를 말릴 까닭은 없었다.

물론 증훈보다 훨씬 더한 명분을 가진 사람이 이 자리에 없는 것은 아니었다. 석대문은 증훈 들보다 한 줄 뒤에 서 있는 '붉은 늑대'의 첫 번째 이빨을 찾았다. 커다란 죽립 아래 여전히 얼굴을 감추고 있는 그 이빨은 무언無言과 부동不動으로써 지금은 자신이 나설 때가 아님을 표현하고 있었다. 자신의 원수가 이처럼 빨리 등장할 리 없다는 사실을 알고 있었던 것이다.

그 이빨을 향해 고개를 작게 끄덕인 석대문이 증훈을 돌아보며 빙긋 웃었다.

"좋아, 선봉은 증 아우가 맡아 주게."

"물론입니다!"

환호에 가까운 대답과 함께 증훈이 두 발짝을 성큼성큼 내디뎌 석대문과 어깨를 나란히 했다. 석대문은 공력을 끌어 올려 적진을 향해 알렸다.

"우리 쪽 선봉은 신무전의 백호대주요."

매부리코 아래 길쭉이 자리 잡은 입술을 흉하게 비튼 가짜가 부동명왕에게 몇 마디를 수군거리더니 이쪽을 향해 말했다.

"조그만 새끼 고양이를 잡는 데 밀종의 높은 공력까지 선보일 필요는 없겠지. 림포포 요툼바, 저 애송이에게 네 도끼 맛을 보여 줘라."

적의 선봉은 기이한 이름만큼이나 기이한 생김새를 가진 인물이었다. 육 척이 넘는 장신이라든지 나무둥치처럼 우람한 목과 팔뚝은 접어 두고라도, 전신에 뒤집어쓴 철갑 사이로 드러난 살갗이 철갑 이상으로 새까맸다. 증훈보다 머리통 하나는 큰 그자의 몸뚱이에서 하얘 보이는 부위라고는 밋밋한 안와 안에서 희번덕거리는 부리부리한 흰자위와…….

"림포포 요툼바, 조그만 고양이, 도끼 맛, 보여 준다."

이렇게 말한 순간 두툼한 입술 사이로 내비친 가지런한 이빨들뿐인 것 같았다. 인종 많기로 유명한 항주가 본가에서 멀지 않은 덕분에 안남 사람이나 말라카 사람은 몇 번 본 적이 있는 석대문이지만, 저렇게 먹물처럼 까만 진짜배기 흑인은 처음이었다.

"증 아우……."

상대의 괴이한 생김새를 너무 의식하지 말라는 주의를 주기 위해 증훈을 돌아보던 석대문은 그답지 않게 흠칫 어깨를 떨고 말았다. 지금 그의 눈에 비친 증훈은 말 그대로 터지기 직전의 화약 덩어리였다.

———

"천산에도 거지가 있나 보네요."

우대만의 뜬금없는 말에 모용풍은 콧등을 찡그렸다.

"거지라니?"

"저치 말이에요. 거지가 아니면 왜 저렇게 까만 거죠?"

그제야 아이의 말뜻을 알아들은 모용풍이 실소를 참으며 말했다.

"곤륜노崑崙奴를 처음 보는 게로구나."

"곤륜노?"

"멀리 남양南洋에서 노예로 잡혀 온 야만족들을 이르는 말이란다. 양기가 강한 그곳은 사시사철 여름이라서 사람들의 살갗 또한 저렇게 검다고 하더구나."

"아, 그럼 안 씻어서 까만 게 아니라 태어날 때부터 원래 까맸다는 얘기군요."

"그렇지."

조그만 고개를 옆으로 기울이며 뭔가를 생각하던 우대만이 부럽다는 듯이 말했다.

"좋겠다, 달마다 안 씻어도 돼서."

모용풍은 어린 거지의 기울어진 고개 아래로 드러난 꼬질꼬질한 목덜미를 내려다보다가 뜨악하게 중얼거렸다.

"달마다……였냐."

⌢⌣⌢

괴특한 외모를 가진 상대와 마주하면 일말 꺼리는 마음이 이는 것이 인지상정일 텐데도, 싸움이라면 자다가도 벌떡 일어난다는 신무전의 새로운 백호대주에게는 과연 남다른 면이 있었다. 개전을 알리는 일언반구의 선포도 없이 불문곡직으로 돌진을 시작한 증훈은, 적 선봉으로 나선 림포포 요툼바와의 거리가 사 장 안쪽으로 줄어든 순간 허공으로 몸을 날렸다. 일인으로 전승되어 온 신비 문파, 쌍괴문雙拐門의 장문영부이자 독문병기이기도 한 음양철괴陰陽鐵拐가 중인들의 눈앞에 모습을 드러낸 것은 그 주인의 두 발이 곽로의 바닥을 박차고 솟구친 직후였다.

치앙―.

증훈의 양 허리춤에서 뽑힌 음양철괴가 그의 가슴 앞에서 엇질러 부딪치며 맑은 쇳소리를 울리고, 그것을 뒤따르듯 투지 어린 기합 소리가 터져 나왔다.

"이얍!"

림포포 요툼바의 무기는 가짜가 말한 대로 도끼였다. 림포포 요툼바에게는 무려 일곱 자루의 도끼가 있었는데, 양손으로 움켜쥔 한 자루는 도부수나 쓸 법한 대월大鉞이요, 허리 양쪽에서 덜렁거리는 두 자루는 나무 벨 때 알맞은 철부鐵斧요, 가슴 철갑 좌우에 두 자루씩 꽂힌 나머지 네 자루는 투척용으로 쓰이는 자루 짧은 손도끼였다.

남국 출신의 검은 용사가 젊은 호랑이의 돌진을 맞이하여 가장 먼저 사용한 것은 그중에서도 가장 크고 위협적으로 보이는 대월이었다.

"흐러러럿!"

도끼날의 크기가 웬만한 집 밥상만 한 림포포 요툼바의 대월이 하방으로부터 사선으로 솟아오르며 전상방에서 힘차게 내리꽂히는 증훈의 음양철괴를 후려쳤다. 두 대전자對戰者 모두에게서 기교 따위는 찾아볼 수 없었다. 뼈와 근육에서 비롯된 원초적인 힘! 진실로 적나라한 격돌이 아닐 수 없었다.

빵!

둘 사이에서 뇌성처럼 터져 나온 굉음 하나만으로도, 방금 부딪친 크고 작은 두 병기에 실린 역도가 어떠하리라는 것은 능히 짐작할 수 있었다.

첫 번째 격돌에서 이익을 본 쪽은 허공에 몸을 띄운 증훈이 아니라 바닥을 굳건히 딛고 있던 림포포 요툼바인 것처럼 보였다. 상대가 몸을 뒤집으며 후방으로 날아갈 때, 그는 선 자리에서 겨우 한 발짝 뒤로 물러서기만 했을 뿐이니까. 그러나 석대문은 제법 먼 거리임에도 불구하고 림포포 요툼바의 도낏자루가 바람 맞은 조릿대처럼 진동하는 것을 발견할 수 있었다. 그리고 그것을 본 사람은 석대문 혼자만이 아닌 모양이었다.

"천리사에서 겪어 봐서 아는데…… 저 친구, 힘 하나는 정말 끝내주더군요."

황사년이 감탄하는 소리를 들으며 석대문은 긴장했던 마음을 조금 느슨히 풀어 놓을 수 있었다.

선봉끼리의 두 번째 격돌은 공중제비로 바닥에 내려앉은 증훈이 림포포 요툼바를 향해 재차 돌진해 들어가면서 시작되었다. 첫 번째와는 달리 이번에는 기교를 보여 줄 작정인 듯, 증훈의 가죽신 뒤로 길게 이어지는 진격의 자취가 일직선이 아닌 갈지자를 그리고 있었다.

"끄라라랏!"

림포포 요툼바가 짐승의 포효 같은 괴성을 터뜨리며 수중의 대월을 힘차게 내리찍었다.

부우웅―.

뒤통수 아래로부터 크게 돌아 나와 수직으로 내리꽂히는 대월의 기세는 금강동인金剛銅人이라도 단숨에 두 동강을 낼 정도로 사나워 보였다. 그러나 증훈의 운신은 그처럼 직선적인 일격으로 명중시키기에 너무도 교묘했다. 갈지자를 거듭하던 그의 진격로 위에 별안간 작은 변조가 피어났다. 순간적으로 진격을 멈춤으로써 대월의 거대한 도끼날을 코앞으로 내려보낸 뒤, 보이지 않는 기둥을 돌아가듯 좌측으로 몸을 회전하며 동공처럼 뻥 뚫린 상대의 공격권 안쪽으로 파고든 것이다.

"좋구나!"

상대는 물론 관전자의 눈마저도 현혹시키는 증훈의 민활한 움직임에 석대문은 자신도 모르게 감탄성을 터뜨렸다.

쩡!

강철로 이루어진 거대한 궤적이 허공을 헛되이 가르고 두꺼운 눈얼음 바닥 깊숙이 박혀 들었을 때, 증훈은 이미 그 궤적의 안쪽에서 한 바퀴 반 회전시킨 신형을 펴 올리고 있었다.

"으압!"

대월의 장점이 가장 잘 발휘될 수 있는 거리를 순식간에 잃고 만 림포포 요툼바는 눈을 부릅뜨며 커다란 오른발을 들어 자신에게로 다가오는 증훈의 등짝을 힘껏 내질렀다. 하지만 그 신발 바닥에 촘촘히 꽂힌 쇠 송곳이 틀어박힌 곳은 증훈이 옆구리 뒤로 돌려 막은 두 자루 철괴였다. 다음 순간, 쌍괴문이 자랑하는 근신육박의 절기, 요철이합凹凸離合 중 장총매산裝蔥賣蒜의 연환 타격이 시작되었다.

빠다닥! 따다다닥!

춘절에 터뜨리는 폭죽처럼 고막을 따갑게 만드는 요란한 소음이 연달아 울려 나왔다. '달래를 파로 속여 판다'는 장총매산은 겁먹어 등을 돌린 듯한 자세를 취한 채 후방으로 음양철괴를 날려 상대가 도저히 예측할 수 없는 각도에서 공세를 퍼붓는 수법이었다. 등을 돌린 체로 림포포 요툼바의 거대한 품으로 날쌔게 달라붙은 증훈은 양손의 음양철괴를 난마로 휘돌렸다. 그것을 막아 줘야 할 대월은 이미 주인의 손에서 벗어나 눈얼음이 두껍게 깔린 곽로 바닥 위에 덩그러니 꽂혀 있을 따름이었다.

장총매산이 전개되는 기세는 그야말로 숨 쉴 틈도 없었다.

"윽! 으윽! 윽!"

병기를 놓친 마당에 상하좌우의 구분을 무의미하게 만드는 무지막지한 난타가 퍼부어지고 있으니, 림포포 요툼바로서는 저렇듯 꺾어 올린 좌우의 팔뚝을 양 겨드랑이 아래 바짝 붙인 채 뒷걸음질을 칠 도리밖에 없었을 것이다.

그러나 뒷걸음질을 치는 사람은 림포포 요툼바만이 아니었다. 증훈은 한번 확보한 최적의 거리를 결코 놓치려 하지 않았다. 그는 림포포 요툼바와 같은 보폭으로 뒷걸음질을 치며, 이제는 몇 번째 타격인지 셀 수조차 없는 연타를 쉼 없이, 마치 영원히 끝나지 않을 것처럼 줄기차게 이어 나갔다. 그럴 때마다 림포포 요툼바의 외피를 보호하는 철갑이 홍두깨로 얻어맞은 밀가루 반죽처럼 꼴사납게 우그러들고 있었다.

빠바바박! 따당! 땅! 바다당!

끊이지 않는 쇳소리 속에서 거의 한 덩어리로 엉킨 크고 작은 두 남자가 연신 뒷걸음질을 치는 가운데, 철갑을 덧댄 팔뚝으로 상대의 연속된 공격을 어떻게든 막아 보려 애쓰던 림포포 요툼바가 어느 순간 이를 악물며 양 허리춤에 걸린 철부 쪽으로 두 손을 떨어뜨렸다. 골수까지 울려 대는 고통도 고통이거니와, 반격의 계기를 마련하지 못하면 이대로 뒷걸음질만 치다 맞아 죽게 생겼으니 그로서는 당연한 행동이라고 할 수 있을 터인데……

그러나 북악의 젊은 호랑이는 상대가 제공한 극히 짧은 빈틈을 헛되이 흘려보내지 않았다.

콱!

증훈은 오른쪽 철괴를 겨드랑이 뒤 중단으로 뻗어 림포포 요툼바의 오른쪽 가슴 간장 부위를 매섭게 찔렀다. '큽!' 하는 신음과 함께 림포포 요툼바의 커다란 입이 항문처럼 조그맣게 오므라들고, 반면에 양 볼은 개구리의 명낭처럼 훅 부풀어 올랐다. 다음 순간, 증훈의 어깨 위 상단으로 휘돌아 간 왼쪽 철괴가 허공에 짧고 빠른 호선을 그리며 림포포 요툼바가 쓴 강철 투구의 오른쪽 관자놀이 부위를 사정없이 강타했다.

테에에엥-.

금 간 종을 두드린 것 같은 탁음이 강철로 만들어진 투구를 긴 여음으로 떨리게 만들었다. 림포포 요툼바의 두툼한 입술이 벌어지더니 더러운 거품 섞인 침이 주르륵 흘러내렸다. 그제야 왼쪽 뒤꿈치를 축 삼아 몸을 다시 반전시킨 증훈이 상대의 얼굴을 향해 왼손을 짧게 올려쳤다. 철괴의 뭉툭한 끄트머리에 투구의 짧은 챙이 걸리고, 턱 끈을 고정하고 있던 양쪽 쇠고리가 동시에 끊어지며 림포포 요툼바가 쓰고 있던 투구가 허공으로 휙 떠올랐다.

증훈이 최후의 공격을 가한 것은, 투구를 잃어버린 림포포 요툼바의 거구가 그 자리에서 허수아비처럼 허청거릴 때였다. 증훈은 음양철괴를 머리 위로 던져 올린 뒤 양손을 와락 내뻗어 림포포 요툼바의 가슴 철갑 양쪽을 거칠게 훑어 내렸다. 이어…….

칵! 칵! 칵! 칵!

섬뜩한 소음이 네 차례 연달아 울리고, 림포포 요툼바의 홉 뜬 눈에서 생기가 빠른 속도로 빠져나갔다. 남국 출신의 검은 용사를 죽음에 이르게 만든 것은, 이제껏 그의 몸뚱이 위를 셀수도 없을 만큼 두들기고 지나간 음양철괴가 아니었다. 림포포 요툼바 본인이 가슴 철갑에 꽂고 나온 네 자루의 투척용 손도끼. 짧고 곱슬곱슬한 머리카락으로 덮인 크고 검은 머리통에 일 렬로 박힌 채 주인의 생명을 게걸스럽게 빨아먹는 흉기는 바로 그것들이었다.

증훈이 허공에서 떨어지는 음양철괴를 받아 들며 한 발짝 뒤로 물러선 것과 허청거리던 림포포 요툼바의 신형이 딱 정지한 것은 같은 시간에 벌어진 일이었다. 이윽고, 사지를 뻣뻣하게 굳힌 림포포 요툼바의 신형이 천천히 넘어가기 시작했다.

쿵!

철갑으로 무장된 거구를 곽로 바닥에 육중하게 눕힌 림포포 요툼바를 향해 증훈이 침을 뱉듯이 이죽거렸다.

"도끼 맛이 어떻다고?"

"우와아아!"

석대문은 등 뒤에서 터져 나온 우레와 같은 환호성을 들으며 고개를 끄덕였다. 백호대의 젊은 대주에게는 선봉을 고집할 만한 자격이 충분했다. 직접적이든 간접적이든 강호의 많은 싸움을 경험한 석대문조차도 방금 끝난 선봉전처럼 박력 넘치면서도 통쾌한 싸움은 본 적이 없는 것 같았다. 비슷한 느낌을 주는 것이라면 독안호군 이창과 철인협 도정 간의 싸움을 들 수 있겠지만, 그것은 양측 모두가 피를 흘리는 지독한 난타전이어서 이번처럼 통쾌한 기분은 맛볼 수 없었던 것이다.

실로 질풍 같은 기세로 밀어붙여 적 선봉을 격살한 효과는 뚜렷해 보였다. 석대문은 곽로 저편에 서 있는 적의 수뇌들이 눈에 띄게 동요하는 것을 보며 그 점을 확신할 수 있었다.

"수고했네."

석대문은 곽로 위를 씩씩하게 걸어 개선한 증훈에게 치하의 말을 건넸다.

"화끈하더구려, 특히 마지막 네 방이."

황사년이 엄지를 추켜올리고 뒤에 선 동지들로부터도 '증훈! 증훈! 증훈!' 하는 연호가 이어졌지만, 정작 그 모든 찬사를 한 몸에 받는 주인공은 그다지 기뻐하는 기색이 아니었다. 오히려

분한 듯이 아랫입술을 잘근잘근 깨물던 증훈이 석대문에게 불쑥 물었다.

"전 이제 끝난 건가요?"

이 말이 꼭 '전 이제 죽는 건가요?'처럼 들려 석대문은 작게 한숨을 쉬었다. 홍안투광의 투지는 과연 명불허전이라서, 살풀이 한 번 가지고는 해소가 안 되는 모양이었다. 다섯 대 다섯의 대결에서 선봉으로 출전하여 승리를 거두었으니, 증훈이 나설 일은 더 이상 벌어지지 않는 것이 이치에 맞았다. 그러나 세상일이란 게 왕왕 이치대로만 돌아가지는 않았다. 동지들의 희생을 바라지 않는 석대문의 입장에서는 몹시도 암울한 예상임에 분명하지만, 증훈의 살풀이는 이 한 번으로 끝나지 않을 것 같았다. 그는 증훈의 어깨에 손을 얹으며 무겁게 말했다.

"그 기세, 풀지 말게."

"예?"

뜻밖이라는 듯 고개를 번쩍 드는 증훈을 외면하고, 석대문은 차봉으로 점찍어 둔 사람에게 눈길을 주었다. 안감에 솜을 누빈 회흑색 승복 위로 붉은 가사를 늘어뜨린 청년 승려가 그의 눈길을 담담히 받아 내고 있었다. 차분과 정숙. 적송이 서 있는 자리는 그곳이 어디든 불당이 되는 것 같았다. 옥처럼 맑은 그 얼굴은 단지 바라보는 것만으로도 두터운 신뢰감이 저절로 일어나는 듯했다.

"다음 차례는 대사께 부탁드리고 싶소만."

적송은 어디까지나 겸손했다. 그래서 곁자리에 서 있는 무양문의 황사년에게 무언의 허락을 구한 연후에야 주장의 요청에 답을 내놓았다.

"맡겨 주신다면 부족한 재주나마 회주님과 동지들의 기대를 저버리지 않도록 노력하겠습니다.”

그때 쥐 죽은 듯이 잠잠하던 적진에서 별안간 함성이 터져 나왔다. 그러더니 적진의 일부가 쫙 갈라서며 한 사람이 앞으로 나섰다. 선기를 빼앗긴 적 수뇌부에서는 시체의 수습이 채 끝나기도 전에 차봉을 내보냄으로써 구성원들의 사기가 더 이상 추락하는 것을 막으려 한 듯했다.

적 진영의 선두에 나선 적 차봉의 얼굴을 확인한 석대문은 자신도 모르게 눈을 찌푸렸다. 맨살 위에 온갖 금속붙이들을 주렁주렁 매단 고행의 숭배자. 아까 그의 태을장을 맨몸뚱이로 받아낸 밀승이 이편을 바라보며 쇠고리 달린 입술을 히죽거리고 있었다.

금강야차명왕 대 적송.

양측에서 두 번째로 내세운 대전자는 공교롭게도 서역과 중원의 젊은 승려들이었던 것이다.

아군 진영에서 연호로 울려 나오던 증훈의 이름이 서서히 사그라들었다. 적 진영에서 억지로 끌어 올린 함성도 공기 중으로 흩어져 사라졌다. 혹한의 추위가 그 공백을 비집으며 새삼스레 되살아나고, 양 진영 간 텅 빈 곽로 위로 새로운 긴장감이 무겁게 내리깔렸다. 그러는 가운데 시체의 수습이 모두 마무리되었다. 네 명의 동료들에 의해 사지를 잡혀 들려 나간 남국 출신의 검은 용사가 전장에 남긴 흔적은 주인의 주검 옆에 떨어져 뒹굴던 우그러진 강철 투구와 텅 빈 곽로 위에 하릴없이 거꾸로 박힌 기다란 대월뿐이었지만, 그것들조차도 뒤이어 달려 나온 철갑인 한 명에 의해 수거되었다.

전장이 정리되자 금강야차명왕의 뒷전에 서 있던 가짜가 목소리를 높였다.

"아둔한 깜둥이 노예 하나를 죽였다고 너무 기고만장하지는 마라. 너희 동방 무부들의 방자함을 깨트리기 위해 이번에는 존귀하신 명왕님들 중 한 분께서 몸소 나서시기로 하였다."

패배의 동요를 애써 감추려는 가짜의 호언에 석대문은 중기를 실은 외침으로 대응했다.

"물이 밀려오면 흙으로 막는 법. 소림에서 오신 적송 대사께서 서역 밀종의 공력을 기꺼이 받아 보겠노라 하셨소."

가짜가 대소를 터뜨렸다.

"으하하! 세존의 가르침이란 본디 서쪽에서 발원하였다는 사실을 모르느냐? 가소롭구나, 갈라져 나온 가지로써 본줄기를 상대하려 드는 우매함이."

석대문은 담담한 미소로써 대답을 대신했다. 남정네들의 술자리에서 종종 등장하는 얄궂은 속언 중에는 늦게 난 거웃이 일찍 난 눈썹보다 굵고 길다는 말이 있었다. 그 말에 담긴 진의를, 저 가짜는 이제 곧 깨닫게 될 터였다. 그는 뒷자리에서 대기하고 있는 믿음직한 거웃에게 눈짓을 보냈다.

"다녀오겠습니다."

석대문에게 독장례를 올린 적송이 금강야차명왕이 기다리는 전장을 향해 걸음을 옮기기 시작했다. 살 맞은 멧돼지처럼 돌진하던 선봉과는 사뭇 다른 차분한 출정이었다.

우대만은 조금 전의 기대에 들뜬 표정과는 달리 금방이라도 토할 것처럼 창백한 안색으로 바뀌어 있었다.

"왜 그러느냐?"

모용풍의 물음에도 아이는 묵묵부답이었다. 하지만 대답을 듣지 않아도 아이가 지금 받은 심적 충격은 충분히 헤아릴 수 있었다. 강호의 싸움은 개구쟁이들 간의 전쟁놀이와 달랐다. 전장에 나설 때는 두 명이던 것이 전장을 떠날 때는 한 명과 한 구로 바뀌게 되는 것이다. 이는 무척이나 흔한 일이었고, 아무도 그 점에 대해서는 의문을 품지 않았다. 아이는 이 비정하면서도 살벌한 규칙을 알지 못했다. 아니, 설령 알았더라도 그 앎은 피상에 불과했을 것이다. 실제의 죽음을 근거리에서 목격한다는 것은, 그 대상이 적이든 아군이든 혹은 생전 처음 보는 이국의 흑인이든, 열 살을 갓 넘긴 아이에게는 감당하기 힘든 일임에 분명했다.

　'하지만 강호인으로 살아가려면 반드시 거쳐야 할 통과의례일 터.'

　강호란 그런 곳이었다. 삶만큼이나 가까운 거리에 죽음이 도사리고 있음을 항시 염두에 두어야 하는 세상. 접하는 죽음마다 일일이 감상에 빠지다가는 본인부터가 버티지 못하는 것이다. 겪고, 견디고, 무뎌진다. 그렇게 환상을 지우고 현실을 받아들일 때, 아이는 비로소 어른이 된다.

　모용풍은 아이의 어깨에 손을 얹으며 짐짓 밝은 목소리로 분위기를 환기시켰다.

　"우리 측 차봉으로 나서는 적송 대사는 전대 불문제일인이었던 범도 신승의 고제자란다. 범도 신승에 대해서는 소마자, 너도 들어 보았겠지?"

　"……예. 일전에 순찰노두이신 호 숙부님께서 얘기해 주셨어요. 소림사가 지난 한 갑자 이래로 배출한 무승들 중 가장 대단하신 분이라고요."

　"그래, 바로 그분이지. 운이 좋으면 그분의 주행칠보를 오늘

견식할 수 있을지도 모르겠구나."

우대만이 모용풍을 올려다보았다. 모용풍은 우울하게 가라앉았던 아이의 두 눈에 작은 열의가 모이는 것을 보았다.

"주행칠보요?"

"소림의 천 년 적공이 낳은 일흔두 가지 무공의 정수들을 단일곱 걸음으로 압축시킨 불문 최고의 절학이지. 만일 적송 대사가 오늘 주행칠보를 선보인다면, 나는 지금 선발 중인 후랑後浪 오대고수의 한 자리에 주저하지 않고 그를 올릴 작정이란다."

"후랑이면, '장강의 뒤 물결이 앞 물결을 밀어낸다[長江後浪推前浪]'는 말에 나오는 후랑 말인가요?"

"그렇지. 문자도 알고 제법 똑똑하구나."

아이는 이제 죽음이 가져다준 어두운 그늘에서 완전히 벗어나 강호의 밝은 일면으로, 꿈과 모험이 가득한 낭만 속으로 다시 빠져들었다.

"노야가 후랑 오대고수로 꼽은 신진들은 대체 누구죠? 옥천혈효玉泉血曉에서 일 검으로 오백 명을 죽였다는 이 대 혈랑곡주는 당연히 포함되겠죠? 그리고, 음, 방금 곤륜노를 몰매로 꺾은 신무전의 증 형님도 빠지면 안 되겠고……. 참, 우리 소 닮은 사형도 거기 들어가나요?"

"허허, 이놈아, 한 가지씩 물어봐라."

<hr />

적송은 서장어를 배우지 않았다. 금강야차명왕 또한 한어를 배우지 않은 것 같았다. 하지만 두 사람에게는 종교에서 기인한 언어적인 공통점이 있었다. 경전을 배우고 해석하는 과정에서

습득한 고대의 범어梵語는 동방과 서역의 승려들 사이에 소통의 가교가 되어 주었다.

두꺼운 눈얼음이 덮인 곽로 위를 연꽃이라도 밟듯 사뿐히 나아가 금강야차명왕의 십 보 앞에서 걸음을 멈춘 적송이 독장례를 올리며 범어로 말했다.

"서역에서 오신 아차르야Acarya(스승)여, 나는 중토의 승려인 적송이라 하오."

놀랍도록 괴상하고 사나운 용모를 하였음에도, 금강야차명왕에게는 불제자로서의 덕목이 엿보였다. 그 또한 후리후리한 장신을 곧게 세우더니 적송을 향해 정중하게 합장을 올리며 범어로 말을 건네 왔다.

"본 좌의 이름은 마하바후, 긴 팔을 가진 자라는 뜻이오. 본 파는 대일여래大日如來(밀교의 본존)의 밝은 지혜를 동방의 그늘진 구석구석까지 퍼뜨리고자 큰 사막과 너른 황야를 건너 이곳에 왔소. 그러니 그대, 동방의 즈나니Jnani(현자)는 저 흉악한 무부들로부터 벗어나 우리의 장도를 축원해야 마땅할 것이오."

"항하恒河(갠지스 강)가 순할 때에는 몸을 씻고, 항하가 거칠 때에는 모래 자루를 쌓는다고 하였소. 지혜란 선하고 자비로운 방법으로 전파할 때 더욱 빛이 나는 법. 그러나 아차르야여, 자신의 뒤를 돌아보시오. 지금 그대들이 택한 방법은 사나운 도적과 날카로운 쇠붙이로 보이는구려. 탐욕과 살기로 얼룩진 저들의 그 어디에 밝은 지혜가 있단 말이오?"

"그대의 동료에게서 풍기는 탐욕과 살기는 외면한 채 어찌 본 좌의 동료들만 꾸짖는 거요?"

"갈대 줄기로는 맹수를 쫓을 수 없는 법. 비록 같은 모습이라 하여도 하르마Harma(정의)를 위한 법기와 아다르마Adharma(불의)를 위한 흉기는 구분되어야 마땅하오. 수행의 길에 오른 몸으로 신분을 감추고 국경을 넘어와 간인들의 사냥매가 되고자 하는 스스로를 돌아보도록 하시오."

적송의 질타에는 조용한 가운데도 상대의 허물을 비추어 깨트리는 힘이 담겨 있었다. 긴 철침에 꿰인 금강야차명왕의 입가가 작게 실룩거렸다.

"목적을 위해 병기로 나선 자들 사이에 무슨 긴말이 필요하겠소? 이제 본 좌는 병기로서의 의무를 다하려 하니, 그대, 동방의 즈나니도 준비하도록 하시오."

적송은 독장례를 취한 왼손을 단전 앞으로 부드럽게 당겨 내린 다음 차분히 말했다.

"나는 준비를 마쳤으니 서역의 아차르야께서는 언제라도 손을 쓰시오."

금강야차명왕이 합장을 풀며 유달리 긴 양팔을 좌우로 뻗어 한차례 부르르 떨었다. 그의 살갗에 꿰여 있던 온갖 금속붙이들이 챙챙, 딸랑딸랑, 쩔그렁쩔그렁, 온갖 금속성으로 주인의 움직임에 화답했다.

적송은 여인의 것처럼 단아한 눈썹을 살짝 찡그렸다. 상대로부터 울려 온 금속성이 고막 안쪽으로 파고들어 이명처럼 맴도는 느낌을 받은 탓이었다. 처음에는 대수롭지 않은 현상으로 여겼지만, 그렇게 넘기기에는 소음의 잔향殘響이 지나치게 길게 이어지고 있었다. 그의 반석 같은 정심定心에 영향을 끼칠 만큼.

그러는 가운데, 금강야차명왕이 적송을 향해 성큼성큼 다가왔다. 괴승의 전진에는 남다른 면이 있었다. 한 걸음을 내디딜 때마다 양팔을 한차례씩 떨어 울리니, 가라앉던 처음의 금속성 위에 새로운 금속성이 얹히고 그 위에 다시 새로운 금속성이 더해져 복잡한 중첩 현상을 만들어 내기 시작했다. 커다란 쇠 상자에 크고 작은 구슬들을 집어넣고 마구 흔들어 대듯, 고음과 저음의 경계가 무너지고 장음과 단음의 구분이 희미해지고 있었다.

딸랑…… 챙쩔그렁…… 딸랑챙…… 챙딸랑쩔그렁쩔그렁…….

괴이한 현상은 비단 소리에만 국한된 것이 아니었다. 적송은 눈을 깜빡였다. 자신을 향해 다가오는 금강야차명왕과의 거리가 순간적으로 가늠되지 않았던 것이다. 햇빛을 향해 눈을 감을 때 눈까풀 안쪽에서 명멸하는 기이한 광점들처럼, 금강야차명왕의 길쭉한 신형이 희끄무레한 빛무리에 싸여 가물거리고 있었다.

다음 순간, 그렇게 가물거리던 금강야차명왕이 주먹 쥔 양손을 입술 위에 포개어 나팔 모양으로 만드는 것이 보였다.

"아아아아우우우우우우오오오오오오옴!"

모든 모음이 합쳐져 이루어진 성스러운 소리, '옴唵(Aum)'이 악마가 분 나팔 소리처럼 흉맹한 기세로 적송의 심령을 후려쳤다. 사방이 일순간에 꽉 막히며, 적송은 깊은 물속에 빠진 듯 오감이 마비되는 것을 느꼈다.

하지만 적송은 흔들리지 않았다. 소림의 범도 신승은 불문제 일인이라는 칭송에 걸맞게 관내는 물론이거니와 이역의 불학佛學에 대해서도 해박한 지식을 갖춘 문무겸전의 인물이었다. 그런 범도 신승을 사사한 덕분에 밀종 공부에 대한 적송의 지식은 결코 얕지 않았고, 때문에 금강야차명왕이 방금 펼친 판차야냐 Panchajanya, 한어로 마골나팔魔骨喇叭이라 불리는 괴악한 섭혼음 공攝魂吸功을 접하고도 당황하지 않을 수 있었다.

'일체번뇌는 생멸과 변화에서 비롯되나니…….'

적송은 곧바로 원숭이가 되었다. 눈을 막고 귀를 막고 입을 막은 세 마리의 원숭이.

눈은 떴으되 사특한 물건은 보지 않고 귀는 열었으되 사특한 소리는 듣지 않으며 입은 벌렸으되 사특한 말은 담지 않는다는 불문의 삼불원수양결三不猿修養訣을 마음으로 암송하며, 적송은 단전에서 발원한 순양한 기운을 왼손 검지에 실어 꼿꼿하게 세웠다. 당나라의 선승 천룡天龍과 구지俱胝가 깨우침을 전할 때 사용했다는 일지두선一指頭禪이 바로 이 지공의 요체인데, 그러면서 내공을 실어 짧게 뱉은 음절에는 모든 미혹을 깨트리는 사자후의 공능이 실려 있었다.

"할喝!"

악마의 뼈로 만든 나팔, 판차야냐가 조장한 모든 이지러짐과 혼돈함이 살얼음판처럼 깨져 나갔다. 답답하던 사방이 활짝 열렸을 때, 적송은 어느새 세 걸음 앞까지 다가온 금강야차명왕이 이름에 걸맞은 흉맹한 얼굴을 한 채 거무튀튀하게 부풀어 오른 오른손을 번쩍 치켜들고 있는 것을 발견하게 되었다.

'대수인大手印!'

저 손바닥에 실린 공력이 무엇인지를 깨달은 순간, 금강야차명왕의 우장이 적송의 정수리를 향해 힘차게 떨어졌다.

좌앗!

공기를 가르는 승포 자락 소리가 채찍 소리처럼 날카롭게 울려 퍼진 것과 거무튀튀한 장영에 휩쓸린 적송의 신형이 뿌옇게 흐려진 것은 거의 동시에 벌어진 일이었다.

세차게 내리꽂힌 대수인의 경력에 적송의 잔상이 짓뭉개지고, 우아하기까지 한 부동신보不動神步에 둥실 실려 세 발짝 후방으로 물러난 적송은 순양의 내공으로 붉게 달아오른 왼손 검지를 전방의 금강야차명왕을 향해 곧게 찔러 보냈다.

치이익-.

두 승려 사이에서 요동치던 공기가 순간적으로 끓어오르며 허연 수증기가 피어올랐다.

"헛!"

대경한 금강야차명왕이 짤막한 경호성을 토하며 게걸음을 연상케 하는 기이한 보법을 연속적으로 펼쳐 좌측으로 몸을 피했다. 아까 석대문의 장력을 막아 낼 때 선보였던 저 보법은, 밀종의 수행자들이 똑바로 걸어서는 지날 수 없는 천산의 비좁은 절벽 길을 넘나드는 과정에서 연성한다는 사라냐Saranya, 한 어로는 귀의보歸依步인 듯했다.

금강야차명왕은 일지두선의 권역에서 벗어난 뒤에도 사라냐를 거두지 않았다. 적송이 선 자리를 중심하여 원을 그리며 돌아가는 그의 움직임에 점차 가속이 붙기 시작했다.

딸랑챙챙챙…… 쩔그렁챙챙…… 딸랑쩔그렁쩔그렁…….

심령을 어지럽히는 금속성이 다시 들려오기 시작했다. 그러나 적송은 왼 발바닥을 오른 정강이 위에 올려붙인 나한냑귀羅漢蹻鬼의 자세를 견지한 채 미동조차 하지 않았다. 상대의 수법을 파악한 이상, 처음 섭혼음을 들었을 때와는 달리 터럭 한 올만큼의 동요도 일어나지 않았다. 주위를 향해 활짝 열린 그의 오감은 금강야차명왕의 모든 움직임을 낱낱이 파악하고 있었다.

어느 순간, 금강야차명왕이 입을 동굴처럼 벌리며 판차야냐의 섭혼음을 터뜨렸다.

"아우우오오오오옴!"

그리고 그 여음이 눈 쌓인 백건산 산세에 부딪쳐 첫 번째 메아리를 만들기도 전에 허리 뒤로 당긴 왼팔을 크게 휘두르니…….

부웅!

인간의 팔이 마치 채찍처럼 길게 늘어나며 적송의 뇌문을 후려쳐 왔다. 적송은, 어깨와 팔꿈치와 손목은 물론 손가락의 작은 관절들마저 자유자재로 착탈着脫시킬 수 있다는 저 기괴한 수법의 이름을 알고 있었다. 하리-마하하라Hari-mahahala, 이른바 '성스러운 큰 쟁기[神聖大犁]'였다.

사부의 기록을 통해 이름으로만 알고 있던 유가의 괴공을 현실에서 직접 접한 적송은 감히 방심할 수 없었다.

패-앵!

금강야차명왕의 사나운 쟁기질을 막아 가는 그의 양 소맷자락은 두 장의 철판으로 화한 듯 빳빳하게 펼쳐져 있었다. 소림이 자랑하는 철포수鐵布袖의 공력이 바로 이것이었다.

꽝!

하리-마하하라의 첫 번째 타격이 철포수의 공력이 어린 소맷자락을 두드린 순간, 바닥을 딛고 있던 적송의 오른발이 눈얼음을 뚫고 발목까지 박혀 들었다. 비록 내가의 교묘함은 담겨 있지 않지만 외가 공력으로는 가히 위력적이라 아니할 수 없었다. 적송이 나한냑귀의 자세를 풀어 바닥에 박힌 오른발을 빼내기도 전, 금강야차명왕의 후속타들이 연이어 날아들었다.

꽝! 꽝!

마하바후, 긴 팔을 가진 자라는 이름은 과연 명불허전이었다. 남속성과 판차야냐의 섭혼음이 정신없이 울려 퍼지는 가운데, 금강야차명왕은 채찍처럼 길게 늘어난 양팔을 번갈아 휘둘러 자신이 그리는 원 궤도의 중심에 위치한 적송을 사정없이 난타했다. 그사이 적송이 할 수 있는 일이라고는 얼굴 양쪽에 세워 올린 철포로써 상대의 거센 공격을 막아 내는 것이 전부인 듯했다.

꽝! 꽝! 꽝!

"옴! 아오오옴! 우오오옴!"

금강야차명왕의 기세가 가파르게 상승하고 있었다. 반면에 그 기세에 눌린 적송은 금방이라도 피를 토하고 무너질 것 같았다. 최소한, 소맷자락의 그늘에 가려진 적송의 두 눈에 결단의 빛이 떠오르기 전까지는 그래 보였다.

———◆◆◆———

"지금이다! 잘 보아라!"

갑작스러운 모용풍의 외침에 우대만은 눈을 부릅뜨고 성가퀴 너머로 고개를 내밀었다. 곽로 위에 만들어진 전장의 한복판, 금강야차명왕이 그려 낸 원 궤도의 중심에 서서 무기력하게 얻어맞기만 하던 적송이 오른 정강이에 붙인 왼발을 떼어 좌전방으로 내디딘 순간이었다.

"우와!"

아이의 입에서 탄성이 터져 나왔다.

허연 눈얼음 위에 한 점으로 고정되어 있던 적송이 어느새 두 명으로 분화되어 있었다. 그러나 두 명의 적송 중 어느 하나도 허상이 아니었다. 처음의 적송이 철포수를 통한 헌두거우軒頭拒雨의 방어 자세를 유지하는 가운데, 그로부터 한 자쯤 떨어진 곳을 나아가는 두 번째 적송은 왼쪽 소맷자락을 부드럽게 떨치며 비서장飛絮掌의 표홀한 한 수를 그려 내고 있었다. 그리고 금강야차명왕의 오른쪽 가슴 위를 두드린 그 좌장이 작은 먼지 뭉치로 우아한 곡선을 매듭지을 때, 적송의 다음 걸음이 내디뎌졌다. 이른 새벽 앞다투어 피어나는 연꽃들처럼, 아무것도 존재하지 않는 공간에서 세 번째 적송이 분화된 것이다.

모용풍의 채 다물지 못한 입술 사이로 신음 소리 같은 중얼거림이 흘러나왔다.

"용권龍拳의 용입대택龍入大澤⋯⋯."

다시 한 걸음.

"금강권金剛拳의 도타범종倒打梵鐘⋯⋯."

훌쩍 뛰어 내디딘 적송의 다음 걸음에서는 하얀 꽃비가 눈부시게 쏟아지고.

"저것은 금릉화우金陵花雨⋯⋯."

연이어 펼쳐진 일심향불一心向佛과 창해일속蒼海一粟이 금강야차명왕의 좌우 어깨를 두드렸다.

퍽! 퍽!

모든 공격과 모든 수비가 유효했다.

일곱 명으로 분화한 적송이 기실 한 명임이 밝혀진 것은 금강야차명왕의 두 무릎이 곽로의 바닥 위로 털썩 무너진 직후였다. 일곱 걸음을 모두 마치고 다시 하나로 돌아온 적송은 무릎을 꿇은 금강야차명왕 앞에 몸을 단아하게 세운 채 곧게 세운 왼손의 검지를 내밀고 있었다. 항마검降魔劍처럼 시뻘겋게 달아오른 그의 검지가 향한 곳에는 금강야차명왕의 미간이 자리하고 있었다.

그 모습을 바라보던 모용풍이 황홀에 겨운 목소리로 말했다.

"보았느냐. 저것이 범도 신승의 주행칠보다."

<hr />

"서역의 아차르야여, 싸움은 끝났소."

적송이 차분한 목소리로 선언했다.

"아!"

탄성인지 탄식인지 모를 소리를 토하는 금강야차명왕은 패배의 쓰라림보다는 경이로움에 사로잡힌 것처럼 보였다. 그는 흐릿해진 눈을 끔뻑거리다가 적송에게 물었다.

"즈나니여, 그대가 방금 펼친 것이 붓다의 일곱 걸음이오?"

적송은 고개를 저었다.

"아트만Atman(참된 깨달음으로 발견한 참된 자아)의 삼세독존三世獨尊을 설파하신 그 크신 일곱 걸음을 미천한 중생이 어찌 흉내 낼 수 있겠소. 이것은 행자行者의 일곱 걸음일 뿐이오."

하지만 금강야차명왕은 인정하려 들지 않았다.

"하지만 본 좌는 아두랍찰의 위대한 스승께서 펼치신 붓다의 일곱 걸음을 본 적이 있소! 그것은…… 그것은 즈나니의 일곱 걸음과 다르지 않았소!"

"아두랍찰의 위대한 스승이면, 천룡팔부중의 수좌이신 데바 대법왕을 말하는 것이오?"

"그렇소, 바로 그분이시오."

문득 만류귀종萬流歸宗이라는 말이 적송의 뇌리에 떠올랐다. 불佛과 무武가 만나 수천 갈래의 가지를 이루었지만, 그것들을 낳고 키우고 꽃피우는 줄기는 하나라는 생각이 들었다. 데바와 범도, 서역의 대법왕과 중토의 신승은 각고의 절차탁마로써 각자가 몸담은 가지를 용맹 정진 거슬러 올라가다가, 마침내 같은 줄기에 도달하는 성취를 이루었는지도 모른다. 개울물이 강에서 만나고 강물이 바다로 흘러드는 것과 같은 이치였다.

금강야차명왕이 적송에게 물었다.

"즈나니여, 본 좌를 어찌할 생각이오?"

적송은 긴 숨을 내쉰 뒤 금강야차명왕의 미간을 겨누던 일지두선을 천천히 거두었다. 금강야차명왕의 눈꼬리가 파드득 떨리며, 눈까풀 끝에 매달린 금종이 작은 소리로 울었다. 그가 모욕을 당한 장수의 눈으로 적송을 향해 으르렁거렸다.

"싸움에 패한 본 좌를 아무 대가 없이 놔주겠다는 것이오?"

적송은 잠시 생각하다가 대답했다.

"청정한 영혼과 육신으로 번뇌를 물리쳐야 하는 수행자가 악마의 도구를 품고 있는 것은 하르마가 아니라고 생각하오."

판차야냐는 악마의 뼈로 만든 나팔이었다. 그리고 적송은 그 뼈가 어디에 있는지를 일찌감치 간파하고 있었다.

"이번 일을 계기로 아차르야께서 그 도구의 굴레로부터 벗어날 수 있기를 바라오."

적송의 말에 금강야차명왕의 눈동자 위로 갈등의 기색이 습기처럼 어른거렸다. 하지만 그 시간은 그리 길지 않았다.

"즈나니의 처분에 따르겠소."

금강야차명왕이 왼손을 얼굴로 올리더니 아랫볼을 관통하고 있던 긴 철침을 쑥 뽑아냈다. 적송은 그의 육신으로부터 뽑혀 나온 철침, 아니 골침骨針이 빳빳한 몸을 뱀처럼 꿈틀거리는 것을 놓치지 않았다. 마물의 유체답다는 생각이 들었다.

아쉬워하는 눈길로 골침을 내려다보던 금강야차명왕이 결심한 듯 그것을 적송에게 내밀었다.

"이것이 판차야냐의 근원이라오."

연원을 알 수 없는 마기와 함부로 접촉하는 것은 무척이나 위험한 일이었다. 적송은 구양공九陽功을 운용한 오른손 손바닥으로 골침을 받아 들었다. 장심을 통해 전해 온 기운은 차갑고, 뾰족하고, 예상했던 것 이상으로 사악했다. 적송의 오른 팔뚝을 따라 좁쌀 같은 소름들이 오톨도톨 돋아 올랐다.

골침을 내려다보는 적송의 미간에 작은 주름이 잡혔다.

'과연 인세에 존재해서는 안 되는 마물이로다. 하지만⋯⋯.'

얼마 전 짚신 한 짝으로부터 깨달음을 얻어 피안彼岸에 들었다는 범제 사백이 떠오른 것은 그때였다. 태고의 마물을 극복하는 것은 소림의 오랜 업이자 염원. 그 업과 염원을 짊어진 짐꾼이 바로 범제였던 것이다.

'그분께 가져다 드리면 적당한 쓰임새를 찾아내실지도 모르겠구나.'

마음을 바꾼 적송은 골침의 중동에 왼손 검지를 갖다 댄 뒤 공력을 일으켰다.

⋯⋯!

오른손 장심의 구양공과 왼손 검지의 일지두선 사이에서 작게 몸부림치던 골침이 어느 순간 품고 있던 모든 요악한 성질들을 일시에 흐트러뜨리며 손바닥 위로 축 늘어졌다. 그러는 데 소요된 시간은 무척 짧았지만, 적송은 정수리에 맺힌 식은땀이 양쪽 관자놀이를 타고 흘러내리는 것을 느낄 수 있었다. 두 뼘도 안 되는 골침에 담긴 마기를 봉인하는 일이 육 척이 넘는 명왕을 굴복시키는 일보다 오히려 힘들었던 탓이다.

적송은 판차야냐의 골침을 승포의 가슴 자락에 조심스럽게 꽂은 다음 여전히 곽로 바닥에 무릎을 꿇고 있는 금강야차명왕을 향해 독장례를 올렸다.

"맑고 바른 빛을 좇아 대공을 이루시길 바라오."

비틀거리며 몸을 일으킨 밀승이 적송을 향해 합장했다.

"다른 길을 걸을지언정 니르바나Nirvana(열반)의 정원에서 다시 만나리니, 옴마니반메훔."

차봉의 개선은 선봉의 그것처럼 환호와 갈채가 뒤따르지 않았다. 석대문은 그 까닭을 알 수 있을 것 같았다. 적송이 거둔 승리는 증훈이 얻은 그것과 달리 타인의 공감을 쉬 이끌어 낼 수 없었다. 마치 우주가 펼치는 비밀의 한 자락을 훔쳐본 듯, 그래서 자신이 보내는 환호와 갈채에 그 비밀의 신성함이 오염될 것을 걱정하듯, 사람들은 기묘한 감흥에 사로잡힌 채 곽로를 차분히 걸어 돌아오는 적송을 맞이할 수밖에 없었던 것이다.

침묵을 깨고 처음으로 입을 연 사람은 앞서 호쾌하기 이를 데 없는 승리를 거둔 선봉이었다.

"대사, 저, 저는…… 감동했습니다!"

적송을 바라보는 증훈의 얼굴은 투지 혹은 전의와는 전혀 다른 의미로 붉게 상기되어 있었다. 두 눈은 바다를 처음 대한 소년처럼 반짝거렸고, 입술은 무슨 말을 이어야 할지 도무지 모르겠다는 양 벙긋거리고 있었다. 적송은 빙긋 웃으며 홍안의 투사를 향해 독장례를 올렸다.

"운이 좋았을 따름입니다."

그런 적송을 보며 석대문은 고개를 보일 듯 말 듯 흔들었다. 천상의 음악에 맞춰 시전의 속된 춤을 출 수는 없는 법. 적송, 저 믿음직한 청년승은 소속한 집단의 사기를 끌어 올리기에는 지나치게 고고한 면이 있었다. 옥에 티라고나 할까, 옥나한이 가진 단점 아닌 단점이었다.

'어쨌거나 두 번은 이겼고…….'

다섯 대 다섯의 싸움에서 두 번을 연속하여 이겼으니 이편의 입장에서는 한 번만 더 이기면 된다. 이 말인즉, 막판에 몰린 적으로서는 남은 세 판을 모두 이겨야 한다는 뜻인데……. 그렇다면 적이 내세울 수 있는 패는 그리 많지 않았다.

거듭된 패배로 인해 바닥까지 추락한 사기를 단숨에 끌어 올려 줄 수 있는 가장 확실한 패!

아니나 다를까, 그 확실한 패가 어깨 위에 걸치고 있던 검은 담비 조끼와 은빛 장포를 벗어 옆에 대기하고 있던 철갑인에게 넘기는 모습이 석대문의 시선에 잡혔다. 다음 순간, 석대문은 꼭뒤가 서늘해지는 것을 느꼈다. 꼬리뼈까지 오싹하게 만드는 저 무시무시한 살기의 주인공이 누구인지를 확인하기 위해 굳이 뒤를 돌아볼 필요는 없었다. 붉은 늑대의 첫 번째 이빨이 자신이 나서야 할 때를 마침내 만난 것이다.

진귀한 겉옷들 밑으로 드러난 것은 의외로 단출하고 소박한 은색 무복이었다. 그런 차림으로 탈바꿈한 가짜가 수하에게서 건네받은 칼을 뒤춤에 매달아 늘어뜨린 채 앞으로 걸어 나왔다. 연패를 당한 입장에서 이번에는 뭐라고 큰소리를 칠까 궁금했는데, 가짜는 석대문의 기대를 저버렸다.

"세 번째는 나다. 누구든 상관없다만, 기왕이면 주장인 네놈의 피를 보고 싶구나."

저런 노골적인 도발에 호응하지 않는다면 장부라 자처할 수 없을 터. 그러나 석대문은 움직이지 않았다. 움직이지 않았을 뿐 아니라 대꾸조차 하지 않았다. 이쪽의 반응을 잠시 기다리던 가짜가 합죽한 하관을 일그러뜨리며 비아냥거렸다.

"왜 그러느냐? 설마 삼불귀라는 이름 석 자에 겁을 먹은 것은 아니겠지?"

삼불귀의 이름에 겁을 먹은 것은 맞았다. 가짜가 모르는 점은, 석대문이 겁을 먹은 삼불귀는 지금 석대문과 얼굴을 마주하고 있지 않다는 사실이었다.

"드디어……."

작은 중얼거림과 함께, 천하의 강동제일인조차 일면 삼가도록 만드는 진짜 삼불귀가 죽립을 깊이 눌러쓴 채 석대문의 옆자리로 나섰다.

"드디어 이 날이 왔구나."

이 탄식 안에는 실로 많은 것들이 녹아들어 있었다. 석대문이 진짜를 돌아보며 말했다.

"조심하십시오."

죽립 안쪽으로부터 허허로운 웃음소리가 새어 나왔다.

"내가 오늘을 맞이하기 위해 얼마나 긴 세월을 조심하고 살았는지 아는가? 이제 내겐 조심해야 할 이유가 없네. 그러니 더 이상은 조심하지 않겠네."

석대문은 아무 말도 할 수 없었다. 지금 이 순간 진짜가 느끼고 있을 감정의 격랑 속으로는 그 어떤 조언도 끼어들 수 없음을 알기 때문이었다.

이쪽의 동정을 살피던 가짜가 돌연 조소를 터뜨렸다.

"하! 설마 했건만, 주장인 내가 나서는데 얼굴조차 제대로 드러내지 못하는 쪽정이를 내보내겠다고? 오호라, 두 판을 먼저 가져갔다고 너희들 딴에는 머리를 굴린 모양인데, 저자의 창자가 눈밭에 뿌려지는 모습을 보게 되면 생각이 바뀔 것이다."

석대문은 역시 대꾸하지 않았다. 지금은 그가 나설 때가 아니었다. 진짜와 가짜가 마주한 이 결정적인 순간에는 어느 누구도 나서서는 안 되었다.

"그동안 고마웠네, 후배."

나직하지만 진심이 담긴 이 말을 남긴 채, 진짜가 곽로를 따라 걸음을 옮기기 시작했다.

"죽는 것이 그렇게 소원이라면 그 소원, 들어주마."

가짜가 코웃음을 친 뒤 진짜를 향해 마주 걸어 나왔다.

일 장의 거리를 두고 가짜와 마주 선 진짜가 양 무릎을 살짝 구부렸다. 그런 상태로 엉덩이 뒤로 돌린 왼손으로 칼집의 하단을 잡아 올린 다음, 오른손 역시 뒤로 돌려 칼자루 위에 역수逆手로 얹었다. 그 모습을 지켜본 가짜의 눈썹이 슬쩍 일그러졌다.

'그럴 수밖에 없겠지.'

석대문은 이 순간 가짜가 받고 있을 기묘한 위화감을 충분히 짐작할 수 있었다. 아니, 동질감이라고 해야 정확할지도 모른다. 비슷한 칼, 비슷한 자세, 그리고 비슷한 발도술拔刀術.

"무슨 도법을 익혔느냐?"

가짜가 물었다. 진짜는 대답 대신 칼을 뽑았다. 터무니없을 만큼 느린 속도였지만, 칼날이 뽑혀 나오는 경로만큼은 가짜의 눈에 결코 낯설지 않을 것이 분명했다.

"요망한 것! 천산도법天山刀法의 기수식을 흉내 내면 놀랄 줄 알고? 내가 누군 줄 알고 감히 이따위 어설픈 수작을 부리는 거냐!"

가짜가 진짜를 향해 노성을 터뜨렸다. 진짜의 입에서 가짜를 향한 첫마디가 흘러나온 것은 바로 그때였다.

"본받을 효效. 그게 네 이름이지."

"헉!"

가짜의 눈이 부릅떠졌다.

"놀랐느냐?"

오른손에 역수로 쥔 칼을 비스듬히 내뻗은 채, 진짜가 쓰고 있던 죽립을 벗어 바닥에 떨어뜨렸다. 그럼으로써 드러난 얼굴은, 일 장을 격하고 마주한 가짜의 것과 너무나도 닮은 것이었다.

"너, 너……."

가짜를 부들부들 떨리게 만든 충격은 가짜가 등지고 있는 수십 보 거리를 뛰어넘어 철마방의 마적들 속으로 여지없이 파고 들었다. 그들이 뒤집어쓴 시커먼 철갑 위로 불안한 웅성거림이 전염병처럼 번져 나갔다.

고개를 옆으로 꺾어 그 기미를 살핀 진짜가 가짜를 향해 차갑게 웃었다.

"그동안 이 형을 얼마나 본받았는지 확인해 주마."

"형제라고요?"

우대만이 경악한 얼굴로 모용풍을 돌아보았다. 모용풍은 고개를 끄덕였다.

"그래, 그것도 쌍둥이지."

온교와 온효는 천산철마의 피를 이어받은 쌍둥이 형제였다. 한발 먼저 태어난 쪽은 온효였으나, 태에 씨앗이 심어진 순서대로 형제의 서열을 정하는 천산의 율법에 따라 장자의 자리에 오른 것은 나중에 태어난 온교였다.

장자가 모든 것을 물려받는 장자상속長子相續의 풍습은 관내와 관외가 다르지 않았다. 온교는 주위의 축복 속에서 천산철마방의 후계사로 성장했고, 온효는 자신보다 늦게 태어난 쌍둥이 형의 그늘에 가려진 채 서서히 존재를 잃어 갔다.

"어릴 적에는 그 상실감이 크게 와 닿지 않았을지도 모르지. 그래서 저들은 성인이 될 무렵까지 함께 천산에서 살 수 있었단다. 어차피 차지하게 될 지위가 다른 바에야 재능이라도 달랐다면 별문제 없으련만, 하나의 태胎를 나눈 쌍둥이답게 두 사람 모두 무공 방면으로 놀라운 성취를 이루었다고 하더구나. 그런 상태로 함께 나이를 먹게 되니, 형제간의 불화는 피할 수 없는 일이었겠지. 형은 동생을 경계하고, 동생은 형을 질시하고…….”

모용풍은 한숨을 쉰 뒤 말을 이었다.

“결국 온효는 천산을 떠나 방랑의 길에 올랐다. 아니, 떠날 수밖에 없었다는 표현이 정확할지도 모르겠구나. 성인이 된 온교는 돌아보지 않고 용서하지 않고 자비를 모른다는 삼불도의 주인답게 난폭하기 그지없는 사람이었고, 그런 형이 경계하는 한 동생의 목숨은 바람 앞의 촛불처럼 위태로웠을 테니 말이다.”

“그래서요?”

“그래서…….”

모용풍은 어두운 얼굴로 말꼬리를 흐렸다. 그 이후에 벌어진 일에 관해서는 그 또한 정확히 아는 바가 없기 때문이었다. 앞서 한 이야기의 대부분도 중양회를 통해 안면을 트게 된 온교 본인의 넋두리를 그대로 옮긴 것에 불과했다.

‘글쎄…… 그게 과연 넋두리였을까?’

다시 생각하니 단순한 넋두리가 아니었던 것 같았다. 온교는 자신의 삶을 고통의 구렁텅이로 몰아넣은 그 뼈저린 배신과 반역과 바꿔치기에 대해 누군가 기록으로 남겨 주기를 바랐는지도 모른다. 만일 온교에게 그런 마음이 있었다면, 순풍이 모용풍은 그 목적을 위해 선택할 수 있는 가장 훌륭한 기록자일 터였다.

“그래서 어떻게 되었는데요?”

우대만이 다시 물었다. 모용풍은 한숨을 내쉰 뒤 멈췄던 이야기를 대략적으로나마 이어 나갔다.

“천산철마방을 필요로 한 자들이 있었다. 자존심이 강한 온교는 그들의 주구가 되기를 거절했지. 그러자 그를 제거하기 위한 공작이 시작되었다. 그 공작의 핵심 재료는 천산을 떠난 온교의 쌍둥이 동생, 온효였지. 배신과 반역, 그리고 형제간의 바꿔치기는 그렇게 벌어진 것이란다."

"바꿔치기요?"

우대만은 그 대목을 납득하지 못했다.

"살아 있는 사람을 어떻게 바꿔치기할 수 있나요? 진짜 삼불귀에게도 가족이 있었을 텐데. 음, 부인도 있었을 테고 자식도 있었을 테고 아끼는 부하들도 있었을 텐데, 아무리 얼굴이 닮았다고 해도 사람이 통째로 바뀐 것을 어떻게 모르고 넘어갈 수 있단 말인가요?"

"그것은……."

모용풍은 다시 말꼬리를 흐렸다. 어느 날인가 온교가 탁주 한 병을 앞에 두고서 들려준 말이 그의 머릿속을 윙윙 울리고 있었다.

―내 가족은…… 그리고 내 부하들은…… 천산의 주인이 바뀐 사실을 모르지 않을지도 모르오. 아니, 시간이 흐를수록 그들이 그 사실을 알고 있었으리라는 생각이 더욱 강해지는구려. 그러므로 나는, 이 삼불귀 온교는, 복수할 수는 있을지언정 돌아갈 수는 없을 것이오.

다시 말하거니와, 삼불귀 온교는 난폭하기 그지없는 인물이었다. 아내로부터, 자식들로부터, 부하들로부터 사랑과 존경과 충성보다는 증오와 기휘와 두려움을 이끌어 내기에 부족하지 않을 만큼. 천산의 제왕을 고통의 구렁텅이에 몰아넣은 사람은 그의 쌍둥이 동생 하나만이 아니었던 것이다.

"노야?"

우대만의 부름이 모용풍을 우울한 상념에서 건져 냈다. 그는 자신을 향한 아이의 몸을 곽로 쪽으로 돌려세우며 말했다.

"싸움이 시작될 모양이다. 입 다물고 구경이나 하자꾸나."

골육 간, 그것도 쌍둥이 간의 싸움은 동생의 입에서 터져 나온 비명 같은 고함과 더불어 시작되었다.

"으아아악!"

형의 것과 마찬가지로 역수로 뽑힌 동생의 칼이 형의 목을 노리고 대각으로 솟구쳐 올라갔다. 칼집에서 벗어나 이미 모든 준비를 마치고 있던 형의 칼이 동생의 칼을 감아 돌렸다.

치치치치치치칭−.

두 자루 칼이 도척刀脊(날이 없는 넓은 면)을 서로에게 붙인 채 맴도는 가운데, 형의 입술이 실룩거렸다.

"이래서야 어디 본받았다고 할 수 있겠느냐?"

"닥쳐!"

동생이 익힌 도법은 형이 익힌 도법과 한 치도 다르지 않았다. 저 옛날 천산철마의 재능과 각고가 담긴 서역의 절기 천산도법. 형제가 타고난 재능도 문자 그대로 난형난제였다. 그들 간에 오직 한 가지 다른 점이 있다면 상대의 숨통을 끊고자 절치부심해 온 복수의 나날일 터인데, 그것이 동생에게는 없었다. 그러나 형에게는 있었다. 그것도 차고 넘쳤다.

"크흑!"

동생이 이를 악물며 허리를 뒤챘다. 그가 입고 있는 은색 무복의 어깨 부위가 뭍에 오른 물고기의 아가미처럼 쫙 갈라진 채 벌름거리고 있었다.

"무뎌졌구나."

형이 자세를 낮추며 동생의 좌측으로 파고들었다. 새하얀 칼빛이 호선으로 번쩍이더니, 동생의 왼쪽 옆구리에 긴 혈선이 만들어졌다.

"군살도 많이 붙었고."

"으아악!"

왼손으로 옆구리의 상처를 누르던 동생이 웅크린 몸을 활짝 펼치며 다시 한 번 비명 같은 고함을 내질렀다. 하방에서 상방으로, 상방에서 좌방으로, 좌방에서 우방으로. 그렇게 동생이 연달아 전개한 삼 도는, 하지만 형의 보법을 따라잡지는 못했다. 바닥을 찍듯 퉁기듯 지치듯 이동하는 동생의 보법은 형의 것에 버금갈 만큼 영활했지만, 그래도 형 쪽이 빨랐다. 아주 조금이긴 하지만 언제나 그랬다.

본래 두 형제간의 무공 격차는 한 사람이 다른 사람을 일방적으로 몰아붙일 정도로 크지 않았다. 그러나 형은 동생의 모든 것을 낱낱이 꿰뚫고 있었다. 동생의 도법을 파훼하는 것은, 오늘의 싸움을 오랜 세월에 걸쳐 준비해 온 형에게 있어서 그리 어려운 일이 아니었다.

"눈밭에 창자를 뿌리겠다고? 너는 어릴 때부터 재미있는 장난을 곧잘 생각해 내곤 했지."

동생이 풀썩 꺾이는 오른쪽 다리를 가까스로 버텨 냈다. 어느새 동생의 후방으로 뻗어 나갔다가 되돌아간 형의 칼날이 동생의 오른쪽 오금 안쪽에 두 치 길이의 자상을 새겨 놓은 것이다. 바지 아랫단이 끈끈하고 뜨듯한 습기로 물들고, 동생은 충격과 혼란 속에서 억지로 끌어 올린 투지가 조금씩 새어 나가는 것을 인정할 수밖에 없었다.

"이번에 네가 생각한 장난은 특히 마음에 드는구나, 아우야."

형이, 진짜가, 온교가 툭 꺾인 매부리코 아래로 이빨을 드러내며 걸음을 내디뎠다.

동생은, 가짜는, 온효는 급기야 공포에 질린 얼굴로 주춤주춤 뒷걸음질을 쳤다.

온교는 앞을 보았다. 온효는 뒤를 보았다. 그리고 석대문은 미간을 좁혔다. 적 진영 뒤편에서 일어난 어떤 움직임을 발견한 것이다.

온효가 자신의 진영을 향해 부르짖었다.

"밟아! 모조리 짓이겨 버려!"

<hr/>

천산철마방의 이인자이자 철마단의 단장인 고륭에게는 안상귀장鞍上鬼將, 마상학살자馬上虐殺者 혹은 혈염마장血染馬掌(피로 물든 말편자)처럼 위협적이면서도 멋진 별호가 여럿 붙어 다니지만, 언제나 그랬던 것은 아니었다. 아두랍찰에서의 유년기를 청산하고 열다섯 살 어린 나이로 천산철마방에 들어간 그는 새로운 주인인 온효를 만나 지금의 자리에 오르기까지 십여 년 동안, 가축 중에서도 가장 비천한 종으로 불려야만 했던 것이다. 돼지, 그것도 시커먼 외피로 말미암아 더욱 더럽고 더욱 천하게 여기는 흑돼지[黑豚]가 바로 그의 별명이었다.

회교도에게 있어서 돼지는 신께 바치지도 못하는 불결한 짐승. 유년기를 막 벗어난 회교도 소년에게 흑돼지라는 혐오스러운 별명을 붙여 준 사람은 그보다 아홉 살 많은 그의 주인이었다. 이십 대 젊은 나이로 천산철마방의 방주 자리에 올라 천산 일대의 모든 생명들을 공포에 떨게 만든 폭군, 삼불귀 온교가 바로 그 사람이었다.

─까만 놈이 죽어라 먹는 것만 밝히는구나. 네 이름은 오늘부터 흑돼지다.

어느 날 방도들이 식사하는 자리를 찾은 온교는 방주가 순시하는 와중에도 감히 그릇에 얼굴을 처박고 우적거리는 이역의 뚱보 소년에게 그렇게 말했고, 그날부로 고릉은 흑돼지가 되었다.

삼불귀 온교는 난폭할 뿐만 아니라 잔인하고 야박하기까지 한, 모시는 사람의 입장에서는 더할 나위 없이 나쁜 주인이었다. 그리고, 그날 밤에 벌어진 치욕스러운 사건 이전까지는 고릉도 미처 몰랐던 점이지만, 자신의 창작물에 대해 무척이나 큰 애착을 느끼는 자존심 강한 예술가이기도 했다.

사건의 발단은 이러했다.

천부적인 용력과 살기로 철마단 내에서 청년 용사로 서서히 주목을 받던 고릉은 어느 날 휘하의 소부대 열 기를 이끌고 원정을 나가 천산북로를 삶의 터전으로 삼던 유목 부족 한 군데를 약탈했다. 단지 이것만이라면 누구에게 자랑할 거리도 못 되는 시시한 행사에 불과했을 것이다. 손맛도 시시했고, 수확도 시시했으니까. 그러나 그 시시한 약탈 과정에서 고릉은 예상치 못한 보물 하나를 얻게 되었다. 천산 일대에서는 좀처럼 찾아볼 수 없는 절색 하나를 발견한 것이다.

─여색이라면 사양하지 않으시는 방주이니만큼 이 계집을 바치면 무척 기뻐하실 거다. 그리고 어쩌면…….

고륭은 다음 말을 수하들 앞에서 꺼내지 않았다.

혹여 머리카락 한 올 상할세라 절색의 계집을 고이고이 모시고 방으로 돌아온 고륭은 황갈색의 윤기가 도는 그 매끄러운 맨살에 손가락 하나 건드리지 않은 채 방주전에 고스란히 상납했다. 온교의 입술은 그가 기대한 대로 길쭉이 벌어졌고, 뜻하지 않은 공을 세운 그의 원정대는 그날 밤 술과 양고기를 푸짐하게 하사받을 수 있었다.

여기까지는 괜찮았다. 안랍(알라)의 가르침에 따라 술을 멀리해 오던 고륭이 그날 밤 내내 자신이 믿는 종교의 교리에 충실하였다면, 계속 괜찮았을지도 모른다.

그날 밤 고륭은 교리를 어기고 과음했다. 자신이 세운 공에 한껏 고양된 것이 화근이었다. 그리고 교리를 어긴 죄인에게 안랍께서 내리신 벌은 즉각적이고도 신랄했다.

—방주님!

술기운을 빌려 더욱 용감해진 고륭은, 새로운 노리개가 풍기는 향기에 밤늦도록 취해 있다가 전신이 녹진녹진해진 연후에야 잔치가 열리는 연무장에 어슬렁어슬렁 모습을 드러낸 온교를 향해 목소리를 높였다.

—속하, 방주님께 한 가지 청이 있습니다!

술잔을 들어 마른 입술을 축이던 온교가 게슴츠레한 눈으로 고륭을 돌아보았다.

—오, 내 충직한 흑돼지의 청이라면 당연히 귀를 기울여야겠지. 말해 봐라.

고륭은 굵고 짧은 목을 똑바로 세우려 애를 썼다. 그는 용사의 모습으로 주인을 상대하고 싶었다. 마음으로 그려 낸 모습을 어느 정도 이루었다고 여긴 그는 다시 한 번 용기를 끌어 올려 입을 열었다.

─앞으로는 속하를 흑돼지라고 부르지 말아 주십시오.

온교는 놀랍도록 짧은 시간 안에 얼굴과 마음을 함께 바꿨다. 가시처럼 찢겨 올라간 눈꼬리가 파르륵 떨렸고, 툭 꺾인 매부리코 아래 입술에서 웃음기가 사라졌다. 하지만 술기운 때문에 판단력이 흐려진 고륭은 온교에게 일어난 그런 현상들이 무엇을 의미하는지를 제대로 알아차리지 못했다.

온교가 낮은 목소리로 물었다.

─흑돼지 소리가 듣기 싫으냐?

고륭은 당당하게 말했다.

─듣기 싫습니다.

온교는 술잔을 천천히 내려놓았다.

─네가 흑돼지가 아니라는 것을 증명할 자신이 있느냐?

고륭은 살진 주먹으로 제 가슴을 팡팡 두드리며 큰소리쳤다.

─물론입니다!

─그래?

입꼬리를 살짝 비튼 온교가 주위를 향해 말했다.

─쇠사슬을 가져와라.

젊은 수하의 빠른 부상浮上에 어느 정도 경계심을 품고 있던 당시의 철마단주가 양 손목과 양 발목에 쇠사슬을 친친 감을 때까지, 고륭은 술기운에 알딸딸해진 머리로도 지금 벌어지고 있는 일과 흑돼지가 아니라는 것을 증명하는 일 사이에 무슨 연관이 있는지를 파악하기 위해 노력했다. 그러나 헛수고였다. 그는 이미 대취한 상태였고, 그렇지 않았더라도 실제로 겪지 않은 일을 미리 예상해 대비할 만큼 영리한 사람은 못 되었다.

온교가 명했다.

―흑돼지를 기둥에 묶어라.

고륭은 여전히 영문도 모르는 채 연무장 가운데 박혀 있는 쇠기둥에 묶여야만 했다.

온교가 다시 명했다.

―흑돼지 앞에 고기를 쌓아라.

잔칫상 위에 너저분하게 남아 있던 양고기들이 쇠기둥에 사지를 묶인 고륭의 발치 돌바닥 위에 작은 산처럼 쌓였다. 모든 명령이 이행된 것을 확인한 온교는 자리에서 일어서며 말했다.

―사흘 뒤에 풀어 주마. 네가 흑돼지가 아니라는 것을 증명하는 때는 바로 그때다.

잔치는 끝났다. 사람들이 흩어졌다. 그러나 고륭은 그 자리를 떠날 수 없었다.

천산의 초가을은 결코 덥다고 할 수 없지만, 먹다 남은 양고기를 사흘씩이나 보존할 정도로 차갑지는 않았다. 첫날의 해가 채 저물기도 전에 고기 썩는 냄새가 솔솔 풍겨 오기 시작했다. 둘째 날은 하루 종일 가랑비가 내려 냄새가 덜했지만, 마지막 날인 사흘째에는 한층 강해진 부취腐臭로 후각이 마비될 지경이었다. 그러나…….

고륭에게는, 먹는 행위를 너무나도 사랑하는 검둥이 대식가에게는 그 부취마저도 참을 수 없을 만큼 달콤하고 구수하기만 했다!

그래서 사흘째 되는 날 밤 수하들을 거느리고 나타난 온교가 쇠사슬을 풀어 주라고 명했을 때, 고륭은 눈을 까뒤집고 앞으로 달려 나가 그동안 흘린 군침이 살비듬처럼 말라붙은 두툼한 입술을 썩은 양고기 위에 처박고 말았다.

―오! 맛있다! 오! 오! 오!

어떤 극통도 능가할 것 같은 거대한 허기와 그 허기를 지우기 위한 격렬한 탐식이 고륭의 사고를 정지시켰다. 그는 씹고 씹고 씹었다. 먹고 먹고 먹었다.

정지되었던 사고가 다시 움직이기 시작한 것은, 고기 더미에 얼굴을 파묻은 고륭을 향해 온교의 경멸 어린 한마디가 떨어졌을 때였다.

─사람은 썩은 고기를 먹지 않지.

고륭은 썩은 양고기를 정신없이 입안으로 욱여넣던 손길을 멈추고 부스스 고개를 들었다. 온교가 광물처럼 차가운 눈으로 그를 내려다보며 말했다.

─그러므로 너는 흑돼지다.

그날 밤 혓바닥을 전율케 했던 썩은 양고기의 맛은, 이후 며칠에 걸친 지독한 복통과 설사로써 고륭의 심신에 화인처럼 새겨졌다. 그는 아무도 없는 숙소에서 송곳으로 후비듯 아픈 배를 쥐어뜯으며 눈물을 흘렸다.

─나쁜 놈! 나쁜 놈! 나쁜 놈!

그러면서 난폭하고 잔인하고 야박한 주인에 대한 반역을 꿈꾸었다. 하지만 그것은 썩은 고기에 주둥이를 처박는 불결한 흑돼지의 꿈에 지나지 않았고, 고륭은 안랍께서 돼지를 좋아하지 않으신다는 것을 알고 있었다. 그러나…….

─아! 자비로우신 안랍이시여!

몇 년 후 난폭하고 잔인하고 야박한 주인과 꼭 닮은 얼굴을 한 온효가 동방에서 넘어온 몇 명의 강력한 조력자들과 함께 천산철마방을 찾아왔을 때, 흑돼지의 꿈은 이루어졌다.

철마단과 함께 진영 후방으로 이탈한 고륭은 온교의 출현을 알지 못했다. 때문에 전방으로부터 전해 오는 아군의 웅성거림을, 그저 뜻하지 않은 강적이 등장한 탓이겠거니 여겼다. 하지만 염려하지는 않았다. 온효는 그의 옛 주인만큼이나 무서운 도객. 웬만한 강적은 산 채로 포를 뜰 터였다.

"밟아! 모조리 짓이겨 버려!"

그래서 그의 새로운 주인이자, 꼭 닮은 생김새와는 달리 옛 주인보다 훨씬 인간적이라고 할 수 있는 온효의 외침이 들려왔을 때, 고릉은 올라타고 있던 애마의 아랫배에 거침없이 박차를 가할 수 있었다.

"비켯!"

전방에 벽을 쌓은 아군이 쐐기에 찍힌 목재처럼 양옆으로 쫙 갈라지고, 고릉을 위시한 오십 기의 철마단 정예는 바닥에 깔린 눈얼음을 쪼개 날리며 그들 사이를 질주해 나갔다.

콰다다다다다닥!

고릉은 철마단이 이룬 오열 종대의 선봉을 달렸다. 구름처럼 휘몰아 질풍처럼 덮치는 철마단의 성격상 열別의 수를 더 늘릴 수 있다면 좋으련만, 한 길 높이의 좌우 노벽路壁으로 제한된 곽로가 횡대 돌격의 이점을 박탈하고 있었다. 그러나 이것만으로도 충분히 위력적이었다. 아니, 노벽으로 공간적인 제약을 받는 것은 철마단만이 아닐 테니, 딱히 단점이 아닐 수도 있었다.

철마단이 무쇠로 만든 절굿공이이라면 곽로는 폭이 좁은 절구의 내부였다. 그리고 곽로 저편에 위치한 적들은 절구 바닥에서 절굿공이에 짓이겨져 가루가 될 순간만을 기다리는 가련한 낱알들이었다. 그 낱알들이 하얀 눈밭 위에 뿌릴 붉은 피를 상상하며, 고릉은 다시 한 번 애마의 배에 박차를 가했다.

콰다다다다다닥!

고륭과 철마단은 아군 진영을 순식간에 종으로 관통해 대전이 벌어지는 공터로 나아갔다. 절굿공이에 짓이겨져 가루가 되어야 할 첫 번째 낱알이, 다리를 다쳤는지 절룩거리면서도 좌측 노벽 쪽으로 황급히 피신하는 온효를 그림자처럼 따라붙던 적의 세 번째 대전자가, 고개를 돌려 철마단의 선봉에서 달려오는 고륭을 쳐다보았다. 그자와 눈이 마주친 순간, 고륭은 저도 모르게 숨넘어가는 신음을 토하고 말았다.

　　"헉!"

　　온교였다!

　　난폭하고 잔인하고 야박한 옛 주인이었다!

　　온효와 꼭 닮은 그 얼굴이, 가시처럼 찢겨 올라간 그 눈꼬리가, 툭 꺾인 매부리코 아래의 그 입술이 고륭을 향해 말하고 있었다.

　　―그러므로 너는 흑돼지다.

　　그날 밤 먹은 썩은 양고기의 맛이 되살아났다. 아랫배가 안쪽으로부터 쿡쿡 쑤셔 오기 시작했다. 세월을 건너뛰어 온 환청과 환미와 환통은 믿을 수 없을 만큼 생생했다. 고륭은 도저히 견딜 수 없었다. 이 모멸감을 견딜 수 없었다. 이 두려움을 견딜 수 없었다.

　　휘이이잇―.

　　곽로의 전방 어딘가에서 맑고 높은 휘파람 소리가 울려 퍼졌다. 뒷골을 오싹하게 만들 만큼 웅혼한 내공이 실린 그 휘파람 소리를, 그러나 온교로부터 비롯된 과거의 굴레에 갇혀 버린 고륭은 전혀 알아차리지 못했다. 그는 말고삐를 왼쪽으로 낚아

채며 비명을 내질렀다.

"으아아악!"

갑작스러운 진로 변경에 고륭의 애마는 신경질적인 반응을 보였지만, 주인의 뜻을 거역하지는 않았다. 고막을 울리는 말발굽 소리와 함께 철마단의 갑마병들이 좌측으로 진로를 튼 고륭을 지나쳐 전방으로 달려 나갔다. 꼭 닮은 얼굴을 가진 두 사람이 고륭의 시야 속으로 빠르게 확대되어 왔다.

고륭의 돌진을 알아차린 온효가 잔뜩 웅크린 몸을 노벽의 굽도리 쪽으로 붙였다. 그럼으로써 활짝 드러난 온교의 얼굴 위에 당황해하는 기색이 얼핏 떠올랐다.

"너……?"

온교가 일직선으로 돌진해 오는 고륭을 향해 칼을 번쩍 치켜든 것과, 노벽의 굽도리에 등을 대고 주저앉은 온효가 그런 온교를 향해 칼을 낮게 휘두른 것은 거의 동시에 벌어진 일이었다.

"엇!"

온효의 기습을 뒤늦게 알아차린 온교가 노벽으로부터 재빨리 물러나려 했다. 그러나 창졸간에 펼친 그의 보법은 고륭의 눈에도 그리 경묘해 보이지 않았다. 온교의 오른쪽 오금 옆으로 붉은 실처럼 가느다란 핏줄기가 솟구쳐 나왔다.

다음 순간, 고륭이 탄 애마가 온교에게 질풍처럼 들이닥쳤다.

쾅!

말의 어깨에 쓰인 강철 견갑이 온교의 얼굴을 강타했다. 천산철마방의 갑마병은 그 자체로 흉기, 기수와 말과 둘을 감싼 철갑의 무게를 모두 합치면 일천 근이 훌쩍 넘어가는 중병重兵

중의 중병이었다. 하물며 철마단의 단장인 고륭이 타는 말이었다. 더 크고 더 무겁고 더 힘센 것은 당연했다.

"크악!"

무지막지한 충격에 가랑잎처럼 날려 간 온교가 노벽에 세차게 부딪쳤다.

"나쁜 놈! 나쁜 놈! 나쁜 놈!"

고륭은 검고 통통한 볼살을 부들부들 떨며 온교에게로 말을 몰아갔다. 노벽 아래 널브러진 온교는 코와 입으로 피를 뿜으며 사지를 꿈틀거리고 있었다.

"나쁜 놈! 나쁜 놈! 나쁜 놈!"

고륭의 오른손에는 돌진을 시작하기 전 안장에서 뽑아낸 기다란 묵철대도墨鐵大刀가 쥐어져 있었다. 그러나 온교를 향해 감히 칼을 내리찍을 엄두가 나지 않았다. 비록 반역에 성공하기는 했지만, 그래서 오래전에 죽은 자라고 애써 여겨 오기도 했지만, 삼불귀 온교는 고륭에게 있어서 여전히 심장을 오그라들게 만드는 절대적인 존재였던 것이다. ……그러나 고륭이 아닌 짐승에게도 과연 그렇게 절대적일까?

고륭은 오랜만의 질주를 방해받은 불만에 겨워 고개를 세차게 흔들어 대는 애마의 뒤통수로 시선을 돌렸다.

"밟아 버려!"

뒷전에서 터져 나온 온효의 외침이 어느 선 이상으로 뻗어 오르지 못하던 고륭의 용기를 북돋아 주었다.

"밟아 버려!"

고륭은 온효의 말을 따라 외치며 왼손에 쥔 말고삐를 힘껏 당겼다.

이히히힝!

검은 철갑을 두른 고릉의 애마가 거칠게 투레질을 하며 앞다리를 공중으로 번쩍 들어 올렸다. 오른손에 쥐고 있던 칼로 바닥을 버티며 상체를 가까스로 일으키던 온교가 고개를 들어 고릉을 올려다보았다. 고릉의 눈에 비친 옛 주인의 눈은, 비록 예전에 비해 몹시 나이 들어 보이기는 했지만, 여전히 난폭하고 잔인하고 야박해 보였다. 그리고 그 입술은, 고릉에게 씻을 수 없는 모욕감을 안겨 주었던 그 얄팍한 입술은…….

"흑돼지, 네가 감히……."

온교의 피에 물든 입술 사이로 흘러나온 한마디가 고릉의 눈알에 핏발을 돋게 만들었다.

"나는 흑돼지가 아니야!"

고릉은 발악하듯 부르짖으며 하늘을 향해 곤두선 말의 목을 왼쪽 팔뚝으로 세차게 찍어 눌렀다. 두 길 가까이 솟구친 갑마의 발굽이, 수많은 인간들의 선혈이 밴 두껍고 단단한 혈염마장이 곽로 바닥에 주저앉아 있는 온교의 머리를 향해 수직으로 떨어져 내렸다.

바로 그때였다.

퍽!

뒷다리로 버텨 서느라 활짝 드러난 말의 윗배를 전상방으로부터 비스듬히 타격한 무엇인가가 두 아름이나 나가는 말의 몸통을 사선으로 관통하고, 쇠 징이 촘촘히 박힌 가죽 안장마저 관통한 뒤, 고릉의 사타구니에 정통으로 틀어박혔다.

"어?"

고릉은 두려움과 분노와 살기로 뒤범벅이 된 붉은 눈을 끔벅거렸다. 다음 순간, 일찍이 단 한 번도 겪어 본 적 없는 무시무시한 격통이 아랫배로부터 솟구쳐 올라왔다. 불에 달군 작살에 아랫도리를 찔린 기분이 이럴까? 검은 얼굴 하단에 자리 잡은 입이 붉은 동굴처럼 쩍 벌어지더니 처절한 비명이 터져 나왔다.

"끄아아악!"

허공에서부터 사선으로 날아와 기수와 말을 산적처럼 꿰어 버린 물체에는 실로 엄청난 역도가 실려 있었다. 고릉의 애마는 그 역도에 밀려 온교의 머리 위로 내리꽂으려던 앞다리를 하늘로 버둥거리며 뒤로 넘어가고 말았다. 이럴 경우 등자에서 발을 뽑아 말로부터 떨어져 나와야 함이 승마술의 기본이지만, 본의 아니게 말과 한 몸이 되어 버린 고릉으로서는 그러고 싶어도 그럴 방도가 없었다.

쿵!

안장에 앉은 채 거꾸로 뒤집힌 고릉이 곽로의 바닥에 뒤통수를 찧었다. 그런 그의 얼굴 위로 철갑과 가죽을 엮어 만든 애마의 목 덮개가 둔중하게 떨어져 내렸다. 그가 쓴 투구의 앞머리에 달린 강철 뿔이 애마의 목 덮개를 뚫고 들어간 순간, 그의 입에서 거품 섞인 핏물이 뿜어 나왔다.

"컥!"

양측에서 내보낸 대전자들이 일대일로 재주를 겨루던 곽로 위의 공터는 순식간에 철갑을 걸친 인간들과 짐승들로 뒤엉킨 아수라장으로 바뀌어 있었다. 오열 종대로 쇄도해 오던 철마단을 한순간에 아수라장 속의 파편들로 전락시킨 것은 모용풍이 올라 있던 문루의 성가퀴 바로 아래에서 발사된 수십 발의 화살이었다.

삼 층 높이로 세워진 용주보의 문루 바로 아래에는 정방형의 문루 벽을 빙 둘러 사로射路가 달려 있었다. 때문에 멀리서 본 문루 상부의 형상은, 아래위로 두 줄의 성가퀴가 마치 두 겹의 이빨들이 돋아난 것처럼 보였다. 동맹의 주장인 석대문은 혹시 있을지도 모를 갑마병의 돌격에 대비하여 문루 아래의 사로에 궁수들을 배치해 두었다. 숫자는 그리 많지 않지만 솜씨만큼은 관 내외를 통틀어 으뜸이라 할 만한 궁수들이었다. 예로부터 궁술로 유명한 해동의 궁사들과 무양문의 관산귀전이 육성해 낸 광명궁수대가 바로 그들이었던 것이다.

방금 전 수십 장을 격하고 위력적인 일 전箭을 쏘아 보냄으로써 철마단의 단장인 안산귀장 고륭을 말과 함께 뒤집어 버린 거구의 청년 궁사는, 황사년과 더불어 무양문 오군의 부군장으로서 이번 동맹에 합류한 소귀전少鬼箭 대경용이었다. 그는 장강전선을 격파하는 과정에서 백도의 명숙인 위응양과 용봉단의 여단주 화반경을 금작시 한 대로 함께 죽임으로써 형 관산귀전 대적용의 궁술을 훌륭히 이어받았음을 증명한 바 있었다.

일시붕산一矢崩山을 익힌 대경용이나 무시천궁無矢天弓의 주인인 삼산파 장문인의 경우와는 달리, 신공을 익히지 못한 일반 궁수들에게 있어서 철마단이 착용한 철갑은 곤란한 존재가 아닐 수 없었다. 빼어난 궁술로 요처를 직격하더라도 살촉이 박히지 않는 이상 별다른 피해를 줄 수 없기 때문이었다. 이 문제를 해결하기 위해 삼산파 장문인이자 혈랑곡의 오대낭아 중 일인인 장연충은 한 가지 계책을 내놓았다. 최초의 사격에 삼산파 궁사들이 강적을 사로잡을 목적으로 고안한 전삭망진箭索網陣을 응용하기로 한 것이다. 안상귀장 고륭이 돌진하는 대열에서 이탈한 직후에 터져 나온 석대문의 맑고 높은 장소성은 바로 그 전삭망진의 발동을 알리는 신호였다.

전삭이란 살대의 후미에 가느다란 쇠사슬이 달린 화살이

었다. 뾰족한 살촉 주위로 네 개의 쇠 미늘이 방사형으로 달려 있어 목표물에 박히면 쉽게 빠지지 않는다는 특징이 있었다. 그 전삭을 갑마병이 아닌 눈얼음 두껍게 깔린 곽로 바닥을 향해 대각으로 엇갈려 발사하니, 허공에서부터 날아와 박힌 거미줄에 걸린 철갑마들이 질주를 순조롭게 이어 나갈 수 없음은 당연했다.

물론 눈얼음에 박힌 가느다란 쇠사슬 몇 가닥으로 겹겹이 쇄도해 오는 철갑마들의 모든 돌진력을 감당해 내기란 불가능한 일이었다. 하지만 전삭망진의 효과는 한 번으로 충분했다.

콰다당! 콰쾅! 우당탕!

첫 번째 열을 이룬 채 달려오던 다섯 명의 갑마병들이 타고 있던 철갑마와 함께 바닥으로 곤두박질쳤다. 그리고 곽로 바닥에 넘어진 그들의 몸뚱이는 바로 뒤를 달려오던 두 번째 열의 갑마병들에게 불의의 장애물로 작용했다. 두 번째 열의 갑마병들이 그들과 한 덩이가 되어 나뒹굴고, 속력을 늦추는 데 실패한 세 번째 열과 네 번째 열까지 형편없는 몰골로 낙마한 뒤에야 갑마병들의 질주가 멈추었다.

다음 순간, 모용풍은 문루 아래로부터 울려 나온 석대문의 웅혼한 외침을 들을 수 있었다.

"적들이 약속을 깼소! 동지들이여, 저들을 섬멸하시오!"

섬서대회전陝西大會戰 (二)

(1)

　강물은 얼어 있었다.

　동틀 녘 천막 입구에 놓여 있던 나무 물통 안의 세숫물이 돌덩어리처럼 꽁꽁 얼어 있었던 점을 감안하면 충분히 예상할 수 있는 일이었지만, 눈 덮인 황철나무 숲을 지나 우중충한 하늘 아래 회백색 빙하처럼 얼어붙은 액도하額圖河를 막상 마주하고 보니 칠성노조 곽조는 심중에서 부글거리며 일어나는 짜증을 억누르기 힘들었다.

　곽조는 황하의 수천 개 지류들 중 하나인 액도하의 수심이 그리 깊지 않음을 알고 있었다. 이 말인즉, 저 얼음이 강상은 물론이거니와 강바닥까지 이어져 있다는 뜻이었고, 그것은 이곳 삼도三道부터 시작될 예정인 그의 물길 행로에 심각한 차질이 생겼음을 의미했다. 비각에서 준비했다는 배가 어떤 종류의 것인지는 모르지만, 어떤 배라도 저 두꺼운 얼음을 깨고 이곳까지 들어오지는 못할 터였다. 결국 황하의 본류와 만나는 호보壺堡까지 삼사백 리 길은 꼼짝없이 걸어갈 수밖에 없었다, 그것도 눈이 한 뼘 넘게 쌓인 저 얼음 강물 위를.

"오랑캐 놈들 때문에 생고생을 하게 생겼군."

곽조는 불편하게 다물린 어금니 사이로 푸념을 질경거렸다.

칠성채가 있는 호북의 태행산에서 비각의 본거지가 있는 산서의 태원까지는 이 길보다 훨씬 빠르고 편하게 갈 수 있는 길이 여럿 있었다. 그럼에도 굳이 이 길—터무니없이 돌아가야 할 뿐만 아니라 산길과 물길이 복잡하게 뒤섞인—을 택한 까닭은, 장성을 따라 행군해 오고 있다는 이족의 무리와 합류하기 위함이었다. 섬서를 종단하는 과정에서 몇몇 산채를 동원함으로써 병력의 규모가 소폭 불어났다는 이점은 있지만, 그 이점이 닷새면 마칠 수 있는 여정을 세 배 이상 늘어나게 만들어도 될 만큼 크지는 않았다. 그리고 무엇보다도 대부분의 한족들이 그렇듯이, 곽조는 오랑캐가 싫었다. 만일 비각의 노각주인 이악의 몸 속에 오랑캐의 피가 흐른다는 사실을 사전에 알았다면 두 사람 사이의 사십 년이 넘는 친교는 시작조차 못 했을지도 모른다.

그렇게 오랑캐를 싫어하는 자신이, 그것도 천하 녹림의 대조종인 칠성노조가, 오랑캐를 마중하기 위해 수백 리 길을 빙 돌아 북녘의 이 얼어붙은 강가를 서성이고 있다니!

하지만…….

곽조는 올 초 오랑캐에게 큰 빚을 졌다. 백룡흡호공이라는 절세의 음공을 통해 그에게 반로환동의 크나큰 희열—가느다란 백발이 건강한 흑발로 바뀌고 황백색으로 썩어 들어간 잇몸

위에는 희고 단단한 새 이빨들이 돋아났다—을 안겨 준 사람은 바로 오랑캐의 대법왕인 데바였던 것이다.

'빚은 어떻게든 갚아야겠지.'

빚이란 씻지 못한 오물. 스스로를 군자라고 생각한 적은 평생 단 한 번도 없는 곽조였지만, 빚을 지고도 안면을 바꾸는 철면피는 절대로 되고 싶지 않았다. 그래서 이족들과 함께 단천원을 지켜 달라는 이악의 요청과 장성 아래에서 이족과 합류하여 섬서로 들어와 달라는 문강의 제안을 야박하게 거절하지 못하고 이곳 삼도까지 오게 되었다. 그간 비각에 진 빚을 갚기 위해, 또 얼마 전 오랑캐에게 진 빚을 갚기 위해.

'빚이라…….'

그러자 곽조의 머릿속에는 어제 아침에 본 글귀가 떠올랐다.

―거두어 주시고 보살펴 주신 빚은 지난 세월 동안 노조께 바친 충심으로 어느 정도 갚았노라 애써 자위하는 속하의 심정을 헤아려 주십시오.

가장 믿었던 수하의 가장 믿을 수 없는 이탈은…… 곽조에게는 분노보다는 곤혹을 불러왔다.

채요명은 대체 왜 그의 곁을 떠났을까?

냉정하게, 그리고 객관적으로 생각해 보려고 아무리 애를 써도 답을 구할 수 없었다. 두 사람이 처음 만났을 때, 채요명은 청춘이 가져다주는 싱싱한 활력과 녹림의 현자로 이름 높던 사부를 빼닮은 심유한 차분함을 동시에 갖춘 보기 드문 젊은이였다. 채요명의 사부인 신화거사神火居士는 '제 모든 것을 물려받은 아이입니다. 곁에 두고 쓰시기에 부족하지는 않을 겁니다.'라며 제자의 장래를 부탁했고, 곽조는 청년의 평범한 얼굴 위에 자리 잡은 깊고 지혜로운 눈빛에 금세 매료되었다.

그로부터 이십여 년.

채요명은 유능하고 충성스러운 종으로서 소임을 다했고, 그를 향한 곽조의 눈길에는 묵은 술독 안벽에 배는 주향처럼 믿음의 더께가 하루하루 두꺼워져 갔다. 언제부터인가 그들 사이에는 주종의 관계를 뛰어넘는, 어쩌면 혈연에 가깝지 않을까 싶을 정도로 진하고 끈끈한 무엇인가가 굳게 이어져 있음을 곽조는 의심치 않게 되었다.

그런데 왜?

그것도 대공을 완성한 곽조가 처음으로 신위를 드러내는 기념비적인 행보 도중에 변변한 하직 인사도 없이 모습을 감춰 버렸단 말인가? 이토록 큰 신뢰를 주는 주인에게조차 말 못 할 만큼 다급하고 고약한 사정이라도 생겼단 말인가?

"돌아오겠지. 암, 반드시 돌아올 거야."

어제 아침 채요명이 남긴 쪽지를 본 이후 애써 입 밖으로 소리 내어 수도 없이 곱씹었던 이 말은, 그러나 곽조 본인의 귀에도 괴이하리만치 공허하게 들렸다. 그 말을 반복하면 반복할수록 채요명을 두 번 다시 만나지 못하리라는 불길한 예감만 더 선명해지는 것 같았다. 곽조는 또 한 번 한숨을 쉬었고, 또 한 번 상실감에 사로잡혔다.

"사부님."

등 뒤에서 들려온 작고 짧은 부름에는 지극한 공경감이 담겨 있었다. 곽조는 천천히 몸을 돌렸다. 작은 키에 다부진 어깨를 가진 초로인이 두 주먹을 공수로 모아 올린 채 그를 바라보고 있었다. 햇볕에 그은 네모난 얼굴과 회흑색의 굵은 눈썹에는 주인의 다부진 성정이 그대로 담겨 있는 듯했다.

칠성노조의 휘하 칠성장군 중 맏이이자, 문곡성 채요명과 더불어 곽조가 가장 신임하는 수하라고 할 수 있는 탐랑성貪狼星 조돈曹敦이 바로 이 사람이었다.

"지시를 내려 주십시오."

조돈은 지시를 바라는 것조차 불경스럽다는 양 머리를 깊이 조아렸다. 곽조는 훤히 드러난 조돈의 뒤통수 너머로 눈길을 돌렸다. 음공의 광채가 어룽거려 때로는 청맹과니의 맹목처럼 보이기도 하는 그의 두 눈이 조돈의 뒤편, 황철나무 숲과 삼도 강변 사이에 가로놓인 구릉지의 완만한 사면을 천천히 훑어 내렸다.

날이 풀리면 인근 농가에서 풀어놓은 양과 염소로 뒤덮일 것이 분명한 그 사면은, 어제오늘 내린 눈 때문에 발목까지 빠지는 눈밭으로 바뀌었음에도 불구하고 녹림맹주의 지시를 기다리는 녹림도들로 인산인해를 이루고 있었다. 나이도, 덩치도, 복식도, 사용하는 무기도 제각각인 그들이지만 공통점이라 할 만한 것이 아주 없지는 않았다. 그들 모두의 눈가에 어린, 사람을 여럿 죽여 본 자만이 가질 수 있는 불그죽죽한 살기가 바로 그것이었다. 액도하를 얼어붙게 만든 매서운 추위도 뼛속으로부터 스며 올라오는 듯한 저들의 살기를 수그러지게 하지는 못하는 듯했다.

시선을 다시 조돈에게 내린 곽조가 말했다.

"인원을 점고하고 쉴 자리를 마련해라. 늦어도 내일까지는 당도한다 하였지만 오늘 해거름 안에 오기는 어려울 터. 예서 하루는 묵어야 할 것이다."

조돈이 고개를 들고 조심스럽게 물었다.

"사부님께서 쉬실 자리는 어디에 만들까요?"

곽조는 주위를 한 차례 두리번거린 뒤 고개를 저었다.

"기껏해야 하룻밤인데 명당자리를 찾아 무슨 소용 있겠느냐.

애들 보기에 적당한 곳에 마련하라고 해라. 그사이 나는 미뤘던 운공이나 해야겠다."

"알겠습니다."

조돈은 사부의 명을 받들기 위해 녹림도들이 대기하고 있는 사면으로 돌아갔다.

"채주들은 산채별로 점고를 실하시도록 하시오!"

조돈의 지시하에 대열을 풀고 부산해지기 시작한 녹림도들을 잠시 지켜보던 곽조가 얼어붙은 강상을 향해 몸을 돌렸다.

'그러고 보니 운공을 한 지도 제법 되는군.'

어수선한 마음을 가라앉히는 가장 좋은 방법은 신공의 도움을 받는 것이다. 대성을 이룬 지 오래인 고목인과 올 한 해 심혈을 기울여 양생한 백룡흡호공의 음기는 이제 하나의 음정陰精으로 뭉쳐져 곽조를 지탱하고 움직이는 가장 강력한 원천으로 자리 잡은 상태였다. 저 얼음장 위에 앉아 그 음정을 운전한다면 선잠에서 깬 것처럼 찌뿌듯한 지금의 기분도 한결 나아질 것 같았다.

"그래, 기분 탓이다. 다 기분 탓이야."

혼잣말로 스스로를 북돋은 곽조는 발목까지 드리운 흑자색 장포 자락을 쫙 소리 나게 젖힌 뒤, 물가를 따라 길게 늘어선 억새밭 쪽으로 걸음을 옮기기 시작했다.

액도하의 강심 중에서도 가장 음기가 왕성한, 아마도 수심이 가장 깊은 자리를 찾는 것은 어렵지 않았다. 발길이 그 자리에 이르자 자연스럽게 발동된 체내의 음정이 품 안에 안긴 발랄한 연인처럼 기분 좋게 꿈틀거린 것이다. 그 자리에서 걸음을 멈춘 곽조는 왼손을 내밀어 먼지를 털듯 허리 주위를 가볍게 쓸어 냈다.

휘우우―.

일진의 회오리가 곽조의 주위를 맴돌며 부근에 쌓인 눈가루를 날리고, 얼어붙은 수면이 반 평 남짓한 넓이로 부옇고 창백한 얼굴을 내보였다. 곽조는 장포 자락을 넓게 펼친 뒤 차가운 빙판 위에 엉덩이를 붙이고 정좌했다. 새하얀 눈밭 위에 흑자색 커다란 꽃술이 활짝 벌린 듯한 형상이었다.

　정좌한 상태에서 상체의 각 관절들을 주의 깊게 풀어 줌으로써 통기通氣의 준비 과정을 마친 곽조는, 달걀을 쥔 듯 둥글게 말아 쥔 두 손을 각 무릎 위에 얹고 두 눈을 뜬 듯 감은 듯 반개했다.

　들숨, 날숨, 들숨, 날숨, 들숨-, 날숨-. 그리고 무식無息.

　스-.

　색이 사라지고, 소리가 사라지고, 우주가 사라지고, 그리고 다른 우주가 서서히 깨어나는 것이 느껴졌다. 망연한 우주, 깨끗한 암흑 속에 등불처럼 떠오른 심안心眼을 스스로에게 돌려 체내를 관조한 곽조는 의식이 입맞춤하고 지나는 각각의 경혈들을 가볍게 자극하여 활성화시켰다. 체외와 체내, 그리고 마음의 준비가 모두 끝났다. 곧바로 소주천小週天이 시작되었다.

　단전에서 움직이기 시작한 음정이 회음會陰을 거쳐 등골의 명문命門과 대추大推를 지났다. 한서로 가름하기 힘든 화끈한 기운이 척추 곳곳에 밴 묵은 피로를 씻어 주고, 관절과 관절 사이의 연골이 부드러운 주기로 부풀어 올랐다 오므라들기를 반복하며 닭발을 씹는 듯한 오도독오도독 소리가 울려 나왔다.

　대추를 훑어 올린 음정은 뒷골의 옥침玉枕으로 사뿐히 건너뛰었다. 운기가 뇌문에 작용하는 이즈음에 이르면 대체로 끈끈하고 묵직하면서도 위험한 기분이 느껴지기 마련이나, 임독任督의 두 맥을 오래전에 타통한 곽조에게는 닳고 닳은 문지방을 넘는 일만큼이나 간단한 일이었다.

옥침을 지난 음정이 정수리의 백회百會를 지날 때, 박하라도 씹은 양 화하고 서늘한 기운이 갓난아기의 머리통처럼 잔털이 복슬복슬 돋아난 곽조의 목덜미 살을 뒤로 살짝 접히게 만들었다.

아아!

천개天蓋가 열리는 느낌은 언제나 황홀했다. 얼음 폭포가 정수리 위로 쏟아져 내리는―어쩌면 솟구쳐 오르는― 기분이랄까. 어디가 하늘이고 어디가 땅인지 분간할 수 없는 몽혼한 와중에도 곽조의 입가에는 열락에 찬 미소가 어렸다.

음정이 눈썹 사이 인당印堂에 이르자, 마치 살갗 안에 숨어 있던 또 다른 눈이 열린 듯 고요한 암흑의 공간 위로 주위의 경물이 색을 입으며 떠올랐다. 멀리 억새밭 건너 구릉의 사면에 달라붙어 숙영지를 장만하느라 바쁘게 움직이는 녹림도들이 개미처럼 작게, 그러나 코끼리처럼 뚜렷하게 인식되었다.

이제 입술 위의 인중人中. 만찬의 시간이다. 곽조는 입천장에 붙여 둔 혀끝으로 음정 주위를 맴도는 걸쭉한 휘장을 후릅 빨아당겼다. 혓바닥은 물론 목구멍까지 얼얼할 만큼 차가운 타액이 배 속으로 흘러들어 가며 그의 입술 위로 새하얀 서리가 막처럼 맺혔다. 그러나 지금의 곽조는 음기의 왕, 음정의 주재자였다. 극한의 짜릿짜릿한 냉기는 그 어떤 진미보다 커다란 기쁨을 그에게 안겨 주었다.

그러는 동안에도 음정은 하강을 거듭하여 목우물 위 천돌天突을 지나 흉간의 단중亶中으로, 단중에서 텅 빈 중단전의 호수 안을 백룡처럼 한 바퀴 맴돈 뒤, 그 아래 거궐巨闕과 음교陰交를 빠르게 통과하여 다시 단전으로 돌아왔다. 집을 나간 남편을 기다리던 단전이 환호하며 음정의 귀환을 반겼다. 우주에 가득 찬 광원하고 아득한 별들이 백열하며 폭발했다. 정좌한 곽조의 몸이 두 치가량 풀썩 떠올랐다가 깃털처럼 천천히 가라앉았다. 이른바 일주천이 끝난 것이다.

그다음은 느른한 쾌락.

곽조는 눈을 반개한 채 샘물처럼 깨끗한 활력이 신체의 말단 구석구석까지 뻗어 나가는 기분을 만끽했다. 오랜만에 든 운공임에도 이토록 기분 좋게, 명검으로 내리친 것처럼 깔끔하게 일주천을 마무리할 수 있었던 데에는 엉덩이 밑에 자리 잡은 거대한 얼음덩어리의 공이 클 터였다.

이번 행보를 성공리에 마침으로써 데바에게 진 빚을 갚음과 동시에 오랜 맹우의 체면까지 세워 주고 나면, 태행산 심처에 봐 둔 얼음 동굴에 틀어박혀 해와 달을 잊고 마음껏 탐음貪陰의 삼매경三昧境에 빠지고 싶었다. 누구를 죽이거나 무엇을 빼앗거나 세상에 이름을 드날리기 위해서가 아니었다. 곽조는 고목인과 백룡호흡공의 결합을 통해 과거의 탐욕스럽고 편벽한 성정에서 벗어날 수 있었고, 무경武境의 제단에 바치는 순수한 맹종과 사심 없는 수행이 가져다주는 기쁨을 알게 되었다. 그러자 새로운 목표가 생겼다. 그는 대종사가 되고 싶었다. 스스로를 완성하고 싶었다. 그리고 그 목표의 다디단 열매는 지금 그가 선 자리에서 그리 멀리 떨어지지 않은 가지 위에서 그의 손길이 닿기를 기다리고 있는 것 같았다.

달랑 일주천만으로 운공을 마무리하고 일어나려니 아쉬운 마음이 아교처럼 붙어 나왔다. 곽조는 정좌를 풀지 않은 채 생각했다.

'시간이 얼마나 지났지? 배가 좀 고프긴 하지만, 내친김에 한 차례 더 돌릴까?'

바로 그때였다.

어떤 노랫소리가 곽조의 귓전으로 흘러들어 왔다. 반개한 눈까풀에 살짝 덮인 그의 회백색 눈동자가 안개에 물들듯 몽롱해졌다.

옛 추억. 그리고 옛 사람.

고향 친구인 소일小一이 놈은 곽조에게 풍류도 모르는 거지새끼라고 핀잔을 받을 때마다 이렇게 반박하곤 했었다.

─풍류를 모른다고? 알록달록한 옷을 좋아하는 우리 꽃선생 花子(거지)들이 얼마나 흥이 넘치는지 한번 들어 볼 테냐?

그러고는 노리끼리한 눈알에 어울리지 않는 맑은 음색으로 구성지게 뽑아 놓던 그 노래가…… 뭐였더라? 무슨 꽃노래였던 것 같은데. 어느 순간 기억이 또렷해졌다.

'맞아, 연꽃!'

연꽃이 떨어지네, 연꽃이 떨어지네.
한 잎 두 잎 연꽃이 떨어지네.
어화이야, 좋을시고 우리 재신.
가난한 거지들을 구하실 양 동전 비를 뿌려 주시네.
연꽃이 떨어지네, 연꽃이 떨어지네.
한 잎 두 잎 연꽃이 떨어지네…….

바로 그 노래였다. 소일이 놈이 부르던 꽃노래. 그 노래가 녹림도들이 숙영지를 마련하는 평지의 뒤편 구릉 너머 황철나무 숲으로부터 들려오고 있었다. 그리고 점차 가까워지고 있었다.

잔칫날 풍악처럼 가볍고 유쾌하게 이어지던 곡조가 따닥따닥 하는 작대기 두드리는 소리와 함께 날카롭고 험악하게 바뀌기 시작한 것은, 옛 추억과 옛 사람의 물결에 젖어 몽롱해져 있던 곽조가 심상치 않은 기미를 뒤늦게 알아차리고 정좌한 몸을 일으킨 직후였다.

연꽃이 떨어지네, 연꽃이 떨어지네.

한 잎 두 잎 연꽃이 떨어지네.

남부여대男負女戴 이고지고 산길 가는 길손들아.

나무 그늘 바위 그늘 허투루 넘기지 마오.

녹포 입은 승냥이들 호시탐탐 노려보니

인두겁이 무색하다 목숨 재물 앗아 가네.

연꽃이 떨어지네, 연꽃이 떨어지네.

한 잎 두 잎 연꽃이 떨어지네.

이어 멀리 땅과 하늘이 맞닿는 구릉의 능선 위로 사람들의 모습이 불쑥불쑥 솟아오르기 시작했다. 봉발蓬髮로 난잡한 머리카락과 누덕누덕 기워 댄 폐의敝衣.

'거지?'

곽조가 은빛과 먹빛이 반반 섞인 긴 눈썹을 슬쩍 찌푸리는데, 그들의 선두에 선 자가, 네모진 얼굴에 송충이처럼 숭숭한 눈썹과 큼지막한 주먹코를 가진 중년 거지가 오른손을 번쩍 치켜들었다. 선량한 길손들의 재물과 목숨을 노리는 못된 산적들을 백공천창百孔千瘡으로 난자해 나가던 거지들의 살벌한 노래가 칼로 자른 듯이 뚝 끊겼다.

중년 거지의 시선이 녹림도들로 득시글거리는 구릉 아래를 지나, 말라붙은 억새밭을 지나, 액도하 강심에 동그마니 서 있는 곽조의 얼굴에 꽂혔다. 대공을 완성함으로써 더욱 정민해진 곽조의 시력은 일백 장이 넘는 거리임에도 그자의 얼굴을 똑똑히 확인할 수 있었다. 곽조의 동공이, 음정을 품음으로써 정오의 태양마저도 마주 볼 수 있는 신령스러운 한백안寒魄眼으로 바뀐 작고 하얀 구체가 바늘 끝처럼 조그맣게 오므라들었다.

다음 순간, 중년 거지의 입에서 우렁찬 외침이 터져 나왔다.

"들어라!"

"우와아아아!"

능선 위에 모습을 드러낸 거지들이 중년 거지의 선창에 호응하듯 각자 쥐고 있는 무기―종류도 다양해서 검, 도, 창, 철봉, 도끼, 심지어는 탈곡할 때 쓰는 기다란 도리깨도 보였다―를 마구 흔들며 천둥 같은 함성을 뽑아 올렸다. 바닥에 쌓인 눈가루가 허공으로 난분분 말려 올라가고, 혹한으로 얼어붙은 대기가 도끼로 얻어맞은 듯 자지러졌다.

중년 거지가 다시 외쳤다.

"이 세상에 없어져서 좋은 것 두 가지가 거지요, 산적인 바! 오늘 없어져야 할 두 종자들이 한판 거하게 붙어 이 세상을 아름답게 바꿔 보자!"

그 외침이 끝난 순간, 마치 더 이상의 전전戰前 의식은 시간 낭비라는 듯, 수백 명의 거지들이 사면을 치달려 내려오기 시작했다. 더러운 옷이, 더러운 냄새가, 더러운 인간들이 무너진 제방을 넘는 봇물처럼 세찬 기세로 사면 아래를 덮쳐 온 것이다. 그러면서 미친 듯이 내지르는 새로운 함성은…….

"붙자아아아!"

숙영지를 세우느라 여기저기에 흩어져 있던 녹림도들로서는 전투 진형을 정비할 겨를조차 없는, 실로 무례하면서도 창졸한 개전開戰이 아닐 수 없었다.

"어어?"

사면과 평지가 맞닿는 장소에 천막을 세우던 삼리강 소속 녹림도 하나가 부둥켜안고 있던 범포를 황급히 내던지더니 허리의 칼자루로 손을 가져갔다. 하지만 그렇게 뽑힌 칼이 채 어깨 위로 올라가기도 전, 선두로 달려 내려온 중년 거지의 커다란 주먹이 녹림도의 안면에 정통으로 틀어박혔다.

뿍!

목이 비상식적인 각도로 꺾여 넘어간 녹림도는 함몰된 안면 어딘가로 붉은 핏물을 뿜으며 뒤로 밀려가, 자신이 세우던 천막 기둥들과 한 덩이로 얽혀 눈밭을 뒹굴었다. 비명 한 토막 남기지 못한 즉사. 훗날 삼도혈전三道血戰, 혹은 개적대전丐賊大戰이라 불리게 될 이번 싸움의 첫 번째 희생자가 염라전 명부에 이름을 올리는 순간이었다.

"다 죽여 버려!"

"막아라!"

충돌의 난폭한 굉음들이, 수백 명의 거지가 수백 명의 산적들과 정면으로 부딪치는 소리가, 모든 이들이 저마다 내지르는 악에 받친 고함 위로 콩 볶는 소리처럼 길게 이어졌다.

따다다다다—.

(2)

싸사사사사—.

쟁기가 갈고 지나간 무른 흙처럼 빙판 위에 쌓인 새하얀 설원 위로 길고 곧고 선명한 족적이 새겨지고 있었다. 부영수형浮影隨形의 경신술을 펼쳐 뭍을 향해 달려가는 동안, 곽조의 머리는 갑작스럽게 벌어진 지금의 사태를 파악하기 위해 분주히 움직이고 있었다.

개방이었다!

우근이었다!

저들이 자신이 이끄는 녹림도들과 왜 싸우려 하는가는 생각할 필요도 없었다. 흑도냐 백도냐를 따지기에 앞서, 양측 간에는 서로에게 갚아야 할 빚이 제법 쌓여 있었으니까. 정작 궁금한 점은, 천하에 모래알처럼 많은 게 개방의 거지들이라지만, 그래서 혹시라도 이번 행보의 냄새를 맡아 총단이 있는 개봉으로 보고가 올라갔다고 해도, 하루도 쉬지 않고 이동을 거듭한 녹림도들을 따라잡는다? 더구나 뭍길이 물길로 바뀌는 이곳 삼도 강변에 마치 약속이라도 한 듯 딱 맞춰 등장한다는 것은 공교로워도 너무 공교로운 일이 아닐 수 없었다.

경로가 사전에 유출되지 않고서는 일어날 수 없는 일인데, 그 또한 말이 되지 않았다. 녹림도들 중에서 이번 행보에 대한 경로를 정확히 아는 사람은 곽조 본인과 칠성장군 중 배행에 나선 넷, 아니 채요명이 그제 밤에 이탈했으니 이제는 셋밖에 없었…….

그 순간 곽조의 눈꼬리가 파르륵 떨렸다.

'설마……?'

곽조는 뭍을 향해 달리던 발길을 자신도 모르게 멈춘 채 그 자리에서 망연해지고 말았다.

'설마 정말로 요명이란 말인가?'

믿을 수 없었다. 소나무처럼 한결같은 마음으로 수십 년을 섬겨 온 수하가 결정적인 순간에 자신을 배신했다는 사실을 도저히 받아들일 수 없었다. 그러나 오직 그것만이 지금 벌어지고 있는 사태를 설명해 줄 수 있다는 점마저도 부인할 수는 없었다. 경로를 누설한 것은 채요명이 분명했다. 채요명은 그를 배신한 것이다.

'나를 배신했다고? 다른 사람도 아닌 요명이?'

곽조의 어깨가 대장간의 풀무처럼 들썩거리기 시작했다. 단지 곤혹스러운 일 정도로 여기던 채요명의 이탈이 마침내 거대한 분노로 바뀌어 얼음물처럼 차가운 칠성노조의 핏물을 들끓게 만들고 있었다.

으드득!

어금니를 거칠게 갈아붙인 곽조가 허공을 향해 크게 부르짖었다.

"채-요-명-! 정말로 너냐-!"

피를 토하듯 목 놓아 찾은 것은 채요명 한 사람인데, 그 부름에 응한 것은 엉뚱한 네 사람이었다. 곽조는 물가의 억새밭을 훌쩍 뛰어넘어 빙판에 내려서는 네 명의 늙은이를 핏발 선 눈으로 훑어보았다. 각기 승려, 도사, 유생, 세리의 복식을 한 그들은 흡사 개라도 잡으려고 나선 촌로들처럼 쇠테를 두른 죽봉과 붉은 칠을 한 밧줄을 양손에 나눠 쥐고 있었다. 그들을 향한 곽조의 눈매가 실처럼 가늘어졌다.

"너희들은……."

뜻밖에도 아는 얼굴들이었다. 무심한 세월은 왕성한 활기를 뽐내던 장년의 호걸들을 말린 채소처럼 쪼글쪼글한 늙은이들로 뒤바꾸어 놓았지만, 그래도 곽조는 저 네 사람을 알고 있었다. 그들의 괴상한 별호들을 알고 있었고, 그들과 나눈 그 시절의 그 술자리를 똑똑히 기억하고 있었다.

─이쪽은 내 불알친구이자 요즘 녹림에서 한창 유명세를 떨치는 백발탈혼白髮奪魂 곽조라고 해. 아, 오해하지는 말라고. 머리는

저렇게 하얘도 나보다 몇 달 어린 친구니까. 그리고 이쪽은 내 사제들일세. 천직을 천직으로 인정하려 들지 않는 고약한 괴짜들이지. 응? 별호가 뭐냐고? 에, 마음에 드는 건 아니지만 자기들이 원하니 그 별호로 불러 줘야겠지. 나이순대로 소개하자면…….

"……기아구제. 너희들은 기아구제구나."

개방의 사대장로인 기아구제는 각각의 차림새에 맞게, 가짜 승려는 승려처럼, 가짜 도사는 도사처럼, 가짜 학사는 학사처럼, 가짜 세리는 세리처럼 곽조에게 인사를 보냈다.

"아미타불."

"원시안진."

"다년간 격조했소이다."

"신수가 좋아지신 게 안 본 사이 재물 좀 만지셨나 보외다."

그러면서도 긴장을 늦추는 기색은 일절 드러내지 않으니, 흡사 네 가지 종류의 넝마를 덧씌운 돌벽과 마주한 기분마저 들었다. 그런 기분이 아니라도, 개방의 기아구제를 녹록히 여길 이는 천하를 통틀어도 그리 많지 않았다. 괴벽과 기행으로 유명한 그들이지만 일신에 갖춘 공력만큼은 소림이나 무당의 장로급에 결코 뒤지지 않는다는 것이 강호의 중론이었다. 게다가 넷이서 한마음으로 펼치는 사합포구증四合捕狗蒸은 '넷이서 개를 잡아 쪄 먹는다'는 우스꽝스러운 이름에도 불구하고 백도의 팔대절진八大絶陣 중 한자리를 당당히 차지하고 있었다. 그러나…….

곽조는 전방을 향해 약간 굽힌 허리를 천천히 펴 올린 뒤 백광이 어룽거리는 오연한 눈으로 기아구제의 뒤편을 바라보았다. 일천 명이 넘는 산적과 거지 들이 뒤엉킨 구릉 아래의 설원은 이미 적아를 구분할 수 없는 치열한 전장으로 변해 있었다.

"뒈져라……. 이놈이……. 헉……. 끄아악……."

곽조의 눈길이 머문 그리 길지 않은 동안에도 살기 어린 고함과 처절한 비명이 간단없이 울려 나오고, 설원을 이루고 있던 깨끗한 흰빛은 인간들이 흘린 불상不祥한 붉은빛에 점차 먹혀들고 있었다. 본래 산적과 거지는 친구도 원수도 아니었지만, 지금 저곳에서 은원을 논하는 것은 터무니없이 어리석게 여겨졌다. 명분이 아닌 본능이 지배하는 곳. 생존을 위한 살인이 호흡만큼이나 당연시되는 곳. 바로 강호의 전장이었다.

"그래서……."

전장을 살피던 곽조의 눈길이 공간을 접어 다시 기아구제에게로 맞춰졌다.

"……너희들이 내 앞길을 가로막겠다는 거냐?"

이 질문에 대답한 사람은 기아구제 전부였고, 그 방식 또한 기아구제다웠다.

"항렬이 엄연히 다르거늘."

"아이들 노는 데 어른이 끼어서야 어디 체면이 서겠소?"

"아이들은 아이들끼리 놀라고 놔두고."

"늙은이들은 늙은이들끼리 이 얼음판 위에서 오붓하게 어울려 봅시다."

분절된 대답을 한마디씩 이어 가는 동안 기아구제가 처음에 점거하고 있던 방위를 조금씩 바꿔 나갔다. 곽조를 중심으로 정면은 기미륵, 좌측은 아도인, 후면은 구학사, 우측은 제세리가 자리를 잡은 것이다.

"개를 잡자, 개를 잡자. 토실토실 맛 좋은 개를 잡자."

기아구제의 맏이인 기미륵이 가늘고 새된 음색에 가락을 실어 보냈다. 이 말이 신호인 듯, 사합의 방위를 구축한 기아구제가 좌측으로 천천히 회전하기 시작했다. 움직이는 것은 하체만이 아니었다. 왼손에 쥔 붉은 밧줄이 똬리를 트는 뱀처럼 저절로 올가미를 이루고, 오른손에 쥔 철고죽봉鐵釽竹棒이 빙판 위를 뛰어다니고 있었다.

따닥. 딱닥. 닥닥다닥. 따다닥.

사방으로부터 밀려드는 압박감이 그 기이한 박자에 실려 처음에는 완만하게, 하지만 이내 가파르게 상승되었다. 곽조는 개방의 사대장로가 본격적으로 개를 잡을 태세에 돌입했음을 알수 있었다. 그러나 그는 눈썹 한 올 까닥하지 않았다. 신공을 완성하기 전이라면 모를까, 현재의 그는 이미 벽을 돌파한 자였다. 개는 잡히지 않고 오히려 사람들을 물어 죽일 것이다.

곽조가 착 깔린 목소리로 말문을 열었다.

"세간에서 금정화안신개라 불리던 소일이 놈은 허풍이 심하고 무례한 면이 있긴 해도 내게는 좋은 친구였다. 못 먹고 못입던 시절, 우리는 한 조각 떡이라도 생기면 나눠 먹었고, 한 조각 천이라도 얻으면 나눠 입었지."

붕ㅡ붕ㅡ붕ㅡ붕ㅡ.

올가미를 매 건 붉은 밧줄들이 기아구제의 머리 위에서 맴돌기 시작했다. 쇠심줄과 연철사로 심을 넣고 그 위에 홍화유紅花油를 먹인 삼나무 껍질을 꼬아 만든 저 반혼삭絆魂索은 열 마리 물소도 끊지 못할 만큼 질기고 단단하다고 알려져 있었다. 하지만 곽조는 미동조차 없이 하던 말을 차분히 이어 나갔다.

"그 친구는 종종 너희 네 사람을 살붙이처럼 아낀다고 말하곤 했다. 너희들을 소개해 주며 급제한 자식이라도 선보이듯 자랑스러워하던 그 친구의 얼굴이 기억나는구나."

붕ㅡ붕ㅡ붕ㅡ붕ㅡ.

딱. 딱. 딱. 딱. 따다다다-.

"나는 저승에서 다시 만날 그 친구에게 미안해할 일은 하고 싶지 않다."

그러나 그 일을 피할 수는 없을 것 같았다. 곽조는 씁쓸한 미소를 지으며 공력을 끌어 올렸다. 단전에 웅크린 음정이 진동하며 그의 눈빛과 살갗 위에 한기를 불어넣었다. 몸에 걸친 흑자색 장포의 관절 부위가 풀을 먹인 것처럼 빳빳해지는 것이 느껴졌다. 그리고 한백안, 흰자위와 검은자위의 구별이 사라진 완벽한 백안이 차갑고 요요한 광채를 뿌리기 시작했다.

"마지막 경고다. 비켜라."

대답은 행동으로 돌아왔다. 네 가닥 붉은 밧줄이 채찍 소리 같은 파공성을 울리며 곽조를 향해 날아들었다.

꿈을 목숨에 무게가 있을까?

가벼운 죽음과 무거운 죽음이 있을까?

만일 내 선택에 의해 어떤 목숨은 살고 어떤 목숨은 죽는다면, 그 선택의 기준이 과연 무엇이어야 죽은 목숨으로 인한 가책에서 벗어날 수 있을까?

달리는 진로로부터 예닐곱 걸음 좌방에서 부러진 칼날을 어깨에 깊이 박은 채 피를 흘리는 장소이張小二와 눈이 마주친 우근은 난전이 시작된 이래 스스로에게 끝없이 되풀이한 질문을 다시 한 번, 창자가 끊어지는 듯한 아픔 속에서 되뇌었다. 일견하기에도 장소이는 사경에 처해 있었다. 아마도 그의 어깨에 일도를 꽂아 넣은 장본인이 아닐까 싶은 산적은 정수리가 깨진 몰골로 눈과 피가 범벅이 된 선홍빛 바닥에 널브러져 있었지만, 한쪽 어깨를 못 쓰는 상황에서 배후로부터 닥쳐든 또 다른 산적까지 어찌할 도리는 없을 터였다.

산적이 내지른 우악스러운 발길질이 장소이의 등줄기에 꽂혔다. 장소이가 헛바람을 삼키며 자신이 죽인 적의 주검 옆에 고꾸라졌다. 산적의 오른손에 들린 도끼가 허공을 향해 번쩍 솟구쳤다. 그 날 끝에 엉겨 있던 검붉은 피떡이 육중한 쇠붙이를 등에 업고 장소이의 뒷덜미로 떨어졌다. 바닥에서 가까스로 들리던 장소이의 얼굴이 뼈가 잘리는 섬뜩한 쩔꺽 소리와 함께 뒤로 꺾였다. 개 갈비만 먹여 주면 누구라도 아빠라고 부를 수 있다고 너스레를 떨고 다닌 탓에 본명보다는 구륵아狗肋兒라는 별명으로 더 자주 불리던 유쾌한 청년 거지는 그렇게 죽었다. 우근은 고개를 좌전방에서 좌방으로, 다시 좌후방으로 돌리며 그 죽음의 과정을 끝까지 지켜보았다. 그러나 전방을 향해 일직선으로 달려 나가는 두 다리를 멈추지는 않았다.

'미안하다! 미안하다!'

우근은 바위를 으스러뜨릴 만큼 억센 팔과 큰 성문을 쪼갤 만큼 강한 다리와 치달리는 물소를 막아 세울 만큼 단단한 몸통을 가지고 있었다. 그러나 그의 팔은 두 개뿐이었고 그의 다리도 두 개뿐이었고 그의 몸통은 한 개뿐이었다. 할 수만 있다면 개방의 모든 방도들을 대신해서 싸워 주고 싶었지만 그것은 그의 바람, 수천 평 공간에서 동시다발적으로 벌어지는 지금 같은 난전에서는 결코 이루어질 수 없는 헛된 바람에 지나지 않았다. 때문에 그는 살가운 친인들의 죽음을 거듭거듭 지켜볼 수밖에 없었고, 매 죽음마다 눈물을 억지로 참은 그의 두 눈은 사방에서 난무하는 선혈만큼이나 붉어질 수밖에 없었다.

장소이의 죽음, 그리고 보거나 혹은 보지 못한 수많은 죽음을 뒤로하고 계속 달려간 우근이 마침내 당도한 곳에는 체격이 비슷한 두 명의 남자가 상대를 향해 오죽단봉烏竹短棒과 삼첨양인도三尖兩刃刀를 미친 듯이 휘두르고 찔러 대며 사투를 벌이고 있었다. 오죽단봉을 휘두르는 쪽은 개방의 순찰노두인 호유광, 삼첨양인도를 찔러 대는 쪽은 사전에 숙지한 인상착의로 미루어 칠성장군의 한 명인 염정성廉貞星 철궁보鐵宮甫인 듯했다. 전세는 호유광의 일방적인 열세였다. 체질을 하듯 짧게 끊어 찌르는 철궁보의 삼첨양인도를 상대하기엔 지난 한 해를 회복과 요양으로 보낸 호유광의 몸놀림이 굼뜬 탓이다. 이미 호유광의 팔뚝과 허벅지에는 칼날에 벤 옷자락이 지네발처럼 너풀거리고 있었다.

　"이여업!"

　우근이 달리던 몸을 멈춘 순간, 철궁보가 우렁찬 기합과 함께 세차게 떨쳐 낸 삼첨양인도가 호유광이 움켜쥐고 있던 오죽단봉을 주인의 수중에서 벗어나게 만들었다.

　"엇?"

　당황한 호유광이 채 뒤로 물러나기도 전에 철궁보가 옆구리 뒤로 깊숙이 당겼다 찔러 낸 회심의 일도가 세 점의 광채를 위협적으로 번뜩이며 호유광의 아랫배로 파고들었다. 호유광이 저 칼에 찔려 죽어 버린다면, 우근은 이곳까지 달려오는 동안 그냥 지나친 장소이의 죽음과 그 밖의 많은 죽음들에 대해 고개를 들지 못하게 될 것이다.

　그것만은 절대로 안 된다!

　우근은 눈을 부릅뜨며 왼손을 쭉 뻗었다.

　"킥!"

　뒷덜미를 낚아채는 무지막지한 힘에 호유광의 입에서 헛바람이 터져 나왔다. 호유광이 입은 두꺼운 솜옷 속으로 파고들었던 삼첨양인도의 세 갈래진 뾰족한 도첨刀尖이 찍 하는 소리와 함께 다시 모습을 드러냈다. 철궁보는 쾌도술로 이름난 자였다. 삼첨양인도에 찔린 호유광의 상세가 어떤지 살필 겨를도 없었다. 우근은 뒷덜미를 낚아챈 기세를 그대로 살려 왼쪽으로 한 바퀴 회전하며 왼손에 움켜쥔 호유광을 무기처럼 크게 휘돌렸다.

"아그그!"

붕ㅡ.

호유광의 입과 몸뚱이가 허공을 맴돌며 각기 다른 소리를 동시에 울렸다.

퍽!

적에게서 뽑혀 나온 삼첨양인도를 재빨리 수습하여 다음 공격을 준비하던 철궁보가 철퇴처럼 휘둘러진 호유광의 정강이에 왼쪽 관자놀이를 정통으로 걷어차여 날아갔다. 맞은 부위가 워낙에 요혈인지라 그 한 방만으로도 충분히 위력적인 타격이겠지만, 우근은 매듭을 분명히 짓고 싶었다. 호유광의 뒷덜미를 놓고 철궁보를 따라붙은 그는, 삼첨양인도를 지팡이 삼아 휘청거리는 단구를 어떻게든 일으켜 보려고 애를 쓰는 철궁보에게 일 권을 날렸다. 파옥권破玉拳의 강맹한 권력이 바람에 문풍지 울리는 소리를 내며 다섯 자 공간을 격하고 날아갔다.

쩍!

철궁보의 왼쪽 귀 부위에 밥사발이라도 충분히 끼워 놓을 만큼 큼직하고 우묵한 도장이 찍혔다. 오른쪽 귀와 오른쪽 어깨가 하나로 붙은 철궁보가 한쪽 무릎은 세우고 한쪽 무릎은 꿇은 자세 그대로 오른쪽으로 천천히 쓰러졌다. 균형을 잃고 얼굴 오른쪽으로 밀려 붙은 코와 입에서 거품 섞인 핏물이 부글부글 흘러나오기 시작했다.

우근은 호유광을 향해 고개를 홱 돌렸다.

"다쳤나?"

묻긴 했어도 답은 우근 스스로 확인했다. 삼첨양인도의 도첨이 출입한 호유광의 솜옷 아랫배 부위에는 희미한 붉은 기운만 배어 나올 뿐 중상을 입은 기미는 보이지 않았다. 앞서 팔뚝과 허벅지에 입은 자상이 그보다는 심하리라.

호유광이 철궁보와 부딪친 정강이를 문지르며 몸을 일으켰다.

"감사합니다. 방주님 덕분에 살갗만 약간······."

"그럼 됐어."

어디론가 날아가 버린 오죽단봉까지 챙겨 줄 경황은 없었다. 우근은 철궁보가 떨어트린 삼첨양인도의 도신을 짚신 코에 걸어 호유광을 향해 차올렸다.

"이 멍청한 친구야, 한가락 할 것 같은 놈은 무조건 피하란 말 잊었어? 자네가 할 일은 적의 졸개들을 하나라도 더 죽이는 거야. 그래야 우리 애들이······."

지청구가 이 대목에 이르렀을 때, 우근의 머릿속에서는 언젠가 자신이 큰맘 먹고 넘긴 개 갈비를 받아 들고 히죽거리던 장소이의 얼굴이 떠올랐다.

─헤헤, 아빠.

'앞으로 개 갈비는 다 먹었구나.'

개 갈비를 대할 때마다 그 얼굴이 떠오를 테니 말이다. 우근의 한쪽 눈에 고여 있던 뜨거운 물방울 하나가 추위에 터 꺼칠

해진 볼을 타고 주르륵 흘러내렸다. 그러나 슬퍼할 시간이 없었다. 눈물 따위를 흘릴 시간은 더더욱. 우근은 손등으로 눈 밑을 황급히 훔치며 꽥 소리를 질렀다.

"그래야 우리 애들이 하나라도 더 사는 거라고!"

"알겠습니다!"

삼첨양인도를 꼬나 쥔 호유광이 결연한 눈빛으로 대답했지만 우근의 고개는 이미 그가 아닌, 전장과는 제법 떨어진 액도하의 강상을 향하고 있었다. 그곳에는 기아구제와 칠성노조 간 사 대 일의 대결이 본격적으로 펼쳐지고 있었다.

'숙부님들…….'

기아구제로 말할 것 같으면 어린 우근을 돌봐 주고 보호해 주고 가르쳐 주던, 친살붙이 이상으로 살갑고도 고마운 어른들이었다. 우근은 주먹을 불끈 쥐며 마음속으로 간원했다.

'제발 조금만 더 버텨 주세요.'

간원의 시간은 짧았다. 우근이 상대해야 할 적군의 중간 급 강자들은 아직도 많이 남은 탓이었다.

당장이라도 달려가고 싶은 마음을 억지로 돌려세운 우근은 전장을 둘러보았다. 멀지 않은 곳에서 시커먼 구절편九節鞭을 사납게 휘두르며 주위를 에워싼 개방도들을 야차처럼 몰아붙이고 있는 거한 하나가 그의 눈에 들어왔다. 특이한 병기도 그렇거니와, 정수리 쪽으로 올라갈수록 뾰족해지는 저 조막만 한 머리통 또한 기억에 남아 있었다. 올봄 무당산에 펼쳐진 천라지망을 돌파하는 과정에서 한차례 붙어 본 적이 있는 자였다.

우근은 새로운 상대로 점찍은 거한을 향해 달리기 시작했다.

솔직히 말하건대, 우근은 기아구제 사대장로가 칠성노조를 꺾을 수 있으리라고 기대하지 않았다. 노골적으로 확인하지는 않았지만 기아구제 본인들의 생각도 그와 크게 다르지는 않을 터였다. 그럼에도 팔팔한 주장은 뒤로 물러난 채 연로한 기아구제로 하여금 칠성노조를 상대하게 한 것은, 개방과 녹림 간의 전력 차가 거의 나지 않기 때문이었다. 아니, 지금 이 장소만 국한하여 논하자면 개방이 열세였다.

개방과 녹림은 밑천 안 드는 장사를 한다는 점 외에도 비슷한 면이 또 한 가지 있었다. 여타의 강호 문파들이 본거지를 중심으로 정예화된 전력을 보유하고 있는 데 반해 그들의 전력은 천하 각지에 분산되어 있다는 점이 바로 그것이다. 개개대전이라 하면 중원 내 모든 거지들과 모든 산적들의 대격돌처럼 들릴지도 모르지만, 남부의 시장통에서 구걸하는 거지부터 동부의 산길에서 행낭을 터는 산적까지 한날한시에 동원한다는 것은 현실적으로 불가능했다. 그렇다면 두 집단 사이의 우열을 가늠할 수 있는 척도란 결국 동원된 전력이 상대에 비해 얼마나 정예화되었느냐일 텐데, 그 점에서는 칠성채를 중심으로 준비를 차근차근 밟아 출정한 녹림 쪽이 뒤늦게 정보를 접하고 부랴부랴 추격에 나선 개방에 비해 낫다는 것이 우근을 비롯한 개방 수뇌부들이 숙의 끝에 내린 결론이었다. 하물며, 모용풍으로부터 전해 들은 바에 따르면, 호북과 섬서를 종단하는 과정에서 해당 지역의 산채들을 동원함으로써 수적인 우위마저 가져가게 된 녹림이었으니.

그래서 기아구제를 선봉에 내세운 것이다. 그들 개개인은 개방의 장로에 부끄럽지 않은 고수일뿐더러 사인일심四人一心으로 펼치는 합격진에도 능하기 때문이다.

전략의 골자는 이러했다. 기아구제가 적군의 최고수인 칠성노조를 묶어 두고 있는 사이, 아군의 최고수인 우근이 적의 중간 급 강자들을 쓸어버린다. 그러면 적군의 졸개들을 처리하는데 있어서 아군의 중간 급 강자들이 톡톡한 역할을 할 것이요, 이에 사기가 오른 개방의 일반 방도들은 더욱 분전하여 열세를 뒤집고 승기를 잡게 될 것이다. 그 단계까지만 가면 된다. 그렇게만 된다면 우근은 비로소 의무에서 벗어나 기아구제와 교대할 수 있고, 심신 양면에서 한결 홀가분한 상태로 칠성노조와 자웅을 결할 수 있을 터였다. 이것이 저 옛날 '손빈의 경마'에서 착안한 전략의 골자였고, 실제로 우근은 방금 쓰러트린 염정성 철궁보를 포함, 적군의 중간 급 강자 넷을 격살함으로써—그의 이동 경로에 불운하게 걸려 길을 치우듯 때려죽인 졸개들의 수는 기억하지 못한다— 스스로 세운 전략을 훌륭히 수행해왔다. 그가 파악한 바, 삼도에 온 녹림도 중 채주 급으로 분류될 만한 강자들의 수는 열 명 안팎에 지나지 않았다. 그러니 앞으로 몇 놈만 더 처리하면 된다. 몇 놈만!

그러나…….

세상일이 바라는 대로 돌아가기만 한다면 얼마나 좋겠는가!

철포결 우근의 공력은 이미 초식의 굴레를 뛰어넘는 경지에 접어들어 있었다.

뿌드득!

무명장법無名掌法의 뇌경백리雷驚百里 같기도 하고 벽씨일심수碧氏一心手의 표풍산운飄風散雲 같기도 한 일 장은 칠성장군 중 막내인 초요성招搖星 호칠胡七의 척추와 그가 병기로 삼은 구절편을 한모양으로 분질러 놓기에 부족함이 없었다.

"어, 어, 어."

얼굴과 가슴과 골반이 각기 다른 방향으로 뒤틀린 호칠이 만

취한 사람처럼 갈지자로 비틀거리다가 양팔을 허우적거리며 바닥으로 무너져 내렸다. 다음 순간, 허공에서 수직으로 내리꽂힌 우근의 오른쪽 주먹이 호칠의 명치를 강타했다. 내리찍은 권심 위로 억센 가지들을 으스러뜨리는 느낌과 팽팽한 물주머니를 터뜨리는 듯한 느낌이 순차적으로 부딪치고, 호칠의 거뭇하게 죽은 입술 사이로 덩어리진 핏물이 울컥 솟구쳐 올랐다.

우근은 사방에서 올라오는 자욱한 피비린내에 눈살을 찌푸리며 허리를 펴 올렸다. 왼쪽 팔뚝이 시큰거렸다. 개방 방주가 펼친 연환 공세는 실로 질풍 같아서, 야차처럼 날뛰던 녹림의 칠성장군 하나를 송장으로 만드는 데 소요된 시간은 반의반 각도 채 되지 않았다. 하지만 속전속결에는 대가가 따랐다. 철편鐵鞭의 달인이 작정하고 때려 낸 채찍질을 맨팔뚝으로 받아 낸 것은 웬만한 담력으로 감행하기 힘든 일이었다. 그 결과 왼쪽 팔뚝 위로 검자주색 피멍을 문신처럼 휘감게 되었지만, 다행히도 뼈와 근맥에는 이상이 없는 듯했다.

어쨌거나 이것으로 다섯 명째. 의무의 절반은 달성한 셈이었다. 이제껏 그래 왔던 것처럼, 우근은 다음번 제물을 찾기에 앞서 기아구제와 칠성노조가 싸움을 벌이고 있을 강상 쪽으로 눈길을 돌렸다. 사숙들이 여전히 버티고 있다는 전제하에, 조금만 더 버텨 달라는 간원을 담아서. 그러나…….

강가의 말라붙은 억새밭을 훌쩍 건너뛰어 우근의 망막을 가차 없이 직격한 광경은, 그가 이제껏 마음 졸이며 거듭했던 간원과는 너무나도 동떨어진 것이었다. 굳게 다물려 있던 그의 입술이 벌어지며 탄식 같은 한마디가 새어 나왔다.

"안 돼……."

개방의 사대장로와 녹림맹주 간, 사 대 일의 대결은 처음 이십 초가 지날 때까지만 해도 팽팽한 균형을 이루는 듯했다. 물론 거기에는 사합포구증이라는 괴상한 이름을 가진 기진奇陣의 역할이 지대하다고 할 터였다.

본래 한 사람을 상대하기에 가장 적합한 수는 넷이었다. 넷이서 전후좌우로 둘러쌀 경우, 서로의 운신에 지장을 주지 않는 선에서 가장 효과적인 공방을 펼칠 수 있는 것이다. 그런 면에서 볼 때 사합포구증은 넷으로써 하나를 상대하는 이점을 매우 잘 살린 진법이 분명했다.

기아구제의 머리 위에서 혹은 동체 왼쪽에서 빙빙 돌아가는 붉은 밧줄, 반혼삭은 중앙에 갇힌 곽조의 이목을 어지럽힐 뿐 아니라 그 배후를 호시탐탐 걸어 당김으로써 곽조와 공방을 맞대는 맞은편 동료에게 힘을 실어 주었다. 기아구제가 휘두르는 쇠테 두른 죽봉, 철고죽봉 또한 범상한 무기가 아니었다. 특히 그것으로 펼치는 호방강맹豪放强猛한 봉법이 개방의 역사와 전통이 낳은 용호풍운구절龍虎風雲九絶이라면 더더욱 그러했다. 여기까지가 이른바 개를 잡는다는 '포구捕狗'의 묘용이었다.

그러나 곽조를 정작 곤혹스럽게 만든 것은 사합포구증의 또 다른 묘용인 '증구蒸狗', 잡은 개를 찌는 것일지도 몰랐다. 기아구제는 소시부터 사부와도 같은 사형의 강권에 밀려 한 가지 공력을 익히게 되었다. 일양귀원신공一陽歸元神功이라는 거창한 이름을 가진 그 공력은, 사실은 세상의 환락에 눈을 뜨기 시작한 혈기왕성한 사제들의 방탕에 채운 고약한 족쇄라고 보는 편이 맞았다. 덕분에 기아구제는 울며 겨자 먹기로 색관色關으로부터 자유로워지게 되었고, 이 나이를 먹도록 원치도 않았던 동정지체를 유지할 수밖에 없었다. 하지만 세상일이란 새옹지마인 면이 많아서, 바로 그 고약한 족쇄가 오늘 곽조라는 음공의 대가를 맞아 효과를 발휘하고 있었다. 네 사람이 한마음으로 전개하는 일원귀원신공의 순양의 진력은 곽조의 주위를 찜통 속처럼 후끈하게 데웠고, 그 때문인지 곽조가 자랑하는 음공은 좀처럼 위력을 드러내지 못하고 있었다.

이에 기아구제는 자신감을 얻었고, 한껏 고양되었다. 그것은 한층 높아진 네 사람의 노랫소리에서도 그대로 드러났다.

"콩팥 먹자, 콩팥 먹자, 오줌발이 백장폭포, 고소한 콩팥 먹자."

기미륵이 따닥따닥.

"간을 먹자, 간을 먹자, 땅거미가 대낮 같네, 퍽퍽한 간을 먹자."

아도인이 붕붕붕.

"다리 먹자, 다리 먹자, 태산 길이 동네 큰길, 쫄깃한 다리 먹자."

구학사가 따닥따닥.

"뱃살 먹자, 뱃살 먹자, 부처님도 달려든다, 천하 진미 뱃살 먹자."

제세리가 붕붕붕.

높아진 노랫소리와 함께 기아구제가 펼치는 진법이 한층 사나워졌다. 일양귀원신공의 기세 또한 폭증하여 곽조가 선 자리를 중심으로 직경 다섯 자 안에는 빙판이 녹아 만들어진 작은 물웅덩이가 생겼을 지경이었다.

곽조의 얼굴에 어린 곤혹감이 짙어졌다. 그러나 그 곤혹감이 기아구제의 고절한 무공과 사합포구중의 기상천외한 묘용에서 기인하지 않았음은, 그의 입에서 작고 짧은 토막말이 흘러나온 직후 밝혀졌다.

"정녕······."

곽조는 양손을 옆구리 아래 하방으로 가볍게 떨어냈다. 그가 입은 흑자색 장포의 소맷부리로부터 강철의 광채가 번뜩이며 튀어나오더니 양손에 쥐였다. 그는 양손을 가슴 앞으로 당겨 올렸다.

차─앙─.

곽조의 가슴 앞에서 금속의 날카로운 울음이 터져 나왔다. 다음 순간, 기아구제는 곽조의 머리 위로 둥실 떠올라 마치 상승 기류를 탄 맹금처럼 선회하기 시작한 두 자루 비수를 목격하게 되었다. 기미륵의 입에서 경호성이 터져 나왔다.

"쌍응절雙鷹絕이다! 조심하게, 사제들!"

그러나 세상에는 아무리 조심한다고 해도 결코 막을 수 없는 절대적인 재앙도 있었다. 고목인과 더불어 칠성노조의 양대 절기 중 하나로 알려진 쌍응절의 비도술이 바로 그런 재앙이었다.

곽조의 머리 위에서 어느 순간 사라진 비도가 다시금 모습을 드러낸 곳은 기아구제 사대장로 중 가장 공력이 떨어지는 제세리의 몸통 위였다. 명치에서 반 뼘쯤 떨어진 자리에 하나, 그것으로부터 다시 한 뼘쯤 떨어진 배꼽 자리에 또 하나. 비도의 손잡이 끝에 달린, 자옥紫玉으로 조각한 작은 해골이 간만에 맛보게 된 인간의 피가 반가운 듯 기묘한 웃음을 머금고 있었다.

"마, 막내야?"

비도의 종적을 놓치고 두리번거리던 아도인과 구학사의 눈길이 기미륵의 이 말에 일제히 제세리를 향했다. 괴이한 일은, 정작 제세리 본인은 무슨 일이 일어났는지 전혀 모르는 듯 눈을 끔뻑이며 세 사형을 휘둘러보고 있다는 점이었다.

어리둥절해하던 제세리의 얼굴이 경악과 고통으로 폭발하듯 뒤덮인 것은 약간의 시간이 지난 뒤의 일이었다.

"흐어……어……."

입술은 벌렸지만 비명은 제대로 나오지 않았다. 철고죽봉과 반혼삭을 움켜쥔 양손을 어정쩡하게 아랫배로 옮기던 제세리가 그 자리에 풀썩 엉덩방아를 찧더니 뒤로 넘어갔다.

기아구제의 남은 세 사람은 곽조가 보여 준 단 한 번의 절기로 얼이 빠져 버렸지만, 곽조는 당연히 그렇지 않았다.

으즈즈즉.

곽조의 발목을 적시던 물웅덩이가 순간적으로 빙결하며 긴 얼음 촉수를 뽑아 올렸다. 곽조는 밧줄처럼 가늘게 뻗어 나가는 그 얼음 촉수 위에 몸을 세운 채, 사합포구증이 정상적으로 운용되었다면 제세리로부터 도움을 받아야 할 맞은편의 아도인에게로 미끄러지듯 닥쳐들었다. 마치 물과 얼음이 그의 의지 아래 형태를 자유자재로 바꾸며 사역하는 것 같은 광경이었다.

"헙!"

이제껏 원거리에서 상대하던 대적을 지나치게 가까운 거리에서, 팔을 뻗으면 만질 수 있을 만한 거리에서 마주하게 된 아도인은 소스라치고 말았다. 쌍응절에 당한 사제로 인해 잠시 정지되었던 사고가 놀란 토끼처럼 펄쩍 뛰어오르고, 그것이 짜낸 터무니없을 만큼 커다란 위기감이 아도인의 턱수염 뒤 주름진 목살 위에 소름을 오스스 돋게 만들었다. 바로 그 자리에 길고 새하얀 손가락이, 손톱 자리까지 살로 덮여 있어서 마치 흰색 장갑을 낀 듯한 손가락이 가볍게 닿았다 떨어졌다. 고목인.

아도인은 세 마디를 남겼다.

"아."

턱수염에 서리가 끼었다.

"이건."

벌어진 입술에서 혈색이 사라졌다.

"안⋯⋯."

'안 돼'라고 말하려 했던 것일까? 그러나 혀뿌리가 얼어붙은 입으로는 하려던 말을 온전히 맺을 수 없었다. 아도인의 눈동자가 곽조의 것처럼 본래의 검은색을 잃고, 그 위로 얇은 얼음 막이 덮였다. 진정한 의미의 '동사凍死'였다.

한 인간이 얼음에 먹히는 시간은 그리 길지 않았다. 그 과정을 새하얀 한백안으로 지켜보던 곽조가 날벌레를 쫓듯 오른손을 슬쩍 내저었다.

팍.

얇은 유리잔이 깨지는 듯한 작은 소리와 함께 아도인의 얼어붙은 머리통이 폭발했다.

"둘째야!"

"안 돼!"

눈이 뒤집힐 만도 했다. 능히 감당할 수 있다는 자신감으로 의기양양해 있다가 순식간에 친동기 같은 사형제를 둘씩이나 잃게 되었으니 그 참담함과 비통함이 오죽하겠는가. 기미륵과 구학사는 양손에 쥔 철고죽봉과 반혼삭을 마구잡이로 휘두르며 곽조를 향해 달려들었다. 진법 따위는 이미 그들의 머릿속에 들어 있지 않았다. 그저 저 원수를 때리고 할퀴고 물어뜯어서라도 반드시 죽여 버리겠다는 악만이 두 사람을 움직이고 있을 따름이었다.

반면에 곽조는 액도하를 뒤덮은 빙판처럼 차갑고 침착했다. 얼음 촉수로 이루어진 받침대 위에 오연히 몸을 세운 채, 그는 자신을 향해 미친 듯이 달려드는 기미륵과 구학사를 향해 양손의 인지를 곧게 내밀었다.

스그그그-.

공포의 고목인이 생쥐가 무른 나무를 갉아 대는 듯한 미성을 공기 중에 울리며 기미륵과 구학사를 향해 뻗어 나갔다.

"엇!"

"허억!"

고목인에 실려 무서운 속도로 가까워지는 가공할 음기는 복수심에 사로잡힌 두 사람에게서 무인의 감각을 일깨웠다.

-맞으면 죽는다!

그것은 사고 이전의 본능이었다. 그 본능이 시키는 대로, 기미륵과 구학사는 곽조를 향해 달려 나가던 기세를 풀며 닥쳐온 죽음으로부터 몸을 피했다. 아쉽게도 구학사의 경우는 다소 늦은 감이 있었지만.

빙판 위를 정신없이 뒹굴어 고목인의 범위에서 멀찍이 벗어난 기미륵이 가까스로 몸을 멈춘 자리 옆에는 앞서 쌍웅절의 비도술에 당한 제세리가 길게 자빠져 있었다. 제세리는, 놀랍게도, 살아 있었다. 이미 절명했으리라고 여겼던 막내 사제가 아직도 살아 있음을 알아차린 기미륵은 병기를 쥔 두 손과 두 무릎으로 개처럼 기어서 급히 다가갔다.

제세리는 숙면하듯 눈을 감은 채 차가운 빙판 위에 편안한 자세로 누워 있었다. 약하게 들썩거리는 가슴팍만 아니라면 그가 아직도 살아 있다는 사실을 알아차리지 못했을 터였다. 기미륵은 제세리의 어깨를 붙들며 울부짖듯이 소리쳤다.

"막내야! 막내야!"

눈물과 콧물과 침방울이 얼굴 위로 뚝뚝 떨어지는데도 제세리는 눈을 뜨지 않았다. 병기를 빙판에 놓은 기미륵은 제세리의 단전에 양손을 포개어 얹었다. 제세리의 배 위에 일렬로 솟아 있던 두 개의 보라색 해골이 마치 뭐 하는 거냐고 묻는 듯한 표정으로 기미륵을 응시하고 있었다. 그러거나 말거나, 기미륵은 제세리의 단전에 공력을 불어넣었다. 두 사람이 함께 익힌 동일한 순양 진력이 사형으로부터 사제에게로 흘러들었다.

잠시 후 제세리가 굳게 다물고 있던 입술을 비죽거렸다.

"……아파."

기미륵은 제세리의 단전에서 황급히 두 손을 떼며 달래듯이 말했다.

"암, 아프지, 아플 거야. 그래도 죽으면 안 된다, 아무리 아파도 죽으면 안 돼, 막내야."

제세리가 눈을 떴다. 동공에 맺힌 생기가 바람 속 촛불처럼 가녀리게 흔들리고 있었다.

"큰형……이군."

그 항렬에서 죽을 사람 다 죽고 기아구제만 남게 된 날부터 세 사제는 기미륵을 큰형이라고 불렀다.

"그래, 나다. 정신이 드느냐? 좀 괜찮아?"

제세리가 얼굴을 찡그리며 고개를 움찔거렸다. 마치 상체를 들어 자신의 몸 상태를 확인하려는 듯이. 기미륵은 황급히 그의 가슴에 손을 얹었다.

"안 돼, 움직이지 마라. 움직이면 진짜 죽을지도 몰라."

두어 번 더 꿈틀거리던 제세리가 단단하던 입매를 풀며 길게 퍼졌다.

"나…… 죽을 거 같소."

그렇게 생각하는 사람은 제세리 본인만이 아니었다. 기미륵은 쏟아지려는 눈물을 참으며 소리쳤다.

"죽긴 왜 죽어, 이렇게 멀쩡히 살아서 말도 하는 놈이!"

눈을 감고 입술을 옹송그리던 제세리가 다시 눈을 뜨고 기미륵을 올려다보았다. 기미륵은 막내 사제를 지탱해 주는 생명의 심지가 이제는 정말로 얼마 남지 않았다는 사실을 억지로라도 부정하고 싶었다. 그러나 그게 무슨 소용이 있을까. 눈가가 불덩이로 변한 것처럼 뜨거워졌다.

제세리가 말했다.

"큰형한테…… 묻고 싶은 게…… 있었소."

"뭐냐?"

"공금이 자꾸…… 자꾸 조금씩 비는데…… 큰형 짓 맞소?"

마침내 눈물이 터졌다. 기미륵은 눈물 콧물을 줄줄 흘리며 도리질을 쳤다.

"아니다. 내가 한 짓 아니다."

"이상하다……."

입술의 달싹거림이 서서히 사그라들었다. 제세리의 눈빛이 천천히 꺼져 갔다.

"그럴 사람…… 큰형밖에 없는……데……."

가물거리던 동공이 회흑색으로 열렸다. 그 동공을 멀거니 내려다보던 기미륵이 제세리의 얼굴 위에 엎어지며 목 놓아 울부짖기 시작했다.

"어헝! 나다, 나야! 어허헝! 내가 공금을 훔쳤어! 술 때문에, 주정뱅이가 술 먹고 싶어서 그랬다! 어헝어헝! 죽지 마라, 이놈아! 내가 그 돈 다 채워 놓을 테니까 제발 죽지 마라!"

그러나 공금을 아무리 채워 놓은들 죽은 자가 살아 돌아올 리 없었다. 통곡은 흐느낌으로, 다시 딸꾹질로 바뀌었다. 이윽고 고개를 든 기미륵은 혼백이 빠져나간 얼굴로 주위를 두리번거렸다. 둘째 사제 아도인은 목 윗부분이 사라진 비현실적인 모습으로 우두커니 서 있었다. 셋째 사제 구학사는 오른쪽 어깻죽지를 왼손으로 누른 채 몸을 절반쯤 세우고 있었다. 그리고 이 모든 장면을 연출한 장본인인 곽조는…….

요술의 산물 같던 얼음 촉수는 자잘한 조각들로 부서져 빙판 위에 흩어져 있었다. 곽조는 처음 네 사람으로부터 합공을 당하던 바로 그 자리에서 뒷짐을 진 자세로 꼿꼿이 서서 기미륵을 바라보고 있었다. 음공을 잠시 거둔 듯, 그의 눈동자는 본래의 검은빛을 되찾은 상태였다. 그러고도 여전히 차갑기만 한 그 얼굴에는, 뭐랄까, 말로 형용하기 힘든 기묘하고도 복잡한 표정이 떠올라 있었다. 다만, 그 안에 절진을 격파하고 기아구제를 무찌른 데 대한 통쾌감이나 승리감 따위는 담겨 있지 않다는 게 기미륵의 생각이었다. 한 가지 분명한 사실은, 곽조가 마음만 먹었다면 괴이할 만큼 정적으로 바뀐 이 상황을 얼마든지 깨트릴 수 있었다는 점이다. 그랬다면 기아구제의 남은 두 사람 또한 살아남지 못했을 것이다.

기미륵이 꿀쩍거리는 목소리로 구학사에게 물었다.

"셋째야, 괜찮은 거냐?"

구학사가 끙, 하는 신음 소리를 내더니 대답했다.

"팔죽지를 찔렸는데, 젠장, 아무래도 이제부턴 외팔이로 살아야 할 것 같소. 큰형은 어떻소?"

"나는…….."

기미륵은 고개를 숙여 빙판 위에 주저앉은 자신의 몸을 천천히 살펴본 다음 고개를 들었다.

"나는 이미 죽었다."

구학사가 기미륵을 쳐다보다가 무겁게 말했다.

"방금 한 말 취소요. 나도 이미 죽었소."

"그래, 우리 둘 다 이미 죽었다."

기미륵이 제세리의 곁에 놓아두었던 철고죽봉과 반혼삭을 집어 들고 몸을 일으켜 세웠다. 공허하게 열린 그의 눈이 다시 곽조를 향했다.

"곽 선배가 오늘 개방의 기아구제를 결딴내셨구려."

곽조가 입을 열었다.

"경고했다, 비키라고."

"분명히 그렇게 경고하셨지."

어린아이처럼 고개를 주억거리던 기미륵이 두 개의 병기를 한 손에 포개 잡더니 어깨에 걸린 가사 자락을 끌어 내리고 승포의 팔소매에서 두 팔을 빼냈다. 잿빛 승포가 아래로 흘러내리며 투실투실한 젖통과 불룩한 아랫배가 혹한의 대기에 그대로 드러났지만 그는 시체처럼 무표정하기만 했다.

"같이합시다, 큰형."

구학사가 절룩거리며 기미륵에게 다가왔다. 얼음 속에 묻어 두었다가 꺼낸 물고기처럼 하얀 박빙으로 뒤덮인 그의 오른팔은 지금만이 아니라 앞으로도 제 기능을 하지 못할 것이 분명해 보였다. 그래서인지 그는 반혼삭은 내버려 둔 채 철고죽봉 하나만을 왼손에 움켜쥐고 있었다. 사제와 어깨를 나란히 한 기미륵이 곽조를 향해 담담히 말했다.

"기왕 이렇게 된 것."

넷이 둘로 줄었지만 기아구제가 말하는 방식은 여전했다. 구학사가 결연한 얼굴로 사형의 말을 받았다.

"곽 선배는 남은 둘까지 죽여서."

"우리 사형제의 씨를."

"완전히 말리도록 하시오."

주거니 받거니 말을 맺은 두 사람을 바라보던 곽조가 물었다.

"그게 너희들의 소원이냐?"

기미륵과 구학사는 대답하지 않았다. 이미 죽은 사람 같은 얼굴로 두 손과 한 손에 들고 있던 무기를, 마치 상여 행렬의 앞길을 여는 기수들이 만장을 세우듯 머리 위로 높이 치켜들었을 뿐이었다.

곽조는 숨을 길게 들이마시며 눈을 감았다. 잠시 후 그 눈이 다시 뜨였을 때, 기미륵은 검은 동공 대신 모든 것을 얼어붙게 만드는 극음의 백색을 보았다. 곽조가 말했다.

"그리해 주마."

백병의 치열한 전장을 벗어난 개방 방주가 억새밭을 단번에 뛰어넘어 액도하의 얼어붙은 강물 위에 두 발을 디딘 것은 바로 그때였다.

"안 되오."

곽조의 한백안이 우근을 향해 돌아갔다. 우근의 전신은 핏물에 절어 있었다. 얼굴은 돌덩이처럼 딱딱하게 굳어 있었고, 양 어깨는 강호에 이름난 호한답지 않게 가늘게 떨리고 있었다.

그런 모습으로, 우근이 곽조를 향해 말했다.

"내가 허락하지 않겠소."

(3)

스으으-.

어두운 하늘과 얼어붙은 강 사이로 차가운 바람이 지나갔다. 빙판 위에 깔려 있던 눈가루들이 몇 개의 작은 소용돌이로 일어나 기묘한 궤적으로 맴돌다가 반투명한 육신을 풀며 스러져 갔다. 억새밭 건너 뭍에서 펼쳐지는 거지와 산적 간의 치열한 사투는 이제 절정에 달하여, 살아 움직이는 자들 모두가 얼마 뒤 송장으로 변한다 해도 전혀 이상하지 않을 것 같았다. 이를 예감한 듯 북쪽으로부터 날아온 한 무리의 까마귀들이 짙은 눈구름 아래에서 불길한 원무를 추고 있었다. 죽음이 삼도 위를 망령처럼 떠돌고 있었다.

그러나 우근과 곽조, 중원의 거지와 산적을 대표하는 그들 두 사람은 어스름한 숲 그늘에서 우연히 마주친 두 마리 맹수처럼 상대를 제외한 그 무엇에도 신경을 쓰지 않는 듯했다. 흑백으로 극명히 대비되는 그들의 눈동자는 오 장 떨어진 상대의 얼굴에 고정되어 있을 따름이었다. 적개심이 침묵으로 뭉쳐져 그들의 주위를 짓누르고 있었다.

침묵의 귀퉁이를 허문 것은 패장敗將이었다.

"방주……."

우근은 기미륵의 부름에도 곽조에게 고정한 시선을 돌리지 않았다.

"두 분은 가십시오."

"방도들은 어쩌고! 안 되네, 방주. 여긴 우리에게 맡기고 얼른 뭍으로 돌아가서 계획대로……."

우근의 단호한 한마디가 기미륵의 말을 잘랐다.

"명령입니다."

기미륵이 머뭇거리다가 구학사를 돌아보았다. 곽조의 고목인에 당한 구학사는 사실 싸움은커녕 제 한 몸 가누기도 버거운 상태였다. 기미륵에게는 선택의 여지가 없었다.

"조심하게."

방주에게 이 말을 남긴 기미륵은 한쪽 팔로 사제를 부축하여 뭍으로 돌아가기 시작했다.

　두 마리 맹수는 그제야 서로에게 못 박혀 있던 시선을 잠시 거두었다. 우근은 신중하게 위치를 옮겨 두 사람의 퇴로를 확보해 주었다. 그러나 곽조에게는 두 사람이 빙판 위의 작은 전장에서 이탈하는 것을 막고자 하는 마음이 없는 것 같았다. 그는 살아서 떠난 두 사람이 아닌, 죽어서 남겨진 두 구의 시신을 돌아보았다. 곽조가 담담한 목소리로 말을 꺼냈다.

　"넷 모두를 죽일 수도 있었다."

　대답하지는 않았지만 칠성노조 곽조에게 그럴 능력이 충분히 있다는 것을 인정하지 않을 도리가 없었다. 전장에 남겨진 아도인과 제세리의 처참한 시신이 그 증거였다. 곽조가 저들에게 내린 죽음은 믿을 수 없을 만큼 일방적이었다. 두 사람은 폭정에 짜부라진 민초처럼 아무런 저항도 못 한 채 상대가 내리는 죽음을 받아들여야만 했던 것이다.

　곽조는 강하다. 그리고 우근은 그 강함 앞에 자꾸만 위축되는 자신을 발견했다. 철포결이라는 별호를 얻은 뒤로 처음 겪는 일이었다. 과거 화산파의 천재 검객으로 이름을 날리던 고검 제갈휘와 비무를 벌였을 때에도 나보다 상수라는 압박감과 열패감을 받긴 했지만 이 정도는 아니었다. 다시 말하지만, 곽조는 강하다. 우근은 곽조가 두려웠다.

　아도인과 제세리의 시신 위를 천천히 훑고 지나온 곽조의 새하얀 눈길이 우근을 향했다.

　"소일과의 옛정을 생각해 기아구제에게는 일말의 사정을 봐주었다. 하지만 네게는 아니다."

　우근은 묵묵히 곽조의 뒷말을 기다렸다. 곽조가 한백안을 실처럼 접으며 차갑게 미소 지었다.

"내 아들을 죽인 빚은 치러야 하지 않겠느냐."

우근은 지난해 강동의 협객들과 군산 철군도鐵群島로 잠입하는 과정에서 철군도의 도주이자 곽조의 아들인 칠보추혼七步追魂 곽인郭寅을 살해한 바 있었다. 곽조의 입장에서는 아들의 원수와 만난 셈이었다.

그러나 빚을 받아야 할 사람은 곽조만이 아니었다.

"나 또한 무당산에서 녹림이 가져간 빚을 잊지 않고 있소. 거기에 두 분 숙부님의 목숨값을 보태면 내가 받을 빚 또한 가볍지는 않을 것이오."

곽조는 지당하다는 듯이 고개를 끄덕였다.

"그래, 우리는 서로에게 빚을 졌지. 모름지기 장부라면 빚을 남겨서는 안 된다."

곽조가 우근을 대한 순간부터 지고 있던 뒷짐을 풀었다. 우근은 그럼으로써 드러난, 열 개의 손톱만 제자리에 붙어 있다면 그 어떤 미녀에게 달린 것이라고 해도 믿을 만큼 새하얀 옥수를 물끄러미 바라보다가, 좌측으로 대여섯 걸음 떨어진 빙판 위에서 두 자루 비도를 복부에 나란히 박은 채 죽어 있는 제세리를 고갯짓으로 가리켰다.

"그 유명한 쌍응절은 안 쓰시려오? 노조가 원한다면 수습해 갈 시간을 드리겠소."

곽조는 유쾌한 농담이라도 들은 사람처럼 위아래 이빨을 모두 드러내며 활짝 웃었다.

"아이가 빈손인데 어른이 어찌 날붙이를 쥐겠느냐."

곽조의 말대로 우근은 빈손이었다. 우근은 허리 위로 올린 양손을 내려다보았다. 난바다를 오가는 큰 배의 닻처럼 크고 무겁고 거무튀튀한 그 손은 술 취한 수다쟁이처럼, 열정적인 웅변가처럼 많은 것을 말해 주고 있었다. 그 손에는 한 사람의 삶이 담겨 있었으며, 열정과 노력으로 밤낮을 잊고 단련해 온 강인한 권술가의 굳센 의지가 굳은살처럼 박여 있었다. 우근은 가볍게 주먹을 쥐었다. 명필이 붓을 쥔 듯, 장인이 끌을 든 듯, 마음속에 안개처럼 끼어 있던 두려움이 어느 정도는 가시는 기분이었다.

탁.

우근은 양 손바닥을 가슴 앞에서 소리 나게 모은 뒤 왼 손바닥으로는 하늘을, 오른 손바닥으로는 땅을 가리켰다. 개방의 철포결이 강적을 상대함에 있어 언제나 함께하였던 무명장법의 기수식, 좌천우지세左天右地勢였다. 견강한 두 손바닥을 통해 흘러들어 온 하늘의 기운과 땅의 기운이 권술가의 중단전에서 하나로 어우러지고 있었다.

흑자색 장포에 휘감긴 신형을 꼿꼿하게 세운 채 우근을 지켜보던 곽조가 왼손을 들어 까딱거렸다.

"와라. 소일이 얼마나 잘 가르쳤는지 보자."

우근은 상대가 넘겨준 선공의 기회를 사양하지 않았다.

취선답월영醉仙踏月影.

취한 신선이 달그림자를 디디듯, 우근은 얼어붙은 강물 위를 부드럽게 미끄러지며 곽조에게 다가갔다. 빙판 위에 쌓여 있던 눈가루가 뱃머리에서 갈라져 일어나는 물살처럼 양옆으로 날려 올라갔다. 곽조와의 거리가 일 장까지 줄어들었을 때, 우근은 하늘을 가리킨 왼손을 가슴 앞으로 당기며 땅을 가리킨 오른손을 어깨 너머로 크게 휘돌렸다.

홍!

산천대축山川大畜의 네 가지 변화 중 하나인 함산암陷山巖이 무너지는 암벽처럼 무거운 기세로 곽조의 정수리를 짓눌러 갔다. 그러나 함산암의 장력이 퍼부어진 자리에서 곽조의 모습은 이미 찾아볼 수 없었다. 곽조는 꼿꼿하게 선 자세 그대로 우측으로 다섯 자 이동한 뒤였다. 그는 두 발을 움직이지도 않았다. 칠성노조를 움직인 것은 그가 신은 가죽신 바닥을 받쳐 빙판으로부터 세 치쯤 떠오르게 만든 얼음 촉수들의 그물이었다.

우근은 빙판을 함몰시키고 되오른 장세의 반력을 이용해 몸을 우측으로 띄웠다. 옆으로 누운 자세로 두 발을 마구 교차하며 곽조를 추격하니, 개방이 자랑하는 각법인 광마각狂馬脚이 바로 이 수법이었다.

파라라락!

정강이를 동여맨 각반 위로 푸하게 부풀어 오른 바짓가랑이에 공기가 부딪히며 깃발 펄럭이는 소리를 냈다.

곽조는 떼를 쓰며 달라붙는 어린아이를 대하는 인내심 많은 어른처럼 눈살을 살짝 찌푸리며 뒤로 주르륵 물러났다. 역시 두 발은 움직이지 않았다. 그의 발바닥을 떠받친 앙상한 얼음 노예들은 주인의 의지를 빠르고 정확하게 수행하고 있었다.

허무하게 허공을 휘저은 두 발로 빙판을 내려딛는 즉시, 우근은 몸을 한 바퀴 휘돌리며 앞으로 달려 나갔다. 좌우로 쭉 뻗쳐낸 두 손이 하나로 모이고, 진위뢰震爲雷의 두 변화인 뇌경백리와 뇌삭삭雷索索이 한 덩어리로 뭉치며 곽조의 정면을 후려쳤다.

"강하구나."

곽조가 말했다. 그 순간 흐릿해진 그의 신형은 우근이 때려낸 장세의 범위를 훌쩍 벗어나 있었다.

"그러나 빠르지는 않구나."

우근은 대꾸하지 않았다. 대합조개처럼 입술을 굳게 다문 채, 자신의 공세를 피하기만 하는 곽조를 향해 파옥권을, 벽씨일심수를, 광마각을, 십팔자나법十八字拏法을, 무명장법을 쉼 없이 퍼부었다. 그러나 곽조는 언제나 그가 뻗어 낸 역도의 권역 너머에 있었다.

부우웃―.

무명장법의 가장 강맹한 수법이자 우근이 가장 자랑스럽게 여겨 오던 건위천乾爲天 상의 원형리정圓亨利貞마저 허공의 작은 떨림으로 스러졌을 때, 우근은 마음 밑바닥으로부터 사막을 홀로 걷는 듯한 절망감이 차오르는 것을 느꼈다.

―잘 안 돼요, 사부님.

머릿속에서 어린 거지가 비죽거렸다. 그 목소리를 애써 지우려는 듯 고개를 세차게 흔든 우근이 곽조를 향해 부르짖었다.

"뭐 하는 거요? 내게 받을 빚이 있다고 하지 않았소?"

곽조가 비소했다.

"네게 받을 빚은 물론 잊지 않았다. 장소가 마음에 들어서 잠시 장난을 쳐 보았을 뿐."

"장소?"

곽조는 두 사람을 둘러싼 액도하의 광활한 빙원을 보란 듯이 휘둘러본 뒤 말했다.

"음기는 곧 나의 자양. 이곳에 충만해 있는 음기는 나를 더욱 강하게 만들어 준다. 그러나…… 지금의 너를 보니 그런 이익이 오히려 불필요한 것 같구나."

우근은 얼굴을 붉히며 뭐라 대꾸하려 했지만, 현실은 곽조의 말이 틀리지 않음을 보여 주고 있었다. 싸움이 시작된 이래, 그는 스무 차례가 넘는 공격을 퍼부었고 곽조는 오직 회피로만 일관했지만, 그는 곽조의 옷깃조차 건드려 보지 못했던 것이다. 최소한 이 빙판 위에서는, 곽조가 피하려고 마음만 먹는다면, 곽조를 잡기란 불가능할 것 같다는 생각마저 들었다.

"얼음 지치는 재주가 좋다는 점은 인정해 드리지. 하지만 그 재주 하나 믿고 이렇게 도망만 다녀서야 어떻게 내게서 빚을 받아 낼 수 있겠소?"

"도망이라."

뽀드득.

살얼음 낀 눈을 밟는 듯한 소리가 울리더니, 곽조의 키가 누가 아래에서 잡아당기기라도 한 것처럼 세 치쯤 줄어들었다. 우근은 그의 발밑을 받쳐 주던 얼음 촉수들이 자잘한 빙편들로 흩뿌려져 있는 것을 발견할 수 있었다.

곽조가 빙긋 웃으며 우군을 향해 왼손을 까딱거렸다.

"다시 와 봐라."

우근의 굵은 눈썹이 털벌레처럼 꿈틀거렸다. 그는 곽조에게 달려들며 오른 주먹을 힘차게 내질렀다.

"엽!"

철포결의 전력이 담긴 파옥권이 빙판 위에 내려선 곽조의 얼굴을 향해 날아들었다.

이번에는 곽조도 피하지 않았다. 먼 길을 가리키듯 부드럽게 뻗어 낸 곽조의 왼손 인지가 맹렬한 경파勁波를 일으키며 밀려드는 정권과 맞부딪쳤다.

팍.

촛불이 꺼지며 내는 소리 같은 미약한 소성이 울렸다.

"음."

우근은 신음을 삼키며 한 발짝 뒤로 물러났다. 정권의 권심부에서 피어나기 시작한 시허연 나뭇잎들이 손등과 손목을 넘어 팔뚝을 기어오르는 것이 보였다. 잎사귀를 구성하는 얇은 얼음 엽맥葉脈은 속이 들여다보일 만큼 투명했다.

"고목인이로군."

우근은 급히 내력을 끌어 올려 오른팔의 이두근을 넘어 동체를 향해 빠르게 밀려 올라오는 고목인의 음기에 저항했다. 다행히도 우근이 수련한 옥현공玉玄功의 공력은 그가 자랑하는 외가공부에 부끄럽지 않을 만큼 심후했고, 그의 오른팔을 뒤덮은 살얼음 막은 오래지 않아 흥건한 물기로 녹아 사라졌다. 하지만 그 시간이, 주먹과 손가락의 격돌에서 승기를 잡은 곽조가 후속타를 가하여 자신을 더 큰 궁지에 몰아넣기 부족할 만큼 짧지는 않았다는 사실을 우근은 알고 있었다. 그러나 곽조는 그렇게 하지 않았다. 왼손 인지를 위로 치켜든 채 처음 자리에 그대로 서 있기만 할 따름이었다.

우근은 몸을 떨었다. 몸 안에서 부풀어 오르는 수치심을 참기 어려웠다.

"전력을 다하지 않아도 나 정도는 상대할 수 있다 이거요? 날 희롱하지 마시오!"

곽조는 고개를 슬쩍 저었다.

"희롱이 아니라 이자다."

"이자……라고?"

"봐라."

곽조가 위를 향하던 손가락으로 우근의 어깨 너머를 가리켰다. 우근은 뒤를 돌아보았다.

물가에서 벌어지는 거지와 산적 간의 혈전은 절정을 넘어 막

바지에 다다라 있었다. 양측 모두 죽은 자의 수가 산 자의 수보다 더 많은 상황이지만, 남은 머릿수에서는 산적 쪽이 조금 더 우세한 것으로 보였다. 그리고 그것이, 매우 느리기는 하지만, 승부의 저울추를 한쪽 방향으로 기울어지게 만들고 있음을 우근은 알아볼 수 있었다. 손빈의 경마에서 착안한 개방의 전략은 개방의 최고수인 우근이 임무를 다하지 않은 상태에서 전장을 이탈한 시점부터 어그러지기 시작했다. 그 어그러짐이 이제는 벗어날 수 없는 완강한 경향으로 자리 잡아 가고 있었다.

"기아구제를 보내 나를 묶어 놓은 사이 네가 나서서 내 수족들을 처리할 계획이었나 본데, 아쉽게도 그 계획은 실패로 돌아간 것 같구나."

곽조의 말대로였다. 우근은 마음이 다급해졌다. 한시바삐 이곳의 싸움을 마무리하고 저곳으로 돌아가야 했다.

"으아앗!"

우근이 발악 같은 기합을 뽑아 올리며 곽조에게 달려들었다. 무시무시한 파공성을 동반한 무명장법의 절초들이 곽조의 전신으로 우박처럼 쏟아졌다.

곽조는 젓가락처럼 곧게 세운 왼손 인지로 때로는 베고 때로는 흘리며 우근의 공세에 맞섰다. 몇 번인가는 우근 본인도 자각할 만큼 분명한 허점을 드러내기도 했지만, 곽조는 그가 드러낸 허점을 반격의 전기로 바꾸려 하지 않았다. 오로지 방어 일변도. 무슨 이유에서인지 곽조는 승리의 시점을 일부러 미루고 있는 것처럼 보였다.

팔다리의 움직임이 느려졌다. 머릿속에서는 어린 거지가 또다시 칭얼거리고 있었다.

―이건 너무 힘들어요. 닭도 못 잡고 개도 못 차겠어요.

곽조가 말했다.

"너는 이 자리에서 나와 함께 네 거지들이 모두 죽는 꼴을 보게 될 것이다. 그것이 내가 네게서 받는 빚의 이자다."

이제 우근은 곽조가 말한 이자의 뜻을 알게 되었다. 마음 밑바닥으로부터 차오른 절망감이 마침내 그를 꽁꽁 휘감아 그 자리에 멈춰 서게 만들었다.

"헉! 헉!"

우근은 지친 소처럼 숨을 헐떡였다. 뭍에서도, 그리고 강상에서도 거지가 패색을 뒤집고 승리할 수 있는 전기는 전혀 존재하지 않는 것 같았다. 자신을 향한 곽조의 득의에 찬 미소를 망연히 바라보며, 거친 들숨과 날숨 사이의 공허한 시간 위에서, 우근이 탄식했다.

끝인가? 이렇게 끝나고 마는가?

"와아아!"

영영 찾아오지 않을 것만 같던 반전의 계기는, 반 시진에 가까운 백병전을 치른 노병券兵들은 절대로 내지르지 못할 기운차고 싱싱한 함성에서 비롯되었다. 경련하듯 쌈박거린 우근과 곽조의 시선이 뭍을 향해 돌아갔다.

우근은 눈을 부릅떴다.

원병援兵이다! 지원군이 왔다!

우렁찬 함성과 함께 백여 명의 검객들이 구릉지의 사면을 눈사태처럼 달려 내려오고 있었다. 그들의 선두, 사자검문의 신임 문주 관룡봉과 그를 호위하듯 양옆에서 달려오는 사절검 중 삼 인―불구가 된 막내 고곤을 제외한 이철산과 주일범과 전장목―의 결의에 찬 얼굴이, 우근의 눈시울을 후끈 달아오르게 만들었다.

"석 아우……."

우근은 저들이 어떻게 이 삼도에 오게 되었는지 한순간에 깨달았다. 그의 의동생인 석대문이 자신 또한 험악한 싸움을 앞두고 있음에도 의형인 그를 염려하여 한 명이라도 아쉬운 병력을 쪼개어 지원으로 보내 준 것이다. 사자검문은 독중선 군조로 인한 재앙을 딛고 일어서는 과정에서 이전보다 더 단단해져 있었다. 사절검의 요청으로 이번 원정에 참가한 강북의 검객들은 협의로 똘똘 뭉쳐 있었다.

저들이라면…….

저들이라면……!

사그라들던 희망이 불꽃이 되살아났다. 우근은 맥 풀린 손을 다시 주먹으로 움켜쥘 수 있었다.

"영악한 놈, 귀찮은 수를 준비해 두었구나."

곽조의 목소리에 우근은 시선을 돌렸다. 곽조는 앞서와 여일한 새하얀 동공으로 그를 바라보고 있었지만, 우근은 육안으로 구별되지 않는 흰자위와 검은자위의 경계 위를 떠도는 옅은 당혹감을 감지할 수 있었다.

곽조가 장포 자락을 촥 소리 나게 털어 낸 뒤 말했다.

"상황이 바뀐 만큼 이자는 감해 주도록 하마."

우근은 곽조의 양손이 흑자색 장포의 아랫배 위에서 맞대어지는 광경을 긴장한 눈으로 지켜보았다. 손톱이 없는 열 개의 손가락이 닿을 듯 떨어질 듯 자리를 잡고, 그 사이에 이루어진 동그란 공간 안에서 기이한 파동이 위이잉 하고 일어나기 시작했다. 그것에서 시작된 백색의 광구光球가 곽조의 아랫배를 떠나 가슴으로, 다시 얼굴로 올라가고 있었다. 차갑다, 아니, 차갑다는 말로는 설명되지 않는 한기가 우근의 양 팔뚝 위에 소름을 돋게 만들었다.

마른침을 꿀꺽 삼킨 우근은 소리 내어 묻지 않을 수 없었다.

"그것이 백룡흡호공이오?"

백광에 휘감긴 곽조가 어깨를 움찔거렸다.

"채요명이냐?"

비록 투박한 외모로 인해 우둔해 보이기는 하지만 우근은 결코 우둔한 사람이 아니었다. 그는 벽조곡에서 모용풍이 남긴 마지막 말에 등장하는 사람, 지금 이 순간 가장 마음 아파할 그 사람이 누구인지 이미 짐작하고 있었다. 녹림의 현자 채요명. 곽조가 한 반문에는 채요명의 배신을 확인하고자 하는 의도가 담겨 있었다. 우근에게서는 아무런 답도 듣지 못했지만 곽조는 그의 침묵으로부터 바라는 답을 얻은 눈치였다.

"역시 그랬구나."

곽조의 뇌까림은 강물에 떨어진 바위처럼 깊이 가라앉았지만, 기세는 오히려 폭증되었다. 휘황한 백광이 그의 얼굴을 뒤덮었다. 얼굴의 윤곽이라도 알아보려면 콧잔등에 있는 대로 주름을 잡아야 할 정도였다.

백광 속에서 곽조의 목소리가 흘러나왔다.

"너를 죽이고, 네 동료들을 죽이고, 채요명을 죽이겠다."

우근은 딛고 선 빙판을 오른발로 탁탁 내려디딘 뒤 좌천우지세를 취했다.

"나를 죽이는 것은 쉽지 않을 것이오."

"흐."

벌새의 날갯소리 같은 짧은 조소. 이어 곽조가 물었다.

"벽을 깼느냐?"

벽?

우근은 곽조가 한 질문의 의미를 알아들을 수 없었다. 그가 대답을 못 하자 곽조가 말했다.

"깨지 못했나 보구나."

"어째서 그렇게 단정하시오?"

"뱃사람이 폭풍우 치는 대해를 건넌 것을 어찌 잊을 수 있겠느냐? 산사람이 눈보라 치는 천산을 넘은 것을 어찌 잊을 수 있겠느냐? 벽이란 바로 그런 것이다. 마주했는지 마주하지 못했는지, 돌파했는지 돌파하지 못했는지에 대한 불명不明한 인지가 끼어들 여지가 없는 것. 벽을 돌파하는 순간은 누군가에게는 찰나 같기도 할 것이고 누군가에게는 영원 같기도 할 것이다. 누군가에게는 고통으로 점철될지도 모르고, 누군가에게는 열락으로 가득 찰지도 모른다. 하지만 어떤 형태로 닥치건 그 순간은 너무나도 크고 뚜렷한 실재감을 지녀, 그것을 경험한 자는 절대로 모르고 지나칠 수 없다."

곽조의 말에는 놀랄 만큼 강한 설득력이 담겨 있었다. 때문에 우근은 그가 한 말 전부가 사실임을 의심하지 않게 되었다. 그래서 더욱 두려워졌다. 두려움이 점차 실체를 갖추며 목을 조여 오는 듯한 기분이었다.

"너는 벽을 깨지 못했다. 그러므로 너는 죽는다."

단언.

그런 다음, 곽조는 백룡을 토했다. 백룡흡호공은 단순한 은유가 아니었다. 백광에 휩싸인 곽조의 얼굴 한가운데에서 튀어나온 새하얀 구슬은 이야기 속에 나오는 백룡처럼 얼음 비늘들로 덮인 긴 동체를 역동적으로 꿈틀거리며 우근에게로 몰아닥쳤다. 무시무시한 한기가, 아까 고목인에 당했을 때와는 비교할 수 없을 만큼 극음의 한기가 백룡의 궤적을 꼬리처럼 따라붙었다.

짜바바바바박!

건조한 겨울 공기 속에 남아 있던 미세한 수분이 비명을 지르며 얼어붙었다.

피해야 한다는 절박한 판단에 앞서, 삼십 년 넘는 세월 동안 일심으로 단련해 온 반사 신경이 우근을 움직였다. 새하얀 구슬이, 백룡이, 곽조가 토해 낸 음정이 우근의 좌반면 두 뼘 남짓한 공간을 가차 없이 얼어붙이며 통과했다. 강철처럼 단단한 얼음 비늘들에 스친 얼굴 살갗이 진저리를 치며 갈라졌지만, 붉은 얼음 가루만 튀었을 뿐 피는 한 방울도 흘러나오지 않았다. 실로 가공할 한기가 아닐 수 없었다.

"후으으읍!"

곽조가 고래처럼 요란하게 숨을 들이마셨다. 백룡이 허공에서 머리를 틀며 방향을 바꿨다.

"익!"

우근은 자세를 바로 세우지도 못하고 앞으로 고꾸라지듯 몸을 던졌다. 뒤통수 한 자 위로 백룡이 스쳐 날아가고, 새끼손톱보다 작은 크기로 부서진 얼음 박편들이 그의 뒷덜미에 싸라기눈처럼 우수수 떨어져 내렸다. 얼음물을 뒤집어쓴 듯한 오싹한 한기가 머릿속을 어찔하게 만들었다.

쫘학!

곽조가 다시 토한 백룡이 이번에는 얼어붙은 강상을 미끄러지며 우근에게 달려들었다. 빙판 위에 쌓여 있던 눈가루가 자석에 끌린 쇳가루처럼 백룡에게 달라붙는 것이 보였다. 우근은 오른손 손바닥으로 빙판을 찍어 밀며 좌측으로 데굴데굴 몸을 굴렸다.

콱! 콱! 콱! 콱!

우근을 추격하며 빙판 위에 극음의 둥근 이빨을 수차례 박아 넣던 백룡이 어느 순간 공처럼 튀어 오르더니 곽조에게로 돌아갔다. 그러고는 다시, 또다시……

곽조는 지칠 줄 모르고 백룡을 토해 냈고, 그때마다 우근은 백룡을 피하기 위해 죽을힘을 다해 달리고 엎어지고 뒹굴기를 반복해야 했다. 곽조는 백룡의 둥지 같았다. 백룡은 세상에 나와 한바탕 맹위를 떨치다가 기운이 떨어지면 모체이자 둥지인 곽조에게로 돌아가 새로운 활력을 채워 오는 것처럼 보였다.

'둥지?'

곽조로부터 오륙 장 떨어진 곳에서 눈가루와 얼음 조각 들로 범벅이 된 낭패한 몰골로 몸을 세우던 우근은 고개를 갸웃거렸다.

곽조의 심복 채요명은 모용풍을 통해 우근에게 전해 왔다. 백룡을 보지 말고 백룡의 둥지를 보라고. 그 말인즉, 백룡이 둥지를 떠났을 때 둥지를 노리라는 뜻이 아니었을까?

'어디……'

눈을 빛낸 우근은 자세를 한껏 낮추고 백룡의 다음 공격을 기다렸다.

푸악!

곽조가 다시 한 번 백룡을 토했다. 열 번째, 혹은 열한 번째 공격이었다. 그 공격에 대해 우근이 보인 반응은 앞서와 약간 달랐다. 백룡을 피한 것은 마찬가지였지만, 후방이나 측방으로 피한 것이 아니라 앞으로 달려 나가는 과정에서 상체를 크게 비틂으로써 그 궤적을 흘려보낸 것이다. 취선답월영 중에서도 반격에 특히 효용이 큰 취선과천醉仙過天의 보법이 바로 이것이었다.

스거걱.

백룡의 비늘에 스친 상의의 왼쪽 어깨 부위가 풀 먹인 광목처럼 뻣뻣해졌다. 얼음 구덩이에 빠진 것처럼 좌반신 전체가 찡하게 저려 왔다. 하지만 백룡을 뒤로 흘려보낸 상태에서 곽조와의 거리를 좁히게 된 대가치고는 깃털처럼 가볍다 아니할 수 없었다. 우근의 흐뜬 망막 속으로 백룡을 떠나보낸 빈 둥지가 급속도로 가까워지고 있었다.

"하아앗!"

올무에서 벗어나기 위해 자신의 다리를 물어 끊는 짐승처럼 우근은 이번 일 장에 자신의 모든 것을 걸었다. 건위천의 강맹무쌍한 기세가 실린 장력이 공간을 세차게 쪼개며 곽조의 가슴팍으로 날아들었다.

그러나…….

비었다고 알고 있었던, 그래서 무방비일 거라고 믿었던 둥지는 사실은 얼음 노예들로 보호받고 있었다! 곽조의 주위에서 창살처럼 솟구쳐 오른 무수한 얼음 촉수들이 그를 둘러싼 두껍고도 엄밀한 얼음 방패를 겹겹이 만들어 낸 것이다.

꽈자자자자작!

한 겹이 뚫리고, 두 겹이 뚫리고…… 그렇게 여섯 겹의 얼음 방패가 우근의 맹렬한 장력에 부딪쳐 부서져 나갔지만 백룡의 둥지, 곽조의 본신은 여전히 여러 겹의 방패 뒤에 가려져 있었다.

"말하지 않았느냐. 이곳의 음기는 나를 더욱 강하게 만들어 준다고. 이 얼음의 세상에서 나는 무적이다."

얼음 방패 저편에서 울린 곽조의 말이 채 끝나기도 전에 뒷골이 서늘해졌다. 백룡이 주인의 적을 죽이기 위해 돌아온 것이다. 우근은 뒤를 돌아볼 새도 없이 몸을 우측으로 던짐으로써 백룡의 공격을 피해 냈다. 그런 다음 두 손과 두 발로 빙판 위를 정신없이 기어 곽조와의 거리를 벌렸다.

곽조가 비웃음이 섞인 목소리로 말했다.

"소일이 말했었지. 내 제자의 가장 큰 장점은 끈질김이라고. 오늘 나는 그의 말이 사실임을 알게 되었다."

그러나 그 끈질김도 이제는 바닥을 드러내고 있었다. 모용풍으로부터 전해 들은 정보를 바탕으로 시도한 회심의 공격마저 무위로 돌아갔음을 자각했을 때, 우근의 몸속에 남아 있던 마지막 희망의 불꽃은 꺼져 버리고 말았다. 절망감을 넘어선 무력감이 그의 뼈와 근육을 밀랍처럼 녹진거리게 만들었다. 빙판 위로 가까스로 버텨 세운 두 무릎이 바람 앞의 갈대처럼 허청거리고 있었다.

그런 우근을 향해, 백룡이 둥근 이빨을 앞세우고 날아들었다. 우근은 감히 피할 엄두도 내지 못했다…….

우근의 쌍장이 가슴 안으로 뛰어드는 백룡을 위아래로 내리눌렀다. 그것은 무슨 초식이 아니었다. 무의식중에 뻗어 낸 양손─무명장법의 기수식으로써 그에게는 가장 익숙한 좌천우지세였다─을 하나로 합쳤을 따름이었고, 그로서는 어쩔 수 없는 선택일 뿐이었다. 두 손바닥 사이, 직경이 반 자도 채 안 되는 왜곡된 공간에 갇힌 백룡이 소리 없는 포효를 터뜨렸다. 너무나도 가까운 거리에서 마주한 백룡은 우근 같은 철담의 호한마저도 움츠러들게 할 만큼 위험해 보였다.

츠츠츠─.

우근은 옥을 쪼아 만든 듯한 둥근 표면을 통해 쉴 새 없이 솟구쳐 나왔다가 다시 들어가는 백열白熱의 불꽃─그러나 그것은 모든 것을 얼려 버리는 극음의 불꽃이었다!─들을 망연히 바라보았다. 땅거미가 깔리듯, 그의 눈앞으로 넓고 어두운 그늘이 장막처럼 내리덮이기 시작했다. 전신의 뼈와 근육이 내는 훌쩍거림을 들으며, 우근은 마음속으로 투덜거렸다.

'더는 안 될 것 같아······.'

─잘 안 돼요, 사부님.

어린 거지는 어깨를 축 늘어뜨리고 칭얼거렸다.

─이건 너무 힘들어요. 닭도 못 잡고 개도 못 차겠어요.

그 초식의 이름은 포계축구捕鷄蹴狗였다. 왼손으로 닭을 낚아 채고 오른발로는 달려드는 개를 걷어차는 초식. 거지라면 반드시 익혀야 하는 수법이라며 사부님이 가장 처음 가르쳐 준 무공이기도 했다. 사부님이 말했다.

─여기서 포기하면 너는 평생 닭에 쪼이고 개에 물리고 다녀야 한다. 다시 한 번 해 보렴.

눈에 먹물을 들이부은 듯 앞이 캄캄해졌다. 가슴 앞 공간에서 화염처럼 이글거리는 백룡의 한기가 우근의 생명력을 빠르게 갉아먹고 있었다. 우근은 자신이 죽어 간다고 생각했다. 그래서 주마등처럼 지난날이 보이는 것이라고 생각했다.

몸을 허공에 띄운 상태에서 왼손과 오른발을 동시에, 그것도 정확한 투로로 움직이는 것은 어린 거지에게 너무나도 힘든 일이었다. 하지만 어린 거지는 사부님의 말을 믿고 포기하지 않았다.

다섯 번째, 열 번째, 스무 번째······.

어린 거지는 흙투성이로 변해 갔지만, 그럴수록 동작은 점점 무거워졌고, 닭을 잡고 개를 찬다는 포계축구는 점점 멀어져 가는 것 같았다. 그러던 어느 순간······.

거짓말처럼 해냈다!

어린 거지는 방금 자신이 펼친 동작이 믿기지 않는다는 듯 잠시 멀뚱히 서 있다가 다시 한 번 포계축구를 펼쳤다. 된다, 돼!
형체 없는 닭의 모가지가 왼손 손아귀에 정확히 잡히고, 오른발
발등에 정통으로 턱을 걷어차인 형체 없는 개가 깨갱거리며 달
아나고 있었다. 어린 거지는 사부님을 돌아보며 소리쳤다.

　－됐어요, 사부님!

　우근의 눈앞을 가리던 어둠에 작은 변화가 생겼다.

　잠에서 막 깨어났을 때, 창 너머로 흘러들어 온 햇살과 이제
껏 맴돌던 꿈결 사이를 오가는 듯한 몽연한 기분. 그러다가 다
채로운 빛의 얼룩들이 얽히고 풀어지기를 반복하더니, 어느 순
간 시야가 확 밝아졌다. 살얼음에 뒤덮인 우근의 입술이 벌어지
며 작은 속삭임이 새어 나왔다.

　"됐어요, 사부님."

　벽이 깨졌다. 막혀 있던 모든 것이 통하기 시작했다.

　우근은 반 자 간격을 두고 영원히 만나지 못할 것만 같던 쌍장
을 하나로 합쳤다. 하늘의 힘과 땅의 힘과, 맨몸으로 세상에 대
항해 온 남자의 힘이 그 사이에 낀 백룡을 맷돌처럼 짓눌렀다.

　……!

　백룡의 단말마가, 무음의 날카로운 절규가 액도하의 얼어붙
은 강물 위로 해일처럼 밀려 나갔다.

　얼음 방패들은 수정 같은 조각들로 부서져 그의 주위에 널려
있었다. 음기의 왕, 음정의 주재자는 얼음 노예들의 사체로부터
경배를 받듯 그 한복판에 석상처럼 서 있었다. 그러나 그것을 과
연 서 있다고 표현할 수 있을까? 빙판에서 돋아나 허벅지까지 솟
구친 얼음의 파편들이 몸뚱이를 지탱하고 있는 것에 불과할진대.

백룡은 죽었다.

음정은 산산이 깨졌고, 음기는 공기 중으로 흩어졌다.

우근은 곽조의 한백안이 곯은 달걀처럼 녹아 눈두덩 아래로 흘러내리는 것을 볼 수 있었다.

곽조가 우근에게 물었다.

"벽을 깼느냐?"

우근은 백룡을 죽인 자신의 두 손바닥을 슬쩍 내려다보고는 고개를 끄덕였다. 하지만 곽조가 이미 앞을 볼 수 없는 상태임을 깨닫고 곧바로 입을 열어 대답했다.

"그렇소."

"생사의 간극에서 벽을 깨다니……."

그드드득!

곽조의 발아래에서 얼음이 쪼개지는 둔중한 소리가 길게 울려 나왔다.

"소일은 또 이런 말을 했지. 언젠가는 내 제자가 자네와 나를 뛰어넘을 거라고. 그 말 또한 사실이었구나."

곽조의 얼굴에 허탈한 미소가 떠올랐다.

그드드득!

다시 한 번 굉음이 울렸다. 곽조가 붙박여 있는 자리를 중심으로 거칠고 날카로운 균열이 방사형을 이루며 번져 나가기 시작했다.

"부탁이 있다."

우근은 묵묵히 곽조의 뒷말을 기다렸다.

"이 얼음 강이 내 무덤이 되도록…… 해 다오."

한평생 음공을 수련하여 마침내 음기의 왕이 된 곽조였다. 양지바른 동산은 그의 안식처로 어울리지 않을 것이다.

"그렇게 하겠소."

그러나 우근은 이 대답이 끝나기도 전에 곽조의 숨이 끊어졌다는 사실을 알아차렸다.

쩡! 우드드등!

집채만 한 빙판 조각들이 광물처럼 무겁고 단단한 고함을 지르며 곽조를 중심으로 꽃잎 모양으로 일어섰다. 꽃술 부위에 붙박여 있던 곽조의 시신은 거대한 얼음 꽃에 둘러싸인 채 검푸른 강물 아래로 가라앉기 시작했다. 오랜 한파로 강바닥 부근까지 얼어 있던 액도하였지만, 곽조가 음기를 뽑아 올려 사용하는 과정에서 수면 아래 얼음의 많은 부분이 녹아 버린 것 같았다.

우근은 속살을 드러내고 뒤집힌 채 출렁거리는 빙판 조각들을 마치 다른 세상에서 온 물건을 바라보듯 오랫동안 바라보았다. 그는 벽을 깨트렸고, 일생일대의 대결에서 승리했으며, 강적을 죽였다. 그러나 그에 따른 기쁨은…….

우근은 고개를 저었다.

곽조와 벌인 일장의 악전고투가 꿈속의 일인 양 머릿속이 멍하기만 했다. 그것이 생시임을 알려 주는 유일한 증거는 멀리 뭍에서 벌어지는 거지와 산적 간의 혈전인 것 같았다. 하지만 그것 또한 거의 마무리되어 가고 있는 것으로 보였다. 우근의 믿음처럼, 석대문이 급파해 준 원병은 승패의 향방을 결정짓는 요인이 되기에 부족하지 않았다. 긴 싸움에 지친 산적들은 새롭게 등장한 강하고 활기찬 검객들을 감당해 낼 수 없었다. 핏물에 전 비참한 몰골로 병기를 내던지고 빈손을 머리 위로 들어 올리는 어떤 산적의 모습이 우근의 눈에 들어왔다.

까악- 까악-.

전장 위를 맴도는 까마귀들의 고도가 눈에 띄게 낮아진 것이 보였다. 많은 사람들이 죽었다. 아군이면 모를까 적군의 시신까지 수습하기란 불가능할 터. 미물의 발달한 본능은 인간의 방해 없이 만찬을 즐길 시간이 머지않았음을 알고 있는 듯했다.

우근은 묘당에 붙은 지전들처럼 삭풍 아래에서 몸을 떨고 있는 억새밭을 향해 지친 걸음을 옮기기 시작했다. 한 걸음, 또 한 걸음. 몸속에서 배어 나온 피로가, 벽을 깸으로써 오히려 증진된 내공과는 별도로 발목을 가차 없이 잡아 붙드는 지독한 정신적인 피로가, 그의 걸음을 납덩이처럼 무겁게 만들었다. 그때 작고 가볍고 희끗한 무엇인가가 시선 한쪽을 스치며 아래로 떨어졌다.

눈송이였다.

우근은 뭔가에 홀린 듯이 눈송이를 향해 손바닥을 내밀었다.

(4)

눈송이가 나풀거리며 손바닥 위로 떨어졌다.

죽은 나뭇가지처럼 말라비틀어진 손바닥 위에서 작은 물 얼룩으로 녹아 사라지는 눈송이를 내려다보는 것은 나무로 만든 늑대 탈이었다.

늑대 탈이 천천히 위로 들렸다.

늑대 탈의 눈구멍 안에 자리 잡은 메마른 눈동자 위로 대문 위에 걸린 현판이 맺혔다. 오동나무로 만든 고색창연한 현판 위에는 세 글자가 바위처럼 묵직한 필체로 새겨져 있었다. 점차 수를 불려 가는 눈송이들 건너편에 자리 잡은 그 글자는…….

〈단천원〉

호집呼集

(1)

산이 보인다.

수목의 초록색이라고는 한 점도 찾아볼 수 없는, 얼음 거인처럼 우뚝 선 화강암 봉우리들과 그 위를 새하얗게 덮은 만년설로 이루어진 산이다.

산 밑에는 넓은 호수 하나가 자리 잡고 있다. 수은으로 만든 거대한 거울처럼 모든 것을 반사시키는 호수의 수면에는 눈 덮인 산과 그 위에 펼쳐진 하늘이 아래위 한 치의 오차도 없는 대칭을 이루며 그대로 담겨 있다.

하늘은 지나치리만치 깨끗한 느낌을 준다. 산등성이와 맞닿은 부분은 노란빛을 머금은 연청색이지만 위로 올라갈수록 비현실적으로 농도가 짙어져 종래에는 밤처럼 완강한 군청색을 이루고 있다.

눈길이 미치는 곳 어디에도 구름 한 점 보이지 않고, 그래서인지 바람마저 불지 않는 것 같다.

화폭 속의 그림처럼 완벽히 정지된 산.

그것은 믿을 수 없을 만큼 차가워 보이고, 그래서 언젠가 그곳에 가게 되리라는 근원 모를 예감만으로도 목덜미 위에는 소름이 돋는다.

그 순간 문득…….

작은 결정 하나가 가지에서 떨어진 얇은 꽃잎처럼 나풀거리며 천천히 떨어져 내렸다.

호수와 그 위의 화강암 봉우리들과 그 위의 만년설과 그 위의 하늘이 가느다란 끈들로 올올이 풀리더니 아스라이 사라지고, 캄캄한 방에서 갑자기 솟구친 불길을 본 것처럼 환몽에서 퍼뜩 깨어난 석대원은 뭔가에 홀린 듯이 왼손을 내밀어 가슴 앞으로 떨어져 내리는 결정을 손바닥 위에 받았다.

고사목의 껍질처럼 보기 흉하게 갈라진 손바닥 위에서 작은 물 얼룩으로 녹아 사그라지는 눈송이.

석대원은 천천히 고개를 들어 산이 사라진 시야 위에 어느새 복원된 현실의 공간을, 위압적인 오동나무 금장 현판이 걸린 커다란 대문과 그 양옆으로 완강하게 이어진 붉은 기와를 얹은 높은 담벼락을 바라보았다.

그녀가 사는 집이었다. 아니, 그녀가 살았던 집이었다.

석대원은 그녀와 가까워졌다는 생각만으로, 마치 눈도 뜨지 못한 어린 강아지가 어미 개가 곁에 있다는 본능적인 느낌만으로 안도하며 귀엽게 고갯짓을 하듯이, 늑대 탈의 그늘에 가려진 메마른 입술 위로 미소 비슷한 것을 떠올릴 수 있었다. 그러나 그 미소가 머문 시간은 무척이나 짧았다.

목소리.

―이리 와요.

장난치다 깨트린 벼루를 들켜 엄마의 꾸중을 기다리는 아이처럼 엉덩이를 빼고 주춤주춤 다가간 그를 살며시 끌어안으며, 그녀는 조금 쉰 듯한 목소리로 이렇게 말했다.

―보고 싶었어요.

그가 내민 비단 채대를 보고서 웃음을―어쩌면 울음을― 감추려는 듯 아랫입술을 지그시 깨물던 그녀. 그런 그녀가 너무도 사랑스러워 힘껏 끌어당긴 그. 그녀와의 마지막 입맞춤. 그리고…….

―당신…… 지금…… 울고 있나요……?

그는 대답하지 못했다. 그가 무슨 대답을 할 수 있었을까?

―불쌍한…… 사람…….

붉은 검을 배에 박은 그녀. 웃음 짓는 눈에서 꺼져 가는 마지막 생기.

석대원은 두 눈을 감았다.

그녀가 더 이상 저 집 안에 없다는 사실을, 이 세상 어디에서도 그녀의 모습을 두 번 다시 볼 수 없다는 사실을 스스로에게 되새기는 일은, 무문관에서 겪은 수많은 윤생을 통해 사막의 폭양 아래 버려진 뼛조각처럼 말라 버린 석대원으로서도 견디기 힘든 고통이 아닐 수 없었다. 사리문 이빨이 아랫입술을 파고들며 쇠의 비린 맛과 소금의 짠맛이 감돌았다. 그날 그의 얼굴에 뿌려진 그녀의 피 맛 또한 이랬다는 기억이 났다.

기억.

슬픔이 낙인처럼 새겨진 장소 앞에 이르자 어떤 종류의 기억은 인위로 단절시키는 것이 아예 불가능하다는 사실을 다시 한 번 인정하지 않을 수 없었다. 그것은 윤생과 현실의 접점이던 무문관에서 막 빠져나온 때조차도, 삶의 허망함에 가장 망연해진 시점에서조차도 뼈저리게 느꼈던 사실이었다.

그날 이 단천원에서 벌어진 비극에 대한 기억은 끈질긴 빚쟁이처럼 지치지도 않고 석대원을 찾아왔고, 매 순간 그에게 갑작스럽고 새로운 타격을 가했다. 비극의 근원이 자신에게 있다는 사실은 마치 해가 뜨고 달이 뜨는 자연법칙처럼 확고하기만 하여, 그는 한시라도 그 점을 잊을 수 있기를 감히 바랄 수조차 없었다. 그럼에도 자신은 여전히 살아 있다는 죄책감이 너무나 크고도 깊어 그 죄책감을 조금이라도 덜 수만 있다면 '살아 있다'는 전제조건 따위는 아무렇지도 않게 내던질 수 있을 것 같았다. 아니, 차라리 그렇게 하는 것만이 유일한 답이 아닐까 하는 생각이 독뱀처럼 문득문득 고개를 들었다. 충동, 혹은 집착과도 같은 그런 자멸적인 생각으로부터 벗어나기 위해 그는 그 비좁은 토굴을, 그곳에서 들은 광비 대사의 마지막 당부를, 그 당부로부터 가까스로 끌어 올린 그 자신의 다짐을 죽을힘을 다해 곱씹어야만 했다.

세상 속에서, 삶 속에서, 답을 구하라…….

그러나 답은 보이지 않았다. 답이 있으리라는 기대조차 품기 힘들었다. 석대원은 울고 싶었다. 하지만 그 어떤 순간에도 눈물은 나오지 않았다. 그는 눈물을 잃어버린 지 오래였다. 그래서였을까? 폭풍우 치는 바다 위 낡고 좁은 선실 안에서 그녀는 이렇게 말했다.

─언제일지 모르는 그날, 상대의 죽음 앞에 흘려 줄 눈물이 남아 있기를…….

박탈당한 비탄은 석대원을 차지한 또 다른 요소인 무감無感에 잠식되어 눈물도 없고 울음소리도 들리지 않는 공허한 메아리로 스러졌다. 무문관에서 나온 그가 범제 대사의 주행칠보와 연대구품 속에서 창안해 낸 심동공허心動空虛에는 무공 이름을 뛰어넘는 신랄한 은유가 담겨 있었다. 그날 이후 그는 공허 속에서 깨어나 공허 속에서 숨 쉬고 공허 속에서 달리다가 공허 속에서 잠들어야만 했다. 그는 언제나 텅 비어 있었다.

"무슨 생각을 그리하는 게냐?"

눈송이를 나부끼게 하는 작은 바람에도 스러져 버릴 듯한 맥없는 목소리가 등 뒤에서 울렸다. 석대원은 천천히 뒤를 돌아보았다. 한숨이 절로 나올 만큼 폭삭 늙은 대머리 노인 하나가 양쪽에 바퀴를 붙인 나무 의자에 앉아 고개를 삐뚜름하게 꺾고 그를 올려다보고 있었다. 나이테 같은 주름살로 빽빽이 뒤덮인 노인의 얼굴은 춥고 지치고 음울해 보였지만, 그를 향한 눈길에서는 일말의 따스한 기운이 배어 나오고 있었다.

석대원은 대머리 노인, 운리학의 무릎을 덮은 잿빛 털가죽 위에 놓인 둥그스름한 광목 꾸러미를 잠시 내려다보다가 이제는 어린 시절 동생들과 함께 터뜨리던 웃음소리만큼이나 익숙해진 무감한 목소리로 대답했다.

"아무것도 아닙니다."

말소리의 일부가 늑대 탈의 주둥이 부분 안쪽을 맴돌며 어눌한 사람의 후음喉音 같은 기이한 울림을 만들고 있었다.

"어찌 아무것도 아닐꼬. 수대를 이어 온 악연의 종착지를 목전에 두었거늘."

운리학의 탄식에는 오랜 세월의 더께가 쌓여 있었지만 미안하게도 석대원은 전혀 공감할 수 없었다. 수대를 이어 온 악연 따위란 노인의 발치에 뒹구는 자갈만큼이나 그와는 무관하게 여겨졌다. 하지만 그는 운리학의 바람대로 비각의 근거지인 이 단천원을, 그로서는 두 번 다시 되새기고 싶지 않은 끔찍한 비극의 무대를 다시 찾아왔다. 그가 구하던 답의 어떤 실마리가 이곳에 있을 거라는 기대는 물론 하지 않았다. 그럼에도 운리학의 말에 순순히 따른 까닭은, 그렇게 함으로써 두 가지 악연을, 운리학이 말한 것과는 전혀 다른 그만의 악연들을 매듭지을 작정에서였다. 하나는 저 커다란 대문 안에 사는 강요당한 적들과의 악연이었고, 또 하나는 당초 그로 하여금 비틀린 운명의 길로 걸어가게끔 만든 장본인들 중 한 사람인 운리학과의 악연이었다. 그러므로 연극 무대에서 뛰쳐나온 듯한 붉은 장포와 붉은 가면을 뒤집어쓰고 이 무의미한 광대놀음에 장단을 맞춰 주는 것도…….

'이번이 마지막이겠지.'

늙은 연출자를 굽어보는 석대원의 눈길 속으로 서늘한 기운이 어렸다. 아마도 연을 끊고 떠나는 그를 막지는 않을 것이다. 이곳에서의 일이 끝난 뒤로는 그럴 명분도, 이유도 없을 테니까.

석대원의 이런 심정을 아는지 모르는지, 운리학은 눈구름이 더욱 어두워지는 서쪽 하늘을 슬쩍 올려다보았다.

"섬서로 간 네 형 걱정은 안 드느냐?"

운리학은 석대원의 대답을 기다리듯 잠시 짬을 두었다가 주름진 미간을 모으며 다시 한 번 근심의 기색을 드러냈다.

"서장과 천산에 녹림까지 손을 잡았으니 필시 쉬운 싸움은 아닐 텐데……."

"형님은 괜찮을 겁니다."

석대원이 말했다. 운리학의 눈길이 늑대 탈 위로 돌아왔다.

"어찌 그리 자신하는 게냐?"

"장성한 뒤로 한 번밖에 만나지 못했지만, 남에게 걱정을 끼칠 만큼 약한 사람이 아니라는 것을 알기에는 부족하지 않았습니다.”

군조를 막기 위해 강동에 갔을 당시 석대원은 형 석대문에게서 반석처럼 흔들림 없는 '중심'을 보았다. 중심이 잘 잡힌 배는 여간해서는 가라앉지 않는 법. 비각의 지원군을 끊기 위해 섬서로 간 사람들은 모든 것의 중심이 되는 석대문으로 인해 더욱 강해지고 더욱 굳건해질 것이다.

그때 윤리학이 앉은 바퀴 달린 의자 부근에서 서성거리던 폐의 청년이 두 사람의 대화에 끼어들었다.

“회주님이 대단하시다는 점은 인정하지만, 그렇다고 우리 사부님을 빼놓으시면 안 되네요.”

윤리학이 무슨 부당한 일이라도 당한 사람처럼 가뜩이나 큰 콧구멍을 더욱 벌름거리는 폐의 청년에게 고개를 끄덕였다.

“개방 방주도 물론 대단한 사람이지. 그래, 그런 사람들이 한마음으로 힘을 합쳤으니 곤란은 있을지언정 낭패를 보는 일은 없을 것 같구먼.”

'우리 사부님' 얘기는 끼어들 핑곗거리에 지나지 않았던 모양이었다. 폐의 청년, 개방의 후계자인 황우는 대화가 두 사람 위주로 돌아가기 전에 얼른 석대원을 돌아보며 말했다.

“묻고 싶은 것이 두 가지 있네요. 한 가지는 사적인 것이고, 한 가지는 공적인 것이네요.”

석대원의 시선이 황우를 향했다. 칠 척 장신에 으스스한 늑대 탈까지 뒤집어쓴 그가 이리 마주 보면 켕기는 마음이 들 법도 하건만, 개방의 후계자에게는 과연 담대한 면이 있었다. 황우는 조금도 주눅 들지 않고 하고 싶은 말을 꺼냈다.

“우선, 지난 동짓날에 옥천관에서 그 많은 사람들을 죽인 것이 지금 여기 오신 분들의 짓이 맞는지 궁금하네요."

황우의 질문에 대답해 준 사람은 석대원이 아니라 운리학이 앉은 바퀴 의자를 밀고 있던 중늙은이였다.

"맞네."

다부진 체격과 오래된 가죽처럼 거칠고 잔주름 낀 얼굴을 가진 그 사람은 시장에서 고약을 팔다가 올 초 혈랑곡에 합류한 금철하후가金鐵夏候家의 후예 하후봉도였다.

황우가 소의 것을 닮은 눈알을 뒤룩뒤룩 굴리다가 말했다.

"이곳에 온 삼십 명 남짓한 인원으로 오백 명이 넘는 사람들을, 그것도 내로라하는 백도의 강호인들을 죽이는 게 어떻게 가능한지 모르겠네요."

하후봉도가 고개를 저었다.

"옥천관으로 들어갈 당시 우리는 곡주님을 포함, 오십 명이었네."

"그럼……."

"우리 측에서도 스물에 가까운 형제들이 죽거나 몸을 움직이지 못할 중상을 입었다는 뜻이지. 그리고 그날 우리가 죽인 자들의 수는 오백이 아니라 삼백 조금 넘는 정도에 불과하다네. 본래 관문을 지키던 수비병들을 포함해 많은 자들이 달아났지. 그들이 두렵고 부끄러운 마음에 수를 부풀리는 바람에 옥천혈효니, 일 검에 오백 명이 죽어 나갔느니 하는 말도 안 되는 소문이 나돌게 된 걸세."

혈랑곡주가 휘두른 일 검에 옥천관의 새벽이 피로 물들었다는 옥천혈효에 관한 소문은 석대원도 들은 바 있었다. 소문 속에 등장하는 혈랑곡주는 피에 굶주린 악마인 동시에 천하제일검이기도 했다.

'하긴 그 노도사도 그렇게 말했었지.'

―무당의 현학이 천하제일검을 시험해 보리다.

오 척을 조금 넘는 볼품없는 체구와 원숭이를 닮은 오종종한 얼굴을 가진 늙은 도사가 석대원의 앞길을 가로막은 것은 그가 첫 번째 제물의 목을, 황상의 위엄이니 정난칙사의 권한이니 가소로운 소리를 늘어놓으며 한껏 거들먹거리던 흑포 관원의 목을 가차 없는 일 검으로 날려 버린 직후였다.

무당파 장문진인의 검법은 '인상적'이었다. 석대원은 사천의 적심관에서 수련하던 시절 무당검법을 비롯한 천하의 몇 가지 이름난 검법들에 대한 평가를 증조부에게서 들은 적이 있었다. 도도하고 끊임이 없다. 이것이 무당검법에 대한 증조부의 촌평이었다. 과연 옥천관에서 몸소 겪어 본 무당검법은, 도도하고 끊임없는 태극의 현기가 깊게 밴 그것은 석대원에게 범제 대사의 소림 공부로부터 받은 것에 버금가는 감흥을 주었다. 덕분에 석대원은 무문관을 나온 이후 처음으로, 비록 짧은 시간에 불과했지만, 검객으로 돌아간 듯한 기분을 맛볼 수 있었다. 그래서 그에 대한 보답으로 상대의 뜻에 부응해 주었다. 혈랑검법과 연가비검, 거기에 바즈라―우파야의 공능이 실린 벼락의 검까지 불러냄으로써 무당파 장문진인이 시험하고자 한 천하제일검의 경지를 여실히 보여 준 것이다.

―이건 대체……. 허허.

십 초의 '시범'이 모두 끝나고, 왼팔은 잘려 나가고 오른팔은 벼락에 타 붙어 사라진 상태에서, 심동공허의 구부러진 공간 너머로 환상처럼 튀어나온 붉은 검을 바라보며 현학은 어처구니없다는 듯이 웃었다. 스스로가 걸어온 길을 풍자하는 듯한 그 허망한 웃음은 몸통에서 떨어진 자그마한 머리통이 차가운 돌바닥에 떨어지는 순간까지도 사라지지 않았다. 그날 새벽 옥천관에서 석대원에 의해 행해진 살인은 그것 말고도 무수히 많았지만, 공허해진 머릿속에 최소한의 의미라도 부여받아 기억의 형태로 남겨진 것은 그 정도에 불과했다.

"두 번째로 묻고 싶은 건 공적인 일인데, 음, 제가 이곳에 온 이유이기도 하네요."

잠시의 회상을 밀어내며 의식 속으로 파고든 황우의 목소리에 석대원이 외면했던 시선을 그에게 주었다.

"사부님께서 석 소협께 물건은 언제 돌려줄 생각인지 여쭤보라고 하셨네요."

"물건?"

"소림에서 받아 가신 철포 말이네요. 음, 누르스름한 색깔에, 사부님이 여기다 두르고 다니시던."

황우는 허리띠를 대신해 동이고 있던 새끼줄에 양손 엄지를 끼우더니 두어 번 당겨 보았다.

'그 물건 얘기였군.'

개방 방주가 알면 화를 낼지도 모르는 일이지만, 석대원은 무문관에서 나온 그날 이후 개방 방주에게서 받은 철포에 대해서는 한 번도 생각해 본 적이 없었다. 그날 무문관 밖에서 그를 기다리고 있던 매불 대사는 그에게 '한 가지 약속을 얻어야 하고 한 가지 짐을 내려놓아야 하고 한 가지 악연을 풀어야 한다'고 말했었다. 그중 한 가지 약속에 해당하는 것이 바로 개방 방주에게서 받아 한로에게 보관시킨 문제의 철포였던 것이다.

앞날을 예견할 줄 아는 그 기인은 대체 무엇을 보고서 거지의 허리띠를 석대원에게 가져가라 한 것일까?

문득 매불 대사가 개방 방주에게 한 말이 떠올랐다.

─이번 추위가 풀리기 전, 저 시주에게는 방주의 도움을 필요로 하는 일이 반드시 생기게 될 걸세. 그때 귀찮다 말고 도움을 주시게나.

동지를 훌쩍 넘긴 겨울은 이미 깊어져 있었고, 매불 대사가 말한 시한은 그리 오래 남지 않았다. 그러나 개방으로부터 도움을 받아야 할 일에 대한 조짐은 여전히 찾아볼 수 없었다. 인연을 맺기보다는 끊는 쪽에 더 무게를 두어야 하는 앞으로도 그러하리라.

석대원은 잠시 생각하다가 황우에게 말했다.

"이곳에서의 일이 끝나는 대로 돌려주겠소."

황우의 얼굴에 반색이 떠올랐다.

"잘됐네요. 사부님께서 무척 기뻐하시겠네요."

그때 정면에 서 있던 단천원의 대문 안쪽에서 무거운 나무가 끌리는 둔탁한 소리가 울렸다. 누군가 빗장을 푸는 듯. 그러더니 잠시 후 사두마차가 지나갈 수 있을 만큼 커다란 대문이 양쪽으로 활짝 열리고, 팔다리가 유난히 긴 노인이 말상의 얼굴을 드러냈다. 혈랑곡에서 전령의 임무를 맡고 있는 양각천마 최당이었다.

경공의 대가답게 대문 너머에서 훌쩍 몸을 날려 사람들 앞에 가볍게 내려서는 최당에게 석대원이 물었다.

"어찌 되었소?"

막내아들뻘밖에 되지 않는 주군인데도 최당은 지나치리만큼 깍듯하게 고개를 꺾었다.

　"정문 부근은 대충 정리했습니다만 안쪽 상황까지는 파악하지 못했습니다."

　석대원은 무심히 추궁했다.

　"이유는?"

　"부지가 너무 넓었습니다."

　운리학이 고개를 끄덕였다.

　"일만 오천 평이나 되는 곳이니 그럴 만도 하지."

　석대원은 지난가을 단천원에 잠입했을 때 방향을 제대로 찾지 못해 곤란했던 일을 기억하고 있었다. 북변을 지키는 대규모 군사시설로 축조되어 역사가 사백 년에 이르는 단천원은 그 정도로 광활했다.

　"왕 노인과 수 노인은 무엇을 하고 있소?"

　석대원의 이어진 질문에 최당이 보고했다.

　"왕철창王鐵槍은 노사부님의 지시대로 이비영이라는 자가 기거한다는 동쪽 전각들로 갔습니다. 그리고 고자 놈은 역천뢰가 있는 북쪽 언덕으로 올라갔고요. 아, 한자고는 아이가 역천뢰에 있을 가능성이 있다면서 고자 놈을 따라갔습니다."

　'왕철창'은 취설천월 왕구연, '고자 놈'은 엄공 수여쟁의 별명이었다. 그들은 혈랑곡도들 중에서 가장 무공이 고강한 다섯 사람을 가리키는 오대낭아의 일원이었다. 그리고 한로가 찾으려하는 아이란 물론 서문숭의 손녀 서문관아를 가리켰다.

　건정회가 옥천관에서 괴멸된 뒤 제갈휘가 이끄는 무양문 삼로군은 혹시라도 있을지 모르는 정난칙사의 죽음에 대한 연대책임에서 벗어나기 위해 장강 전선을 정리하고 본거지가 있는 복건으로 귀환했지만, 출정의 가장 큰 원인이었던 서문관아의 신병 확보에는 성공하지 못한 것으로 알려져 있었다. 텅 비어 버린 석대원에게 있어서 서문관아는 세상과 그를 이어 주는 몇 안 되는 소중한 끈 중 하나였다. 석대원은, 만일 서문관아의 납치에 비각의 마수가 작용한 것이 분명하다면, 그래서 그 신병이 비각의 그늘 아래 감춰져 있다면, 오늘 이 단천원에서 아이를 찾게 되리라고 믿었다. 비각을 멸살하려는 운리학의 의도와는 무관하게, 그러한 믿음은 그가 이 비극의 무대에 다시 발을 들이려 마음먹은 중요한 이유 중 하나였다.

석대원이 최당에게 다시 물었다.

"적의 저항은 어떠했소?"

"머릿수는 제법 되었지만 왕철창과 고자 놈을 어찌할 만한 인물은 없었습니다."

석대원은 고개를 끄덕였다. 비각은 소수 정예의 전형이라고 할 만한 집단이었다. 하지만 지난 일 년여 기간 동안 외부에서 모색한 각종 사업의 여파로 그 정예 중에서도 핵심이라고 할 만한 강자들의 반수 이상을 잃고 말았다. 그런 만큼 오대낭아의 두 사람을 곤란하게 만들 인물은 한 손에 꼽을 정도에 불과할 터였다.

하나 썩어도 준치라는 말이 시사하듯 비각을 만만히 봐서는 안 된다. 무력과 계략을 관장하는 일비영과 이비영이 여전히 건재한 이상, 무엇보다도 어둠 속에서 수십 년간 웅크린 채 정계와 강호 양면으로 강력한 영향력을 행사해 온 잠룡야 이악이 숨 쉬고 있는 한은.

"잠룡야는 어디 있는지 파악했소?"

"저, 그게……."

무슨 까닭인지 이번 질문에 대해서만큼은 즉답을 못 하고 머뭇거리던 최당이 석대원이 아닌 운리학을 향해 답을 내놓았다.

"잠룡야는 현재 단천원을 비웠다고 합니다."

가늘고 하얗고 올이 성근 운리학의 눈썹이 살짝 꿈틀거렸다.

"그게 무슨 말인가? 춘절春節(정월 초하루)까지는 이곳에 머무는 것으로 알고 있는데?"

"이틀 전만 해도 이곳에 있었다고 합니다. 한데 북경으로부터 무슨 연락을 받고 팔부중의 수좌와 함께 급히 길을 떠났다고……. 고자 놈이 하급 비영 중 한 명에게서 알아낸 정보입니다."

잠룡야의 부재가 자신의 잘못이 아님에도 최당의 목소리는 점점 기어들어 가고 있었다. 운리학의 바퀴 의자 뒤에 서 있던 하후봉도가 무거운 목소리로 중얼거렸다.

"엄공이 캐냈다면 사실일 겁니다."

석대원은 하후봉도의 말뜻을 곧바로 알아들었다. 엄공 수여쟁은 온갖 종류의 고문과 형벌로 악명을 떨치는 동창 출신이었다. 그의 손에 걸린 이상 끔찍한 고통 속에서 머릿속에 담고 있던 모든 것을 털어놓고 넝마처럼 해진 몰골로 죽어 가는 것은 예정된 수순이나 마찬가지였다.

운리학은 찌푸린 얼굴로 혀를 차다가 허벅지 위에 올려놓은 광목 꾸러미를 내려다보았다. 오랜 준비와 계획과 기다림이 담긴 '비각 멸살'의 꿈을 마침내 실행에 옮기기 위해 강동제일가를 떠난 노인이 가장 먼저 들른 곳은 산동성 제남에 위치한 신무전이었다. 노인은 그곳에서 지난가을 비각의 공작에 의해 목숨을 잃은 아들 운소유의 유골을 수습했다. 저 광목 밑에 감춰진 작은 오지단지 안에는 바로 그 유골이 담겨 있었다.

"호연晧衍이 자리를 비운 점이 아쉽긴 하지만, 그 후손과 이 비영이라는 자가 저 안에 남아 있는 만큼 이 아이에게 체면치레는 할 수 있겠지."

운리학이 아들의 유골이 담긴 광목 꾸러미를 손바닥으로 쓸며 혼잣말처럼 중얼거렸다. 호연은 잠룡야 이악의 자字였다. 이름 대신 자로써 부른다는 것은 그만큼 가까운 사이였다는 뜻. 실제로 석대원의 증조부와 그 의동생인 운리학이 비각의 일비영과 이비영으로 활약하던 시절, 이악은 바로 다음 서열인 삼비영의 자리에 앉아 문무 양면으로 경탄할 만한 비범함을 보이던 두 사람을 앙모하고 시기하고 견제했다고 한다.

운리학이 시선을 들어 석대원을 바라보았다.

"그의 수명이 우리의 예상보다는 조금 긴 것 같구나."

노예에게 계약 기간이 연장되었음을 통보하는 듯한 그 눈빛과 말투가 석대원에게 작은 혐오감을 불러왔다. 어린 시절부터 운리학, 집안의 큰 어른으로 또 스승으로 좋아하고 따르던 노인이었지만, 부친의 거짓 죽음에 대해 책임이 상당 부분 있다는 사실을 알게 된 지금은 많은 것이 바뀔 수밖에 없었다. 인간은 어쩔 수 없이 유한한 존재였고, 그 유한함의 일부인 과거 한 시절의 관계란 아무리 아름다운 기억으로 치장되었다 한들 불변이 아닌 가변적일 것일 수밖에 없었다. 하물며 십이 년 전에 벌어진 그 사건으로 말미암아 유복하던 유년을 박탈당하고 향후의 인생 전체가 완전히 바뀌어 버린 석대원에게는 더욱 그러했다.

"음험함을 좋아하는 자들은 대개 오래 살더군요."

석대원이 음울하게 말했다. 선의善意에 반하는 이 무자비한 역설이 경향을 넘어 규칙처럼 작용하는 세상은, 그러므로 온갖 불행이 곰팡이처럼 들끓을 수밖에 없었다. 그리고 그 역설의 본보기 중 하나인 운리학은 세상에서 짝을 찾아보기 힘든 천재답게 석대원의 말속에 담긴 중의重義를 금방 알아차린 눈치였다.

"아원……."

선명한 빛을 거의 잃고 이제는 돌멩이처럼 잿빛에 가까워진 운리학의 늙은 눈동자가 늑대 탈의 눈구멍을 지나 석대원의 눈동자와 마주쳤다. 그 안에 담긴 애절한 기운은 동정심을 유발하기에 충분했지만, 석대원의 혐오감을 씻어 갈 정도는 아니었다.

석대원이 추궁하듯 물었다.

"제게 하실 말씀이라도 있으신지요?"

운리학은 석대원을 잠시 더 바라보다가 고개를 힘없이 내저었다.

"그랬구나, 역시 그랬어."

목구멍을 긁으며 흘러나온 듯한 그 작은 목소리에는 당연하리라고 믿었던 기대가 무너진 자의 우울한 체념이 담겨 있었다. 석대원은 귀퉁이에 구멍이 나 바람이 갑자기 빠져 버린 주머니처럼 바퀴 의자 위에 어깨를 한껏 쪼그라트리고 앉아 있는 노인을 묵묵히 내려다보았다.

"내가 너에게 무슨 요구를 할 수 있겠느냐? 네가 더 이상 호연을 찾아 나서지 않는다고 해도 너를 탓하지는 않으마."

운리학이 처연한 목소리로 중얼거렸지만 석대원은 개의치 않았다. 오늘이 지나면 운리학에 대한 모든 것에 대해, 심지어 그것이 생사와 관련된 문제라도 일절 개의치 않을 생각이었다. 그는 이미 묘비처럼 차가워져 있었다.

"저는 오늘 이후에 대해 아무 말씀도 드리지 않겠습니다. 다만, 오늘이 지난 뒤 잠룡야를 만나건 만나지 않건 그것은 노사부님의 뜻이 아닌 제 뜻으로 결정될 겁니다."

석대원이 말했다. 그의 목소리를 감싸고 있는 무형의 냉기를 감지한 듯, 황우는 눈을 끔뻑거렸고 하후봉도는 표정을 굳혔다.

"곡주님, 아무리 곡주님이시라도 노사부님께……."

"아닐세."

운리학이 의자 등받이 너머로 오른손을 들어 하후봉도의 뒷말을 막았다.

"네 뜻이라. 그래, 그래야겠지."

석대원을 향해 고개를 주억거린 운리학이 말을 이었다.

"그러나 오늘만큼은 제발 내 뜻에 따라 다오. 형님과 내가 너를 키운 것은 바로 오늘을 위해서였다. 네가 있음으로 형님과 나의 의도가 비로소 완성되는 것이니. 이 순간만을 염원하며 긴 세월을 기다려 온 늙은이를 위해, 아니, 자식의 원수를 갚고자하는 늙은 아비를 위해서라도 오늘만큼은 네 힘을 빌려 다오."

석대원은 말을 이어 가던 중 갑자기 격정에 휩싸인 듯 앙상한 손바닥을 들어 올려 앞으로 내미는 운리학을 잠시 동안 내려다보다가 천천히 대답했다.

"그렇게 하겠습니다."

앉아 있는 초라한 노인과 서 있는 붉은 거한 사이에 불편한 침묵이 내려앉았다. 점점 부풀어 오르고 무거워져서 종래에는 두 사람을 영원히 단절시킬지도 모르는 그 침묵을 깨트린 것은 단천원의 열린 대문 앞에 서서 안쪽의 동정을 살피던 최당의 목소리였다.

"이제 슬슬 들어가 보실 때가 된 것 같습니다."

긴 팔을 흔들어 신호를 보내는 최당을 일별한 석대원이 낮은 심호흡으로 딱딱하게 굳은 어깨를 풀고는, 바퀴 의자 뒤에 버티고 서서 여전히 자신을 노려보고 있는 하후봉도에게 말했다.

"노사부님을 모시고 따라오시오."

하후봉도의 회흑색 눈동자가 잠깐 흔들렸다. 그러나 혈랑의 곡도는 언제 어디서건 혈랑곡주의 명에 따라야 했다. 그것이 바로 혈랑의 율법이었다. 결국 하후봉도는 입술을 꾹 다물고 고개를 무겁게 끄덕였다.

심중의 불경함을 굳이 감추려 하지 않는 수하의 태도에도 석대원은 개의치 않았다.

'결국 한시적인 것. 찰나의 놀음에 불과한 것.'

오늘이 지나면 저들은 새로운 곡주를 구해야 할 터였다. 삼 대 혈랑곡주는 저들 중에서 나올 수도 있고, 석대원이 전혀 짐작조차 못 한 새로운 누군가를 데려올지도 모른다. 뭐, 운 노사부의 신통방통한 수완이야 익히 아는 바니까. 그러나 오불관언吾不關焉, 어떤 방향으로 흘러가든 그와는 이미 무관한 일이리라.

석대원은 대문을 향해 몸을 돌렸다. 그런 다음 조금씩 쌓이기 시작한 함박눈 위에 단호하지만 쓸쓸한 족적을 남기며 그녀의 피로 얼룩진 비극의 무대를 향해 걸음을 내디뎠다.

(2)

어두운 하늘에서 떨어져 내리는 눈송이는 음울해 보였다. 남자가 일신에 걸친 거친 상모와 상복 또한 음울해 보였다. 그러나 그 남자 자체가 풍기는 음울함과 비교하면 그런 것들은 차라리 쾌활해 보일 정도였다.

남자는 눈이 본격적으로 쌓이기 시작한 흙바닥 위에 무릎을 꿇은 채 꼼짝도 않고 앉아 있었다.

야트막한 언덕의 남향진 사면, 맑은 날이면 한겨울이라도 따스한 햇볕을 만날 수 있는 양지바른 위치였다. 이곳에서는 그녀의 옛 거처가 내려다보인다. 아련한 호를 그리며 솟구친 추녀 끝에서도, 흑석을 섞어 알록달록해 보이는 돌담 구석에서도, 남자는 그녀를 보고 그녀의 목소리를 듣고 그녀의 체취를 맡을 수 있다. 그래서 이곳에 그녀를 묻었다. 그녀도 싫어하지는 않으리라 믿으면서.

그녀의 새 거처는 초라했다. 작고 네모난 봉분만 있을 뿐, 그 흔한 묘비조차 세우지 않았다. 그 점에 대해 남자는 아무런 불만도 없었다. 아니, 그녀를 위해 번듯한 묘를 잡으려 한 부친의 의사를 꺾은 것은 바로 남자였다.

왕후장상의 번쩍거리는 능묘를 건설한들 무슨 소용이 있으랴, 그녀는 이미 세상에 없는 것을.

그녀가 없는 이상 모든 장치며 의식 따위는 허례, 아무리 보기 좋아도 결국에는 이 봉분 주위에 어지러이 널린 채 박빙처럼 얼어붙어 가는 지전紙錢 나부랭이들처럼 쓰레기에 불과했다. 남자는 쓰레기로 그녀를 기리고 싶지 않았다. 차라리 그녀와 가장 가까운 곳에서, 오동나무로 짠 널과 서너 자 남짓한 흙덩이만을 사이에 두고, 그녀를 느끼는 편이 나았다.

남자가 등지고 앉은 사면 아래쪽에는 움막이 한 채 서 있었다. 사람의 허리 높이밖에 되지 않는, 지붕 대신 더러운 범포와 털가죽을 얹은 움막이었다. 그녀를 이곳에 묻은 뒤 남자는 삶—남자 스스로는 '삶'이라고 여기지 않았지만—을 유지하는 데 필요한 모든 행위를 그 움막에서 해결했다. 언덕 아래 그녀의 옛 거처를 지키는 그녀의 작은 시비 아이가 때마다 간단한 음식을 올려다 주지 않았다면 남자는 이 무덤 앞에서 갈대처럼 말라 죽었을지도 모른다. 물론 그 음식들 대부분은 차갑게 식은 채 다시 아래로 내려가야 했지만.

문득 등 뒤 언덕 아래로부터 발소리가 타닥타닥 들려왔다. 남자는 눈이 쌓여 미끄러워진 사면을 어렵사리 딛고 올라오는 그 발소리가 시비 아이의 것임을 알고 있었다. 다만 여느 때와는 달리 빠르고 다급한 박자로 들려온다는 점이 조금 이상했다. 그리고 보니 아직 저녁때도 아니건만.

"소야少爺!"

저것도 이상했다. 남자는 언덕 위의 움막을 거처로 삼은 이래로 단 한 번도 말문을 연 적이 없었다. 몇 차례 대답 없는 부름이 있고 난 뒤, 시비 아이는 남자에게 말 붙이기를 단념했다. 가져온 음식을 움막 안에 들여놓고 조심히 몸을 물려 언덕을 내려가는 것이 하루 두 차례 치르는 시비 아이의 일상이었던 것이다.

모든 일탈에는 이유가 있을 터. 그러나 그 이유가 무엇이든 그녀와 더불어 저 흙 속에서 묻혀 버린 남자의 마음을 움직이지는 못할 터였다. 그 점을 입증하듯 남자는 가늘게 뜨고 있던 눈을 지그시 감았다. 세상에서 벌어진 작은 동요로부터 스스로를 고립시켰다.

"변고가 일어났습니다……."

등 바로 뒤까지 다가온 시비 아이의 숨 가쁜 말소리가, 장원에 도적이 쳐들어와 방어선이 뚫리고 많은 사람들이 죽거나 다쳤다는 급보가 이명처럼 남자의 귓속에서 윙윙거렸다. 그리고 보니 어디선가 쇠붙이끼리 부딪치는 소리를 들은 것 같기도 했다. 어쩌면 비명 소리도 들었을지도. 그러나 남자는 여전히 부동하기만 했다. 책임이란 산 사람이 짊어져야 할 몫. 남자는 그녀가 죽은 순간 자신도 함께 죽었다고 믿었고, 그러므로 어떠한 책임도 남자에게는 동인動因이 되지 못했다.

"……여기는 위험합니다. 어서 피하세요!"

'피하라니, 어이없는 소리를 하는군.'

남자는 그렇게 생각했다. 살아 있지도 않은 자에게 안위가 무슨 소용일까. 생사는 이미 남자의 관심사가 아니었다. 만일 죽음이 눈처럼 내린다면, 남자는 그 눈을 올려다보며 허허롭게 웃을 수 있을 것 같았다.

그때 시비 아이가 내는 것과는 다른 종류의 소리가 남자의 고막으로 흘러들어 왔다.

사사사사─.

눈 쌓인 언덕을 스치듯 찍으며 빠르게 가까워 오는 발소리. 가볍고 날렵하지만 목표를 향해 질주를 시작한 맹수의 것처럼 공격적인 심리 상태가 그대로 배어 나오는 위험한 발소리였다.

'고수?'

눈가루가 허옇게 들러붙은 남자의 눈썹이 그의 마음과는 무관하게, 오로지 이날 이때까지 쌓아 온 무인의 발달된 감각에 의해, 작게 꿈틀거렸다.

"소야, 제발…… 꺅!"

석상처럼 미동조차 하지 않는 상전을 향해 다시 한 번 간원을 올리던 산산은 뒷전에서 들려온 파라락, 하는 천 날리는 소리에 흠칫 고개를 돌렸다가 소스라치는 비명을 터뜨렸다. 언덕 아래 쪽으로부터 날아오른 커다랗고 시뻘건 인영 하나가 박쥐처럼 두 팔을 활짝 펼친 채 그녀를 덮쳐 오고 있었다. 무공이라고는 아씨가 심심파적으로 가르쳐 준 서고 걷고 뛰고 숨 쉬는 법밖에는 알지 못하는 산산은 위험에 노출된 새끼 고슴도치처럼 본능적으로 몸을 움츠릴 수밖에 없었다.

짜작!

얼굴을 양어깨 사이에 한껏 파묻었음에도 대뜸 날아든 두 대의 매서운 따귀가 산산을 어찔하게 만들었다. 연이어 다가온 쇠갈퀴처럼 억센 손아귀가 그녀의 야들야들한 손목을 붙잡아 위로 확 낚아챘을 때, 그녀의 정신은 몸통으로부터 분리되어 저위 허공을 부유하고 있었다.

산산의 정신을 다시 몸통으로 끌어 내린 것은 얼굴 바로 앞에서 울린, 쇠꼬챙이로 대리석 판을 긁는 듯한 소름 끼치는 목소리였다.

"예쁜 아이네, 우리 언니처럼."

산산은 그제야 자신이 코피를 줄줄 흘리고 있다는 것을 깨달았다. 그녀는 정신을 차리고 앞을 바라보았다. 축 늘어진 눈까풀에 반쯤 가려진 회색 눈동자가 그녀의 얼굴을 찌를 듯이 노려보고 있었다. 핏물을 칠한 듯한 붉은 장포 차림에 저승꽃이 점점이 박힌 주름살투성이 얼굴을 가진 노파였다.

노파가 시체의 것 같은 검보라색 입술을 산산의 볼에 갖다 붙였다. 잿물에 오랫동안 담갔다가 건져 낸 가죽처럼 축축하고 부드러운 느낌. 이어 시큼하고 퀴퀴한 입 냄새가 훅 밀려들었다.

"나이도 비슷해. 하지만 우리 언니는 물에 빠져 죽었지. 너희들이 그랬어."

염불처럼, 혹은 주문처럼 억양도 없고 음색도 없었다. 그래서 더욱 무서웠다. 산산은 덜덜 떨리는 입술을 가까스로 벌렸다.

"전…… 저는 아, 아무 짓도 안 했어요."

"거짓말. 바로 너희들이었어. 비각. 날 속이지는 못해. 너희들이 언니를 회수淮水에 던질 때 나도 그 자리에 있었거든. 난다 알아. 주체朱棣(영락제)가 시킨 거야. 아빠 엄마 오빠들을 비롯해 우리 살붙이들을 모두 죽인 것도 모자라 어린 우리까지 찾아내 죽이라고. 하지만 주체도 죽었지. 전쟁 나갔다가 병들어서 죽었대. 그래서 난 울었어. 내가 죽였어야 했는데.”

노파의 말은 논리가 없고 앞뒤도 안 맞아서 꼭 정신 나간 사람의 넋두리처럼 들렸고, 실제로 그럴지도 몰랐다. 다만 산산이 알 수 있는 유일한 사실은, 저 노파는 사람을 죽이고도 눈 하나 깜짝하지 않을 무서운 살인자라는 자라는 점이었다. 그 증거로 산산이 지금 맡고 있는 구역질 나는 피비린내의 근원은 그녀가 흘린 코피만이 아니었다.

이곳까지 오는 동안 대체 몇 사람이나 죽인 것일까?

붉은 색깔로 인해 눈에 잘 띄지는 않지만, 노파가 걸친 푸한 장포는 더 칙칙한 빛깔의 얼룩들로 물들어 있었다.

그러는 동안에도 노파의 말은 이어지고 있었다.

“그런데 너는 살았네? 왜지? 언니는 죽었는데. 물에 빠져서, 몸이 퉁퉁 불어 잉어에게 뜯어 먹혔는데.”

산산은 훌쩍거리며 노파에게 빌었다.

“살려 주세요. 제발 살려 주세요.”

“살려 달라고? 언니는 누가 살려 줬지? 아니, 아무도 살려 주지 않았어. 언니를 물속에 던져 놓고 언니가 허우적거리는 모습을 낄낄거리며 바라보기만 했잖아. 그래서 언니는 죽었지. 물에 빠져 죽었다고 얘기했었나? 퉁퉁 불어서. 못된 물고기들에게 여기저기를 막 뜯어 먹히고. 혈랑곡주님이 아니었다면 나도 그렇게 죽었을 거야. 그러니까 너도 죽어야 해. 강물, 아, 강물이 없는 게 아쉽군. 잉어가 여기도 있어야 하는데.”

노파의 앙상한 오른팔이 헐렁한 장포 소매를 아래로 주르륵 흘려 내리며 번쩍 치켜 올라갔다. 불에 그슬린 것처럼 시커먼 손가락들이 달린 저 손이 아래로 떨어지면 무슨 일이 벌어질지 산산도 모르지는 않았다. 그러나 어린 시비가 강호의 고수이자 무서운 살인자 앞에서 스스로를 지키기 위해 할 수 있는 일은 그리 많지 않았다. 그녀는 두 눈을 질끈 감고 한 자 위에서 떨어져 내릴 죽음을 기다렸다.

그런데…….

시간이 조금—그러나 위로 쳐들린 노파의 오른손이 떨어지기에는 충분할 만큼— 지났지만, 아무 일도 일어나지 않았다. 아니, 변한 것이 있기는 했다. 팍, 하는 작은 소리와 '이히익–' 하는 괴상한 웃음소리가 울린 다음, 노파의 왼손에 우악스럽게 틀어잡혔던 손목이 어느 틈엔가 자유로워져 있었던 것이다.

산산은 감았던 눈을 조심스럽게 떠 보았다. 그렇게 뜨인 실눈은 이내 토끼 눈처럼 동그래지고, 그녀는 왁 울음을 터뜨리며 자신의 앞을 가로막고 선 남자의 등을 와락 끌어안았다.

"소야!"

오랫동안 씻지 않은 몸에서 나는 악취가 코를 찔렀지만 산산은 그 사실을 알아차리지도 못했다.

상모와 상복 차림의 남자, 단천원의 작은 주인이자 비각의 사비영인 이군영은 열댓 자 떨어진 곳으로 물러서서 주름투성이 얼굴을 더욱 우그러뜨리고 있는 혈포 노파를 바라보았다. 이윽고 허옇게 갈라진 그의 입술이 석 달 만에 열리며 잔뜩 가라앉은 목소리가 흘러나왔다.

"방금 혈랑곡주라 했소?"

산산의 작은 머리통을 노리던 노파의 거무튀튀한 오른손 손가락들은 지금 이 순간 누른 물을 입힌 종이 한 장을 구겨 쥐고 있었다. 가장자리에 눈과 얼음 가루가 붙어 있는 그것은 그녀의 무덤 주위에 널려 있던 지전들 중 하나였다. 이군영은 노파를 산산에게서 물러나게 만든 저 지전 말고도 몇 장의 지전들을 오른손에 포개 쥐고 있었다.

"전대 곡주님이시지. 그분이 나를 구해 주셨다. 주체가 결판 내려고 한 정학正學의 대를 남겨 붙여 주셨지."

노파가 오른손에 쥔 구겨진 지전을 팽개치며 말했다.

"정학이라……."

이군영은 그 단어를 작게 뇌까려 보았다. 정학은 영락제가 어린 조카를 폐하고 황위에 오른 '정난의 치' 이전까지 제국에서 가장 유명하고 가장 덕망 높던 유학자의 호였다.

"혼군昏君을 따르다 십족十族이 구몰당한 방효유方孝孺의 후손 이로군."

"그렇다! 그분이 바로 내 선친이시다!"

기세 좋게 소리를 지른 노파가 갑자기 눈을 요사하게 빛내더니 이군영에게 물었다.

"그런데 소야라고? 그렇다면 네놈은 야율가耶律哥냐?"

"내 이름은 이군영이오."

"이군영, 맞아, 그랬지. 네 할아비는 황제가 내린 성에 감격한 나머지 조상으로부터 물려받은 성을 냉큼 갈아치운 대단한 충신이었어."

노파의 말처럼, 이군영의 조부 이악은 증조부께서 쓰시던 '야율'이라는 이족의 성을 버리고 태조가 하사한 '이'라는 성을 받아들여 새로운 가문을 열었다. 야율가가 이가가 된 것은 불과 두 세대 전의 일이었던 것이다.

"본 각에 보관된 공식 문서에는 남경에서 달아난 방효유의 두 딸이 회하에서 익사했다고 되어 있소. 한데 지금 당신을 보니 그 문서에 오류가 있었던 모양이구려."

"물로 던진 건 둘이었지만 물에서 건진 건 하나뿐이었지. 다른 하나는 곡주님이 몰래 건지셨거든. 너희들은 나를 건지기 위해 회수를 헤매다가 결국 포기하고 근동 강촌에서 나와 비슷한 계집애 하나를 납치해 목을 잘랐지. 그러니까 우리 언니는 얼굴 한 번 못 본 촌 계집애와 함께 조그만 상자에 담겨 남경으로 들어갔던 거야. 웃기지 않아? 체면을 구긴다며 아랫것들하고는 말도 섞으려 하지 않던 언닌데 말이야."

"당신의 일족이 그리된 것은 황상의 노여움을 샀기 때문이오. 그리고 당신의 언니를 죽인 것은 무도하고 난폭한 병사들이지 본 각이 아니오."

이군영의 말에 노파가 쇳소리를 닮은 괴소를 울렸다.

"이히히히! 잘생긴 바보로군. 언니하고 딱 맞겠어. 남경이 함락될 때까지 어린 황제를 모시면서 떵떵거리던 비각이 어떻게 그리 쉽게 주군을 바꿔 주체의 밑으로 들어가게 되었는지 이상하지 않아?"

대답을 기대한 것은 아닌 듯 노파는 곧바로 말을 이었다.

"너희들은 어린 황제를 배신했어. 사람들은 남경성의 성문을 열고 주체를 맞아들인 자들이 환관들이라고 알고 있지만, 그 배후에 네 할아비가 있었다는 사실은 전혀 알지 못하지. 우리 아빠의 경우도 마찬가지야. 본래 주체는 우리 아빠를 죽이려고 하지 않았어. 아, 훌륭하신 아빠! 선비들은 언제나 아빠를 존경했고, 아빠의 제자가 되길 원했지. 그런 아빠를 죽여서 전국의 선비들과 척질 이유가 어디 있었겠어? 하지만 네 할아비에게는, 히힛! 조상에게 물려받은 성도 마음대로 바꾸는 호래자식답게 네 할아비에게는 다른 꿍꿍이가 있었던 거야. 태조 말기부터 점차 세력을 다져 가는 유림에 위기감을 느끼던 네 할아비는 당시에 벌어진 혼란을 기화로 삼아 유림의 힘을 빼 놓을 작정이었지. 그래서 주체를 부추겨 아빠로 하여금 어린 황제를 혼군으로 탄핵하는 글을 짓도록 한 거야. 흥, 우리 아빠가 어떤 사람인데 그런 비열한 짓을 하겠어. 아빠는 '연적찬위燕賊簒位(연나라 도적이 황위를 찬탈했다는 뜻으로, 당시 주체는 연왕이었다)'라는 네 글자로 답했지. 그래서 아빠는 잔인하게 죽임을 당하고 우리 일족, 아니 십족도 풍비박산 난 거야. 이제 알겠니?"

이악은 정치적인 계산에 밝은 사람이었다. 승패의 냄새를 발빠르게 맡아 언제나 이기는 쪽에 투자를 하고, 악재를 호재로 바꿔 자신의 입지를 다지는 데 탁월한 능력을 가지고 있었다. 그러므로 이군영은 노파의 저 장황하고 어수선한 말이 사실에 가까울 것이라고 판단했다. 그러나…….

'그래서 나는 저 노파의 말에 동요하고 있는가?'

석 달 전이라면 뜻하지 않게 알게 된 조부의 치부에 아마 당혹했을 것이고, 약간이라도 가책 비슷한 감정을 느꼈을지 모른다. 하지만 지금은 아니었다. 죽은 마음은 흔들리지 않는다. 오직 지겹고 번거로울 뿐이었다.

그러는 동안에도 노파의 말은 이어지고 있었다.

"언니는 얄미운 새침데기가 분명하지만, 죽었다고 생각하니까 너무 보고 싶더라고. 그러자 난 화가 났어. 아무 일도 안 하고 가만히 있어도 계속, 점점 더 화가 났지. 그래서 이름도 방발분方發憤으로 바꾼 거야."

'발분'이라면 가히 한으로 점철된 이름이라고 할 수 있었다. 말을 멈춘 노파가 광기가 눈물처럼 번들거리는 눈으로 이군영의 얼굴을 빤히 쳐다보다가 톱니처럼 듬성듬성한 이빨을 드러내며 웃었다.

"그런데 오늘은 기뻐. 아빠와 엄마, 오빠들과 언니의 복수를 할 수 있게 되었거든."

복수.

그 단어가 이군영의 죽은 마음 위에 하나의 절대적인 목표를 부여했다. 지겹고 번거로움을 감내하며 저 노파와 상대하고 있던 이유가 비로소 떠오른 것이다.

"이 대 혈랑곡주도 이곳에 왔소?"

이군영이 방발분에게 물었다. 방발분이 까마귀처럼 웃었다.

"암, 오셨지. 혈랑이 오랜 꿈을 달성하는 이 자리에 곡주님이 빠지시면 쓰나. 지금쯤 운 노선생과 함께 네 아비와 이비영이란 놈을 잡아 죽이러 가셨을걸."

"그렇군."

그자가 왔다.

그것을 확인한 이상 더 이상의 대화는 불필요했다. 이군영은 등 뒤에 매미처럼 달라붙어 있는 그녀의 시비 아이를 슬쩍 돌아보았다.

"산산, 언덕을 넘어 개울을 건너면 쪽문이 나온다는 것을 알고 있지?"

산산이 병든 병아리처럼 바들바들 떨던 턱을 아래위로 열심히 끄덕였다.

"그리로 나가 태원 성내로 피해 있거라. 음, 약선생은 자상한 어른이니 그분의 의방에 가 있으면 되겠구나. 이 장원에서의 일이 끝났다는 소식을 듣기 전에는 돌아오면 안 된다."

"하, 하지만……."

"명령이다."

이군영은 산산에게 이제껏 단 한 번도 드러낸 적이 없는 차가운 목소리로 말했다.

산산이 뼈마디가 하얗게 변하도록 힘껏 그러쥐고 있던 상복의 등 자락을 놓고 주춤주춤 뒤로 물러났다.

"다시 이 장원에 돌아왔을 때……."

이군영은 말을 멈췄다. 돌아왔을 때 혹시 내게 무슨 일이 벌어져 있거든 그녀의 곁에 묻어 달라는 말을 꺼낼 작정이었다. 하지만 그는 작은 고소로 그 말을 삼켰다.

'무의미한 짓.'

다 부질없었다, 점점 짙어지는 저 눈발만큼이나.

"……아씨를 부탁하마."

이 말을 끝으로 이군영은 고개를 돌렸다. 산산이 언덕을 달려 올라가는 것을 굳이 확인할 필요는 없었다. 책임감이 강하고 충성스러운 아이인 만큼 자신이 할 일은 알아서 해내리라 믿었다.

산산이 충분히 멀어졌다 여긴 즈음, 이군영은 오른손에 쥐고 있던 지전 뭉치를 방발분을 향해 내밀었다. 그의 공력을 받아 빳빳하게 곤두선 지전들이 부챗살처럼 펼쳐지며 자르륵, 하는 경쾌한 소리를 울렸다. 움막 구석에 고이 개켜진 그의 의복—상복으로 갈아입으며 아무렇게나 던져 놓은 것을 산산이 정성 들여 개어 놓았다— 위에는 그가 언제나 지니고 다니던 옥선玉扇이 놓여 있었지만, 허리 꼬부라진 노파를 상대하는 데에는 이 지전 부채만으로 족했다.

이군영이 방발분에게 말했다.

"당신은 지금부터 당신의 복수를 행하시오. 그러지 않으면 내가 혈랑곡주를 만나는 것을 막지 못할 것이오."

(3)

쿵.

소리가 들렸다. 역천뢰의 옥방에 깔린 짚자리 위에 새우처럼 웅크린 채 선잠에 빠져 있던 귀문도 우낙은 덮고 있던 털가죽을 젖히며 상체를 부스스 쳐들었다.

쿵. 쿵. 쿵.

비슷한 소리가 몇 차례 더 울리더니 이윽고 크고 무거운 물체, 가령 두꺼운 철문 같은 물체가 돌바닥 위에 떨어지는 굉음이 화강암 동혈을 따라 둔중하게 울려왔다.

콰—앙!

화들짝 놀란 우낙은 가슴 어름에 걸려 있던 털가죽을 홱 젖히며 몸을 일으켰다. 그는 마지막으로 울린 것이 무슨 소리인지 알고 있었다. 그가 한 달간 갇혀 있어야 하는 옥방은 역천뢰의 정문과 그리 멀지 않은 곳에 위치해 있었다. 그러므로 저 소리는…….

'누군가 정문으로 들어온 거야, 그것도 강제로. 하지만 누가 감히?'

역천뢰는 단천원 내에서도 세 손가락 안에 꼽히는 중지였고, 칠비영 패륵이 관장하는 집법사령들에 의해 하루 열두 시진 내내 철통같이 경비되었다. 그들의 매서운 눈을 피해 정문으로 몰래 출입하는 것은 불가능한 일. 그래서 청강마조 두전이란 놈 또한 두더지처럼 땅굴을 파야 하지 않았던가.

한데 누군가 역천뢰의 정문을 뚫었다, 화강암으로 이루어진 바위벽에 단단하게 고정된 육중한 철문을 통째로 넘어뜨리면서. 감히 그럴 수 있는 대단한 인물이 누구인지 우낙은 짐작조차 할 수 없었다.

우낙이 갇힌 옥방 문 바깥쪽이 부쩍 소란스러워졌다.

"무슨 일이냐!"

"정문 쪽이다! 침입자다!"

안쪽에서 머물던 간수들이 입구를 향해 우르르 몰려가는 소리가 들리더니, 불길하고 처절한 비명들이 마치 누가 되받아치기라도 하듯 입구 쪽으로부터 터져 나왔다.

"컥!"

"으악!"

침입자의 기세는 불가항력적이라고 할 만큼 거침이 없었고, 단단히 작심한 듯 단호하기 그지없었다. 집법사령들과 간수들로 급조된 방어막이 차례차례 뚫리는 복잡한 소음들이 우낙이 갇힌 감방을 향해 놀라운 속도로 가까워지고 있었다.

소음과 소음의 사이에서 카랑카랑한 목소리가 울렸다.

"아이는 어디 있느냐?"

"아, 아이? 무슨…… 끅!"

상처 입은 동물의 것처럼 헐떡거리던 대답은 곧 답답한 비명으로 사그라들었다.

잠시 후 카랑카랑한 목소리가 다시 울렸다.

"아이는 어디 있느냐?"

이전과 같은 질문. 질문을 받는 대상은 이미 바뀌어 있었지만 마무리는 이전과 비슷했다.

"이 역천뢰에 아이 따위는 없…… 흐억!"

카랑카랑한 목소리의 주인에게는 한 점의 자비심도 없는 것이 분명했다. 우낙은 기대했던 대답이 나오지 않을 때마다 하나의 목숨이 사라지고 있음을 알게 되었다. 상황은 심각했다. 더욱 심각한 점은, 그러는 와중에도 목소리들이 우낙이 갇힌 옥방

쪽으로 점차 다가오고 있다는 사실이었다.

'큰일이구나.'

우낙은 주위를 급히 둘러보았지만, 돌바닥에 깔린 마른 지푸라기와 덮고 누우면 목 위와 종아리 아래가 그대로 드러나는 털가죽 한 장이 전부인 옥방 안에서 일신을 숨길 만한 신통한 방법 따위가 생겨날 리 없었다. 결국 그가 할 수 있는 일이라고는 돌문 맞은편 벽에 걸린 유등을 훅 불어서 끄고 부리나케 몸을 날려 돌문 옆의 벽 가에 바짝 붙어 서는 것뿐이었다.

끽─.

돌문 상단에 설치된, 손바닥 두 개를 포개 놓은 것만 한 무쇠창이 열렸다. 여느 때라면 음식 그릇이 출입하는 그 창이 열리기를 몹시 바랐겠지만, 지금은 아니었다. 우낙은 가자미처럼 납작하지 못한 자신의 몸뚱이를 원망하며 어깨를 아래턱 양 끝에 끌어다 붙인 채 숨을 죽였다.

"비었군."

카랑카랑한 목소리가 열린 창을 통해 흘러들어 오고.

"흥, 생각보다 규율을 잘 지키는 놈들인가 보지."

그것과는 조금 다른 느낌을 주는, 마치 변성기 직전의 소년에게서 나온 것 같은 새된 목소리가 그 뒤를 따랐다.

'제발⋯⋯.'

우낙은 간절히 기도했다. 그러나 그의 기도는 이루어지지 않았다. 그의 가장 큰 불운은, 앞서 죽어 나간 간수들 가운데 옥방의 열쇠를 가진 자가 끼어 있었다는 점이었다.

딸깍.

옥방의 돌문에 걸린 자물쇠가 강철로 만들어진 아귀를 풀었다. 그 작은 쇳소리가 우낙의 머릿속에서 천둥처럼 울렸다.

그는 입술을 잘근거리며 바라고 또 바랐다.

'그냥 가! 가 버리란 말이야!'

그러나 아무리 간절히 바라도 일단 궤도에 오른 불운한 흐름은 바뀌지 않았다.

돌덩이가 바닥에 끌리는 불길한 소음과 함께 돌문이 밖으로 열렸다. 이어 옥방 안으로 삐죽 들이밀어진 위쪽을 향해 사납게 찢어진 한 쌍의 차가운 뱀눈을 마주한 순간, 우낙은 자신도 모르게 밭은 숨을 토해 놓고 말았다.

옥방 안으로 고개를 들이민 뱀눈의 늙은이는, 작년에 사천에서도 만난 바 있고 얼마 전 태행삼신을 인솔하고 지나던 호북의 얼어붙은 평원에서도 만난 바 있는 이 대 혈랑곡주의 노복은, 돌문 옆 벽에 바짝 달라붙어 있는 우낙을 얼른 알아보지 못한 눈치였다. 유등이 꺼지며 옥방 안에 짙게 드린 어둠도 그 일에 일조했을지도 모른다. 그러나 바깥쪽 통로에는 여러 개의 유등들이 있었고, 그것들로부터 뿜어 나온 노란 빛은 열린 돌문을 통해 옥방 안으로 잔인하게, 가차 없이 스며 들어왔다.

약간의 시간이 소요되긴 했지만, 혈랑검동은 마침내 우낙을 알아보았다.

"또 네놈이구나."

악연도 이런 악연이 없었다!

부르르 진저리를 친 우낙은 저 늙은이를 자꾸만 자신 앞에 데려오는 혹박한 운명을 향해 온갖 저주를 퍼부으며 슬금슬금 게걸음을 쳤다. 그러나 안타깝게도 그가 갇힌 옥방은 일곱 평밖에 되지 않았고, 그는 이내 차갑고 단단한 돌벽에다 어깨를 거듭 밀어붙이고 있는 스스로의 모습을 발견하게 되었다. 달아날 곳이 없었다. 그는 옥방 구석 자리에 몸을 세운 채 부모에게 벌을 받는 아이처럼 훌쩍거리기 시작했다.

"누가 있다고?"

그때 혈랑검동의 옆으로 동그란 얼굴이 불쑥 튀어나왔다. 역광으로 들어온 통로의 불빛이 주름 없는 뺨과 수염 없는 턱 위에서 어른거리고 있었다. 나이는 물론이거니와 성별조차 짐작하기 힘든 작달막한 괴인이 옥방 구석에서 훌쩍거리는 우낙을 보고는 재미있다는 듯이 입술을 비죽거렸다.

"아하하, 쥐새끼가 한 마리 숨어 있었네."

혈랑검동이 대꾸했다.

"정말 동감할 수밖에 없는 표현이군."

하지만 우낙은 화를 낼 수조차 없었다. 돌이켜 보면 그 밤 이후, 검왕의 경멸에 찬 눈길이 자신을 향하던 순간 이후, 그는 수치심이란 감정 자체를 잃어버렸을지도 모른다.

"저놈이라면 아이의 행방을 알지도 모르겠어."

작달막한 괴인의 말에 혈랑검동이 고개를 끄덕였다.

"그럴지도."

우낙은 황급히 두 손을 내저었다.

"저는 아무것도 모릅니다. 보셨잖습니까! 저도 죄인의 신분으로 여기 갇혀 있는 것을요."

혈랑검동이 차갑게 대꾸했다.

"하지만 너는 비영이지."

"그, 그런……!"

대꾸할 말을 찾아야 한다고 생각했다. 우낙은 아이에 관해서는 정말로 알지 못했다. 대체 어떤 아이를 말하는 것인지도 몰랐다. 결백을, 무고를 증명해야 한다. 하지만 어떻게?

문가에서 히죽거리던 작달막한 괴인이 아이처럼 폴짝 뛰어

감방 안으로 들어왔다.

"노부에게는 네 말이 사실인지 아닌지 금방 알아낼 수 있는 방법이 있지."

작달막한 괴인이 우낙을 향해 오른손을 들어 올려 보였다. 날의 길이가 한 뼘도 채 안 되는, 가느다란 끄트머리가 갈고리처럼 말려 내려간 소도가 그자의 손 위에서 으스스한 빛을 뿌리고 있었다. 그리고 그 끝에 점점이 달라붙은 검붉은 덩어리들은······.

우낙은 사시나무처럼 떨리는 몸뚱이를 주체하기 힘들었다. 비록 지금은 수중에 아무것도 들려 있지 않았지만 그는 제법 이름난 도객이었고, 칼에 대해서만큼은 일가견이 있다고 자부해 왔다. 그런데 저 작달막한 괴인이 들고 있는 칼은······.

무서웠다. 정말로 무서웠다. 다른 때 보았다면 장난감이라고 비웃었을 저 조그만 칼이 이토록 생생하고 절절한 공포심을 불러일으킨다는 것은 신기한 일이 아닐 수 없었다.

혈랑검동이 동정하듯 우낙에게 말했다.

"일단 수 형이 판을 벌이면 너는 살아 있다는 것을 원망하게 될 게다. 아는 것이 있다면 지금 털어놓아라."

"모릅니다! 나는 정말로 아무것도 모른다고요!"

우낙은 울부짖었다. 혈랑검동이 작달막한 괴인을 돌아보며 어깨를 으쓱거렸다.

"영업시간이 왔나 보군."

통통한 볼에 보조개를 지으며 웃은 작달막한 괴인이 짧은 다리를 놀려 우낙을 향해 다가왔다.

"안 돼요, 안 돼······."

우낙은 눈물을 흘리며 돌벽을 등으로 밀었다. 물론 무용한 짓, 하릴없는 발악에 불과했다. 그런 가운데도 작달막한 괴인의 무서운 소도는 점점 다가오고 있었다. 그의 바짓가랑이가 축축하게 젖어들기 시작했다. 아래로부터 훅 풍겨 올라오는 지린내는 옥방 구석에 뚜껑 덮인 채 놓여 있는 요강과는 무관했다.

바로 그때였다.

꽈드등!

우낙이 등지고 선 돌벽의 한가운데가 뻥 뚫리더니 인간의 것이라고는 믿기지 않을 만큼 크고 우람한 손 하나가 옥방 안으로 불쑥 들이왔다. 그 손에 달려 있는 다섯 개의 굵고 억센 손가락들이 뒷덜미를 덥석 움켜잡았을 때, 우낙은 더 이상 견디지 못하고 목이 터져라 비명을 내지르고 말았다.

"으아악!"

크고 우람한 손과 더불어 일어난 변화는 너무도 돌발적이었다. 상황은 우낙이 예상한 그 어떤 방향으로도 흘러가지 않았다.

와자작!

돌벽을 뚫고 들어온 커다란 손에 의해 주르륵 끌려간 우낙은 삐죽삐죽한 돌벽의 잔해들에 몸뚱이 여기저기를 긁히며 전혀 다른 공간으로, 정확히는 이웃한 옥방 안으로 짐짝처럼 내팽개쳐지고 말았다. 성인의 몸뚱이를 회초리 휘두르듯 획획 움직여 대는 그 무지막지한 힘은 그가 저항할 수 있는 성질의 것이 아니었다.

"으……."

악취가 짙게 밴 돌바닥 위에 널브러진 채 뒤집어진 자라처럼 팔다리를 버르적거리던 우낙은 시큰거리는 엉덩이를 문지르며 상체를 일으켰다. 그때 그의 눈에 담긴 것은 부서진 돌벽을 마저 허물어뜨리며 자신의 옥방으로 성큼성큼 걸어 들어가는 곰처럼 거대한 남자의 뒷모습이었다.

"누구냐, 너희들은?"

돌멩이라도 던지듯 툭 내뱉은 제초온은 얼굴을 찡그렸다. 수십 일 만에 처음 꺼낸 말이라 그런지 자신의 목소리가 마치 타인의 것을 듣는 듯 어색하게 느껴진 탓이었다.

돌벽을 허물고 옥방을 건너온 제초온을 맞이한 것은 침침한 조명 탓에 거의 검은색처럼 보이는 붉은색 장포를 걸친 작달막한 늙은이 둘이었다. 제초온은 고개를 불편하리만치 젖힌 채 자신을 멀거니 올려다보는 그들의 얼굴로부터 공통적인 속마음을 읽을 수 있었다.

'뭐 저런 게 다 있지?'

"너는……."

두 늙은이 중 뱀눈을 하고 있는 구부정한 늙은이가 입을 열었다. 앞쪽에 나선 늙은이보다 키가 조금 더 컸지만 칠 척이 넘는 제초온이 보기에는 도토리 키 재기, 고만고만할 따름이었다.

"거경이구나."

뱀눈의 말에 제초온은 다시 한 번 얼굴을 찡그렸다. 바라던 대답이 아니기 때문이었다.

"다시 묻겠다. 너희들은 누구냐?"

그러나 이번에도 제대로 된 대답은 돌아오지 않았다. 앞쪽에 나서 있던, 키가 더 작고 얼굴과 몸통 모두 술 단지처럼 동글동글한 늙은이가 뱀눈을 돌아보았다.

"사마 중 하나라는 그 거경?"

뱀눈이 굳은 얼굴로 대답했다.

"맞아."

"정말 크군. 곡주만큼 큰 사람이 또 있을 줄은 몰랐네."

새된 목소리로 감탄하던 술 단지가 미간을 모으며 고개를 갸웃거렸다.

"한데 이상하군. 거경이면 십영十影에 속하는 고위 간분데, 왜 이곳에 갇혀 있는 거지?"

"갇혀 있었는지는 어떻게 아는가?"

"이 돼지우리 같은 냄새를 맡고서도 모르나? 옥방에 갇혀 푹 썩지 않고서야 이런 냄새가 날 리 없겠지."

"하긴 그렇군."

이쪽은 안중에도 없다는 양 저희들끼리 수작을 주고받는 두 늙은이를 바라보는 사이, 제초온의 커다란 얼굴은 점점 달아올랐다. 수십 일간 세수 한 번 못 했으니 냄새야 그렇다고 치자. 늙은이들이 한 말 중에서 정작 그의 심기를 건드린 대목은…….

"나를 그따위 버러지들과 한 묶음으로 보다니!"

거경의 포효가 옥방을 쩌렁 울렸다.

호사가라는 작자들이 강호오괴와 대구를 맞추기 위해 만들어 낸 강호사마라는 용어는, 자신의 의도와는 무관하게 그중 하나로 꼽혀 버린 제초온에게는 가장 참기 힘든 욕설이나 매한가지였다. 왜 아니겠는가? 그가 보기에 독중선 군조는 정신 나간 영감쟁이, 철수객 남궁월은 나약한 패배자 그리고 입에 담기조차 부끄러운 음마 유붕은 어떤 방식으로 뒈져도 동정이 안 가는 인간쓰레기에 불과할진대.

제초온은 거경이란 이름이 그런 자들과 공칭된다는 사실 자체가 똥물을 뒤집어쓴 것처럼 수치스러웠고, 만일 그 용어를 처음 만들어 낸 자를 만나면 모가지를 잡아 늘여 매듭을 묶고 말겠노라 일찍부터 맹세한 바 있었다. 한데 그 빌어먹을 사마 소리를 여기서도 듣게 될 줄이야!

"곱게 죽기는 틀린 줄 알아라."

어차피 살려 둘 생각은 없었다. 현재 근신 중이기는 해도 제초온은 엄연히 비각의 육비영이었고, 비각의 적을 상대로는 자비를 베풀 마음이 없었다. 그가 자세를 낮추고 부리부리한 눈을 위협적으로 번득이자 앞쪽에 있던 술 단지가 짐짓 두렵다는 듯 뒤로 깡충 뛰어 거리를 벌렸다.

"거경의 위명이야 익히 들어 아는 바지만, 지금의 상황은 그리 좋아 보이지 않는걸."

제초온이 술 단지를 향해 눈을 부라렸다.

"무슨 소리냐?"

술 단지가 한숨을 쉰 뒤 눈짓을 보냈다.

"자네의 손을 보라고."

제초온은 술 단지의 눈길이 향한 자신의 손을, 강철로 빚은 것처럼 튼튼하고 억세 보이지만 가진 것이라고는 손가락 마디와 손금 사이에 먹줄처럼 두껍게 낀 때밖에 없는 빈손을 내려다보았다.

'빌어먹을.'

그날 밤 제초온은 검왕 연벽제와 육 년 전에 맺은 반각지쟁의 약속을 지키기 위해 동료들을 막아섰고, 그 일에 대한 자벌自伐로써 제 발로 역천뢰에 들어왔다. 죄인에게는 당연히 병기 휴대가 허용되지 않았다. 그의 애병인 백육십 근 청강참마도는 입옥과 동시에 역천뢰의 관리자인 칠비영 패륵에게 넘겼고, 아마도 지금쯤이면 역천뢰 입구 옆에 늘어서 있는 창고들 중 어딘가에 수장되어 있을 터였다.

술 단지가 안됐다는 투로 말했다.

"하긴 그 대단한 참마도가 자네 손에 들려 있다고 해도, 이 비좁은 곳에서는 무용지물이나 다름없을 테지만."

술 단지의 말이 옳았다. 청강참마도는 강호의 제 병기들 중에서도 손꼽히는 장병이요, 중병이었다. 그것을 휘둘러 가전의 풍백도법風伯刀法을 발휘하기에 열 평 남짓한 옥방은 너무나도 협소했던 것이다. 하지만 제초온은 담대한 남자답게 호기를 부렸다.

"너 같은 난쟁이를 죽이는 데 병기까지 쓸 필요는 없겠지."

"어이, 너무 쉽게 생각하는 거 아닌가? 나도 왕년에는 칼 좀 써 본 사람이라고."

"칼?"

술 단지가 보란 듯이 오른손 엄지와 검지 사이에 끼운 소도를 앞뒤로 까딱거렸다. 그 모습을 본 제초온은 콧방귀를 뀌었다. 저 물건을 칼이라고 부른다면 마귀 같은 패륵도 고승 소리를 들을 수 있을 터였다.

술 단지는 제초온의 반응에 상처를 받은 표정을 지었다.

"보기엔 이래도 제법 위험한 물건이란 말일세. 뭐, 조금 있으면 자연히 알게 될 일이긴 하지만. 그리고…….."

술 단지가 턱짓으로 불빛이 새어 들어오는 통로 쪽을 가리켰다.

"이쪽은 머릿수도 많다네. 우리 말고도 형제들이 넷이나 더 왔거든. 한데 자네에겐 오줌도 못 가리는 울보 하나밖에 없지 않은가, 안 그런가?"

"끙."

술 단지는 또 한 번 옳은 말을 했다. 제초온은 앓는 소리와 함께 처음 돌벽을 뚫을 때 우낙의 머리통을 함께 부숴 놓지 않은 것을 처음으로 후회했다. 하지만 아무리 하급 비영이라고 해도 귀문도 우낙은 한솥밥을 먹는 동료임에 분명했고, 그는 적 앞에서 못난 모습을 보였다는 이유 하나만으로 동료를 때려죽일 만큼 가혹한 사람은 못 되었다.

"그래서 뭐냐? 숫자로 해 보겠다 이거냐?"

제초온이 비웃음을 담아 물었다. 그는 자타가 공인하는 대장부였고, 모든 종류의 비겁한 수단을 경멸했다. 만일 상대가 머릿수로 덤비겠다면, 그 머리들을 모조리 잡아 뽑아 똥간에 처박을 작정이었다.

한데 술 단지는 뜻밖에도 고개를 도리도리 짓는 것이었다.

"아니, 그럴 마음은 없다네. 간만에 만난 손님을 뺏기고 싶진 않으니까."

"손님?"

"남다른 면이 있는 손님이기도 하지."

술 단지가 왼손을 뒤춤으로 돌려 자루의 길이가 한 뼘이 조금 넘는 망치를 꺼내 들었다. 오른손에는 기형의 소도, 왼손에는 조그만 망치. 제초온은 미간을 모았다. 사람을 해치는 흉기라고 보기에는 두 가지 도구 모두 너무 앙증맞아 보였다. 대체 저것들로 무엇을 하겠다는 것일까?

그때 옥방의 문가에 서서 관망만 하던 뱀눈이 술 단지에게 말했다.

"수 형, 굳이 무리할 필요는 없지 않을까?"

"무리라, 그럴지도 모르겠군."

하지만 제초온을 올려다보는 술 단지의 눈은, 초승달을 엎어놓은 듯 웃는 모양을 하고 있긴 하지만 바늘로 콕 찍은 것처럼 조그맣게 오므라든 동공을 담은 그 기묘한 눈 주위로는 이미 진득한 살기가 기름 막처럼 번져 오르고 있었다. 술 단지는 제초온에게 고정한 시선을 떼지 않은 채 말을 이어 갔다.

"하지만 세상에는 무리할 가치가 있는 손님도 있다네. 여기는 내게 맡기고 한 형은 가서 아이나 찾으라고."

"다시 생각해 보게. 상대는 거경이야."

걱정이 담긴 뱀눈의 말에 술 단지는 히죽 웃더니 양손에 쥐고 있던 소도와 망치를 쨍 소리 나게 부딪쳤다.

"이 탐남구貪男鉤와 쇄고추碎睾椎로 바로 그 거경을 예쁜 고자로 만든다고 생각하니 벌써부터 사타구니가 짜릿짜릿해 오는군."

'뭐? 무슨 고자?'

제초온은 처음에는 자신의 귀를 의심했고, 그다음에는 헛웃음을 피식 흘렸다. 너무 어이가 없다 보니 화도 잘 나지 않는 것 같았다. 하지만…….

"알았네."

제초온 쪽을 일별한 뱀눈이 이 짧은 말만을 남긴 채 옥방을 지체 없이 떠나 버리자, 그때부터는 화가 나기 시작했다. 뱀눈이 하고 있던 걱정이 딱 두 번 만류하는 수준에 불과하다는 사실을 알았기 때문이다. 다시 말해, 술 단지의 말 같지도 않은 소리가 대체적으로 실현 가능하리라고 믿는다는 방증이 아니겠는가.

"보자 보자 하니까 이 늙다리들이……."

제초온이 배 속에서 부글거리는 노기를 막 터뜨리려는 순간, 술 단지가 움직였다. 길쭉하게 늘어난 붉은 그림자가 옥방 바닥에 그려진 불빛의 경계선을 훌쩍 건너 어둠의 영역으로 스며들었다.

술 단지의 이러한 쇄도는 무척이나 기습적이었지만 제초온을 당황하게 만들지는 못했다. 싸울 준비는 이 옥방에 들어선 순간부터 충분히 되어 있었다.

"어딜!"

제초온은 자신의 가슴 아래로 파고드는 술 단지를 향해 왼쪽 주먹을 내리찍었다. 바람의 칼, 풍백도법이 그의 오대조이자 북송 시대 전설적인 도객인 망적인忘敵人 제대곤齊大鯤에 연원을 둔 가전의 유산이라면, 거인의 주먹, 거령권巨靈拳은 오로지 제초온 본인의 거구와 신력을 질료 삼아 빚어 낸 독자적인 결실이라고 할 수 있었다. 절간의 무쇠 향로만큼이나 큼직한 주먹이 떨어지는 동선 위로 건곤혼원기乾坤混元氣의 강맹한 경파가 넘실거리고, 듣는 이의 모골을 송연케 하는 세찬 파공성이 그 뒤를 따랐다.

후—웅!

그러나 제초온의 주먹이 때린 것은 아무것도 없는 허공에 불과했다. 술 단지는 어느 틈엔가 진로를 바꿔 그의 좌방으로 이동해 있었던 것이다.

회심의 일격이 빗나갔을 때 가장 주의해야 할 점은 외부로 뿌려 낸 힘을 수습하는 일이었다. 그러지 못하면 상대에게 허점을 드러내게 되고, 그 허점은 치명적인 손해로 이어지기 십상이었다. 물론 제초온은 초전부터 그런 초보적인 실수를 저지르는 풋내기가 아니었다. 돌바닥을 스치듯 뒤로 돌아간 왼팔을 축 삼아 몸을 반전半轉시킨 그는, 통나무처럼 굵은 허리를 힘차게 틂으로써 축적된 탄력을 우반신으로 이동시켰다.

"찻!"

제초온의 오른손이 술 단지의 공 같은 머리통을 향해 뻗어 나갔다. 사람의 머리통만이 아니라 석상의 머리통이라도 썩은 호박처럼 터뜨려 버릴 수 있는 억센 손이었다. 그러나 이번에도 허탕. 술 단지는 목표한 위치에서 사라진 뒤였고, 그의 손아귀가 움킨 것은 침침한 허공밖에 없었다.

'뭐가 이렇게 빨라?'

제초온이 서 있는 자리는 열린 돌문을 통해 스며든 불빛이 미치지 않는 그늘진 곳이었다. 그렇다고는 해도, 진로를 바꾸는 매 과정이 아예 생략된 듯한 술 단지의 몸놀림은 괴이하리만치 불명한 감이 있었다.

'어디……?'

제초온은 시야에서 사라진 술 단지의 종적을 찾아 주위를 두리번거렸다.

즛.

왼쪽 옆구리 뒤편에서 가죽이 돌 면 위를 미끄러지는 듯한 작은 기척이 울렸다.

"거기냐!"

제초온은 자세를 낮춤과 동시에 불끈 힘을 불어넣은 왼 주먹을 크게 휘돌렸다. 남보다 곱절은 긴 팔의 장점을 십분 살린 이 반고추강盤固推江의 수법에 걸리면 커다란 돌비석이라도 쪼개지고 말 터였고, 실제로 그의 왼편에 있던 돌벽이 그 꼴을 당했다.

꽈자자작!

옥방의 벽면을 뚫고 들어간 주먹이 단단한 돌벽 위에 굵고 긴 고랑을 만들며 빠져나왔다. 그 손길에 딸려 나온 돌 조각과 흙가루 들이 옥방 안으로 뿌옇게 흩날렸다. 그러나 반고추산이 목표한 대상은 당연히 이따위 것들이 아니었다. 제초온이 기대했던 감촉은, 살과 뼈가 함께 짓뭉개지는 통쾌한 감촉은 풍차처럼 휘돌아 간 왼팔 어디에서도 느껴지지 않았다.

"엽! 이여업!"

붕! 부웅!

제초온은 그 자리에서 두 바퀴 더 회전하며 반고추강의 권력을 넓게 뿌려 댔지만 마치 안개로 뭉친 정령을 때리듯 모든 타격이 무위로 돌아갔다.

뿌연 부유물 저편에서 술 단지의 새된 목소리가 들려왔다.

"힘은 좋은데 정교하지가 못해."

이 통절한 지적이 시작한 곳과 끝난 곳은 같지 않았다. 그 간격은 제초온의 보폭으로 한 걸음 남짓. 하지만 그 한 걸음에 담긴 의미는 가볍지 않았다. 가볍지 않을 뿐 아니라 매우 위협적이기까지 했다.

첫 번째 접촉.

착.

제초온은 눈썹을 꿈틀거렸다. 별안간 오른쪽 허벅지 바깥쪽이 따끔거렸기 때문이다. 흘끗 내려다보니 입고 있는 바지의 허벅지 부분이 붕어처럼 빠끔 입을 벌리고 있었다. 그 사이로 얼핏 비치는 것은 역천뢰의 가혹한 한기에 대비해 의복 밑에다 두툼하게 덧댄 솜 안감과, 솜 오라기의 미세한 결을 따라 천천히 배어 나오는 붉은 핏물이었다.

착. 착.

첫 번째 접촉에 흠칫하여 잠깐 주춤거린 사이, 그것과 비슷한 두 번째와 세 번째 접촉이 제초온의 커다란 몸뚱이 위로 연달아 닥쳐들었다. 모든 접촉들은 취객을 더듬는 노련한 기녀의 손길처럼 은밀하면서도 거침이 없었고, 화대를 받아 냄에 있어서도 일절 에누리가 없었다. 제초온은 등판과 오른 다리 오금 위로 번지는 섬뜩한 느낌에 자신도 모르게 목덜미를 떨고 말았다.

다음 순간, 네 번째 접촉이 날아들었다.

이번에는 왼쪽 눈이었다!

"엇?"

대경한 제초온이 솥뚜껑처럼 활짝 펼친 좌장으로 왼쪽 눈을 노리고 날아든 무엇인가를 움켜쥐어 간 것은 무슨 무공 초식 이

전에 본능의 발로일 터였다. 하지만…….

싹.

제초온은 눈을 홉뜨며 이를 악물었다. 앞의 세 차례 접촉과는 비교할 수 없는 강렬하고 선명한 고통이 왼손 위에 작렬했기 때문이다. 그는 얼음처럼 차갑고 갈고리처럼 휘어진 무엇인가가 자신의 왼손 새끼손가락 위에 반지처럼 휘감겼다가 아래로 떨어졌음을 알았다. 그 잔인하리만치 경쾌한 낙하가 그의 새끼손가락을 손바닥으로부터 분리시켰다. 두꺼운 살과 단단한 뼈, 거기에 더하여 좌장에 끌어 올린 건곤혼원기의 공력까지 단숨에 잘라 낸 무시무시한 예기銳氣가, 그가 비웃었던 기형의 소도에서 비롯되었다는 것은 직접 당해 보지 않고서는 믿기 힘든 일이 아닐 수 없었다.

"이익!"

당황한 제초온은 손칼로 세운 오른손을 참산단맥斬山斷脈의 수법으로 연거푸 내질러 뒤따를지도 모르는 술 단지의 후속 공격에 대비하는 한편, 두 발을 급히 물려 입구 맞은편 돌벽을 등지고 섰다. 가라앉았던 먼지가 다시금 확 일어나며 옥방 안의 시계가 안 좋아졌지만, 술 단지는 방금 잘라 낸 손가락 하나로 마음이 너그러워지기라도 했는지 눈먼 장력에 당하지 않을 정도의 거리만 확보할 뿐 별다른 움직임을 보이지 않았다.

제초온은 그 틈을 타 왼손을 살펴보았다. 막냇동생을 잃고 넷으로 줄어든 손가락들이 너무나도 생경한 느낌을 주고 있었다. 술 단지의 손 속은 소름 끼칠 정도로 깔끔했다. 뭉떵하게 남겨진 새끼손가락의 뿌리는 이제야 붉은 눈물을 철철 흘리고 있었다.

지혈을 위해 손목과 팔꿈치 안쪽의 혈도를 급히 봉하면서 제초온은 생각했다.

'이게 아닌데.'

상식적인 경우, 공간이 좁으면 민첩함을 장기로 삼는 쪽이 불리하다. 술 단지는 누가 보더라도 민첩한 부류였고, 괴상한 이름을 가진 작고 경묘한 병기들은 그러한 분위기를 더욱 부채질해 주었다. 때문에 제초온은 낙관했던 것이다. 이 싸움은 자신의 완승으로 마무리될 거라고. 상대의 장난감 같은 무기에 몇 번 당하는 것은 크게 개의치 않았다. 적당히 맞아 주며 구석으로 밀어붙인 다음 달아날 구멍을 잃고 어쩔 줄 몰라 하는 상대에게 큰 걸로 한 방 꽝 먹이면 그것으로 끝. 이것이 당초 예상한 이번 싸움의 판도였다.

그러나 상황은 제초온의 예상과는 전혀 다른 방향으로 흘러가고 있었다. 민첩함을 뛰어넘는 민첩함, 공간적인 제약마저 뛰어넘는 극상의 민첩함이랄까. 옥방이 좁다는 점과 제초온이 크다는 점에는 바뀐 것이 없었다. 하지만 저 동그란 미꾸라지는 옥방에서 제초온을 뺀 얼마 안 되는 자투리 공간을 바다처럼 넓게 활용하고 있는 것 같았다. 게다가 기형의 소도를 입안의 혀처럼 자유자재로 놀리는 솜씨는 비영들 중 단도술의 대가라 할 만한 흑월왕黑月王 음자송音字松보다 훨씬 윗길인 것이 분명했다.

'만만히 볼 늙은이가 아니었군.'

하기야 이 역천뢰에 와 있다는 사실 하나만으로도 만만할 리가 없었다. 그에 반해 이쪽은 좁은 옥방에 갇힌 채 역천뢰의 한기에 시달리느라 뼈마디가 굳을 대로 굳어 버렸고, 독문의 도법을 펼칠 청강참마도도 가지고 있지 않은 처지가 아니던가.

제초온은 콧등을 찡그리며 어금니를 지그시 사리물었다. 작전을 변경할 필요성이 있었다. 하지만 공황과 고통에 잠식당한 머릿속은 이 옥방 안의 공기처럼 혼탁하기만 했다.

서서히 가라앉는 뿌연 먼지 위로 술 단지의 동그랗고 맨송맨송한 얼굴이 암초처럼 떠올랐다. 통통한 입술 양옆으로 오목한 보조개를 지으며 술 단지가 말했다.

"기대한 대로야. 겨우 손가락 하나에 이처럼 짜릿짜릿하니, 그 커다란 물건을 떼어 낼 땐 어떤 기분이 들까?"

기대감에 찬 술 단지의 미소를 대한 순간 제초온은 아까 술 단지가 했던 손님이니 고자니 등의 말들과 탐남구(남성을 탐하는 갈고리)며 쇄고추(고환을 바수는 망치) 따위의 요상한 병기 이름들이 결코 농담이 아니었음을 깨달았다. 상대는 진지했다. 진심으로 자신의 음경을 노리고 있는 것이다. 갑자기 아랫도리가 싸해지는 기분이었다.

"이제 보니 미친 늙은이였군."

제초온이 투덜거렸다. 술 단지의 양 볼에 잡힌 보조개가 더욱 깊어졌다.

"직업 정신에 투철하다고 봐 주면 고맙겠군."

제초온은 등 뒤로 감춘 왼손을 꾸무럭거려 보았다. 저릿하기는 해도 아직까지는 뜻대로 움직여 주고 있었다. 하지만 봉혈封穴을 한 상태이니 오래지 않아 마비가 올 터이고, 그러면 상황은 더욱 안 좋아질 것이다. 두 손으로도 상대하기 힘든 적을 한 손으로 상대한다는 것은 그냥 앉아서 죽겠다는 얘기와 같았다.

그러는 동안 혼탁하던 머릿속이 조금은 정리되는 것 같았다. 제초온은 생각을 집중하기 위해 노력했다.

'공간⋯⋯.'

머리가 그리 좋은 편은 아니지만 싸움에 관해서만큼은 누구보다 발달된 직관력을 가졌다고 자부해 온 제초온이었다. 그는 현 국면의 핵심이 공간에 있다고 판단했다. 싸움에서 승리하기 위해서는 술 단지로부터 마음껏 활개 칠 수 있는 공간을 박탈할 필요가 있었다. 방법은 두 가지였다. 옥방의 넓이를 줄이거나, 자신의 몸집을 키우거나. 전자는 아무래도 힘들 것 같았다. 그렇다면 남은 것은 하나뿐.

"이제 본격적인 '시술'에 들어가 보도록 하지."

양손의 도구들을 또다시 챙 소리 나게 부딪친 술 단지가 제초온을 향해 말했다.

"지금이라도 자네 손으로 직접 바지를 벗고 물건을 꺼내는 건 어떤가? 그리 아프지는 않을 테니 너무 염려하지는 말고."

제초온은 돌벽에 등을 더욱 바싹 붙이며 맹수의 목울음 같은 소리로 말했다.

"내 물건을 보고 싶다면 네 마누라를 데려오는 쪽이 빠를 것이다."

"하하, 마누라를 안 둔 게 아쉽군."

짤랑거리며 웃은 술 단지가 이번에는 두 가지 도구 모두를 동원할 작정인지 양쪽 어깨 옆으로 각각 내민 왼손과 오른손 열 손가락을 이용해 탐남구와 쇄고추를 돌리기 시작했다. 짧고 통통한 손가락들 위에서 기묘한 호선을 그리며 돌아가던 그것들이 어느 순간 딱 멈췄다.

술 단지가 말했다.

"자, 와 보라고."

제초온은 그렇게 했다. 그의 고래 같은 거구가 옥방 안에 자욱하게 부유하는 먼지를 두 쪽으로 가르며 술 단지를 향해 일직선으로 치달려 나갔다.

"차압!"

창응박토蒼鷹搏兔. 커다란 두 손이 토끼를 낚아채는 맹금의 발

톱처럼 술 단지의 작고 동그란 몸통을 거칠게 덮쳐 갔다.

츠즈즈−.

술 단지의 몸놀림은 아무리 적이라도 감탄할 수밖에 없었다. 피할 만한 공간이 전혀 없으리라 여겼건만 대체 어느 구멍으로 빠져나간 것일까?

"느려."

비웃음이 담긴 짧은 한마디가 제초온의 왼쪽 어깨 뒤에서 오른쪽 옆구리 아래로 떨어져 내렸다. 전후좌우는 물론 바닥과 천장마저 가리지 않고 자유자재로 옮겨 다니는 저 술 단지는 잔가지들 위를 종종거리며 날아다니는 조그만 새처럼 언제라도 날아가고 어디라도 내려앉을 수 있을 것 같았다. 더욱 놀라운 점은, 그처럼 신출귀몰한 운신을 보이는 와중에도 화대를 받아 내는 것만큼은 결코 잊지 않았다는 사실이었다.

뽁.

오른쪽 다리 말단으로부터 격통이 치밀어 올랐다. 제초온은 자신의 오른쪽 복사뼈가 대체 몇 조각으로 쪼개졌을지 짐작도 가지 않았다.

"크윽!"

그러나 저절로 꺾이는 발목에도 불구하고, 또 술 단지가 그곳에 없음을 알고 있음에도 불구하고, 제초온은 앞으로 달려 나가는 것을 멈추지 않았다. 이번에 그가 잡으려고 한 것은 무지개처럼 영영 잡히지 않을 것만 같은 술 단지가 아니었다.

뿌드득!

돌문과 옥방을 연결하는 주먹만 한 크기의 강철 경첩 두 개가 비명을 지르며 뜯겨 나갔다. 몇 세대 전 어떤 석공이 화강암을 다듬어 만들었을 그 돌문은 그리 크지 않았다. 보통의 성인 남자가 출입하기 위해서는 고개를 약간 숙여야 할 정도였다. 그러나 두께는 처음 만들어졌을 때와 마찬가지로 한 뼘이 넘었고, 그래서 무게 또한 무지막지하게 나갔다. 장정 넷은 달라붙어야 운반할 수 있는 그런 물건을 만일 무기로 사용하려는 자가 있다면, 제초온은 정신 나간 놈이라고 비웃었을지도 모른다.

　바로 그 정신 나간 놈이나 하는 짓을, 제초온은 지금부터 할 작정이었다. 파뿌리처럼 굵은 아홉 개의 손가락이 우두둑 소리와 함께 돌문 표면으로 파고들었다.

　붕! 붕! 부—웅!
　돌문이 잿빛의 거대한 잔영을 남기며 먼지를 가르고 있었다. 그럴 때마다 일어나는 무지막지한 경풍이 옥방의 돌벽을 쿵쿵 두들겨 대고 있었다.

　수여쟁은 순간적으로 당황하지 않을 수 없었다. 제초온이 부채질을 하듯 좌우로 휘둘러 대는 돌문은 가뜩이나 거대한 그의 몸집을 두 배 이상 키우는 효과를 발휘했다. 일견 마구잡이로 휘두르는 것 같지만 실상은 그렇지 않았다. 제초온은 두 팔꿈치를 상체에 붙인 채 팔이 아닌 허리의 회전을 이용해 돌문을 빠르게 휘두르면서 한 발 한 발 접근하고 있었다. 그렇게 함으로써 돌문의 끝이 옥방의 경계에 걸리지 않게끔 절묘하게 조절하고 있었다. 하지만 무엇보다도 그를 당황하게 만든 것은, 돌문을 무기처럼 사용하는 제초온이라는 인간 자체의 황당함이었다.

　'뭐 이런 놈이 다 있어?'
　설마하니 오백 근도 넘게 나갈 것 같은 돌문을 저렇게 사용할 줄은 꿈에도 생각하지 못했다. 수여쟁은 상식을 뛰어넘는 광경에 놀란 나머지 그 자리에서 잠깐 머뭇거렸고, 그것은 곧 치명적인 상황으로 이어졌다.

'아차!'

수여쟁이 신법을 멈춘 시간은 숨 한 번 내쉬고 들이마실 정도밖에 되지 않을 만큼 짧았지만, 그 짧은 시간 사이 활용할 수 있는 공간의 절반 이상이 사라져 버렸다. 상대의 의중을 조금이라도 빨리 간파했다면 보다 넓은 공간으로, 하다못해 돌벽이 뚫려 연결된 제초온의 옥방으로라도 피신했을 것이다. 그러나 그 돌벽은 이미 제초온과 그가 휘두르는 돌문에 의해 점령당해 있었다.

지금 수여쟁이 서 있는 곳은 입구를 마주 보고 있는 멀쩡한 돌벽. 제초온처럼 두꺼운 돌벽을 종잇장처럼 뚫고 나가는 괴력이 없는 이상 궁지에 몰린 것은 분명해 보였다.

그러는 동안에도 제초온의 전진은 한 발 한 발 천천히, 그리고 꼼꼼히 이어지고 있었다. 이제 네댓 걸음 전방까지 접근한 수여쟁의 모습이 안 보일 리 없을 텐데도, 제초온은 마치 옥방 안의 모든 빈 공간에 수여쟁이 있기라도 하듯 양손에 쥔 돌문으로 자신의 전면을 차근차근 저며 오고 있었다. 두 배로 확장된 제초온이 옥방을 가득 메우며 다가오고 있었다. 선線으로 잡지 못한 상대를 면面으로 잡을 작정인 것이다!

'이름값을 하겠다 이건가.'

수여쟁은 눈빛을 굳혔다. 천하의 거경을 상대로 한 싸움인데, 사실 지금까지는 지나치게 수월하게 풀린 감이 없지 않았다. 과연 제초온은 덩치만 커다란 수숫대가 아니었다. 허를 찌르는 기책奇策으로써 그의 장점을 봉쇄하려 들었고, 그 결과 그는 순식간에 궁지에 몰리게 되었다. 하지만 그는 자신의 장점을, 흑백 양도의 무공을 망라하고 있다는 동창에서도 이론상으로만 분분할 뿐 실제로 익힌 자는 아무도 없다는 회회능루恢恢能漏의 경신술을 믿었다.

성현께서는 '천망회회天網恢恢 소이불루疏而不漏'라 하였지만, 그물이 성글면 빠져나갈 수 있는 것이 마땅하지 않겠는가. 한때 동창에서 제일가는 보법의 대가로 불리던 수여쟁은 권력의 중심부에서 밀려난 뒤 절치부심으로 궁구한 끝에 마침내 그 어떤 성글지 않은 그물이라도 빠져나갈 수 있는 회회능루를 익히는 데 성공했다.

이제 그것을 증명해 보일 때였다.

통. 통. 통.

가지런히 모은 두 발이 바닥 위에서 공처럼 튀기 시작했다. 횟수를 거듭할수록 신발과 돌바닥이 붙었다가 떨어지는 간격이 점차 줄어들더니 수여쟁의 신형은 한자리에서 상하로 진동하는 붉은 선이 되었다.

붕! 붕! 붕!

제초온이 휘두르는 돌문과의 거리는 겨우 여덟아홉 자. 거센 풍압에 장포 자락이 날리는 소리가 수여쟁의 고막을 두들기고 있었다.

'한순간이다.'

수여쟁은 찰나에 승부가 결정되리라는 것을 알고 있었다. 빠져나가면 그의 승리요, 걸리면 제초온의 승리였다. 그는 머릿속으로 자신에게 승리를 안겨 줄 회심의 동선을 다시 한 번 그려 보았다.

상방을 노리는 척하면서(하나) 하방으로 몸을 굴려(둘, 셋) 제초온의 오른쪽 다리 옆을 빠져나가는 동시에 왼손의 쇄고추로 고환을 올려 찍는다(넷, 다섯). 그런 다음 자연스럽게 앞으로 꺾이는 제초온의 허리를 뱀처럼 휘감으며(여섯) 등 뒤로 타고 올라가(일곱, 여덟)

마지막으로 뒤통수 깊숙이 오른손의 탐남구를 박아 넣는다(아홉).

제초온의 오른쪽 다리를 회회능루의 표적으로 잡은 이유는 간단했다. 그는 자신이 앞서 행한 공격들이 상대의 어느 부위를 타격했는지 정확히 기억하고 있었다. 허벅지와 오금과 복사뼈, 타격들 대부분이 오른쪽 다리에 집중되었던 것이다. 비유하자면, 사전에 넓혀 놓은 그물코인 셈.

"좋아."

작은 입속말로 스스로를 격려하며, 수여쟁이 움직였다. 극성으로 펼쳐진 회회능루가 한 인간의 몸을 공간 위에 뿌려 놓았다. 그는 먼지 속으로 스며드는 듯한 자유를 느꼈다.

붕!

허공으로 떠오른 수여쟁을 향해 기다렸다는 듯이 돌문이 날아들었다. 천장과 돌문 사이의 간격은 한 뼘 남짓. 관절을 자유로이 탈착하는 축골공縮骨功을 익힌 자라도 그 틈으로 빠져나가기란 불가능할 것 같았다.

'하나.'

수여쟁은 자신을 향해 무서운 속도로 날아드는 돌문의 모서리를 왼발 발바닥으로 지그시 짚으며, 돌문이 가르고 지나가는 공기의 흐름, 그중에서도 아래로 밀려 내려가는 하강기류에 몸을 실었다. 회회능루 중 부서訣浮絮訣을 운용한 그의 몸은 솜뭉치처럼 가볍게 바뀌어 있었다.

'둘.'

부웃—.

좌측으로 기울어진 돌문이 다시 우측으로 방향을 틀 무렵, 아래로 곤두박질친 수여쟁의 통통한 얼굴은 돌바닥과 거의 접촉한 상태였다.

'셋.'

수여쟁은 사지를 동체에 바짝 당겨 붙이며 회회능루의 전륜결轉輪訣을 운용해 앞으로 몸을 굴렸다. 수직으로 떨어지던 몸이 공처럼 동그랗게 말리며 굴러가는 모습은 마치 도술을 부려 외형을 순식간에 바꾼 듯 기이하면서도 신비로워 보였다.

'넷.'

다음은 쇄고추가 등장할 차례였다. 목뼈를 튕겨 올리는 탄력에 기대어 공처럼 말려 있던 몸이 펼쳐지고.

'다섯.'

수여쟁은, 사전에 그린 그림대로라면, 자신의 우상방에 위치해 있을 제초온의 사타구니를 향해 왼손의 쇄고추를 힘껏…….

'음?'

상방을 올려다보던 수여쟁은 고개를 숙여 자신을 똑바로 내려다보는 한 쌍의 사나운 눈을 발견할 수 있었다.

'나를 포착했다?'

수여쟁은 너무 당황한 나머지 눈을 빠르게 깜박거렸다. 이것은 그가 그린 계획에 없던 장면이었다.

바로 그때, 거듭된 타격에 걸음을 내딛는 것만으로도 한계에 이르렀으리라 믿어 의심치 않았던 제초온의 오른쪽 다리가, 그러나 큰 건물을 받치는 돌기둥처럼 우람한 그 다리가 위로부터 수직으로 떨어져 내렸다.

깡!

상방으로 힘껏 쳐 올린 수여쟁의 쇄고추가 제초온의 오른쪽 다리의 정강이 부위에 꽂혀 동전만 한 크기의 구멍을 뚫어 놓았지만, 산처럼 커다란 한 남자의 모든 체중이 실린 발 구름을 막기에는 역부족이었다.

뻑!

남들보다 두 배는 큰 제초온의 오른발이 수여쟁의 통통한 아랫배에 정통으로 틀어박혔다.

"꺽!"

복강으로부터 솟구친 거대한 압력이 수여쟁의 두 눈알을 얼굴 밖으로 밀어냈다. 그와 동시에 코와 입에서 분수처럼 뿜어나온 핏물이 수여쟁의 작은 얼굴을 그가 걸친 장포와 같은 빛깔로 물들여 놓았다.

척추가 쪼개지고 모든 장기들이 짓이겨진 극렬한 고통은 참기 힘든 것이었다. 그러나 수여쟁이 정작 참기 힘든 것은 제초온과 눈이 마주친 순간부터 느꼈던 의문이었다. 제초온은 어떻게 그의 회회능루를 포착한 것일까?

먹물처럼 새까매진 시야 저 위쪽에서 제초온의 목소리가 들려왔다.

"계속 이 다리만 노리는 품이 꼭 이리로 올 것 같았다. 아무리 날랜 미꾸라지도 물목만 잘 지키면 잡을 수 있는 법이지."

'그런 건가?'

수여쟁은 깨달았다. 제초온의 오른쪽 다리를 집중적으로 공격한 것이 그물코를 벌려 놓은 게 아니라 오히려 촘촘하게 오므리게 만들었다는 사실을.

하지만 아무리 그렇다고는 해도, 제초온이 이제까지 입은 타격은 결코 가벼운 것이 아니었다. 특히 쇄고추에 당한 오른쪽 복사뼈 어름은 지금쯤 신발도 제대로 신지 못할 만큼 통통 부어올라 있을 것이 분명했다. 그런 다리를 하고서도 움츠러들기는커녕 자신을 낚는 미끼로 내놓아 승부를 결정짓는 전기로 삼다니.

"과, 과연…… 나, 남다른 면이 있는 손님이었군……."

"너그러운 손님이기도 하지."

아랫배를 짓누르던 발이 치워졌다. 납작하게 짜부러졌던 복강 안으로 공기가 빠르게 채워지며 수여쟁은 혀가 목구멍 안으로 말려 들어가는 것을 느꼈다.

머리 위 어딘가에서 제초온의 목소리가 다시 들렸다.

"일을 제대로 마치지 못한 돌팔이에게도 시술비를 두둑하게 쳐주는 손님이니까."

제초온이 지불한 시술비는 그의 말대로 두둑했다. 하지만 시력을 이미 잃은 수여쟁은 아쉽게도 그것을 확인할 수 없었다.

돌문의 두툼한 모서리가 수여쟁의 얼굴로 내리꽂혔다.

쿵!

(4)

태원성 인근에 위치한 단천원은 본래 북송 초기 서북방에 주둔하는 국경 수비군을 위한 부대시설들—숙영지, 둔전, 보급소 등—의 집합체였다. 그러던 것이 원나라 들어 국경이 북상됨에 따라 국경 수비군 또한 북쪽으로 이동하게 되었고, 주인과 용도를 함께 잃어버린 그 자리는 수십 년간 국가에 의해 관리되다가 비각의 전신인 비영사秘影社의 소유로 넘어갔다.

단천원의 이러한 특성은 장원의 전체적인 구조에서도 잘 드러난다. 총면적의 구 할 이상을 차지하는 외원外院은 각기 다른 목적으로 각기 다른 시간대에 들어선 부대시설들의 집합체답게 무질서한 전각과 건물 들로 이루어진 반면, 비영사가 주인이 된 이후 철저한 계획하에 건설된 내원內院은 하나의 요새처럼 정연한 규칙성을 갖추고 있는 것이다.

석대원은 흩날리는 함박눈의 휘장 너머로 얼핏얼핏 드러나는 내원의 담장을 바라보았다. 보의 외벽처럼 높고 상부에 궁수들을 배치할 수 있는 요철 모양의 성가퀴까지 설치된 그 담장은 무척이나 단단해 보였다. 장비만 갖췄다면 화기 공격까지도 가능할 것 같았다. 하지만 아무리 단단한 지물地物도 지키는 사람이 없는 이상 빈껍데기에 불과할 터.

"저곳까지 비어 있다니 참말로 별일이네요."

뒷전에서 황우의 목소리가 들렸다.

"방어하기에 더 효율적인 곳으로 이동했겠지."

운리학의 목소리가 뒤따랐다. 지친 기색이 역력한 가운데에도 기묘한 환희가 떨림처럼 배어 나오는 목소리였다. 하기야 이해할 수 없는 일도 아니었다. 노구를 이끌고 오른 여행의 종착지가, 아니 생의 모든 것을 바친 대계의 종착지가 코앞으로 다가온 데에야.

"그곳이 어딘지 궁금하네요."

황우가 묻자 운리학은 대답 대신 죽어 가는 동물의 목울음을 닮은 메마른 웃음소리를 흘렸다. 석대원도 그곳이 어디인지에 대해 작은 궁금함을 느꼈지만 굳이 물으려 하지는 않았다. 그곳이 어디든 결국 자신이 가게 되리라는 것을 알기 때문이었다.

"저기들 있군요."

석대원보다 유일하게 앞서 걸어가던 최당이 담장의 아래쪽을 가리켰다. 그가 가리키는, 내원의 정문으로 보이는 커다란 양여닫이 대문 앞에는 붉은 장포를 입은 십여 명의 노인들이 모여 있었다.

"어이! 곡주님과 노사부님께서 오셨네!"

함박눈은 앞을 알아보기 힘들 정도로 장하게 쏟아지고 있었다. 대문과 담장 기와의 추녀 밑에 붙어서 눈을 피하던 혈포 노인들은 최당이 긴 팔을 휘저으며 소리를 지른 뒤에야 석대원 일행의 접근을 알아차린 눈치였다. 그들 중 노인답지 않게 당당한 체격을 가진 한 사람이 눈발을 뚫고 일행을 향해 성큼성큼 걸어왔다. 터럭 한 올 나지 않은 민머리와 가시처럼 뻗친 수염으로부터 그 사람이 혈랑곡 오대낭아 중 일인인 취설천월 왕구연임을 알아보는 것은 어려운 일이 아니었다.

"기다리고 있었습니다."

석대원은 인사를 올리느라 활짝 드러난 왕구연의 정수리를 바라보았다. 눈 녹은 물기로 번들거리는 그 구릿빛 민머리 위에는 크고 작은 혈흔들이 마맛자국처럼 점점이 뿌려져 있었다. 이는 엄공 수여쟁과 더불어 선봉으로 진입한 왕구연이 이 단천원에서 행한 일의 성격을 보여 주는 증거일 터였다. 혈랑곡은 비각의 공작에 의해 어떤 식으로든 피해를 받은 이들로 구성된 조직이었다. 그들이 비각의 본거지라 할 수 있는 이 장원에서 행할 일은 결코 우호적이지 않으리라.

석대원은 왕구연의 뒤쪽을 쳐다보았다.

"아홉 명이 비는구려."

왕구연의 입매가 침중해졌다.

"고자 놈을 포함한 여섯은 역천뢰를 수색하러 갔습니다. 하지만 셋은……."

석대원은 잠시 기다려도 이어지지 않는 왕구연의 뒷말을 굳이 들으려 하지 않았다. 저들에게는 미안한 일이지만, 점차 누적되어 가는 곡도들의 결원에도 그는 별다른 애석함을 느끼지 않았다. 그는 혈랑곡주로서 저들의 수장이 되기를 원한 적이 없었다. 이것은 과거의 지긋지긋한 인연을 정리하는 행위, 자신도 모르게 쌓여 버린 외상에 대한 변제나 마찬가지였다. 그는 오늘 전력을 다해 싸울 것이고, 십중팔구는 살인도 마다하지 않게 되겠지만, 그 행위에 어떤 의미를 부여하지는 않을 작정이었다. 무문관을 나온 뒤로 범제 안에 숨어 있던 통령귀를 소멸하고, 망령에게 고통받는 소림사의 방장 대사를 구하고, 호북과 옥천관에서 무수한 인명을 살상한 그였지만, 그 무엇도 그가 다시 살아야만 하는 해답이 되지는 못했다.

"모두들 혈랑탈을 벗었군."

불쑥 튀어나온 석대원의 말에 왕구연이 흠칫 놀란 표정을 지었다.

"그건…… 움직이는 데 아무래도 지장이 있기에 제가 벗으라고 지시를 내렸습니다. 다시 착면着面하라고 할까요?"

석대원은 지금 혈랑탈을 쓴 상태였다. 그래서인지 왕구연은 그의 질문을 질책으로 받아들인 눈치였다.

"아니오."

석대원은 고개를 작게 저었다. 불편함을 무릅쓰고 굳이 가면을 쓸 필요는 없었다. 가면이 필요한 사람은 그 하나로 족했다. 그는, 최소한 오늘까지는, 석대원이라는 인간이 아니라 과거의 낡은 인물들과 낡은 사건들에 의해 파인 바큇자국을 따라 굴러가는 저지 불가능한 마차, 이 대 혈랑곡주였다.

"문강이라는 자는 어찌 되었는가?"

운리학이 두 사람의 대화에 끼어들었다. 눈이 본격적으로 내리기 시작하자 하후봉도는 넓은 유지 우산을 꺼내 그가 앉은 바퀴 의자를 가려 주었다. 덕분에 의복이 젖는 것은 피할 수 있었지만, 그럼에도 늙은 책사는 여전히 춥고 초췌해 보였다.

"제가 당도했을 때 그자는 거처인 현원각玄元閣을 이미 떠난 뒤였습니다. 미처 달아나지 못한 비복 하나를 잡아 문초한 결과 내원으로 피신했음을 알아냈습니다. 곧바로 들어갈까 하다가 아무래도 곡주님과 노사부님을 기다려야 할 것 같아 이곳에서 대기하고 있었습니다."

운리학을 대하는 왕구연의 태도는 석대원을 대할 때와는 달리 진정 어린 충심이 담긴 것 같았다. 물론 석대원은 그 점에 대해 아무런 불만도 없었다. 만일 저들이 운리학을 대하듯 그를 대했다면 저들로부터 가급적 빨리 벗어나려는 그의 결심에 작지 않은 장애로 작용했을 테니까.

왕구연의 대답을 들은 운리학이 고개를 주억거렸다.

"잘했네. 내원으로 피신했다면 필시 비천대전秘天大殿으로 갔을 테니까."

비천대전은 단천원의 중심부에 자리 잡은 내원에서도 가장 핵심적인 건물의 이름이었다. 잠룡야 일가의 거처들과 이웃한 그곳은 비각의 최고 결정 기구인 십영회의가 개최되는 장소인 동시에, 기묘하고 악독한 기관과 암수에 의해 보호받는 살인적인 험지險地라고 했다.

왕구연의 시선이 석대원을 향했다.

"고자 놈이 돌아올 때까지 기다릴까요?"

석대원은 대답 대신 운리학을 돌아봄으로써 이곳에서의 결정권이 자신에게 있지 않음을 간접적으로 드러냈다.

"역천뢰는 거리도 멀뿐더러 수색하는 데 시간이 제법 걸릴걸세. 하지만 나는…… 더 이상 기다리기 힘들구먼."

말을 마친 운리학이 석대원을 올려다보았다. 석대원은 아들의 유골이 담긴 광목 꾸러미를 뼈마디가 도드라지도록 힘주어 움켜쥐고 있는 노인의 주름진 손을 내려다보았다. 그런 다음 고개를 천천히 들어 일행의 뒤쪽, 함박눈에 삼켜진 백색의 세상을 바라보았다. 그렇게 잠시의 시간이 흐르고, 늑대 탈의 눈구멍에 가려진 그의 눈동자 위로 작은 흔들림이 스쳐 갔다.

"아원?"

어찌하겠느냐 묻는 듯 말꼬리가 살짝 올라가는 부름이었다. 석대원의 눈길이 운리학에게로 다시 내려왔다.

"먼저 들어가십시오."

운리학의 볼품없는 수염이 흔들렸다.

"먼저? 너는 어쩌려고?"

혹시라도 마음이 바뀌어 이번 일에서 빠지겠다는 것이 아닌지 걱정하는 기색이 역력했다. 그러나 운리학의 걱정은 지나친 감이 있었다.

"저를 만나고 싶어 하는 사람이 있나 보군요. 곧 따라가겠습니다."

운리학을 포함한 모든 이들의 고개가 방금 석대원이 바라보던 방향으로 돌아갔다.

잠시 후 그들의 눈에 들어온 것은 휘날리는 눈발을 뚫고 휘청휘청 걸어오는 상복 차림의 청년이었다.

저녁으로 접어들며 드세지기 시작한 북풍이 함박눈을 눈보라로 바꿔 놓았다. 눈보라는 끈질긴 원귀처럼 이군영의 팔과 다리와 몸통을 붙들고 늘어졌다. 그러나 그의 걸음이 평소와 달리 어지러운 것은 반드시 눈보라 하나 때문만은 아니었다. 여러 날 섭식에 부실했던 탓에 몸이 많이 상한 탓도 있겠지만, 그를 휘청거리게 만드는 진정한 이유는 따로 있었다. 그는 자신의 혈관을 따라 흐르는, 북풍보다도 차갑고 눈보라보다도 위협적인 기운을 느낄 수 있었다. 그것을 그의 체내로 밀어 넣은 원흉은 그의 왼쪽 어깨 살 위에 깊숙이 박힌 다섯 개의 살덩어리들로 남아 있었다.

사방이 눈 천지인데도 목이 말랐다. 귓구멍이 먹먹하고 눈앞은 가물거리고 있었다. 하지만 이군영은 걸음을 멈추지 않았다. 그에게는 반드시 만나야 할 사람이 있기 때문이었다.

형체를 가진 회백색 날짐승들처럼 몰려다니는 눈보라 저편으로 불긋한 덩어리들이 얼핏 보였다. 이군영은 손차양을 올려 전방을 살펴보았다. 붉은 장포를 걸친 스무 명 안팎의 사람들. 정학의 후예라는 방발분과 같은 차림이었다.

이군영은 눈보라의 물기로도 적셔지지 않은 메마른 입술로 웃음을 지었다. 저들이 향할 곳이 내원이라는 점은 짐작한 바지만 이처럼 공교롭게 마주친 것은 하늘이 도왔다고밖에 생각되지 않았다. 그는 멈췄던 걸음을 다시 떼어 놓기 시작했다. 혈포인들과의 거리가 가까워지고 있었다.

십 장, 칠 장, 오 장…….

그들과의 거리가 삼 장쯤 되었을 때, 이군영은 비로소 걸음을 멈추고 눈보라를 뚫고 걸어오느라 웅크렸던 허리를 곧게 펴 올렸다. 전방에는 많은 사람들이 있었지만, 그의 눈동자에 담긴 사람은 오직 하나. 대나무처럼 마른 몸을 붉은 장포로 가리고 얼굴에는 붉은 늑대 탈을 뒤집어쓴 거인뿐이었다.

이군영의 두 눈에 광기에 가까운 열망이 번득였다.

'석대원!'

석대원은 눈가루로 뒤덮인 초췌한 남자를 바라보았다. 여자는 물론이거니와 같은 남자라도 한 번 만나면 절대로 잊지 못할 만큼 잘생긴 남자였다. 하물며 그는 저 남자를 두 번이나 만난 적이 있었다. 한 번은 그녀에게 줄 선물을 고르기 위해 기웃거리던 태원성 동문로의 번화가에서. 그리고 또 한 번은…….

─석대원, 네가 무슨 짓을 했는지 똑똑히 봐라! 누님은 임신 중이었다! 바로 네 아이를 배고 있었단 말이다!

저 남자가 말해 주지 않았다면 그 사실을 알지 못했을 것이 분명했다. 그래서 미웠다. 그녀를 죽인 것 하나만으로도 충분히 고통스러운데 아이라니, 내 아이라니.

저 남자가 한 말은 결과적으로 석대원을 더욱 깊고 더욱 뜨거운 지옥으로 떨어트린 셈이었다.

'웃기는군.'

석대원은 실소했다. 책임을 전가하는, 그래서 분노를 받아 줄 새로운 대상을 물색하는 스스로가 가증스러웠기 때문이다.

저 남자가 누구인지는 알고 있었다. 그녀는 폭풍이 치는 밤 바다 위 선실에서 말했다. 비각의 일비영 이명이 죽어 가는 어린 그녀를 거두어 친딸처럼 키워 주었다고. 그래서 그 은혜를 갚는 것이 그녀 삶의 매우 중요한 부분을 차지한다고. 이명에게는 아들이 하나 있었다. 이군영. 비각의 사비영. 그녀를 친누이처럼 여길 사람은 그 남자뿐이었다.

그때 이군영이 석대원을 향해 두 주먹을 치켜들더니 얼굴 앞에서 모아 보였다. 그의 오른손에는 자욱한 눈보라 속에서도 그 진귀함을 단번에 알아볼 수 있는 유백색 옥선 한 자루가 쥐여 있었다.

석대원은 의외라는 생각이 들었다. 이군영이 그를 만나고자

한다는 것은 묻지 않아도 알 수 있었다. 하지만 이군영이 그에게 보여야 할 것은 원한과 복수심이지 저처럼 정중한 예도가 아니었다. 실제로 그녀가 혈랑검을 배에 박은 채 쓰러졌을 때, 이군영은 악귀처럼 일그러진 얼굴로 그를 향해 열 손가락을 세우고 달려들지 않았던가, 갈가리 찢어 한 점 한 점 씹어 먹어도 직성이 풀리지 않는다는 듯이.

"마침내 우리가 다시 만났구려."

포권을 푼 이군영이 말했다. 석대원은 묵묵히 고개를 끄덕이기만 했다.

석대원을 대신해 이군영에게 말을 건 사람은 바퀴 의자에 앉아 이군영의 전신을 유심히 살펴보던 운리학이었다.

"그것은…… 방발분의 손가락이군."

젓가락처럼 앙상한 운리학의 손가락이 향한 곳은 이군영의 왼쪽 어깨였다.

"예? 방 매의 손가락이라고요?"

깜짝 놀란 최당이 목을 길게 빼고 이군영의 어깨를 살폈다. 운리학이 무겁게 탄식했다.

"정학의 대가 끊겼구나!"

그제야 이군영의 어깨에 박힌 작고 시커먼 물체들을 발견한 최당이 눈을 홉뜨며 부르짖었다.

"방 매에게 무슨 짓을 한 거냐!"

이군영은 대수롭지 않다는 투로 대답했다.

"서로 죽이려고 한 두 사람 중에 한 사람이 죽었소. 더 이상의 설명이 필요하오?"

"이놈!"

노성은 최당이 터뜨렸지만 실제로 앞으로 나선 사람은 취설천월 왕구연이었다.

"그녀는 괴팍하기는 해도 우리 모두의 누이였다. 목숨은 오직 목숨만으로 갚을 수 있다는 강호의 율법을 알고 있겠지?"

왕구연의 말에 이군영은 입꼬리를 비틀었다.

"우습구려. 이 장원을 피로 씻은 사람들은 따로 있다는 듯이 말하다니."

왕구연이 어깨 위로 두 손을 올려 등에 엇질러 메고 있던 두 자루 철창을 잡아 갔다.

"꼬치가 된 뒤에도 웃을 수 있는지 확인해 보마."

이군영은 왕구연을 상대하지 않았다. 그의 시선이 다시 석대원에게로 옮겨 왔다.

"이들이 필요하오?"

석대원이 반문했다.

"무슨 뜻이오?"

"옥천관에서 대단한 일을 하셨더구려. 일 검에 오백 명이라. 어찌나 대단한 소문이었던지 나 같은 상주喪主의 귀에도 흘러들어 오더이다. 그런 석 형이 다른 사람의 도움을 필요로 하느냐고 물은 거요."

이제 질문의 뜻은 알게 되었지만 이군영의 의중은 여전히 짐작할 수 없었다. 다만 이군영이 그와의 독대를 바란다는 점만은 분명했다. 그리고 그 점은 눈보라를 뚫고 다가오는 이군영의 모습을 발견한 순간 예상한 바이기도 했다.

석대원이 이군영과 눈을 마주한 상태에서 왕구연에게 말했다.

"노사부님을 모시고 안으로 들어가시오."

왕구연이 굵은 눈썹을 이마 쪽으로 밀어 올리며 석대원을 돌아보았다.

"곡주님께서 직접 처리하실 필요는 없다고 생각합니다."

최당이 왕구연을 거들고 나섰다.

"맞습니다. 왕철장이 저놈을 맞창 낸 다음 같이 들어가시면 됩니다. 이미 방 매의 한령조恨靈爪에 당한 놈인 만큼 오래 걸리지는 않을 겁니다."

석대원은 눈길을 돌리지도 않은 채 최당의 말을 잘랐다.

"나는 당신들의 의견을 묻지 않았소."

왕구연과 최당이 서로의 얼굴을 돌아보았다. 그때 아래로부터 운리학의 가녀린 목소리가 울려 나왔다.

"호연의 피붙이다. 설마 살려 둘 작정은 아니겠지?"

이 질문에 대한 답은 아까 이군영이 가르쳐 주었다.

"서로 죽이려는 두 사람 중에 한 사람이 죽겠지요. 단지 그뿐입니다."

운리학은 몰라도 왕구연과 최당은 이 답이 마음에 든 눈치였다. 왕구연이 철창의 자루를 움켜쥔 두 손을 아래로 내리더니 석대원을 향해 허리를 굽혔다.

"명을 따르겠습니다."

운리학도 결국 고개를 끄덕였다.

"비천대전으로 오너라. 너무 오래 걸리면 안 된다. 네가 꼭 있어야 하는 자리니까."

하지만 석대원은 여전히 다른 사람에게는 눈길조차 주지 않았다. 그의 시선은 오직 이군영에게만 붙박여 있었다. 그럼으로써 연상되는 어떤 자취에 매료당하기라도 한 듯이.

이윽고 사람들은 석대원과 이군영을 그 자리에 남겨 놓은 채 내원의 정문 안으로 모두 들어갔다. 두 남자는 어떠한 훼방꾼도 없이 두 사람만의 시간을 갖게 되었다. 그들은 처음 황야에서 우연히 마주친 두 마리 들개처럼 서로를 향한 눈길을 돌리지 못하고 있었다. 그러는 가운데에도 석대원은 생각했다.

'놀랍군.'

이렇게 마주 보고 있으려니 이군영에 대해 억지로 끌어 올렸던 미움이 놀랄 만큼 빠르게 사라져 가는 것이 느껴졌다. 왜 아니겠는가! 저기 한 남자가 서 있다, 그녀가 소중히 여기던 남동생, 어쩌면 처남 매형 간이 되었을지도 모르는.

석대원은 또 생각했다. 저렇게 잘생긴 처남이 있다면 어떤 기분이 들까? 함께 나이 먹는 동안 그녀가 입버릇처럼 꺼냈을 ─석대원을 어린애 취급하는 그녀라면 분명히 그랬을 것이다─ 잘난 동생 자랑에 조금은 불쾌해하겠지.

─옷 꼴이 그게 뭐예요, 아유, 세수 좀 하고 살아요, 군영이가 알면 웃어요. 어? 표정이 왜 그래요? 설마 군영이한테 질투하는 거예요? 바보 같은 사람.

석대원은 혈랑탈 아래에서 자신도 모르게 아련한 미소를 짓다가 비수에 찔린 사람처럼 흠칫 놀라고 말았다.

그때 딱딱하게 굳어 있던 이군영의 눈매가 조금 부드러워졌다. 그러더니 뭔가 어려운 결정을 내린 듯한, 혹은 보이지 않는 짐 하나를 내려놓은 듯한 홀가분한 표정이 그의 초췌한 얼굴 위로 떠올랐다.

이군영이 석대원에게 말했다.

"그 보기 흉한 탈바가지, 벗으면 안 되겠소?"

석대원은 얼굴을 가리고 있던 혈랑탈을 벗어 주위에 두껍게 쌓인 눈 위에 멀찍이 던져 놓았다. 이것은 그와 이군영 간의, 한 여자가 연인과 동생으로 사랑하던 두 남자 간의 문제였다. 이 자리에서까지 혈랑곡주의 외피를 고집하고 싶지는 않았다. 맨얼굴을 두들기는 매서운 눈발이 오히려 시원하게 느껴지고 있었다.

이군영은 비로소 드러난 석대원의 얼굴을, 아마도 그 비극적인 밤에 본 것과는 많이 달라져 있을 얼굴을 잠시 올려다보다가 한숨을 쉬었다.

"얼굴이 왜 그 모양이오?"

석대원은 오른손을 올려 자신의 뺨을 슬쩍 쓰다듬어 보았다. 단단하고 탄력 있는 살들은 다 어디로 사라졌는지 불룩 튀어나온 광대뼈가 손가락 끝에 그대로 잡히고 있었다. 하지만 얼굴이 상한 것은 그만이 아니었다.

"남 말 할 처지는 아닌 것 같구려."

"그렇겠지. 나도 마음 편히 지낼 수는 없었으니까."

쑥스러워하는 청년처럼 고개를 살짝 숙이고 석대원의 지적을 받아들인 이군영이 잠시 뒤에 덧붙였다.

"어쩌면 영원히 그럴지도 모르겠소."

무서우리만치 절절한 공감이 두 남자 사이를 가로질러 석대원의 공허한 마음을 물들였다.

이군영이 고개를 들어 석대원을 바라보았다. 그의 두 눈에 별 같은 광채가 어렸다.

"나는 누님을 사랑했소."

석대원은 무겁게 대꾸했다.

"알고 있소."

이군영이 아이에게 틀린 대답을 들은 어른처럼 고개를 짧게 흔들더니 다시 말했다.

"나는 누님을 사랑했소."

같은 말이 반복되었지만, 석대원에게는 다른 의미로 받아들여졌다. 저 남자와 그녀는 성이 달랐다. 피를 나눈 친남매가 아닌 것이다. 피상적으로만 인지하던 그 전제가 석대원의 머릿속에서 갑자기 거대해지고 뚜렷해졌다. 그들은 한 여자가 사랑한 두 남자라고 생각했는데, 이제 보니 한 여자를 사랑한 두 남자이기도 했던 것이다. 그리고 그들이 품은 사랑의 성질은 서로 다르지 않았다.

석대원은 이제야 비로소 '알았다'.

"그랬구려."

사실이 제대로 알려져 기쁘다는 듯 이군영이 미소를 지으며 말했다.

"이제 내가 복수를 하려는 이유도 알리라 믿소."

혈랑곡주의 후예와 잠룡야의 후예가 아닌, 동일한 바큇자국 위를 마주 굴러온 두 대의 마차가 아닌, 한 여자를 사랑한 두 남자가 앞두고 있는 파국破局은 비장하기는 해도 혐오스럽지는 않았다. 하지만…….

"방발분의 한령조에는 음독이 담겨 있소. 당신이 나를 죽이기란 쉽지 않은 일 같구려."

석대원의 말에 이군영은 왼쪽 어깨에 박혀 있는 다섯 개의 시커먼 손가락들을 하나씩 뽑아내기 시작했다. 손가락이 뽑힐 때마다 변색된 핏물이 뭉클거리며 흘러나왔지만 이군영은 눈썹 하나 찡그리지 않았다.

다섯 번째 손가락이 눈밭에 버려진 다음, 왼쪽 어깨를 피로 물들인 이군영이 석대원에게 말했다.

"나는 누님을 보낸 뒤 당신과 다시 만날 날을 대비해 한 가지

'특별한' 무공을 익혔소. 그 노파의 음독 따위는 내가 뜻을 이루는 데 아무 문제도 되지 않으니 당신은 걱정 마시오."

"다행이군."

석대원은 등에 메고 있던 혈랑검을 뽑았다. 이 대 혈랑곡주라면 몰라도 석대원 개인에게는 이군영을 죽일 이유가 전혀 없었다. 그러나 이군영이 복수를 바란다면 그것에 응해 주는 것이 도리라는 생각이 들었다.

"가오."

이군영이 짤막한 한마디와 함께 석대원을 향해 몸을 던졌다. 유백색 보광에 휩싸인 옥선이 눈발을 가르며 석대원의 심장을 향해 일직선으로 찔러 들어왔다. 매섭지만, 이군영이 한 공격치고는 평범하다는 생각이 들었다. 석대원은 혈랑검을 움직였다.

깡!

이군영이 술에 취한 사람처럼 비틀거리며 뒤로 물러났다.

석대원은 이군영을 바라보고, 혈랑검을 내려다보고, 다시 이군영을 바라보고, 눈매를 가늘게 좁혔다. 뭔가 이상하다는 기분이 들었다.

"으음."

처음에 서 있던 자리보다 서너 발짝 뒤에서야 몸을 세운 이군영이 상복 소매를 들어 입가를 훔쳤다. 석대원은 그 소매에 묻어 나온 검붉은 혈흔을 놓치지 않았다.

이군영이 붉게 물든 앞니를 내보이며 석대원에게 말했다.

"당신의 검법은 전보다 약해진 것 같군. 옥천혈효는 뜬소문이었소?"

허세를 부리는군. 석대원은 그렇게 생각했다.

짜르르륵!

이군영이 오른손에 쥔 옥선을 경쾌하게 펼치더니 말을 이었다.

"어찌나 죽이고 싶은지 화까지 나려고 하는구려. 나는 지금부터 그 '특별한' 무공을 쓸 작정이오. 당신은 방심하지 마시오."

석대원의 검법이 전보다 약해졌다는 말은 사실과 달랐고, 옥천혈효에서 보인 이 대 혈랑곡주의 신위를 뜬소문만으로 치부하는 것도 잘못된 일이었다. 석대원은 스스로의 강함에 대해 잘 알고 있었다. 하지만 이군영은 잠룡야 이악의 손자였고, 특별한 환경과 특별한 재능으로써 나이를 뛰어넘는 특별한 경지에 오른 절세의 기재였다. 특별한 남자가 강조하는 '특별한' 무공은 석대원을 긴장시키기에 충분했다.

"이게 마지막이길 바라오."

살인 선포로는 약간 이상하게 들리는 말과 함께 이군영이 다시 움직였다. 그가 거듭하여 강조하던 '특별한' 무공은 분명히 특별해 보였다.

파파파파ㅡ.

옥선이 춤을 추고, 보광이 휘황하게 빛나고, 두 사람 사이를 메우던 눈보라가 방향을 바꾸었다.

석대원은 심동공허를 발휘했다. 공간의 결을 밟아 몸을 물림으로써 어떤 위험을 감추고 있을지 모르는 옥선의 화려한 공격을 피해 낸 뒤, 다시 앞으로 나아가며 오른손의 혈랑검을⋯⋯.

바로 그 순간, 석대원은 이군영이 말한 '특별한' 무공이 박제된 맹수처럼 작위에 불과하다는 것을 알아차렸다. 그 특별함이란 거짓된 특별함, 억지로 꾸며 낸 특별함에 지나지 않았던 것이다.

'하지만 왜?'

이유도 곧바로 알 수 있었다. 닥쳐오는 혈랑검을 향한 이군영의 얼굴이, 별처럼 반짝이는 두 눈과 핏물에 물든 입술로 함께 만들어 낸 환희에 찬 웃음이 그 이유를 말해 주고 있었다.

……질투심이 불처럼 일어났다.

혈랑검의 붉은 광채가 씻은 듯이 사라졌다. 다음 순간, 옥선의 잔영들이 석대원의 커다란 몸뚱이를 후드득 두드렸다. 타격감은 있었지만 통증은 따르지 않았다. 허초도 아니었다. 그냥 아무것도 아니었다.

툭.

마지막으로 석대원의 어깨를 두드린 옥선이 얼마 안 되는 반력조차 이기지 못하고 허공으로 날아올랐다. 이군영은 석대원에게서 두 걸음 떨어진 곳에 어깨를 축 늘어뜨리고 서서 눈을 끔뻑거리고 있었다. 잠시 후 그의 입술이 맥없이 열리며 불신과 실망에 찬 중얼거림이 흘러나왔다.

"다 되었는데…… 분명히 다 되었는데…….."

석대원은 이군영과의 거리를 두 걸음 더 벌렸다. 광채를 잃어버린 공허한 눈이 그를 따라붙었다.

"왜 검을 거둔 거요?"

이군영이 물었다. 혈랑검은 이미 석대원이 등에 멘 검집 안으로 돌아간 상태였다. 석대원은 갑자기 살갗 안의 모든 것을 잃어버린 듯한 이군영의 얼굴을 물끄러미 바라보다가 말했다.

"역시 당신이 죽이려는 사람은 내가 아니라 당신 자신이었군."

"그렇소."

"왜 그랬소?"

이군영의 얼굴이 고통으로 일그러졌다. 석대원은, 자신의 경험을 통해, 그 고통이 육신이 아니라 가장 깊은 영혼에서 비롯되었음을 알 수 있었다.

이군영이 대답했다.

"……내게는 전부였으니까."

'무엇'이, 혹은 '누구'가 생략된 말이었지만 이해하는 데는 아무 문제도 없었다. 전부가 사라졌을 때 인간은 존재의 의미를 잃게 된다. 이군영은 그래서 죽으려는 것이다. 석대원의 경우에도 죽음은 언제나 유혹적인 해답이었다.

석대원이 물었다.

"다른 방법으로도 얼마든지 죽을 수 있었을 텐데?"

이군영이 대답했다.

"밀교의 우화 중에는 같은 마귀에게 죽은 사람들은 같은 지옥에 떨어진다는 이야기가 있소. 나는…… 누님과 같은 곳에 가고 싶었소."

어처구니없는 소리였다. 그러나 석대원은 그 어처구니없는 소리로부터 더욱 큰 질투심을 느꼈다. 결국 죽일 수밖에 없지 않을까 하던 생각이 절대로 죽이지 않겠다는 생각으로 바뀌었다. 그녀가 간 곳이 어디든, 그는 이군영을 그곳에 보내고 싶지 않았다. 만일 이군영이 기필코 가려 한다면 무슨 수를 써서라도 막고 싶었다.

이군영의 눈 속으로 어둑한 분노가 떠올랐다. 그는 석대원에게 항의했다.

"당신은 그날 누님을 따라 죽었잖소! 나도 그렇게 하겠다는데, 그게 그렇게 큰 욕심이오?"

이군영의 항의에는 일리가 있었다. 영혼이 육신의 소유권을 잃는 것도 죽음의 범주에 들어간다면, 석대원은 그날 밤 분명히 혈마귀에 의해 죽었기 때문이다. 갑자기 이군영이 들었다는 밀교의 우화가, 같은 마귀에게 죽은 사람들은 같은 지옥으로 떨어진다는 이야기가 허황된 것만은 아닐지도 모른다는 생각이 들었다. 석대원 본인 또한 무문관의 윤생을 통해 그녀를 끝없이 만날 수 있었기 때문이다.

"석대원, 제발 검을 뽑으시오! 그래서 코앞에서도 누님을 지키지 못한 자에게 복수하려는 내 소원을 들어주시오!"

이제 이군영은 애원하고 있었다. 그가 석대원에게 이루 말할 수 없이 격렬한 증오심을 품고 있다는 점에는 의심의 여지가 없었지만, 그런 증오심도 스스로를 향한 모멸과 책망을 넘어서지는 못하는 것 같았다.

그러나…….

'바라는 대로 해 주지는 않을 것이다! 그녀에게 순순히 보내 주지는 않을 것이다!'

석대원은 무쇠처럼 단단한 얼굴로 입을 열었다.

"나는……."

그때, 그녀가 속삭였다.

―어? 표정이 왜 그래요?

"나는……."

―설마 군영이한테 질투하는 거예요?

석대원은 두 눈을 감았다.

―바보 같은 사람.

그녀 특유의 낮은 후음을 동반한 웃음소리에 실려 질투심이 서서히 사그라들었다. 석대원은 언제나 그녀를 이기지 못했다. 이번에도 그랬다.

감겼던 눈이 다시 뜨였을 때, 혈랑검은 검집 안에 담겨 있지 않았다. 붉은빛에 감싸인 그 검신은 이군영의 심장을 관통하고 있었다.

이군영의 얼굴에 일어난 경련이 미소로 바뀌었다. 그의 입이 크게 벌어지며 만족감에 겨운 한숨이 흘러나왔다.

"아아."

혈랑검이 이군영의 몸에서 뽑혔다. 이군영은 그 자리에 풀썩 무릎을 꿇었다. 생기가 흔들리는 그의 눈이 석대원을 향했다.

"이제야 누님을 만날 수 있겠군. 하지만 당신은……."

석대원은 이군영의 얼굴에서 처음으로 어떤 악의를, 스스로가 아닌 타인을 향한 증오심을 읽을 수 있었다.

"여기서…… 계속…… 고통받아야…… 하겠지……."

이군영의 눈에서 생기가 꺼졌다.

석대원은 붉은 검을 들고 그 자리에 우두커니 선 채 연적戀敵의 잘생긴 얼굴이 눈가루에 허옇게 덮여 가는 모습을 오랫동안 지켜보았다.

(5)

자욱한 눈발을 뚫고 쩔뚝쩔뚝 힘겹게 나아가는 그 커다란 덩어리는 지저분할 뿐만 아니라 고약한 악취까지 풍기고 있었다. 그럴 수밖에 없었다. 감옥에 갇혀 있던 사람이 둘씩이나 들러붙어 있으니 이토록 드세게 몰아치는 눈보라로도 그 더러움이 좀처럼 씻기지 않았던 것이다.

"육비영님, 내원에 들어왔는데 이제는 어떻게 할까요?"

쩔뚝거리던 덩어리의 오른쪽 아래에서 뭔가 무거운 것에 짓눌린 듯한 힘겨운 목소리가 새어 나왔다.

"비천대전, 놈들이 갈 곳은 거기밖에 없겠지. 그리로 가자."

큰 종처럼 무거운 울림을 담은 목소리가 덩어리의 윗부분으로부터 떨어져 내렸다. 그 목소리의 주인공은 혈랑곡도 중 한 명과 생사의 대결을 마치고 역천뢰를 벗어난 거경 제초온이었다. 그는 왼쪽 어깨에 큰 배의 노만큼이나 크고 기다란 물체를 걸쳐 메고 있었다. 역천뢰 입구에 늘어서 있는 창고들 중 한 곳에서 챙겨 온 그의 애병, 청강참마도였다.

거구로 유명한 제초온은 말할 필요도 없이 무거운 사람이었다. 거기에 백육십 근의 청강참마도까지 더해졌으니 그 무게가 오죽할까. 그것이 제초온을 부축하여 역천뢰에서 이곳까지 데려온 우낙을 천천히 짜부라뜨리고 있었다. 부처님 앞에서 까불다가 세 산에 깔린 원숭이가 된 기분이랄까. 진땀으로 흠뻑 젖어 버린 의복은 매서운 한파와 몰아치는 눈보라가 무색할 지경이었다.

"조금만 쉬었다 가면 안 될까요?"

우낙이 울먹이듯이 간청했다. 하지만 제초온은 날씨만큼이나 냉혹했다.

"안 돼."

우낙은 기절할 것 같았다. 단지 엄살만이 아니었다. 온몸의 뼈마디가 어긋난 것 같았고, 장기도 제 기능을 잃었는지 심장이 두근거리고 숨이 잘 쉬어지지 않았다.

"육비영님, 소인은 이제 한 걸음도 못 걸을 것 같습니다."

우낙이 헐떡거리며 다시 간청했다.

"죽고 싶으냐?"

제초온이 고리눈을 번뜩이며 어깨에 걸쳐 멘 청강참마도를 쥔 왼손에 힘을 넣었다. 우낙은 그의 팔뚝과 손등에서 우악스럽게 꿈틀거리는 힘줄을 볼 수 있었다. 살갗 밖으로 뽑아낼 수 있다면 그것만으로도 그를 목 졸라 죽일 수 있을 것 같았다.

"아, 알겠습니다."

그러나 대답과 달리 우낙은 그 자리에 풀썩 엉덩방아를 찧고 말았다. 그러려고 그런 것이 아니었다. 멈춘 걸음을 이어 가기 위해 허리를 튼 순간 갑자기 척추가 빠지기라도 한 양 하체 전체에 맥이 풀려 버린 것이다.

지지대를 잃은 제초온이 휘청거리던 몸을 바로잡고 무서운 눈으로 우낙을 굽어보았다.

"너……."

우낙은 급히 양손을 내저어, 굳이 듣지 않아도 얼마나 살벌할지 짐작할 수 있는 제초온의 뒷말을 막았다.

"아닙니다! 일부러 그런 게 아니에요. 자, 보세요, 이렇게 일어나지 않습니까."

하지만 눈 쌓인 돌바닥을 아무리 손으로 밀어 봐도 허리가 받쳐 주지 않는 데야 어쩔 도리가 없었다. 몇 차례 몸을 들썩이며 용을 쓰던 우낙은 자력으로는 엉덩이가 더 이상 움직이지 않는다는 사실을 인정할 수밖에 없었다.

당장이라도 청강참마도를 내리찍지 않을까 싶을 만큼 사나운 눈씨로 우낙을 내려다보던 제초온이 어느 순간 코웃음을 치며 어깨에서 힘을 풀었다.

"빙충맞은 놈, 그따위 간담을 가지고 이날 이때까지 어떻게 강호인 행세를 해 온 거냐."

그러나 제초온은 모를 것이다. 내원 정문 앞에 무릎을 꿇은 채 눈사람이 되어 죽어 있는 사비영 이군영을 발견한 순간, 우낙에게 남아 있던 마지막 간담이 어디론가 날아가 버렸다는 사실을. 노각주의 손자마저 가차 없이 죽여 버린 자들이 가 있다는 비천 대전은 우낙에게 있어서 저승 문턱 너머에 열려 있다는 염라전이나 다름없었다. 제초온에게 붙들려 그 염라전으로 끌려간다고 생각하니 사지가 저절로 얼어붙는 것도 당연한 일이었다.

"그만두자, 그만둬. 잠시라도 네 도움을 받은 내가 한심해서 못 견디겠구나."

크게 탄식한 제초온이 몸을 돌려 걸어가기 시작했다. 오른쪽 다리가 엉망으로 망가진 상태라 그런지 내딛는 걸음이 불안하기 짝이 없었다. 그 등을 향해 우근이 쭈뼛거리며 물었다.

"유, 육비영님? 소인은 무엇을 할까요?"

제초온은 고개도 돌리지 않고 대꾸했다.

"거기 주저앉아 있든 달아나든 네 맘대로 하려무나."

자욱한 눈보라가 제초온의 거구를 천천히 집어삼켰다.

'정말로 나를 놔주려는 건가? 달아나도 된다 이거야?'

송장처럼 납빛으로 물들었던 우낙의 얼굴에 조금씩 화색이 돌기 시작했다. 놔준 것이든 버리고 간 것이든, 그런 것은 중요하지 않았다. 중요한 것은 염라전에 가지 않아도 되는 자유가 그에게 주어졌다는 점.

'살 수 있다!'

우낙은 눈밭에 개처럼 엎드려 양 손바닥으로 골반을 부리나케 문지르기 시작했다. 얼굴 아래가 눈에 파묻히며 숨을 쉬기가 거북했지만, 살 수만 있다면 그 정도 곤란쯤은 얼마든지 감내할 용의가 있었다.

그렇게 골반을 문질러 대기를 얼마나 했을까? 남의 것처럼 무감각하기만 하던 하체에 서서히 피가 돌더니 힘이 들어가는 것이 느껴졌다. 골반을 움켜잡아 척추 끝에다 힘껏 끌어 붙인 우낙은, 이어 바닥을 짚은 두 팔에 힘을 주어 몸을 일으켜 세웠다. 허정허정 부실하기는 해도 양 오금이 그런대로 버텨 주고 있었다.

'됐다!'

우낙은 마음속으로 환호성을 터뜨렸다. 비각에 누룽지처럼 눌어붙어 안락한 노후를 모색하겠다는 계획은 지난 달 호북에서 혈랑곡도들과 마주한 순간 깨끗이 포기한 그였다. 이제는 만사가 지긋지긋했다. 비각이고 혈랑곡이고 모조리 지옥에나 떨어져 버리라지. 산서는 그에게 있어서 고향처럼 친숙한 고장이지만, 이번 위기만 벗어날 수 있다면 두 번 다시는 얼씬도 하지 않을 작정이었다. 저 남부 어느 산자락에 틀어박혀 길손들이나 털며 먹고산들 지금보다는 마음이 편할 것 같았다.

'안녕이다, 안녕!'

우낙은 내원 정문이 있는 방향으로 몸을 돌렸다.

그러고는 그 자리에 얼어붙었다.

부우우우-.

눈보라는 백색의 거대한 기둥들의 형상으로 뭉쳐 천지간을 가로지르고 있었다. 그 기둥들 사이로 어떤 건물의 검푸른 윤곽이 얼핏얼핏 보이고 있었다. 십영회의에 참석하느라 한두 번 와 본 길이 아님에도, 제초온은 그 건물이 비천대전임을 확인하기 위해 손차양을 올리고 실눈까지 떠야만 했다. 지독한 눈보라는 단천원 식구를 단천원에서 표류하게 만들고 있었다.

다행히 비천대전이 맞았다. 제대로 찾아온 것이다.

"……님!"

문득 등 뒤에서 무슨 소리가 들린 것 같은 기분이 들었다. 방향을 잃지 않았음에 안도하던 제초온이 멈췄던 걸음을 다시 떼어 놓기 직전에 벌어진 일이었다.

"육비영님!"

재차 울린 소리는 조금 전보다 더욱 또렷해져 있었다. 그 소리의 주인이 반각 전 눈밭에다 버리고 온 오줌싸개임을 알아차린 제초온은 의아함을 느꼈다. 오줌싸개가 그 자리에서 얼어 죽지 않을 것임은 알고 있었다. 굳은 몸이야 얼마 지나지 않아 풀릴 테고, 그러면 움직일 수 있을 터였다. 하지만 움직인 방향이 그가 온 비천대전 쪽이라는 점이 이해되지 않았다. 그가 아는 오줌싸개라면 몸이 풀린 즉시 반대쪽으로, 즉 내원 바깥으로 달아나는 것이 정상이기 때문이었다.

비겁한 자가 갑자기 용감한 자로 변한 것일까?

"육비영님, 저 좀 살려 주십시오!"

……그럴 리가 없었다.

뒷전으로부터 눈보라와는 또 다른 바람을 일으키며 달려온 오줌싸개가, 마치 포식자를 피해 수풀 뒤에 숨는 초식동물처럼, 자신의 거구를 방패막이로 삼아 앞섶 아래 잔뜩 웅크리는 모습을 보며 제초온은 자연법칙의 불변함을 다시 한 번 절감하게 되었다.

"또 뭐냐?"

제초온은 짜증을 감추지 않은 얼굴로 오줌싸개를 내려다보았다. 오줌싸개가 제초온의 뒤편을 손가락으로 가리키더니 한심할 정도로 말을 더듬기 시작했다.

"그 느, 느, 늙은이가…… 그, 그리고 다, 다른 늙은이들도 잔뜩……."

제초온은 굵은 목을 돌려 뒤를 돌아보았다. 저녁의 어스름과 눈보라의 불명함 속에서 점차 붉은색을 갖추어 가는 다섯 개의 형체들이 그의 눈에 들어왔다. 그중 하나는 구면이라고 할 수 있었다. 얼굴을 잊어버리기에는 헤어진 기간이 너무 짧았다. 역천뢰의 옥방 안에 술 단지와 함께 있던 뱀눈의 늙은이.

뱀눈이 카랑카랑한 목소리로 말했다.

"달아났을 줄 알았는데 뜻밖에도 이리로 향했군."

저 말이 자신을 향한 것인지 아니면 오줌싸개를 향한 것인지 분간이 가지 않아 제초온은 잠시 눈을 끔뻑거리다가 뱀눈의 시선이 자신의 얼굴에 고정된 것을 알아차렸다. 그는 손가락을 들어 자신의 얼굴을 가리켰다.

"달아나? 내가?"

뱀눈이 고개를 끄덕였다.

"허, 허허……."

제초온은 어처구니가 하도 없어서 헛웃음을 흘리다가 불현듯 얼마 전에도, 정확히는 옥방 안에서 처음 만났을 때에도 뱀눈의 몇 마디로 인해 거대한 분노에 휩싸였던 기억을 떠올리게 되었다. 그에게 덤비려는 술 단지를 성의껏 말리지 않음으로써 그를 분노케 만든 자도 바로 저 늙은이였던 것이다!

당시에 타오르던 분노가 제초온의 커다란 몸뚱이 속을 무서운 속도로 채워 나갔다.

"허허…… 허어업!"

헛웃음이 그대로 기합이 되었다. 백육십 근 청강참마도가 자욱한 눈보라를 두 쪽으로 가르며 뱀눈과 그 주위에 선 붉은 장포의 늙은이 넷을 한꺼번에 휩쓸었다.

부웅!

낫질에 튀어 오르는 메뚜기들처럼 다섯 늙은이들이 사방으로 몸을 피했다. 휘돌아 온 청강참마도의 자루를 왼쪽 어깨로 받아내며 제초온은 입술을 불만스럽게 실룩거렸다. 다친 오른쪽 다리에 제대로 힘을 싣지 못한 탓에 풍불홍림風拂洪林의 일 식을 흡족하게 펼치지 못한 것은 사실이지만, 그렇다고 해도 한 놈도 맞히지 못할 줄은 몰랐다. 이는 저 다섯 늙은이 중 고수 아닌

자가 없다는 증거일 터.

"서두를 것 없네. 어차피 우리도 자네를 그냥 놔둘 생각은 없으니까."

붉은 장포 자락을 세차게 나부끼며 눈밭에 내려선 뱀눈이 오른손에 쥔 지팡이를 치켜들어 제초온을 똑바로 겨누었다. 지팡이의 뾰족한 끄트머리가 향한 곳은 제초온의 얼굴 중에서도 미간이었는데…….

"음?"

제초온은 미간을 찡그렸다. 얼음으로 만든 바늘에 찔린 듯 미간 위로 차갑고도 뾰족한 통증이 느껴졌기 때문이다. 그 통증이 상승의 검법을 익힌 검객이 발출하는 무형검기의 산물임을 자각한 순간, 그는 들끓는 분노를 억지로 가라앉히며 마음을 가다듬어야 했다.

'이건 상상 이상이잖아.'

뱀눈의 지팡이 끝에서 붉은 광점으로 어른거리는 무형검기에는 이제껏 제초온이 경험해 보지 못한 종류의 기운이 담겨 있었다. 무인의 본능을 자극하는 잔인하고 난폭하고 사이하고 요악한 심상들이 저 조그만 빛무리 안에 갇혀 아우성을 치고 있는 듯했다. 좁은 옥방 안을 신출귀몰 싸돌아다니던 술 단지도 여간내기가 아니었건만, 저 뱀눈의 재주 또한 막상막하인 모양이었다.

'어째 오늘은 만나는 상대마다 강적 아닌 자가 없구나.'

하지만 그것을 불운이라고 여기지는 않았다. 제초온은 타고난 싸움꾼. 싸움은 그의 유일한 도락이자 쾌락과 보람의 원천이기도 했다. 그는 이제껏 살아오면서 어떤 종류의 싸움도 마다한 적이 없었고, 아무리 강한 적수 앞이라도 지레 움츠러들지 않았다. 그로 하여금 스스로 대적을 포기하게 만든 사람은 그에게 천외

천의 경지가 존재함을 가르쳐 준 검왕 연벽제가 유일했…….

'제기랄.'

제초온은 입술을 지그시 깨물었다. 연벽제를 떠올리자 또 하나의 존재가, 그로 하여금 스스로 대적을 포기하게 만든 사람 아닌 존재가 연상되었기 때문이다. 백여 일 전 현원각의 앞마당을 자신과 같은 빛깔의 선혈로 물들인 그 비인간의 존재는 바로…….

"저 늙은이는 이 대 혈랑곡주의 비복입니다! 조심하십시오, 육비영님!"

어느새 전권戰圈에서 멀찌감치 떨어진 오줌싸개가 손나발을 만들어 외쳤다. 그 순간 제초온은 숨을 흡, 들이켰다.

이 대 혈랑곡주!

여자의 죽음 앞에 피눈물을 흘리며 스스로 마물이 됨으로써 붉은 권능을 얻은 자!

검왕 연벽제가 비검과 벼락의 주인이라면, 그 마물은 파괴와 죽음의 지배자였다. 맷돌 구멍으로 떨어진 삶은 콩이 노란 과즙으로 으스러지듯, 마물에게로 딸려 들어간 동료 비영들이 산산이 부서져 피 모래로 뿌려지던 광경이 제초온의 눈앞에 펼쳐지고 있었다. 인간이라면 절대로 떨치지 못할 거대한 유혹을 담은 마물의 속삭임이 제초온의 머릿속에 울려 퍼지고 있었다.

―나를 거역하려 하느냐?

―나에게 오라.

―인간 중 보기 드물게 강한 자로구나. 어서 와서 나를 기쁘게 해 다오. 옳지, 옳지…….

그리고 마물의 눈.

사악함으로 뭉쳐진 그 붉은 눈.

"제기랄!"

그 속삭임으로부터 벗어나기 위해, 그 붉은 눈으로부터 벗어나기 위해, 제초온은 망가진 오른쪽 다리를 짐짝처럼 질질 끌며 뒤로 물러섰다. 아무것도 한 일이 없는데도 등줄기가 땀으로 흥건히 젖어 있었다. 온몸의 관절이 바위라도 떠멘 것처럼 녹진거리고 있었다.

천하제일의 싸움꾼, 제초온의 자발적인 후퇴는 그 광경을 지켜보던 모든 이들을 당황하고 어리둥절하게 만들었다.

"유, 육비영님? 왜……?"

오줌싸개는 눈을 홉뜨고 물 밖으로 건져진 메기처럼 입을 뻐끔거렸다. 뱀눈과 그의 동료들 또한 영문을 알지 못해 당황해하는 눈치였다. 적아를 망라한 모든 이들의 눈길이 동시에 쏟아지자 제초온의 얼굴은 시뻘겋게 달아올랐다.

부모가 무서워 자식 놈을 못 패다니!

급격히 치밀어 오른 수치심과 자괴감에 제초온은 금방이라도 질식할 것만 같았다. 그럼에도 그는 수치심과 자괴감을 극복하기 위해 어떠한 노력도 기울일 수 없었다. 마물은 그 같은 천생 싸움꾼에게마저 불가항력적인 존재였다. 저 뱀눈이 마물과 연관되어 있다면 절대로 싸우고 싶지 않았다. 뱀눈과 엮임으로써 마물과 다시 마주쳐야 하는 일만큼은 절대로 피하고 싶었던 것이다. 거경 제초온은 언제나 진심인 남자였지만, 지금 이 순간만큼 자신이 진심임을 자각한 적은 없었다.

하지만 야속한 상황은 제초온의 진심을 받아들여 주지 않는 것 같았다. 뱀눈이 제초온을 향해 말했다.

"무슨 일인지는 모르겠지만 거경 자네를 이대로 보내 줄 수는 없네. 우리에게는 수 형의 원수를 갚아야 하는 의무가 있으니까."

눈발 저편에 자리 잡은 붉은 광점이 점점 짙어지고 있었다. 이제는 마물과의 대면이 숙명처럼 여겨지기까지 했다. 지옥으로 걸어 들어가야 한다는 것을 번히 알면서도 피할 수 없는 숙명이라니!

제초온이 지금 할 수 있는 일은 청강참마도의 널찍한 칼날로 뱀눈을 겨누며 다시 한 번 욕설을 내뱉는 것뿐이었다.

"제기랄!"

～━◆━～

눈보라를 뚫고 비천대전으로 가는 동안 석대원은 '관계'에 대해 생각했다.

한 인간이 다른 인간을 죽였다. 그리고 죽은 인간은 그 점에 고마워했다.

살인이란 인간이 인간에게 저지를 수 있는 가장 악한 행위라고 할 수 있었다. 그런 살인이 배려, 혹은 자비로 비치는 관계란 대체 어떤 관계일까? 두 남자 사이에 가로놓여 있다가 방금 전 끊어진 관계는 그만큼이나 비틀리고 어그러져 있었다. 인간의 한정된 언어로써 규정하는 것이 불가능하게 여겨질 만큼.

어쨌든 이군영은 죽었다. 하지만 그가 남긴 마지막 말은 석대원의 몸속에서 부러진 검 조각처럼 오래오래 남아 있을 것이 분명했다.

─당신은 여기서 계속 고통받아야 하겠지.

새삼스럽지는 않았다. 이군영의 그 말은 석대원의 영혼에 뚫려 있는 거대한 공동에 작은 구멍 하나를 더한 것에 불과했기 때문이다.

활짝 열린 비천대전 입구에 서서 혈랑탈을 얼굴에 뒤집어쓸 때, 석대원은 그의 영혼 위로 또다시 덮쳐 오는 공허의 익숙한 그늘을 보았다.

비천대전에 들어선 석대원은 구획이 분리된 세 개의 방과 세 개의 복도를 통과했다.

그가 거쳐 간 여섯 개의 공간에는 각기 다른 흔적들이 남아 있었다. 어떤 것은 강철로써, 어떤 것은 불로써, 또 어떤 것은 독으로써 새겨진 흔적들이지만 그것들을 일관하는 공통점은 존재했다. 그는 모든 흔적들이 인간의 목숨을 앗아 가기에 충분할 만큼 악독하고 치명적인 기관 장치에 의해 만들어졌음을 알아보았다. 그러나 여섯 군데 공간 어디에도 혈랑곡도들의 시신은 찾아볼 수 없었다. 앞서 비천대전으로 진입한 혈랑곡도 개개인이 어떤 죽음의 함정도 벗어날 만큼 높은 경지에 오른 무인들이라서 그런 것일까?

'그보다는 다른 이유 때문이겠지.'

석대원은 형편없이 우그러진 채 바닥 여기저기에 널려 있는 철망들—표면에 독액이 발린 쇠가시들이 빽빽하게 돋아난—을 피해 걸음을 옮기며 그렇게 생각했다. 그리고 그러한 생각은 일곱 번째 공간이자 네 번째 방으로 들어섰을 때 확신으로 굳어졌다.

'여기는 발동되기도 전에 해제되었군.'

대리석 판을 정교하게 짜 맞춘 바닥과 벽감 안에서 유등의 불꽃이 일렁거리는 벽면과 세 길에 달하는 높은 천장이 모두 청일

색인 그 방은 먼지 한 톨 찾아보기 힘들 정도로 깨끗했다. 그래서 천장을 따라 북두칠성 모양으로 새겨진 둥그런 자국들이 더욱 쉽게 눈에 띄었다.

석대원은, 진흙 위에 주먹으로 때린 듯 권심 부위의 요철까지 그대로 새겨진 그 자국들이 금철하후가의 후예인 하후봉도의 작품임을 어렵지 않게 알아볼 수 있었다. 칠성의 방위를 단번에 점하면서도 허공을 격하여 저처럼 또렷한 자국을 남길 수 있는 권법은 흔히 볼 수 있는 것이 아니었다.

석대원은 당초 이 방에 어떤 함정이 설치되어 있었는지 알지 못했다. 그리고 발동되기도 전에 기관의 중추가 파괴된 이상 앞으로 알지 못할 것이다. 권풍을 일곱 차례 쏘아 올려 기관의 중추를 파괴한 사람은 하후봉도겠지만, 각각의 위치를 정확히 지시한 사람은 분명 따로 있을 터였다.

'그토록 긴 세월이 흘렀건만…….'

기억력 하나는 알아줘야 하는 노인네라는 생각이 들었다. 고소를 흘린 석대원은 모든 위험 요소를 잃고 지극히 평범해져 버린 방을 유유히 가로질렀다.

"팔관八關마저?"

문강은 뒷전에서 울린 새된 비명에 눈썹을 살짝 찡그렸다. 비명을 지른 사람이 누구인지는 굳이 돌아보지 않아도 알 수 있었다. 불빛 하나가 꺼질 때마다 저렇게 호들갑을 떠는 자는 자발머리없는 밀승밖에 없었으니까.

"이비영, 이게 어떻게 된 일이오? 이비영께서 그토록 자신하던 관문들이 속수무책으로 뚫려 나가고 있지 않소이까!"

칠비영 패륵의 항의는 꼭 철부지의 칭얼거림처럼 들렸다. 작게 한숨을 쉰 문강은 고개를 돌려 패륵의 얼굴을 똑바로 쳐다보았다.

"구관九關이 남아 있습니다."

"하지만 여덟 개가 이처럼 허무하게 뚫린 걸 보면 구관이라고 해서 다르지는……."

"다를 겁니다."

문강은 패륵의 말을 차갑게 자른 뒤 고개를 다시 벽 쪽으로 돌렸다. 문강의 말은 사실이었다. 구관, 즉 아홉 번째 관문에는 확실히 특별한 면이 있었다. 하지만 그럼에도 불구하고 믿음이 가지 않는 것 또한 사실이었다. 왜냐하면…….

"침입한 자들이 강적이라는 것은 알고 있네만, 그렇다고 해도 관문들을 돌파하는 속도가 너무 빠른 것 아닌가?"

옆자리로 다가와 침중한 목소리로 문강의 불안감에 부채질을 한 사람은 이 대전 안에서 이비영 문강에게 유일하게 하대를 할 수 있는 상관, 사십구비영의 수좌인 이명이었다.

문강이 곁눈질로 살핀 이명의 안색은, 현재 그가 받는 심리적 압박감을 충분히 감안한다고 해도, 지나치게 창백해 보였다. 그리고 문강은 그 이유를 알고 있었다. 검왕 연벽제의 절대적인 신위에 의해 참담한 패배를 맛본 그날 밤, 이 대 혈랑곡주 석대원의 혈랑검기에 피습당한 내상으로부터 아직 완전히 회복하지 못한 것이었다.

"상황이 생각보다 심각하군요. 이곳은 제가 맡을 테니 일비영께서는 먼저 피신하십시오."

문강이 이명에게 권했다. 그는 이 비천대전을 은밀히 빠져나갈 수 있는 암도를 오래전에 건설해 놓은 바 있었다. 그 사실을 아는 사람은 극소수였고, 그중 암도의 입구를 조작할 수 있는 사람은 노각주의 일족과 그뿐이었다.

"아닐세. 부친께서 자리를 비우신 마당인데 나까지 달아나면 저들이 우리 비각을 어떻게 여기겠는가. 나는 이곳에 남을 테니 자네가 피신하도록 하게."

이명은 오래 생각하지도 않고 문강의 권유를 거절했다. 그의 인격과 성정을 잘 아는 문강으로서는 충분히 예상할 수 있는 반응이기도 했다.

"일비영의 뜻이 그러시다면 암도는 열지 않겠습니다."

문강이 담담하게 말했다. 그는 뒤쪽에 서 있는 패륵의 얼굴이 이 말을 듣고 얼마나 하얘졌을지 능히 짐작할 수 있었다. 하지만 감히 발작을 일으키거나 패악을 부리지는 못하리라, 그의 지근에 든든한 얼음 호위가 버티고 있음을 아는 이상에는.

문강은 벽면에 박혀 있는 아홉 개의 색유리 판, 그중 방금 전에 광채를 잃어버린 여덟 번째 자주색 유리판 위에 시선을 얹었다. 저 유리판들은 지금 이 순간 비천대전 내에서 작동 중인 아홉 가지 필살의 함정, 구중연옥로九重煉獄路의 현황을 한눈에 보여 주는 감관판監觀板이었다. 유리판 안에 켜져 있는 불빛은 기관의 활성화를 의미하며, 각 관문이 침입자에 의해 파훼될 때마다 해당 유리판 안의 공기가 차단되며 불빛이 꺼지는 원리였다.

시시각각 뚫려 나가는 구중연옥로 중에서도 문강의 관심을 특별히 끈 것은 일곱 번째 관문과 여덟 번째 관문이었다. 각각 칠성함활관七星陷滑關과 팔괘융용관八卦融熔關이라는 이름을 가진 그 관문들은, 기관 진식에 조예가 깊은 문강마저도 개축을 포기하고 그저 유지 보수로만 일관했을 만큼 뛰어난 설계와 고도의 기술로써 축조된 곳이었다.

문강은 구중연옥로의 후반 세 관문을 처음 대했을 때 자신이 느꼈던 기분을 수십 년이 지난 지금까지도 똑똑히 기억하고 있었다. 세 관문 구석구석에 남아 있는 창조자의 능력은 당시 소년과 청년의 경계에 서 있던 문강을 감탄시켰고, 경복시켰고, 그리고 절망시켰다.

당시 문강은 참지 못하고 각주인 이악에게 물었다.

─이런 괴물 같은 관문을 만든 사람이 대체 누굽니까?

이악은 말로는 형용하기 힘든 기묘한 눈길로 문강을 한동안 쳐다보다가 이렇게 대답했다.

─내가 삼비영이던 시절에 이비영을 맡았던 사람이란다. 그러니까 강이, 네게는…… '전임자'라고도 할 수도 있겠지.

아마도 그때부터였을 것이다, 얼굴도 모르는 전임자와 경쟁하기 위해 문강이 기관 진식에 몰두하게 된 것은.

이후 문강은 남모르는 각고를 통해 지식과 기술을 축적했고, 마침내 기관 진식에 일가를 이루었노라 자족한 뒤에는 구중연옥로의 개축에 과감히 도전해 보았지만, 그럼에도 후반 세 관문에 이르러서는 두 손을 들고 물러날 수밖에 없었다. 굳이 손보고자 한다면 못 할 것도 없겠지만, 자체로 명품인 타인의 걸작에 사족을 다는 어리석음을 범하고 싶지는 않았던 것이다.

그런데 그 세 관문 중 두 군데가 뚫렸다, 그것도 발동이나 제대로 했을까 싶을 정도로 짧은 시간 안에.

이에 문강은 커다란 의혹에 사로잡히지 않을 수 없었다. 천하에 어떤 기관 진식의 대가라도 저럴 수는 없기 때문이었다.

'가만!'

그러다 문득, 문강의 머릿속에 한 가지 가능성이 떠올랐다.

만일, 정말로 만에 하나, 과거 이비영 자리에 앉아 있던 구중연옥로의 창조자가 몸소 나서서 구중연옥로의 파훼를 지휘하고 있다면? 그런다면 저런 비상식적인 속도의 돌파도 불가능한 일만은 아니지 않을까?

문강의 표정이 돌처럼 딱딱해졌다.

'설마…… 정말로 그 사람이 왔단 말인가?'

운리학은 내리감은 양쪽 눈까풀을 왼손 엄지와 인지로 꾹꾹 눌렀다. 하지만 생리적인 노화로 비롯된 노안이 간단한 지압으로 나아질 리는 없었다. 한참을 그러다가 눈을 떠 보았지만, 시야는 여전히 눈곱에 덮인 것처럼 흐릿하기만 했다. 게다가 그를 기다리는 것은 젊고 건강한 눈을 가진 사람이라도 마주 보기 힘든 괴이한 광경이었다.

지금 운리학과 혈랑곡도들 앞에는 가로세로 십이삼 장에 높이는 세 길쯤 되는 넓은 공간이 놓여 있었다. 백색의 강철로 둘러싸인 그 공간을 밝히는 것은 공간을 구성하는 모든 면을 통해 쏟아져 나오는 강렬한 백광이었다. 면 전체가 발광하고 있었다. 공간이 곧 광원인 것이다.

운리학은 천장과 바닥과 좌우측 벽면을 차례대로 살펴보았다. 직각으로 교차되는 격자형 먹줄이 촘촘히 들어찬 그곳들은 마치

수없이 많은 바둑판들을 표면에 붙여 놓은 것처럼 보였다.

발광하는 백색의 면과 그 위에 새겨진 먹줄은 보는 이의 원근 감을 어지럽힐 뿐 아니라 공간 전체가 끝없이 움직이는 듯한, 앞으로 다가오거나 뒤로 멀어지는 듯한, 착시 현상마저 불러왔다. 그래서일까? 사람들은 한 토막의 말도 없이 눈앞에 펼쳐진 괴이한 공간을 바라보기만 할 따름이었다.

이윽고 운리학의 작은 독백이 침묵을 깨트렸다.

"구중비천관九重秘天關."

구중연옥로와 비천대전으로부터 그 이름을 따온 사람은 다름 아닌 운리학 본인이었다. 구중연옥로의 나머지 여덟 관문도 마찬가지였다. 그는 구중연옥로를 구성하는 모든 관문들을 설계했고, 제작했고, 이름을 붙였고, 사람을 죽이는 무서운 살기를 불어넣었고, 그리고 지금은 파괴하고 있었다. 성과 열을 다해 빚어낸 명품을 스스로 망가뜨리는 것은 창조자에게 있어 그리 유쾌한 일이 아닐 테지만, 그는 개의치 않았다. 늙은 몸뚱이로 품고 있는 아들의 유골 단지가 그 일을 개의치 않게 만들어 주고 있었다.

"어떻습니까, 노사부님?"

앞쪽에 서 있던 왕구연이 고개를 돌려 운리학에게 물었다. 비천대전으로 진입한 뒤 줄곧 일행의 선봉을 맡아 온 그는 양손에 꼬나 쥔 가전의 명기名器, 취설창과 천월창을 가슴 앞에 대각으로 교차해 세우고 있었다.

"문강이라는 자, 칠관과 팔관처럼 이곳 또한 건드리지 않고 그대로 놔둔 모양이구먼."

운리학의 대답에 곁에 서 있던 최당이 코웃음을 치더니 어깨를 으쓱거렸다.

"건드리지 않은 게 아니라 건드릴 수 없었던 거겠지요. 하늘도 놀라게 하는 노사부님의 드높은 조예를 일개 범부가 어찌 감히 넘볼 수 있겠습니까?"

"범부라……."

그러나 운리학은 최당의 말에 동의하지 않았다. 비각의 현 이비영인 문강의 기관 진식에 대한 조예는 자신에 비해서도 별 손색이 없을 것 같았다. 앞서 통과한 구중연옥로의 전반과 중반 여섯 개 관문이 그러한 추측의 근거가 되었다. 그가 만든 함정을 손보아 더욱 위험하게 개축해 놓았다는 점 하나만으로도 그자의 뛰어난 재능을 짐작할 수 있었다. 특히 여섯 번째 관문인 육합붕망관六合崩網關의 경우, 운리학 본인이 직접 손보았어도 그자가 한 것과 같은 방식을 따를 수밖에 없었으리라는 생각이 들었다.

뛰어난 자. 놀라운 자. 그리고…… 닮은 자.

운리학은 문강이라는 자에 대해 일말의 동질감마저 느낄 수 있었다.

'하긴 기관 진식만이 아니지.'

그간 비각이 강호를 상대로 벌인 공작들 가운데는 기발하면서도 치밀한 궤계를 내포한 것들이 여럿 있었다. 모두 문강이라는 자의 작품일 터. 운리학은 수염을 쓰다듬으며 생각에 잠겼다.

'호연은 어디서 이런 책사를 구한 걸까?'

지금으로서는 알 길이 없었다. 십이 년 전부터 비각의 수뇌부에 잠입해 있던 연벽제조차 문강이라는 자의 내력은 알아내지 못했다. 어느 날 갑자기 하늘에서 떨어져 내린 듯 출신도, 사문도, 성장 과정까지도 온통 비밀로만 점철된 인물. 그게 바로 비각의 현임 이비영, 문강이었다.

그리고 그 문강은 이 구중비천관 너머에서 운리학이 오기를 기다리고 있었다.

'가야지, 이 아이를 위해서라도.'

수염을 쓸어내리던 운리학의 오른손이 가슴 아래쪽으로 떨어졌다. 광목 아래로 만져지는 유골 단지의 단단한 감촉이 여든여덟 살 노인의 총기 없는 눈동자를 매섭게 만들었다. 문강은 그의 아들을 죽인 원수였다. 결코 내일의 태양을 보게 놔두지는 않을 것이다.

"노사부님, 지시를 내려 주십시오."

운리학의 마음을 읽은 듯 바퀴 의자 뒤에 있던 하후봉도가 공손히 말했다. 칠관과 팔관에서 그랬던 것처럼, 이번에 마주한 마지막 관문 또한 자신이 처리하려는 것 같았다.

"이번에는 그리 간단하지 않구먼."

운리학은 차분한 목소리로 설명을 시작했다.

"우선 관문을 움직이는 기관 중추가 칠관과 팔관처럼 표면으로 드러나 있지 않다네. 기관의 발동을 사전에 막을 방도가 없다는 뜻이지. 그리고 천장과 바닥과 좌우측 벽 뒤에는 도합 삼백육십 개의 작은 방들이 숨어 있네. 각각의 방마다 주인이 하나씩 들어 있는데, 인간이 아니라 호마철나한護摩鐵羅漢이지."

"철나한이라고요? 설마 몸뚱이가 강철로 만들어졌단 말씀은 아니겠지요?"

눈을 휘둥그레 뜨며 끼어든 사람은 최당이었다.

"왜 아니겠는가. 그것도 일반 강철보다 훨씬 단단한 곤오철昆吾鐵로 만들어졌지. 왕철창이 취선천월로 직격한다면 간신히 구멍 하나는 뚫을 수 있을까."

왕구연의 패도적인 창법에 대해 잘 아는 최당으로서는 벌어진 입을 다물지 못한 것이 당연했다.

"'호마'라면 밀교에서 유래된 모양이네요."

혈랑곡도가 아니라는 이유 때문인지 오늘따라 유난히 과묵하던 황우가 오랜만에 우두만박개牛頭萬博丐다운 지식을 뽐내고 나섰다. 실제로 '호마'는 천축의 인도교印度教(힌두교)에서 유래된 밀교 용어로 '의식', 혹은 '제식'이라는 의미를 가지고 있었다.

운리학이 황우를 보며 대견하다는 듯이 고개를 끄덕였다.

"밀교에는 중원에서는 찾아보기 힘든 흥미로운 재주들이 많다네. 그중 몇 가지를 응용했더니 제법 괜찮은 물건이 나오더군. 예를 들면 이 관문에 배치된 저절로 움직이는 금속 인간 같은 물건 말일세. 그것들은 인간처럼 다양한 동작을 취할 뿐만 아니라 인간보다 빠르고, 인간보다 단단하고, 인간에게 적용되는 모든 생리적인 제약으로부터 자유롭다네. 호마철나한 하나하나가 소림이나 무당의 장로급이라면 이해하는 데 빠르겠군."

운리학의 말에 황우가 찻종지처럼 크고 동그란 눈을 반짝거렸다.

"백문이 불여일견이라는데, 대체 어떤 물건인지 몹시 기대가 되네요."

"곧 보게 될걸세."

아는 것 많고 호기심도 많은 후학에게 푸근한 미소를 지어 준 운리학이 사람들을 향해 설명을 이어 갔다.

"누군가 이 구중비천관 안으로 들어서면 바닥이 감지하는 압력에 의해 기관이 발동되고, 호마철나한들이 튀어나온다네. 언제 나오는지, 어디서 나오는지, 또 몇 기가 나오는지는 누구도 알지 못할걸세. 관문에 들어선 침입자에 따라 변수가 발생하고, 그 변수가 다시 새로운 변수들을 불어온다네. 중첩되며 이어지는 수많은 변수들을 꿰뚫는 법칙은 존재하지 않는다고 봐야 하네. 특별한 파훼법이 없다는 뜻이지. 삼백육십 기의 호마철나한들을 모두 파괴하는 것만이 관문을 통과하는 유일한 방법이라네."

설명을 마친 운리학은 의자 등받이 위로 솟아 있는 하후봉도의 얼굴을 돌아보았다.

"어떤가, 가능하겠는가?"

잠시 생각하던 하후봉도가 꾹 다물고 있던 입술을 떼었다.

"말씀을 들어 보니 저 혼자로는 무리일 것 같군요 하지만 몇 사람이 함께 나선다면 혹시 가능할지도 모르겠습니다."

하후봉도의 대답은 비장했지만 운리학이 바라는 바와는 거리가 있었다. 그는 구중비천관의 살인적인 위력을 누구보다 잘 아는 사람이었다. 이대로 돌파를 강행한다면 희생은 불가피할 터. 구중연옥로에 들어선 이후 처음으로 그의 주름진 얼굴에 곤혹해하는 기색이 떠올랐다.

뒤쪽으로부터 재 가루처럼 무감한 목소리가 울려온 것은 바로 그때였다.

"이번 관문은 제가 맡겠습니다."

기관 중추가 파괴되어 무용해진 팔괘융용관을 지나 그 끝부분에 모여 있는 일행에게로 다가온 사람은 이 대 혈랑곡주 석대원이었다.

황우에게 있어서 석대원은 '신이神異'한 존재였다. 무양문에서 처음 만났을 때는 무덤에서 막 기어 나온 시귀 같았고, 강동으로 동행하는 동안에는 번뇌에 빠진 파계승처럼 굴었으며, 독중선을 상대할 때는 인간을 종이처럼 찢어 죽이는 마물로 변했고, 이번 태원행에서 다시 보았을 때는 완전히 타 버린 숯처럼 공허해져 있었다. 모든 변화는 부정적이었고, 나름대로 속 편한 삶을 누리는 젊은 거지로서는 상상하기 힘들 만큼 거대한 고통 속에서 이루어진 것 같았다.

'뭐, 내가 상관할 일은 아니지. 나야 사부님께서 내리신 명만 완수하면 되는 거니까.'

개방의 방주가 방의 존망이 걸린 큰 싸움을 앞두고 자신의 장제자에게 엉뚱한 임무를 내린 까닭은 따로 있었다. 우근이 언급한 임무, 소림사에서 석대원에게 빌려준 철포를 되찾아 오라는 임무는 황우를 혈랑곡의 행사에 합류시키기 위한 빌미에 지나지 않았다. 그는 이전에도 알려지지 않았고 이후로도 알려지지 않을 어떤 비사秘史에 대해 방을 대표하여 자신의 제자가 파악할 수 있기를 희망했다. 오늘 이 단천원에서 벌어지는 사건이 향후 새롭게 구성될 천하 판도에 지대한 영향을 끼치리라는 점을 예감하고 있었기 때문이다. 그리고 황우가 판단하는 바, 그 사건의 중심에는 바로 저자가 서 있었다. 늑대 탈과 붉은 장포로 전신을 감싼 석대원이 말이다.

그렇게 생각하며, 황우는 일행의 앞에 멈춰 선 석대원을 티 나지 않게 살펴보았다. 세상과 단절된 듯한 비인간적인 분위기는 여전했지만, 내원 입구에서 헤어지기 전과 딱히 달라진 점은 없어 보였다.

황우는 문득 궁금해졌다. 그렇다면 저자를 뒤처지게 만든 남자, 눈발을 뚫고 나타나 저자와 일대일로 싸우려 했던 잠룡야의 손자는 어떻게 된 것일까?

"방 매를 죽인 자는 어떻게 되었습니까?"

황우의 마음을 대변하듯 석대원에게 질문을 던진 사람은 잠룡야의 손자를 직접 처치하지 못해 아쉬워하던 왕구연이었다. 붉은 늑대 탈의 눈구멍이 왕구연을 향해 슥 돌아갔다.

"죽었소."

더 이상의 설명은 없었지만 왕구연은 그것으로 만족한 눈치였다.

'그것참.'

황우가 보기에 석대원의 한마디는 저들에게 절대적인 진리로 받아들여지는 것 같았다. 하지만 이 말이, 석대원이 저들로부터 진심 어린 충성을 이끌어 낸다는 의미는 아니었다. 절대적이긴 하지만 어딘지 모르게 한시적이고도 계약적인 냄새를 짙게 풍기는 기이한 주종 관계. 그것이 황우가 판단한 이 대 혈랑곡주와 혈랑곡도들 간의 관계였다.

정작 혈랑곡도들이 진심 어린 충성을 바치는 사람은 따로 있는 것 같았다. 그 사람이 석대원을 향해 말을 건넸다.

"만만히 볼 곳이 아니다. 아무리 너라도 조심하지 않으면 위험할지도 몰라. 오대낭아 중 두 사람을 붙여 줄 테니 함께 들어가도록 해라."

황우는 이번 작전에 혈랑곡의 오대낭아 중 세 사람이 동원되었음을 알고 있었다. 일행에 합류하면서 통성명을 한 덕에 개개의 별명과 이름까지도 알게 되었다.

바퀴 의자를 미는 고약 장수 하후봉도.

쌍창을 무기로 사용하는 대장장이 왕구연.

역천뢰를 수색하기 위해 본대로부터 이탈한 고자 장인 수여쟁.

수여쟁을 제외한 두 사람의 실력은 앞선 여덟 관문을 통과하는 과정에서 가감 없이 확인할 수 있었다. '숨은 고인'이라는 강호식 표현에 더없이 어울리는 인물들이었다. 개방에서 그들을 상대할 만한 강자는 사부가 유일하다는 것이 황우의 판단이었다.

"그렇게 위험하다면 더욱 저 혼자 들어가야 합니다."

운리학을 향한 석대원의 목소리는 여전히 무감했지만, 그 안에는 누구도 꺾지 못할 단호한 의지가 담겨 있는 것 같았다. 운리학이 혀를 찼다.

"너는 어릴 적부터 고집이 유달리 센 아이였지. 호북에서의 일도 그렇고……."

말끝을 흐리며 생각에 잠겼던 운리학이 잠시 후 고개를 끄덕였다.

"말리지 않을 테니 네 힘을 마음껏 드러내 보거라. 호연과 데바가 없는 이상, 이 안에서 네가 인간을 상대로 전력을 다할 일은 생기지 않을 테니까."

"제가 힘을 드러내지 못할까 봐 걱정한다고 생각하시는군요."

늑대 탈 안에서 흘러나온 대꾸는 왠지 조소를 떠올리게 만들었다. 운리학의 눈썹이 미간 쪽으로 모였다.

"그런 뜻으로 한 말은……."

"됐습니다. 말리지 않으신다니 바로 시작하지요."

운리학의 변명을 중도에서 자른 석대원은 전방을 향해 걸음을 내딛기 시작했다.

석대원은 보는 눈을 질리게 만들 만큼 큰 사람이었고, 보폭도 보통 사람의 것보다 곱절은 넓었다. 후미에 있던 혈랑곡도들과 바퀴 의자의 밀대를 잡고 있는 하후봉도와 바퀴 의자에 앉은 운리학과 그 곁에 서 있는 황우를 순식간에 뒤로한 그가 선두의 왕구연까지 성큼 지나쳐, 신이한 분위기로 가득한 구중비천관의 경계 안에 발을 들여놓았다.

기관은 곧바로 발동되었다.

드드드드-.

둔중한 마찰음이 길게 울리고.

츙! 츙! 츙! 츙!

커다란 강철 톱니바퀴가 맞물려 돌아가는 듯한 소음이 그 뒤를 따랐다.

'신이한 인간과 신이한 공간의 만남이라. 정말이지 굉장한 구경거리가 분명하겠군.'

황우는 한순간이라도 놓칠세라 눈에 힘을 주고 전방을 주시했다.

텅. 텅. 텅.

드디어 관문의 주인인 호마철나한이 모습을 드러냈다. 관문 내 삼백육십 개의 방 중 세 개가 입을 벌리며 금속 인간 세 기가 튀어나오더니 바닥 위에 그어진 먹줄을 따라 빠르게 움직이기 시작했다. 백분을 바른 듯 새하얀 금속 인간들은 같은 틀에 찍어 낸 세 개의 떡처럼 똑같아 보였다.

맨송맨송한 머리통, 위로 부릅뜬 고리눈, 질타하듯 벌어진 입, 반라로 드러난 몸통, 그리고 굵고 튼튼한 다리……

모든 부위가 호마철나한이라는 이름 그대로 나한승의 형상을 하고 있었지만 오직 한 부위, 팔만큼은 좌우로 세 개씩 여섯 개가 달려 있었다. 그 여섯 개의 팔이 목탁과 염주와 불진과 삼고저와 계도와 비파를 각각 휘두르며 석대원을 세 방향으로부터 압박해 들어갔다. 모든 법구法具들은 동체와 동일한 곤오철로 제작된 반면, 각각의 법구가 휘둘러지는 속도와 방위에는 어떠한 통일성도 존재하지 않았다.

파파파파—.

열여덟 개의 법구들이 천차千差의 속도와 만별萬別의 방위로 공간을 난자해 가는 광경은 이질적인 가운데에도 보는 이의 가슴을 섬뜩하게 만드는 살기를 품고 있었다. 그것들에 둘러싸인 석대원이 곤경에 처한 것은 기정사실처럼 보였다. 그런데……

'어?'

황우는 두 눈을 끔벅거렸다. 세 기의 호마철나한들에 둘러싸였던 석대원이 그 자리에서 흔적도 없이 사라져 버린 것을 깨달았기 때문이다. 다음 순간 열여덟 개의 법구들이 저희들끼리 부딪쳤다. 높은 금속성이 난잡하게 울려 퍼졌다.

상황은 멍해져 버린 황우를 버려둔 채 저 혼자 열심히 달려가고 있는 것 같았다. 황우는 '대체 무슨 일이 벌어진 거야?'라는 생각을 떠올리기도 전에 처음의 자리에서 일 장쯤 떨어진 곳에 서 있는 석대원을 보았고, 세 기의 호마철나한이 할 일을 마친 하인처럼 여섯 개의 팔을 가슴 앞으로 오므리며 각자의 방으로 돌아가는 광경을 보았다. 서 있는 석대원과 돌아가는 호마철나한 모두 지금의 상황을 당연시 여기는 듯했다.

영문을 모르고 어리둥절해하는 것은 억울하게도 황우 한 사람뿐인 것 같았다.

"또야?"

최당이 경탄과 짜증이 반반씩 섞인 토막말을 내뱉었다.

"그렇군."

왕구연이 비슷한 감정이 실린 토막말로 맞장구를 쳤다.

"뭐가 또고 뭐가 그런지 모르겠네요."

황우가 급히 물었지만 두 사람은 잔뜩 찌푸린 얼굴로 관문 안을 응시할 뿐 그의 답답함을 풀어 주려 하지 않았다. 황우를 외면하는 그들의 표정은 마치 너도 겪어 보라고 말하는 듯했다.

그러는 동안에도 황우를 배제한 비상식적인 상황은 계속 이어지고 있었다.

운리학이 앞서 말한 것처럼 호마철나한의 출현에는 정해진 규칙이 없었다. 어떤 때는 네 기가, 어떤 때는 한 기가, 그리고 지금처럼 아홉 기가 동시에 출현하기도 했다. 공격 방식 또한 매번 달랐다. 한 기당 하나의 초식으로 정확하게 공격할 때도 있고, 반신에 달린 세 개의 팔로 교차적으로 공격할 때도 있었으며, 맨 처음에 그랬던 것처럼 여섯 개의 팔을 마구잡이로 휘둘러 공격할 때도 있었다. 하지만 호마철나한의 무작위한 출현과 공격에 대한 석대원의 대응은 언제나 한 가지였다.

어느 곳에서 사라지고 다른 곳에서 나타난다. 실재와 비실재가 무시로 교차되는 가운데 물리적인 거리는 의미를 잃는다.

이런 상황이 줄기차게 반복되다 보니, 어느 순간 황우는 자신이 꿈을 꾸고 있는 것은 아닐까 하는 의심마저 들었다.

'저런 것도 신법이라고 부를 수 있는 건가? 나중에 순풍이 영감님을 만나면 한번 물어봐야겠네.'

그때 관문 어딘가에서 석대원의 목소리가 울렸다.

"지루하군요. 호마철나한들을 전부 발동시키려면 어떻게 해야 합니까?"

운리학이 대답했다.

"먹줄이 새겨진 모든 면에 압력을 가하면 된다."

그다음 석대원이 어떻게 했는지는, 최소한 황우의 안목으로는 알아볼 수 없었다. 단지 관문을 이루는 공간 한가운데 홀연히 생겨난 그가 말라비틀어진 왼손을 가슴 위로 끌어 올리는 광경만 목격했을 뿐.

훙―.

황우는 눈을 감으며 얼굴을 급히 돌렸다. 관문의 중심부로부터 육합의 방향으로 뻗어 나오기 시작한 풍압이 얼굴 전면을 거칠게 때려 왔기 때문이다. 다음 순간…….

처처처처처처―엉!

구중비천관 전체가 금속의 날카롭고 요란한 합창으로 길게 울부짖었다.

　"헉!"

　다시 전방을 향한 황우의 시야에 감히 헤아릴 수도 없이 많은 금속 인간들이 관문에 새겨진 모든 먹줄들을 분절시키며 한꺼번에 쏟아져 나오는 기경할 광경이 담겼다.

　자그마치 삼백육십 기라고 했다!

　삼백육십 기의 호마철나한 전부가 천장에서, 바닥에서, 좌우 측 벽면에서 일제히 튀어나와 공간 전체를 뒤덮어 가는 광경은 황우가 죽는 날까지 잊지 못할 놀랍고도 인상적인 것이 아닐 수 없었다. 그런데 더욱 놀랍고도 인상적인 광경이 지금 막 시작되려 하고 있었다.

　웃는다…….

　황우는 석대원이 쓴 늑대 탈이 웃는다고 생각했다. 나무를 깎아 만든 탈이 웃을 수 있을 리가 없었다. 그저 늘어난 것이다. 물질을 구성하는 경계를 허물면서 양쪽으로 길쭉이.

　확장된다…….

　붉은 웃음이 발원지로부터 확장되며 육합으로부터 덮쳐 오는 금속 인간들을 맞이해 가고 있었다. 그것은 모든 곳에 존재하는 동시에 어디에도 존재하지 않는 것 같았다. 시각적인 판단에 따르면 전자가 옳을 터이고, 이성적인 판단에 따르면 후자가 옳을 터였다. 그러나 이런 초현실적인 간극 위에 서서 옳고 그름을 따지는 것은 무의미한 일이었다. 오직 '현상'과 '결과'만 존재할 뿐, 다른 항목은 끼어들 여지가 없었다.

　화─아─아─악─.

　관문을 가득 메운 삼백육십 기의 호마철나한들이 붉은 웃음에 잡아먹힌 것은 순식간에 벌어진 일이었다. 가공할 기세로 번져 가는 붉은 웃음의 잠식 속에서, 황우는 문득 모든 붉음을 관통하는 또 다른 붉음을 본 듯한 기분이 들었다. 그것은 마치, 검광처럼 보이기도 했다.

이것이 '현상'이었다.

"곡주는…… 대체……."

뒷전에서 신음 같은 분절음이 흘러나왔다. 돌아보니 표정 자체를 잃어버린 듯한 얼굴로 전방을 응시하고 있는 하후봉도의 얼굴이 보였다. 모든 이들이 하후봉도와 비슷한 얼굴이 되어 있었고, 그 점은 황우 본인 또한 마찬가지일 터였다. 예외가 있다면 단 한 사람, 이 상황에 대해 아마도 많은 것을 알고 있을 노인이었다.

"혼류만다라."

운리학이 중얼거렸다. 황우로서는 의미를 파악할 수 없는 말이었다.

파자자작!

금속이 바닥에 떨어지는 소리가 요란하게 울려 나왔다. 퍼뜩 놀라 다시 돌아본 구중비천관에는 붉은 거인 하나만이 독존하고 있었다. 얽히거나 포개진 채 바닥 전체에 걸쳐 널브러져 있는 관문의 원주인들은 더 이상 위험해 보이지 않았다.

이것이 '결과'였다.

모든 상황을 종결지은 '현상'과 '결과'는 오직 한 사람, 석대원에 의해 주재되었다. 그의 주재는 철저하고도 완벽했다. 구중비천관을 돌파한 것은 그것에 따른 작은 부산물에 지나지 않았다.

뿌득. 빠드득.

곤오철의 파편들을 무심히 밟으며 석대원이 일행에게로 돌아왔다. 황우는 붉고 거대한 그림자가 목전에 이르도록 아무 말과 행동도 하지 못한 채 우두커니 서 있다니 갑자기 소스라쳐서 옆으로 비켜섰다. 두려움이 실체를 얻어 황우를 위축시키고 있었다. 자신이 알고 있던 모든 상식을 휴지처럼 구겨 버릴 수 있는 존재를 마주한 데 따른 두려움이었다.

운리학이 앉은 바퀴 의자 앞에서 걸음을 멈춘 석대원이 아래를 내려다보며 말했다.

"끝났습니다."

운리학이 석대원을 올려다보았다.

"이 세상에서 혼류만다라를 알고 펼칠 수 있는 사람은 네 형이 유일하다. 형에게서 배운 것이냐?"

늑대 탈에 얼굴이 가려져 확인할 수는 없지만, 황우가 느끼기에 석대원은 약간 당황한 것 같았다.

"혼류만다라? 그게 뭡니까?"

석대원이 물었다.

"역시 그렇게 된 건가."

운리학이 작게 탄식한 뒤 말을 이었다.

"형에게서 배운 것이 아니었어. 그래, 어떤 검법은 생물처럼 영성을 가지고 있어, 마치 철갑상어가 삼협을 거슬러 올라가듯 자신이 태어난 곳으로 돌아가기도 하는 모양이구나."

운리학의 늙은 목소리에는 인간이 만들어 낸 무공에 대한 순수한 찬사가 담겨 있었다. 비록 전후의 사정을 알지는 못했지만, 황우는 운리학의 말로부터 기이한 감흥을 받았다. 스스로 태어난 곳으로 돌아가는 무공. 그 신비한 궤적에 깃든 만류귀종萬流歸宗의 묘리.

운리학이 웃었다.

"허허, 좌천량이 이 사실을 안다면 얼마나 기뻐할꼬. 비록 당시에는 대가 끊겼지만, 이백 년 가까이 흐른 지금에는 두 명의 걸출한 후인이 나타나 각기 다른 방식으로 자신의 검법을 계승했다는 사실을 안다면 말이다."

운리학을 내려다보던 석대원이 말했다.

"무슨 말씀을 하시는지 이제야 알겠습니다."

운리학은 합죽한 하관 가득 흐뭇한 웃음을 지으며 석대원을 치하했다.

"어쨌거나 수고했다. 덕분에 나도 태어난 곳으로 돌아갈 수 있게 되었어."

석대원은 치하에 대한 답례로써 고개를 슬쩍 숙여 보인 뒤 운리학의 앞에서 비켜섰다.

"그래……."

석대원으로부터 떨어진 운리학의 시선이 금속의 폐허로 변해 버린 관문 건너편을 향했다. 그의 시선이 향한 강철 벽 아래에는 사람 하나가 겨우 지나갈 만한 작은 문 하나가 열려 있었다. 관문 너머로 이어진 문. 괴괴한 적막이, 궁지에 몰린 자들의 어두운 절망이 그 문 안으로부터 흘러나오고 있었다.

"……돌아온 게야, 정말로."

황우는 노인의 주름진 눈꼬리 위에서 물결처럼 출렁거리는 오래된 회한을 볼 수 있었다.

(6)

밝은 곳에서 침침한 곳으로 들어서면 누구나 미미한 현기증을 잠시 느낀다. 암순응暗順應이라고도 부르는 이 생리적인 현상은, 석대원에게는 약간 다른 방식으로 찾아들었다. 대전으로

통한 문 아래로 들어선 순간 그는 또다시 산을 보았다. 단천원 정문에서 먼저 진입한 혈랑곡도들을 기다릴 때 보았던 바로 그 눈 덮인 산이었다. 암연한 심상의 바탕 위에 횟물을 칠한 세필로 죽죽 그려 낸 듯한 그 산은 여전히 차가워 보였고, 인간의 세상과는 동떨어진 듯 적막해 보였다.

추운 산.

소림사를 떠나는 날, 약방지보인 대환단을 건네며 매불 대사는 이렇게 말했었다.

—추운 산을 내려와 따뜻한 계단에 오르면 이 죄인의 말이 무슨 뜻인지 알게 될걸세.

매불 대사가 말한 추운 산이 저것일까?

그러나 암순응은 금세 끝나고, 심상 위에 머물던 산은 부연 실오라기들로 풀려 빠르게 사라졌다. 석대원은 그 산에 대한 상념을 머릿속에서 애써 털어 냈다. 상황과 무관한 상념에 사로잡혀 있을 때가 아니었다.

문 너머에서 석대원을 기다리고 있던 공간은 무척이나 넓었다. 단 하나의 기둥도 없이 이렇게 넓은 지하 공간을 만들어 내는 신비한 건축술은 무양문주 서문숭의 개인 연무장인 무위관無位關밖에 없을 것 같았다. 천장은 높았고 음모의 역사가 짙게 배인 듯 어둡고 침침했다. 수십 개의 유등들이 걸린 벽면은 하나같이 단단해 보여 이 공간에서 외부로 통하는 길은 방금 지나온 구중연옥로가 유일한 것 같았다.

석대원은 그 공간의 중앙을 바라보았다. 그곳에는 한 무리의 사람들이 모여 선 채, 그들이 결코 바라지 않는 방문자들의 입장을 절망 어린 눈으로 바라보고 있었다. 우리로 천천히 걸어 들어오는 늑대를 바라보는 양 떼. 그들을 사로잡고 있는 공포가 생생히 느껴졌다. 공포에도 냄새가 있다면 아마도 이 대전을 꽉 채우는 데 부족함이 없으리라.

하지만 그들 전부가 그런 것은 아니었다. 석대원은 그들 가운데 공포의 속박으로부터 벗어난 자가 최소한 세 명은 있다는 사실을 파악했다. 그리고 세 명 중 한 사람의 얼굴은 석대원의 기억 속에 뚜렷이 남아 있는 것이었다.

비각의 일비영 이명. 그 비극의 밤, 그녀가 목숨을 던지면서까지 지키려 했던 인물. 그러나 석대원은 그녀가 마찬가지로 지키려 했던 이군영을 내원 앞에서 죽인 바 있었다. 이명이 오늘 맞이할 운명 또한 아들과 다르지는 않을 터였다.

그리고 또 한 사람. 상면한 적은 없지만 누구인지 짐작하기란 어렵지 않았다. 비각의 이비영 문강. 근 삼십 년 내 비각이 모색한 모든 강호 공작을 주도했던 핵심 인물. 물처럼 고요하기만 한 그자의 두 눈은 빛이 투과할 수 없는 두꺼운 장막처럼 주인의 내심을 철저히 감춰 주고 있었다. 하지만 그것이 그자의 목숨을 구해 주는 방패막이가 되지는 못하리라, 운 노사부는 자식의 원수를 결코 살려 두려 하지 않을 것이기에.

마지막으로 세 번째 사람은, 그러나 사람이라고 부르기에 곤란한 점이 많았다. 그자를 사람의 범주에 넣어 줄 수 있는 증거는 사람의 형상을 갖추고 있다는 점 하나뿐이었다. 석대원은 그자의 호흡을 들을 수 없었고, 그자의 생기를 느낄 수 없었다. 그자가 전신에 두른 철갑은 서리와 얼음 가루로 허옇게 뒤덮여 있었다. 석대원은 이 드넓은 지하 공간을 얼어붙게 만드는 한기가 무엇으로부터 비롯되었는지 알 수 있었…….

웅─.

석대원은 어깨를 작게 움찔거렸다. 단전에 안거한 천선기가 갑자기 움직인 것이다. 시야가 연기에 가려진 듯 몽혼해지고, 오직 석대원의 눈에만 보이는 하얀 끈들이 철갑 괴인이 뒤집어쓴 철면 위로 고치의 실처럼 감겨들어 가기 시작했다. 그렇게 하여 만들어진 얼굴은…… 석대원의 마음속에 기이하리만큼 친밀한 감각을 불러일으키고 있었다.

'누구지?'

석대원은 그 얼굴이 누구의 것인지 파악하기 위해 늑대 탈 속에서 눈을 깜빡거렸다. 그 순간 천선기가 가라앉으며 철갑 괴인의 얼굴 위에 어른거리던 하얀 끈들이 씻은 듯이 자취를 감추었다. 끈은 두 번 다시 나타나지 않았지만, 그것으로부터 비롯된 기이한 친밀감은 어린 시절 엄마가 불러 주던 자장가처럼 석대원의 몸속에 오랫동안 남아 있었다. 그 기이한 친밀감이 철갑 괴인을 향해 석대원이 일으키려고 했던 강제된 적개심을 희석시키고 있었다.

'이상한 일이군.'

석대원은 고개를 갸웃거리면서도 철갑 괴인에게 주었던 시선을 거두었다. 끈이 보여 주는 몽혼한 장면에 현혹되어 살아 있는 것 같지도 않은 자에게 지나치게 신경을 쏟는 것은 바람직하지 않다고 여긴 탓이다. 그리고 그 점은 세 사람을 제외한 나머지에 대해서도 마찬가지로 적용되었다. 이미 공포의 노예로 전락한 그들은 머릿수가 얼마든, 또 개개의 능력이 어떠하든, 구중비천관에서 널려 있는 금속 인간들의 잔해만큼이나 가치 없어 보였다. 그가 주의를 기울여야 할 자는 둘이었다. 일비영과 이비영. 나머지는 혈랑곡도들로도 충분하리라.

어쨌거나 석대원은, 최소한 이 자리에서만큼은, 주인공의 자리를 다른 사람에게 양보해야 한다는 점을 알고 있었다. 바라는 바이기도 했다. 그는 이 자리가 그가 출연하는 마지막 꼭두각시극이라고 여겼고, 오랫동안 모습을 감추고 있던 연출자들이 무대에 오를 기회를 주고 싶었다. 그는 한 발짝 옆으로 비켜섰다. 그럼으로써 연출자와 연출자가, 책사와 책사가 서로를 마주할 수 있게끔 배려했다.

운리학이 문강에게 말했다.

"자네가 이비영이로군."

문강이 고개를 끄덕인 뒤 운강에게 말했다.

"선생께서는 이비영이셨겠지요."

운리학도 고개를 끄덕였다.

"그렇다네."

소리 없는 동요가 적 진영으로 전염병처럼 번져 나갔다. 석대원은 운리학의 담담한 대답 한마디가 공포의 노예들을 어떻게 무너뜨려 나가는지를 가만히 지켜보았다. 그중에서도 일비영 이명이 보인 동요는 너무나도 확연하여 지켜보는 석대원이 의아할 정도였다.

운리학이 문강에게 물었다.

"내가 비각의 이비영이었다는 것은 어떻게 알았는가?"

문강이 운리학에게 대답했다.

"지난해 북경을 방문했다가 노각주님께 어떤 이야기를 들었습니다. 당신께서 평생에 걸쳐 탄복하시고 두려워하신 두 명의 천재에 관한 이야기였지요. 무공의 천재와 지모의 천재. 그들은 당신께서 삼비영의 자리에 계시던 시절, 각각 일비영과 이비영을 맡고 있었다고 하시더군요. 그중에서……."

문강은 혈랑곡도들의 뒤쪽에 열린 문을 일별한 뒤 말을 이었다.

　"구중연옥로를 이토록 빠른 시간 내에 무력화시킬 수 있는 인물은 관문을 포함한 이 비천대전 전체를 설계하고 제작한 이비영, 즉 선생뿐이라고 판단했습니다."

　운리학이 기껍다는 듯이 벙긋이 웃으며 다시 물었다.

　"나에 대해 아는 것이 또 있는가?"

　문강의 대답은 막힘이 없었다.

　"사십여 년 전 곤륜지회를 만들어 낸 분이라는 사실도 알고 있습니다."

　이 대답이 운리학의 부연 노안에 잠시의 총기를 불러왔다.

　"곤륜지회…… 내가 가장 자랑스러워하는 작품이지."

　"우매한 자들은 곤륜지회에 대해 잘못 알고 있더군요. 세상에 전혀 알려지지 않은 천선자라는 기인이 북악과 남패의 충돌로 야기될 중원 강호의 공멸을 막기 위해 곤륜지회를 개최했다고 말입니다."

　"하면, 자네가 아는 곤륜지회는 어떠한가?"

　문강의 입가에 실금 같은 미소가 걸렸다.

　"곤륜지회의 진정한 주연은 북악과 남패의 주인들이 아니라 혈랑곡주와 잠룡야였습니다. 북악과 남패의 주인들은, 비유하자면 무대를 꾸며 주고 그 안에 숨어 있는 본의를 감춰 줄 화려한 장식에 지나지 않았던 것입니다. 선생께서는 전혀 예상치 못한 시간과 장소에서 혈랑곡주를 잠룡야의 앞에 등장시키기 위해 곤륜지회를 개최하신 겁니다."

　"그럼으로써 내가 얻을 이익은?"

　"잠룡야, 즉 노각주님께서는 두 분을, 그중에서도 특히 일비영이었던 석무경 공을 경계하셨습니다. 강호를 향한 당신의 야망이 언제고 두 분에 의해 꺾일지도 모른다고 두려워하셨지요. 사십여 년이 지난 지금도 그런데 당시에는 오죽했겠습니다. 선생께서는 그런 노각주님의 심리를 이용하신 겁니다. 망국치사 좌천량의 혈랑살청랑血狼殺青狼이라는 노래에서 유래된 혈랑곡주라는 이름은, 붉은 늑대 탈과 붉은 장포와 붉은 검은, 선생의 연출에 극적인 효과를 더하기 위한 장치인 셈이지요."

진지한 말투로 윤리학의 질문에 대답하는 문강은 흡사 명망 높은 선학에게 자신의 재주를 인정받고자 아는 바를 마음껏 내보이는 열정 많은 후학처럼 보이기도 했다.

"하하하!"

윤리학이 큰 소리로 웃었다. 저렇듯 시원하게 웃는 모습을 보이는 것은 그로서는 무척이나 드문 일이었다. 석대원은 그가 지금 진심으로 즐거워하고 있다는 것을 알 수 있었다.

"내가 왜 웃었는지 아는가?"

윤리학은 문강의 대답을 기다리지 않고 자답했다.

"혈랑곡주는 혈혈단신인 내게 있어서 친형처럼 고맙고 가까운 분이었지만 아쉽게도 지음知音이라 하기에는 어려웠네. 우리는 종種부터가 달랐지. 그분은 무인, 나는 책사. 하여 나는 이날까지 살아오면서 지음이라 할 만한 인물은 결코 만나지 못하리라 여겼다네. 한데 이제 보니 엉뚱한 곳에 내 지음이 숨어 있었구먼. 그래서 웃은 걸세, 반갑고 기뻐서."

문강이 답례하듯 윤리학에게 살짝 고개를 숙여 보였다. 그의 고개가 아래로 향한 시간은 무척 짧았다. 하지만 그 고개가 다시 올라왔을 때 윤리학의 주름진 얼굴에서는 웃음기가 사라져 있었다.

"다시 말하거니와, 곤륜지회는 내가 가장 자랑스러워하는 작품이라네. 그렇다면 내가 가장 부끄러워하는 작품은 무엇인지 아는가?"

문강은 잠시 생각하다가 고개를 저었다.

"그것까지는 모르겠군요."

"바로 이 아이라네."

운리학이 품에 안고 있던 광목 꾸러미를 양손으로 쥐고 슬쩍 들어 보였다. 문강의 눈매가 가늘어졌다.

"그건……?"

운리학의 늙고 앙상한 손가락들이 광목 꾸러미의 매듭을 풀어 나가기 시작했다. 이윽고 두벌 구이를 하지 않아 흙 본연의 갈색을 그대로 품은 오지단지 하나가 중인의 눈앞에 모습을 드러냈다. 운리학이 손바닥으로 그 표면을 조심히 쓰다듬으며 말했다.

"내 아들놈일세."

"선생의 자제분이라고요?"

운리학이 고개를 끄덕였다.

"종두득두種豆得豆라는 말이 무색하도록 나오는 정반대인 놈이었지. 효과 빠른 응변보다는 더뎌도 부작용이 작은 정법을 추구하고, 소수의 커다란 희생 대신에 다수의 작은 피해를 감수하는 게 옳다고 여기는 몽상가. 순진해 빠진 놈의 짓거리가 영 못마땅해 세상 물 좀 먹고 오라고 내쫓았더니만, 어쭙잖은 유세가 행세를 하며 이곳저곳 전전하다가 종래에는 북쪽 산의 그늘 아래로 기어들어 갔다고 하더군."

"북쪽 산이라면……."

문강의 눈매가 더욱 가늘어졌다.

"북악 말일세."

오지단지를 내려다보던 운리학이 고개를 들어 문강을 보았다. 두 사람의 시선이 한 치의 물러섬도 없이 부딪쳤다, 이윽고.

"왜 생각을 못 했을까?"

문강의 입술 사이로 자책이 흙물처럼 밴 음울한 혼잣말이 흘러나왔다.

"'운'이라는 성이 그리 흔한 것은 아님에도……. 그 옛날 이비영의 성도 '운', 오늘날 신무전 군사의 성도 '운'. 우연으로 보기엔 너무 공교로운 일임에도 나는 왜 그 점을 놓친 것일까?"

그 순간 석대원은 이명의 얼굴이 귀신이라도 본 사람처럼 새하얗게 질리더니, 곧바로 보기 흉할 만큼 일그러지는 광경을 목격했다.

'왜 저러지?'

석대원이 판단하기로 이명이 저런 반응을 보일 이유는 전혀 없었다. 이명의 별호는 묵여뢰黙如雷였다. 장중부동莊重不動한 성정을 대변해 주는 별호일 터. 대체 무엇이 그런 이명을 저렇듯 변색하게 만들었단 말인가?

문강은 자신의 생각에 골몰하느라 옆에서 벌어진 이명의 변화를 눈치채지 못한 것 같았다.

"오늘 이곳을 찾으신 목적이 하나만은 아니었군요."

문강의 말에 운리학은 고개를 끄덕였다.

"슬하에서 일찍 내쳐 아비 노릇을 제대로 못 한 것이 평생 마음에 걸렸다네. 그런 녀석을 비명에 먼저 보내고 말았으니, 아비 된 몸으로서 최소한 원수는 갚아 주는 것이 도리 아니겠는가."

문강은 잠시 생각하다가 운리학에게 물었다.

"혈랑곡이 본 각을 직접 칠 가능성을 염두에 두지 않았던 것은 아닙니다. 하지만 지난달 말 장강 남쪽에서 혈랑곡도들의 행적이 발견되었다는 정보가 관부를 통해 입수되었기에, 그들이 이곳에 당도하는 날짜가 지금보다는 이레에서 열흘가량 더 걸릴 것으로 예상했었지요. 그 정보도 혹시 선생의 작품이었는지?"

"관부란 눈에 보이는 것을 그대로 믿는 자들이지. 그들을 통해 올라오는 정보들은 그리 믿을 게 못 된다네. 이제까지 독자적인 정보망을 운용해 온 자네가 그 점을 모를 리는 없을 텐데?"

운리학의 질문에 문강은 쓴웃음을 지었다.

"비이목을 말씀하시는군요. 올 한 해 사이에 보기 좋게 무너졌지요. 아마 그 일과 무관하시지는 않을 텐데요?"

운리학이 고개를 흔들었다.

"죽을 날을 앞둔 늙은이를 너무 높이 평가하는군. 시대의 물살이 가빠지면 우리 같은 사람들을 곤혹스럽게 만드는 변수들이 여럿 발생한다네. 인간의 변수, 사건의 변수, 상황의 변수……. 비각의 정보망이 무너진 것은 그런 변수들이 복합적으로 작용했다고 보는 쪽이 옳을 게야. 내가 올해 계획한 일들은 보다 단기적이고 구체적인 것들이었지. 예를 들면, 음, 지금쯤 섬서에서 벌어지고 있을 전투 같은."

문강의 눈 속에 기광이 번득였다.

"방금…… 섬서라고 하셨는지요?"

"정확히는 장성 인근이지."

잠시 여백을 둔 운리학이 조금 차가운 목소리로 말을 이었다.

"자네가 기다리는 자들은 영영 오지 않을 걸세."

문강은 한숨을 쉬었다.

"그들은 닷새 뒤에 도착할 예정이었습니다. 조작된 정보로 소생을 방심케 하신 것으로도 모자라 이후에 생길지도 모르는 걱정거리까지 사전에 차단하시다니, 선생의 철저한 일 처리에 경의를 표하지 않을 수 없군요."

운리학도 한숨을 쉬었다.

"아쉽구먼. 호연이 이 자리에 있기만 했어도 자네의 칭찬에 지금처럼 부끄러워할 필요는 없을 텐데. 그나저나 호연은 왜 북경으로 갔나? 내가 파악한 일정대로라면 춘절을 여기서 보내기로 되어 있을 텐데."

"선생의 말씀처럼 변수가 다른 변수를 만들었다고나 할까요."

석대원은 문강의 눈길이 자신의 얼굴 위를 슬쩍 스쳐 가는 것을 보았다. 문강이 설명을 이어 갔다.

"혈랑곡주가 옥천관에서 벌인 일이 제독태감을 분노하게 만들었지요. 관병과 동창을 풀어도 해결이 안 되자 그의 분노는 더욱 커졌고, 마침내는 본 각으로 불똥이 튈 조짐마저 보이게 되었습니다. 노각주님과 대법왕께서는 그 불똥을 끄기 위해 북경으로 달려가신 겁니다."

운리학이 작게 탄식했다.

"허, 그렇게 된 일이었군."

"자책하지는 마시길. 이런 종류의 변수는 예측하기가 아주 어려우니까요."

"자책하는 게 아닐세. 단지 한 번에 끝낼 수 있는 일을 두 번에 걸쳐 해야만 하는 것이 안타까워서 그러는 거니까. 누구보다 효율을 중시해야 하는 게 바로 우리 같은 책사들이 아니겠는가."

문강이 고개를 끄덕였다.

"동의합니다."

이비영이라는 같은 자리를 공유했기 때문일까? 석대원이 보기에 운리학과 문강 사이에는 두터운 공감대가 가로놓여 있는 것 같았다. 그러한 공감대는 어쩌면 두 사람이 대면하기 이전부터 형성되어 있었을지도 모른다.

문강이 분위기를 바꿔 말했다.

"선생께 여쭙고 싶은 것이 하나 있습니다."

운리학이 고개를 갸웃거렸다.

"재미있군. 나도 자네에게 묻고 싶은 게 있었는데."

"그렇다면 공평하게 서로에게 묻고 서로에게 대답하는 것이 어떨는지요."

"그러기로 하지. 내게 묻고 싶은 게 뭔가?"

문강은 운리학이 끌어안고 있는 오지단지로 시선을 내렸다.

"소생은 신무전을 방문한 날, 선생의 자제분과 수담手談을 한 판 나누었습니다."

바둑을 모르는 석대원이지만 손으로 나누는 대화, 즉 수담이 바둑의 별칭이란 점은 알고 있었다.

"당시 자제분께서 말씀하시더군요. 부쟁선不爭先의 묘리가 쟁선爭先을 이기는 경우도 있다고요. 그리고 바둑판 위에서 소생을 상대로 그 점을 입증해 보이셨습니다. 그 일에 대해 선생의 고견을 듣고 싶습니다."

그 순간 운리학의 이마를 덮은 겹겹의 주름들이 쐐기 모양으로 쪼개져 내렸다.

"부쟁선의 묘리라니! 높이 오르는 매가 벌레를 더 잘 발견하고 빨리 달리는 승냥이가 토끼를 더 잘 잡는 법. 이 세상은 본래 쟁선계爭先界인 것을, 부쟁선 따위가 어떻게 덕목이 될 수 있단 말인가? 패배한 자, 낙오한 자의 자기합리화에 지나지 않네. 몽상가다운 잠꼬대라고나 할까."

이렇게 질타하는 운리학의 목소리에는 심중의 경멸감이 그대로 드러나 있었다. 문강은 의외라는 듯 눈썹을 올렸다가, 이내 둥글게 휘어 내렸다.

"신랄하시군요. 하지만…… 마음이 놓이는 것도 사실입니다. 부끄럽습니다만 자제분의 그 말씀으로 인해 작지 않은 혼란을 겪어야 했으니까요."

"냉철하고 정확한 판단을 내려야 하는 우리 같은 사람들에게 혼란은 가장 안 좋은 독이라고 할 수 있지."

문강은 미소를 지으며 고개를 끄덕였다.

"역시 동의합니다."

상대에게만 집중하고 있는 두 사람은 미처 알아차리지 못하는 눈치였지만, 그들 사이의 공감대는 점점 더 두터워지고 있었다. 석대원은 늑대 탈 안에서 눈을 가늘게 접었다. 그의 눈에 비친 저들은 지음의 수준이 아니었다. 저들은 마치…….

'두 개의 몸을 지닌 한 사람 같군.'

노인은 자신의 것과 대척되는 아들의 가치관으로 인해 필요 이상으로 흥분한 것처럼 보였다. 가슴에 손을 얹고 거칠어진 호흡을 가라앉힌 윤리학이 문강에게 말했다.

"이번에는 내가 물을 차례인 것 같군."

문강이 눈을 반짝이며 어서 물으라는 듯이 두 손바닥을 슬쩍 내보였다.

"소생도 궁금하군요, 소생에 관련된 무엇이 선생처럼 현명하신 분을 궁금하게 만들었는지."

윤리학이 물었다.

"우리가 오는 동안 몸을 빼낼 여유가 없지는 않았을 텐데, 이곳에서 이 늙은이를 기다리고 있는 이유가 뭔가?"

문강은 윤리학의 질문에 즉답을 주는 대신 가지런한 턱수염을 왼손 인지와 엄지로 매만지다가, 어느 순간 의미심장한 미소를 지으며 말했다.

"선생의 질문에 대한 답변은 말이 아닌 행동으로 보여 드리도록 하겠습니다."

"행동?"

문강이 뒤를 돌아보며 말했다.

"나와라."

석대원은 문강의 뒷전에 벽처럼 버티고 서 있던 철갑 괴인이 무생물의 단단한 경직을 허물어뜨리며 앞으로 걸어 나오는 광경을 지켜보았다.

철갑 괴인을 일별한 운리학이 혀를 찼다.

"이게 뭐 하는 짓인가? 과거에도 그랬거니와 현재에도 혈랑곡주의 검법은 '절대적絕對的'이네. 구중비천관의 삼백육십 호마철나한들이 어떻게 돌파되었는지 똑똑히 알고 있을 자네가 저런 이물異物로써 혈랑곡주를 상대하려 들다니, 솔직히 약간 실망스럽구면."

문강이 빙긋 웃었다.

"일 검에 오백을 베었다는 옥천혈효의 소문이 사실과 완전히 부합되지는 않는다는 것은 짐작하는 바이나, 이 대 혈랑곡주의 검법이 무적이라는 점에 대해서만큼은 단 한 번도 의심해 본 적이 없는 소생입니다."

"그런데도 왜 이런 무의미한 짓을 하는 겐가? 저 이물이 감싸고 있는 너절한 한철 쪼가리들을 그 정도로 믿는다는 뜻인가?"

문강이 눈썹을 쫑긋거렸다.

"한철을 곧바로 알아보시는군요. 과연 놀라운 안목입니다만, 뭔가를 오해하셨군요. 한철은 빙정지기의 소진을 막아 주는 용도에 지나지 않으니까요.”

운리학의 눈이 가늘어졌다.

“좀 더 설명해 주겠는가?”

“음, 빙귀굴의 음기로써 불파불괴不破不壞의 호신강기를 이루었다면 설명이 되는지요?”

문강의 말에 운리학의 표정이 침중해졌다.

“태서백망의 음기를 저 이물의 몸속에 집어넣은 모양이군.”

문강이 고개를 끄덕였다.

“정답입니다.”

운리학의 침중한 표정은 오래 지나지 않아 펴졌다.

“태서백망의 음기로 이룬 호신강기라면 과연 불파불괴라 칭할 만하겠지. 하지만 그렇다고 해서 혈랑곡주의 검을 견딘다고 믿는다면, 착각이라고 말해 주고 싶군. 이 점은 내기를 해도 좋아.”

운리학의 지적은 날카로웠지만, 문강은 태연하기만 했다.

“만일 내기를 한다면 선생 쪽에 걸겠습니다. 소생은 내기에서 지는 것을 그리 좋아하지 않으니까요. 다만 아쉬운 사실은, 내기 자체가 성립되지 않는다는 점입니다. 왜냐하면 이 대 혈랑곡주는 나서려 하지 않을 테니까요.”

운리학은 얼굴을 찌푸렸다.

“오늘 자네로부터 들은 말들 중에 처음으로 납득하기 힘든 말이군.”

“아마 곧 납득하실 겁니다.”

운리학을 향해 슬쩍 숙인 문강의 고개가 석대원 쪽으로 돌아왔다. 석대원은 자신을 향한 깊고 차분한 책사의 눈을 무심히 마주 보았다.

문강이 물었다.

"귀하도 내 말이 납득하기 어렵소?"

석대원은 고개를 끄덕였다. 비록 주연의 자리에서 한발 비켜선 그였지만, 또한 혈랑곡도의 생사에 대해 크게 개의치 않는 그였지만, 강적이 등장하면 당연히 나설 것이다. 그는 운리학에게 그렇게 약속했었고, 스스로에게도 그렇게 다짐했었다.

문강이 다시 물었다.

"그날 밤 귀하는 이 단천원에서 십이 년 만에 부친을 만났을 것이오. 당시 귀하의 부친은 역천뢰에 잠입했다가 판다라 법왕에 의해 생포당했소. 그 사실은 알고 있었소?"

갑자기 그날 밤의 이야기를 꺼내는 저의가 궁금했다. 유치한 격장지계激將之計를 펼칠 만큼 얕은 인물은 아닐 텐데? 어쨌거나 석대원은 다시 고개를 끄덕였다.

문강이 세 번째로 물었다.

"판다라 법왕이 비록 서역의 용사로 이름을 떨치는 인물이긴 하지만, 과거 강동에서 가장 강한 검객이었던 귀하의 부친을 별다른 대가 없이 제압하기란 쉬운 일이 아니었을 것이오. 이 점에 대해 이상하게 여긴 적은 없소?"

당시에는 워낙 엄청난 일들이 연속적으로 벌어졌던 탓에 깊이 생각해 보지는 않았지만, 지금 문강의 말을 들어 보니 확실히 이상한 일이기는 했다. 석대원이 아는 부친은 서역의 이승에게 간단히 제압당할 만큼 약자가 아니었다.

"그건 귀하의 부친이 암습을 당했기 때문이오."

문강이 칼로 자르듯 명쾌한 어조로 말했다. 마침내 석대원의 입에서 무거운 목소리가 흘러나왔다.

"암습?"

"그렇소. 그리고 귀하의 부친은 그 사람으로부터 암습을 당하리라고는 결코 예상치 못했을 것이오. 왜냐하면 두더지처럼 땅굴 속을 기어 역천뢰로 잠입한 이유가 바로 그 사람을 구출하기 위함이었으니까."

그 순간 석대원은 자신의 뒤쪽에 앉아 있는 운리학에게서 흘러나온 신음 소리를 들을 수 있었다. 그 신음 소리는 작았지만, 노인에게 갑자기 닥쳐든 경악을 가릴 만큼 작지는 않았다.

문강의 말은 계속 이어지고 있었다.

"석년 강동삼수의 우애는 참으로 아름다워, 냉면무정검 방 대협과 일장진삼주 양 대협은 검군자 석 대협의 자제들을 자기 자식들처럼 아끼고 사랑했다고 알고 있소. 석 대협의 자제들도 두 분을 무척이나 좋아했다고 하는데, 차갑고 엄숙한 백부보다는 호방하고 다정한 숙부 쪽을 더 좋아하지 않았을까 짐작하오."

신음 소리가 다시 울렸다. 이번에는 석대원 본인의 입에서 흘러나온 신음 소리였다. 아까 느낀 기이한 친밀감이 불길한 예감으로 빠르게 바뀌고 있었다.

문강은 석대원과 철갑 괴인을 번갈아 바라보고는 다시 한 번 의미심장한 미소를 지었다.

"소개하겠소."

문강의 목소리가 낭랑히 이어졌다.

"강동삼수의 한 분이신 일장진삼주 양무청 대협이시오."

불길한 예감은 현실이 되었다.

석대원은 그 자리에 굳어 버렸다.

감관반의 마지막 아홉 번째 불빛이 꺼지고 구중비천관의 기능이 마비되었음을 안 순간부터 문이 열리는 짧은 시간 사이, 문강은 자신의 생을 돌아보았다.

본래 문강은 세상의 공기를 한 모금도 마셔 보지 못할 운명이었다. 얼굴 한 번 보지 못한 모친의 배 속에 든 채, 서리 맞은 꽃처럼 시들어 간 모친과 죽음을 함께했어야 할 운명. 그 짧고도 가여운 운명으로부터 그를 구해 준 사람은 당시 비각의 젊은 각주였던 이악이었다.

　아기 시절, 문강은 무척이나 약했다고 한다. 이악이 붙여 준 '강康'이라는 이름은 모진 출산 과정으로 말미암아 고고성조차 제대로 울리지 못하는 허약한 아기를 위해 밝힌 수원등壽願燈이나 마찬가지였다. 그 기원에 힘입어서인지 아기는 다행히 고비를 넘겼다고 한다. 이름을 얻기에 앞서 성부터 결정되는 다른 아기들과는 달리, 문강은 이름을 얻고 몇 년이 지난 뒤에야 자신의 성을 알게 되었다.

　－딴 애들은 다 성이 있는데 저만 없는 것 같아요.

　－음?

　－아기인 명이도 '이'라는 성이 있잖아요. 저는 원래 성 같은 게 없나요?

　문강은 이렇게 묻는 네 살, 혹은 다섯 살의 자신을 내려다보던 이악의 곤혹스러워하는 얼굴을 지금도 기억하고 있었다.

　－네게는 문무쌍재文武雙材 중 '문'에 해당하는 피가 흐르고 있지. 그래, 네 성은 '문'이다.

　한참의 고민 끝에 나온 이악의 대답은 어린 문강을 약간 어리둥절하게 만들었지만, 자신에게도 성이 있다는 기쁨에 크게 개의치는 않았던 것 같다.

　문, 강, 문강, 아하하, 좋은 이름 같아……

　이악과 문강의 관계는 각별했다. 문강은 마음에 뚫려 있는 부친의 빈자리에 이악의 푸근하고 넉넉한 모습을 끼워 넣기를 주저하지 않았고, 그런 문강을 이악은 친자식과 마찬가지로 보듬어 키우고, 보호하고, 가르쳐 주었다. 아니, 어쩌면 약간 늦된 유년기를 보낸 친자식보다 더 아꼈는지도 모른다. 그를 향한 이악의 과도한 총애에 우려를 표하는 각원들이 한둘이 아니었으니까.

문강이 자신보다 세 살 연하인 이명을 형으로 섬기기 시작한 것은 그때부터였다. 장차 자신의 발목을 잡을지도 모르는 외부의 삿된 시기들을 미연에 차단하고 싶었던 것이다. 총명하고 사려 깊은 그는 어린 시절부터 자신의 미래를 내다보고 있었다. 그는 책사가 될 것이고, 모든 책사는 일인자가 될 수 없다는 점을 과거의 기록들을 통해 배운 바 있었다. 이명은 착한 아이였고, 장차 후덕한 주군이 될 것이다. 미래의 주군에게 조금 일찍부터 윗사람 대접을 해 주는 것은 뛰어난 통찰력을 가진 그에게 있어서 전혀 부끄러운 일이 아니었다.

어느 날 갑자기 동생에게 형 소리를 붙이는 문강을 보며 다들 이상한 눈길을 보냈지만—이명은 싫다며 울기까지 했다— 반년도 지나지 않아 당연하게 받아들여졌다. 자신을 향한 각원들의 뾰족한 눈길이 부쩍 누그러졌음을 알아차린 문강은 아무도 모르는 곳에서 혼자 미소를 지었다.

세월이 흘러 소년은 청년이 되고, 장년이 되었으며, 중년의 정점을 넘어서서 이제는 생의 황혼기를 앞두게 되었다.

문강을 구성하는 모든 것이 노화되고 퇴색되어 갔지만 오직 하나 이악을 향한 절대적인 충심, 아니 효심만큼은 바뀌지 않았다. 문강에게 있어서 그것은 각인刻印, 숨을 쉬고 음식을 먹고 잠을 자는 생리 현상처럼 자연스러운 일이 된 지 오래였다. 문강은, 이악의 적이 곧 자신의 적이며, 이악을 위해서는 자신의 모든 것을 바칠 수 있음을 한 번도 의심해 본 적이 없었다. 모든 것을 내려 주신 은인이자 주군이자 부친에게 모든 것을 돌려 드리는 것은 책사 이전에 인간의 도리였다.

아까 윤리학은 문강에게 물었다. 왜 달아나지 않았느냐고. 문강이 입 밖으로 꺼내지 않은 대답은 간단했다.

'할 일이 남아 있기 때문입니다.'

윤리학의 곁에 서 있던 말상의 노인이 이 대 혈랑곡주를 향해 소리쳤다.

"곡주님, 얼굴도 알아볼 수 없는 자가 아닙니까! 곡주님을 나서지 못하게 하려는 거짓말입니다!"

문강은 비소를 금치 못했다. 범부들이란 대체로 저러했다. 눈으로 확인하기 전에는 믿지 못하는, 껍질을 벗겨 손안에 직접 쥐어 주어야만 비로소 믿는 의심 많은 족속들. 분위기만 봐도 모르는가! 문강은 본래부터 거짓말을 좋아하지 않는 사람이었고, 윤리학과 대면한 지금은 더더욱 그러했다. 속일 가능성이 없는 인물을 상대로 거짓말을 하는 것은 시간 낭비일 뿐 아니라 수치스럽기 짝이 없는 일이었다.

그런 면에서 볼 때, 이 대 혈랑곡주에게는 과연 범상치 않은 면모가 있었다.

"거짓말이 아니오."

늑대 탈 뒤에서 흘러나온 무거운 한마디에 문강의 비소가 흡족해하는 미소로 바뀌었다.

'다행이군. 저자까지 나서서 증명을 요구한다면 무척이나 번거로워질 테니까.'

사실 문강은 윤리학과 나눈 대화를 통해 여러 차례 충격을 받은 상태였다. 대화 자체는 고격하고 유익했지만, 그것으로 인한 모든 결과는 그에게 안 좋은 방향으로 작용했다. 기대를 걸었던 지원군은 저지당했고, 평생을 바친 조직은 궤멸 지경에 처했다. 그 암울한 사실들은 너무도 확고하여 인간의 능력으로는 뒤집을 수 없을 것 같았다. 그래서 그는 몸과 마음이 함께 녹아내리는 듯한 극심한 피로감에 시달리고 있었다. 이 고단한 국면을 한시바삐 정리하고 싶었다, 그 정리가 설령 자신의 몰락을 의미하더라도.

무공에 진 무인은 대개 죽는다. 책략에 진 책사도 마찬가지가 아닐까?

'어서 끝내자.'

문강은 자신의 앞에 버티고 서 있는 빙벽의 뒤통수를 바라보며 마음속으로 지시를 내렸다. 밀종의 비술, 육도제령박六道制靈縛이 완료된 시점부터 그와 빙벽은 심령으로써 연결된 상태였다. 빙벽은 육신 밖에서 움직이는 또 하나의 육신이었다. 지시를 내리기 위해 굳이 말소리를 낼 필요는 없었다.

둥.

빙벽이 섬뜩한 철갑 소리를 울리며 전방의 혈랑곡도들을 향해 걸음을 내디뎠다. 혈랑곡도들의 선봉에 서 있던 이 대 혈랑곡주가 거구를 움찔하며 한 발짝 물러나는 모습이 보였다. 그자의 어깨 위로는 천하제일 마검의 손잡이가 비죽 올라와 있었다. 하지만 문강은 빙벽을 상대로 저 검이 뽑힐 일은 없으리라는 사실을 알고 있었다. 이 대 혈랑곡주는 모른다. 빙벽이 밀종의 비술에 의해 만들어진 활시活屍와도 같은 존재임을. 설령 그 점에 대해 의심을 품는다 한들, 지금으로서는 확인할 방법이 없을 터였다.

문강이 빙벽을 움직여 이루고자 하는 목표는 그 자신의 목숨을 구하는 것이 아니었다. 지금 이 순간 그가 진정으로 바라는 것은 비각을 이 지경으로 망쳐 버린 장본인에 대한 집약적이면서도 유효한 반격이었다. 이는 은인이자 주군이자 부친이기도 한 이악에게 가장 큰 위협이 될 요소를 제거하는 보은報恩의 행위이기도 했다. 그 장본인이 누구냐고? 최소한 저기 서 있는 이 대 혈랑곡주는 아니었다. 저자는 천하에서 짝을 찾기 힘들 만큼 훌륭한 보검임에 분명하지만, 그 보검을 벼리고 휘둘러 이악을 파멸시키려는 자는 따로 있었다.

문강의 눈길이 바퀴 의자에 앉아 있는 작고 초라한 노인, 운리학을 향했다.

'가라.'

문강은 명령을 마무리 지었다.

그어어어엉-.

"멈춰라!"

빙벽이 얼음 가루에 덮인 철면 아래로 둔중한 기성을 토해 내며 운리학을 향해 돌진한 것과 바퀴 의자 뒤에 서 있던 초로인이 고함을 터뜨리며 빙벽을 향해 뛰쳐나온 것은 동시에 벌어진 일이었다. 빙벽과 초로인이 희고 붉은 잔상을 허공에 남기며 서로를 향해 몸을 던졌다.

궁!

문강은 거짓말을 하지 않았다. 철갑 괴인의 정체는 양 숙부, 양무청이 분명했다. 천선기가 아까 보여 준 끈들과 그것으로부터 일어난 친밀감이 그 증거였다. 여기에 의심이 끼어들 여지는 없었다.

석대원은 양무청을 상대로 감히 검을 뽑을 수 없었다. 석가 장의 모든 형제들에게 있어서 부친의 의형제들은 집안 어른과 다름없는 존재였고, 그 점은 무문관에서의 윤생을 통해 과거의 인연에 무감해진 석대원도 예외일 수 없었다. 그가 모르는 어떤 사정으로 인해 지금은 문강의 괴뢰 신세가 되었지만, 그렇다고 어린 시절부터 이어져 온 숙질 관계가 바뀌는 것은 아니었다.

'곤란하게 됐구나.'

석대원은 혈랑탈의 그늘 아래에서 입술을 지그시 물었다. 그나마 취할 수 있는 조치라면 혈도를 봉쇄하는 일 정도일 텐데, 그러기에는 양무청의 전신을 둘러싼 한철 갑옷이 만만치 않은 장애물로 보였다. 아니, 사실 한철 갑옷 자체만 놓고 본다면 호마철나한을 이루는 곤오철에 비해 그리 다를 것이 없었다. 그러나 수맥의 음기를 받아들임으로써 이루었다는 호신강기는 그 어떤 고명한 점혈 수법도 무위로 돌릴 것이 분명했다.

죽일 수도 없다. 제압하는 것도 불가능하다.

그런 의미로 볼 때, 운 노사부에게 달려드는 양무청을 향해 지체 없이 몸을 던진 하후봉도의 과단성 있는 행동은 석대원에게 무척이나 고마운 것이 아닐 수 없었다.

일장진삼주 양무청은 강동을 주름잡던 화려하고 호방한 장법의 대가였다. 하후봉도는 일격필살의 권법으로 명성을 떨친 북천거령신의 후예였다. 권과 장, 양 방면에 일가를 이룬 두 대가 사이에서 이루어진 한 치의 양보도 없는 격돌은 주인들이 살아온 내력만큼이나 묵직한 꽹음을 남겼다.

꽹!

이물과 인간의 첫 합에서 손해를 본 쪽은 인간으로 판명났다. 양무청은 그 자리에 멈춰 선 채 철면의 눈구멍 밖으로 무시무시한 안광을 뿜어냈고, 하후봉도는 오만상을 찡그리며 쿵, 쿵, 두 걸음을 물러난 뒤에야 몸을 멈춰 세울 수 있었다.

하후봉도가 시선을 정면의 양무청에게 고정한 채 말했다.

"이 싸움은 제게 맡겨 주십시오."

석대원은 저 말이 자신을 향한 것임은 알았다. 하지만 섣불리 판단을 내릴 수는 없었다.

"그것은…….'

"곡주님을 기다리며 평생을 살았습니다. 비록 복심腹心에 충정은 없을지언정, 곡주님이 인륜을 거스르는 것을 두고 볼 수만은 없습니다. 제가 드리는 처음이자 마지막 부탁입니다. 이 싸움에 개입하지 말아 주십시오."

이 말이 끝난 순간 양무청이 재차 윤리학을 덮쳐 갔다. 양무청은 훼방꾼의 존재를 아예 무시하는 것 같았다. 아니, 훼방꾼과 목표물을 한꺼번에 뭉개려는 것 같기도 했다.

"헙!"

하후봉도는 짤막한 기합을 토하며 왼발을 힘차게 내디뎠다.

쿠웅─.

사방을 진동하는 진각震脚 소리 속에서 하후봉도의 굳은살로 뒤덮인 두 주먹이 양무청을 향해 여섯 차례의 강경한 권풍을 내쏘았다.

양무청은 방어에는 전혀 신경 쓰지 않는 듯했다. 그리고 그런 광오한 행동을 보일 자격이 있어 보였다. 하후봉도가 쏘아 보낸 권풍들이 한철 갑옷 위에서 허무하게 소멸되었다. 얼음 가루에 뒤덮인 억센 손이 하후봉도의 얼굴을 곧장 후려쳐 왔다. 하후봉도는 활짝 펼친 왼손을 얼굴 앞으로 내밀어 양무청의 좌장을 막았다.

쿵. 쿵.

그러나 다시금 두 걸음을 밀려난 것은 불가항력적인 일처럼 보였다. 하후봉도의 굳게 다물린 입가에는 어느새 불긋한 핏기가 내비치고 있었다.

"내가 돕겠네!"

후방에 있던 왕구연이 소리쳤다. 하후봉도는 시선을 양무청에게서 떼지 않은 채 무거운 목소리로 대꾸했다.

"허락하지 않겠네."

"이 사람! 나는 곡주님과 달리 그자와 어떤 관계도 아니야!"

"이제는 그 문제를 넘어선 것 같군."

"뭐?"

하후봉도는 붉게 물든 입술 위로 엷은 미소를 떠올렸다.

"맞아, 확실히 넘어섰어."

하후봉도의 자세가 바뀌었다. 그는 왼 손바닥을 활짝 펼쳐 심장으로부터 한 자 앞에다가 당겨 올린 뒤, 오른 주먹을 오른쪽 옆구리에 가져다 붙였다. 양무청의 얼굴에 고정한 그의 두 눈 안에서 순양한 정광이 이글거리기 시작했다. 오른쪽 소매가 팽팽히 부풀어 오르며, 활처럼 당겨진 오른 주먹 위로 희뿌연 기류가 소용돌이치고 있었다. 그가 혼잣말을 하듯 작게 중얼거렸다.

"마침내 시험할 수 있게 되었군."

으드득!

하후봉도의 신발이 단단한 돌바닥을 뚫고 들어갔다.

'저것은⋯⋯?'

석대원은 모용풍의 비세록을 통해 북천거령신의 최고 절학이 무엇인지 알게 되었다. 다섯 단계로 나눠진 천순뇌격단공天盾雷擊段功, 그중 마지막 단계인 천순뇌격이 바로 그것이었다. 왼 손바닥은 천순이요, 오른 주먹은 뇌격이다. 천순으로 막고, 뇌격으로 무찌른다. 석년 북천거령신 하후방은 이 원시적이고도 노골적인 무공으로써 금릉의 대검호 남천비검 연일심과 더불어

남북쌍천南北雙天이라는 영예로운 이름으로 공칭될 수 있었다.

양무청이 하후봉도를 향해 달려들었다.

후우우웅!

천순뇌격단공의 마지막 단계인 뇌격권이 진흙 덩어리처럼 묵직하게 전진하는 하후봉도의 우권에서 뿜어져 나왔다. 사납게 휘둘러진 양무청의 오른손이 하후봉도의 천순을 낚아챈 것과 동시에 벌어진 일이었다.

한철 갑옷이 나선의 형상으로 깨져 나갔다.

하후봉도의 왼팔이 어깻죽지에서 뜯겨 나갔다.

양무청은 백무 같은 빙정지기를 가슴으로 뭉클뭉클 뿜어내며 돌바닥에 한쪽 무릎을 꿇었다.

하후봉도는 시뻘건 선혈을 허공으로 튀어 올리며 짚단처럼 우측으로 내팽개쳐졌다.

고통은 하후봉도의 모든 움직임을 멈추게 만들었다. 반면에 양무청은 아니었다. 양무청이 바닥에 대고 있던 무릎을 천천히 펴 올렸다. 오직 두 가지 색깔, 검푸른 강철과 새하얀 얼음의 색깔만으로 이루어졌던 이물에게 하나의 색깔이 더해져 있었다.

'호신강기가…… 깨졌다.'

석대원은 하후봉도의 뇌격권이 양무청의 한철 갑옷과 호신강기를 뚫고 심장 부근을 완전히 짓이겨 놓았다는 사실을 알아차릴 수 있었다. 붉은 혈흔이 얼음으로 덮인 철갑 위로 피어나고 있었다. 그것은 마치…… 얼음벽 위에 피어난 붉은 꽃처럼 보이기도 했다.

얼음벽과 붉은 꽃!

석대원은 순간적으로 멍해졌다. 소림사를 나와 운리학을 다시 만났을 때 천선기가 새하얀 끈을 풀어 보여 준 광경이 바로 저것이었다. 그 광경은 무엇을 예언하고자 한 것일까? 이제부터 무슨 일이 벌어지려는 것일까?

그때 양무청이 움직였다. 그 움직임은 떨어지는 맹금처럼 빠르고 성난 곰처럼 난폭했다.

'산 사람이 아니다!'

아무리 심령을 제압당했다고 해도 목숨을 가진 생명체라면 심장이 짓이겨진 몸으로 저런 움직임을 보일 수 없었다. 저것은 생리적인 기능에 의해서가 아닌, 사악한 술법에 의한 움직임임에 분명했다.

양무청은 이미 죽었다. 산 양 숙부라면 몰라도 죽은 양 숙부라면 벨 수 있지 않을까? 그것이 양 숙부의 명예를 오히려 지켜 드리는 길이 되지 않을까? 석대원은 양무청을 막기로 마음먹었다. 양무청과 운리학과의 거리는 양무청의 속도를 감안하면 지척이라고 해도 좋을 만큼 짧았지만, 심동공허라면 충분히 막을 수 있었다.

그때 뜻밖의 일이 벌어졌다.

"안 돼!"

절실한 마음이 그대로 드러난 절규가 적 진영으로부터 터져 나왔다. 문강의 곁에 서 있다가 절규를 터뜨리며 전장을 향해 몸을 날린 사람은 놀랍게도 적의 주장인 이명이었다. 문강의 충동질을 받아 양무청과 힘을 합치려는 것일까? 그러나 해연함으로 물든 문강의 얼굴은 그 추측이 사실과 다름을 보여 주고 있었다.

시각의 혼재⋯⋯.

석대원은 운리학에게 쇄도해 드는 양무청을 보았고, 대경하여 운리학의 앞을 막아서려고 했지만 때를 놓쳐 버린 듯한 왕구연과 최당을 보았고, 놀라운 신법으로써 양무청을 거의 따라잡은 이명을 보았고, 이명의 뒷모습을 향해 뭐라고 외치는 문강을 보았고, 바퀴 의자에 앉아 두 눈을 부릅뜬 운리학이 의자의 팔걸이를 아래로 꺾어 내리는 것을 보았고, 바퀴 의자의 옆쪽에서 튀어나온 검푸른 구름이 문강을 향해 쏘아 나가는 것을 보았다.

각기 다른 위치에서 미세한 시차를 두고 펼쳐진 여러 개의 광경이 석대원의 망막을 한꺼번에 직격했다. 이 광경과 저 광경이, 저 광경과 그 광경이 서로 중첩되며 쇳물처럼 녹아 흘렀다. 그 격렬한 혼재 속에서, 석대원은 심동공허를 펼쳤다.

공간이 열렸다. 경물이 본래의 색을 잃었다.

바로 그때였다.

웅ㅡ.

천선기가 또다시 움직였다.

아아! 이 현상을 어떻게 설명하고 어떻게 묘사할 수 있을까?

심상의 화폭 위로 봇물처럼 넘쳐흐르는 새하얀 끈들의 움직임은 시각적이라기보다는 청각적인 성질에 가까웠다.

그 안에서 시간이 멈췄다. 아니, 거꾸로 거슬러 올라간다.

개울이 강이 되고, 강이 바다가 되고, 바다는 다시 강으로 풀리고, 강은 개울로 쪼개진다⋯⋯.

끈을 통해 천선기가 보여 주는 모든 변화에는 음악적이라고 할 수도 있는 기묘한 울림이 수반되어 있었다. 울림과 울림 사이에 비워진 여음餘音의 어디쯤에서, 석대원은 하얀 끈으로 이루어진 운리학을 보았다.

운리학은 거슬러 올라가는 시간선時間線 위에서 젊어지고 있었다. 혼자의 힘으로는 거동조차 하기 힘든 현재의 운리학에서 석대원의 기억에 남아 있는 십이 년 전의 대머리 노사부로, 거기서 다시 허리가 꼿꼿한 청수한 초로의 문사로. 그런데⋯⋯.

닮았다.

응?

석대원은 저 초로의 문사를 알고 있었다.

누군데?

바로 문강이었다.

뭐?

다음 순간, 비현실적으로 이지러진 공간의 결을 빠져나온 석대원은 자신이 문강의 코앞에 있음을 깨달았다. 그가 원한 것이 아니었다. 스스로 발동된 천선기가 그를 이곳에 데려다 놓은 것이다.

대체 왜?

생각 이전에 몸이 움직였다. 붉은 검광이 문강의 전면을 가르고 지나갔다.

차차차착.

운리학의 바퀴 의자에서 튀어나와 문강을 향해 쏘아 가던 검푸른 구름이, 호말처럼 가느다란 비침들이 혈랑검의 검기에 휘말려 천장으로 방향을 틀었다. 끄트머리를 물들인 섬뜩한 광채로 미루어 극독이 발렸음이 분명한 그것들이 침침한 돌 천장에 기이한 문양을 그리며 깊이 박혀 들었다.

문강의 눈이 혈랑탈의 눈구멍을 지나 석대원의 눈과 마주쳤다. 이자가 이런 눈을 할 수도 있구나, 싶을 만큼 크게 부릅뜬 문강의 눈에는 도저히 받아들일 수 없는 현실에 대한 불신이 가득 들어차 있었다.

"으윽!"

신음 소리가 들렸다. 석대원은 뒤를 돌아보았다. 양무청과 이명이 운리학 앞에서 겹쳐져 있었다. 그리고 철갑으로 뒤덮인 양무청의 오른팔이 이명의 아랫배를 관통하고 있었다.

다음 순간 상방으로부터 직하한 왕구연의 쌍창이 양무청의 머리통에 내리꽂혔다.

쩌-적!

하후봉도의 뇌격권에 의해 호신강기가 파괴된 양무청은 한철 갑옷을 뒤집어쓴 커다란 고깃덩어리에 불과했고, 철창왕가의 패도적인 취설천월창법은 단단하기로 이름난 한철 갑옷을 무용지물로 만들기에 부족함이 없었다. 두 자루 창이 양무청의 정수리를 뚫고 내려갔다.

그르르르-.

두 자루 창에 의해 정수리에서 아랫배까지 꿰뚫린 양무청이 철면 아래로 괴이한 신음 소리를 내며 경련을 일으키다가 어느 순간 움직임을 멈췄다.

"이, 이게……!"

바퀴 의자 옆에서 전신을 와들거리던 최당이 운리학 앞에 겹쳐 서 있는 양무청과 이명을 거칠게 밀어젖혔다. 인간과 이물이 한 덩어리로 얽혀 바닥에 쓰러지고, 석대원은 바퀴 의자의 등받이에 힘없이 묻혀 있는 운리학을 볼 수 있었다.

운리학의 오른쪽 가슴에는 조금 전까지만 해도 볼 수 없었던 혈흔이 찍혀 있었다. 그것은 이명의 아랫배를 관통한 양무청의 오른손이 남긴 흔적이었고, 석대원이 지켜보는 가운데에도 불길한 붉은 영역을 점점 넓혀 나가고 있었다.

최당과 왕구연이 한목소리로 부르짖었다.

"노사부님!"

다음 순간 석대원은 운리학의 면전에 당도해 있었다. 운리학의 상세는 일견하기에도 위중했다. 심장은 용케 피했다지만, 오른쪽 갈비뼈와 폐가 이미 엉망이 되었음은 불문가지였다.

"노사부님……."

석대원은 떨리는 목소리로 운리학을 불렀다. 잠을 자듯이 감겨 있던 운리학의 눈이 슬며시 떠졌다.

"이 또한…… 납득하기 힘들구나."

기침. 노인의 하얀 수염이 검은 핏물로 덮였다. 운리학이 느리게 말을 이었다.

"너는 왜 저자를 구한 것이냐?"

운리학의 질문은 석대원에게 아까 심동공허를 펼치는 중에 보았던 신비한 광경—시간이 역행하는 듯한—을 되새기게 만들었다. 석대원은 천선기가 보여 준 그 광경의 의미를 이제는 짐작할 수 있었다. 저절로 그렇게 되었다.

석대원이 입을 열었다.

"그 이유는……."

그때 문강의 날카로운 부르짖음이 공간을 가로질러 석대원의 귓전을 때려 왔다.

"형님, 왜 그 늙은이를 구하신 겁니까!"

움직임을 완전히 멈춘 양무청과 한 덩어리로 쓰러져 있던 이명에게서 금방이라도 끊어질 것 같은 가느다란 목소리가 올라왔다.

"자네…… 안 되네……. 신무전의 군사…… 그리고 이 노인…… 죽여서는…… 안 되네……."

이명의 얼굴 위에는 허연 서리가 끼어 있었다. 아랫배를 관통하고 있는 양무청의 오른팔로부터 스며 나온 가공할 빙정지기 때문이었다. 이대로 놔두었다가는 관통상으로 죽기 전에 얼어 죽을 것이 분명했다.

석대원은 이명의 아랫배에서 양무청의 팔을 뽑아낸 뒤 고목

가지처럼 앙상한 왼손으로 이명의 명치를 살며시 짚었다. 천지간에 가장 뜨거운 바즈라-우파야의 공능이 이명의 몸에서 빙정지기를 몰아내기 시작했다. 그러나 망가진 장기만큼은 그로서도 어쩔 도리가 없었다.

"과거에도 그랬거니와 앞으로도 노각주님께 가장 큰 우환이 될 늙은이입니다! 왜 죽이면 안 된단 말씀입니까?"

문강이 재차 이명을 추궁했다. 혼란에 빠진 책사는 상관의 생사마저 도외시한 것 같았다. 아니, 운리학을 제외한 모든 사람들의 생사를 도외시한 것 같았다.

"내 부친은…… 잔인한 분이네……. 작년 국립장에서 치른 조부님의 제사 때…… 부친은 자네가 없는 자리에서…… 내게 한 가지 비밀을 가르쳐 주셨다네……. 자네에게는 결코…… 알릴 수 없는…… 비밀이었지……."

"비밀이라니요? 어떤 비밀 말씀입니까?"

"이 노인은……."

이명이 말을 잇지 못하고 병든 소처럼 헐떡거렸다. 석대원은 그와 접촉한 왼손을 통해 그에게 허락된 시간이 다해 가고 있음을 알아차릴 수 있었다.

확-.

바즈라-우파야로부터 다시 일어난 한 줄기 온기가 꺼져 가는 생명에 마지막 힘을 더해 주었다.

"이 노인은…… 자네의……."

이명의 입이 힘겹게 열리며 문강의 질문에 대한 답이 흘러나왔다. 그것은 석대원이 운리학에게 들려줄 답과 동의이어同意異語이기도 했다.

"친부……라네……."

이명의 동공이 생기를 잃고 열렸다.

무시무시한 정적이 공간을 짓눌렀다.

누구도 입을 열지 않았다. 누구도 입을 열 수 없었다. 그 정적 속에서 석대원은 자신의 두 손이 떨리기 시작하는 것을 느꼈다.

정적의 한 귀퉁이를 허문 것은 죽어 가는 노인의 미약한 목소리였다.

"그런 건가?"

석대원은 이명의 시신 앞에서 몸을 일으켜 세웠다. 그런 다음 바퀴 의자 위에서 축 늘어져 있는 운리학을 돌아보았다.

운리학은 한참 만에야 다시 입술을 달싹거렸다.

"그녀가 죽기 전에 내 아이를 낳았고, 호연이 그 아이를 키운 건가?"

석대원은 자신의 두 손을 내려다보았다. 떨림이 점점 커지고 있었다.

"자식을 잃음으로써, 자식을 얻었다. 자식을 얻기 위해, 자식을 먼저 보내야 했다."

운리학의 목소리는 점점 잠겨 들어가고 있었다. 말을 제대로 알아듣기 위해서는 입술 모양에 주의를 기울여야만 했다.

"형님의 말씀이 옳았구나. 얻음과 잃음…… 다르지 않았어. 그것이 형님이 보신 내 운명의 끈이었어. 아원…….."

운리학의 초점 잃은 눈이 석대원을 향했다. 석대원의 초점 잃은 눈이 그의 눈을 맞아 들였다.

"고맙다. 네 덕분에 두 아이 모두를 먼저 보내지 않게 되었구나. 하지만…….."

운리학의 시선이 문강이 서 있는 곳 부근을 더듬었다.

"불쌍한…… 내 아들…… 너는 이제 어떻게…… 살아갈…….."

피 묻은 입술이 가녀린 달싹거림을 멈췄다.

석대원은 생명이 떠난 운리학을 잠시 내려다보다가 고개를 들어 문강을 돌아보았다.

문강은 박제된 동물처럼 그 자리에 우뚝 선 채로 뻣뻣하게 굳어 있었다. 표정이 사라지고, 의식이 사라지고, 생기마저 사라진 것 같았다. 심유하게 빛나던 두 눈은 죽은 물고기의 것처럼 혼탁함으로 물들어 있었다. 그는 살아 있되 살아 있지 않은 것처럼 보였다. 산 사람이 가져야 마땅한 가장 기본적인 덕목조차도 그에게서는 찾아볼 수 없었다.

아비가 죽었다. 아들도 죽은 셈이었다.

상잔相殘.

붉은 검에 휘감기는 붉은 채대.

그녀의 배를 꿰뚫은 붉은 검.

힘겹게 아물어 가던 상처가 다시 입을 벌려 피를 쏟아 내고 있었다. 걷잡을 수 없이 떨리던 석대원의 손이 주먹으로 쥐어졌다.

분노忿怒.

석대원은 분노했다.

양무청을 혼백 없는 괴물로 탈바꿈시켜 석대원 앞에 내보낸 문강의 지독함에 대해.

석대원은 분노했다.

문강을 키워 자신의 야욕을 방해하는 운리학에게 맞서려 한 이악의 잔인함에 대해.

석대원은 분노했다.

과거의 더러운 악연들이 얽혀 만들어 낸 현재의 모든 구역질 나는 비극들에 대해.

석대원은 분노했다.

분노했다…….

바즈라-우파야가 새로운 주인의 분노에 용동聳動했다.

……그곳에 있던 모든 사람들은 붉은 거인의 전신을 통해 뿜어 나온 수백 개의 벼락 줄기들이 사방으로 백열하는 광경을 망연히 지켜보았다.

싸움은 치열했다.

그리 길지 않은 시간임에도 불구하고 제초온은 이미 혈인으로 바뀌어 있었다. 하지만 그의 목숨을 노리던 다섯 늙은이들의 상태도 멀쩡하지만은 않았다. 마물로 인한 후환이야 어떻든 간에, 일단 싸움에 임한 거경은 물러섬을 모르는 용맹한 전사였다. 망가진 오른쪽 다리가 걸림돌이 되기는 했지만, 그럼에도 풍백도법과 거령권의 패도를 우습게 여길 자는 천하에 그리 많지 않았다. 그 결과 한 늙은이가 죽었고, 한 늙은이가 다리병신이 되었다. 손해는 안 본 셈이었다.

부-웅-!

청강참마도를 어깨 위로 크게 휘돌려 남은 세 늙은이들을 다시 한 번 물러나게 만든 제초온이 눈 녹은 물과 땀으로 미끈거리는 손바닥에 침을 뱉었다.

"감질나서 못 참겠구나! 쉬파리처럼 주위에서 얼쩡거리지 말고 이번에는 세 놈이 한꺼번에 들어와라!"

다리도 다리거니와 이제는 지치기도 했다. 피로로 징징거리는 몸뚱이를 끌고 헐레벌떡 쫓아다니느니, 가만히 서서 놈들에게 몇 방 맞아 주는 대가로 한 놈이라도 확실히 죽이는 편이 나았다. 그런 무식한 방법으로 놈들을 다 죽였을 때 자신이 과연 살아 있을지는 의문이었지만, 뭐, 죽으면 어때? 마물 만날 걱정 안 해도 될 테니 그 결과도 나쁘지만은 않을 것 같았다.

그때 눈보라의 아우성을 뚫고 무슨 소리가 들렸다.

드드드드-.

제초온은, 그리고 대적하는 세 늙은이도 동작을 멈추고 촉각을 곤두세웠다. 지진이라도 난 것일까? 눈 덮인 대지가 진동하고 있었다. 다음 순간…….

꽈르르르르릉!

천지를 찢어발기는 엄청난 뇌성과 함께 제초온이 등지고 선 비천대전의 지붕이 아래로부터 터져 나갔다.

"으악!"

멀찍이서 관전하고 있던 오줌싸개가 두 귀를 감싸며 그 자리에 엎어졌다. 제초온과 맞서고 있던 세 늙은이도 얼굴을 일그러뜨리며 뒤로 물러섰다.

"이, 이건 또 뭐냐?"

제초온은 날아간 지붕 자리로부터 시허연 광채를 줄기줄기 뿜어내는 비천대전을 올려다보았다.

갑자기 벌어진 천번지복天飜地覆의 변고가 제초온과 혈랑곡도들 간의 싸움을 멈추게 만들었다. 청강참마도의 넓은 칼날을 눈밭에 파묻은 채 얼빠진 얼굴을 하고서 비천대전을 올려다보는 제초온은 자신의 정신이 어디로 날아가 버렸는지 짐작조차 할 수 없었다.

그래서 뱀눈의 늙은이가 비천대전 안으로 달려 들어가는 것을 빤히 지켜보면서도 막아야 한다는 생각을 떠올리지 못했다.

"소주!"

행운인지 불운인지는 아직 분간이 가지 않았지만, 오늘 황우는 인간이 아님에도 움직이는 것들을 여럿 보았다. 그것들 중에는 정교한 기관 장치에 의해 움직이는 것도 있었고, 사악한 술법에 의해 움직이는 것도 있었다. 하지만 그 모든 것들 중에서도 가장 인간으로부터 벗어난 것은, 아마도 지금 바라보고 있는 석대원이라는 생각이 들었다.

황우는 위를 올려다보았다. 거짓말처럼 뻥 뚫린 천장이 그의 눈에 담겼다. 그는 석대원으로부터 뿜어 나온 벼락 줄기들이 수백 마리의 용처럼 얽혀 들며 천장을 향해 솟구친 것을 기억하고 있었다. 천장은 그래서 저 꼴이 되었다. 지상과 지하를 가로막은 두꺼운 돌판들이 산산이 부서지고, 돌판들을 지탱하던 복잡한 구조물을 비롯한 지상 층의 모든 기물이 순식간에 불타오르고, 건물의 지붕마저 통째로 터져 나갔다. 뚫린 지붕을 통해 쏟아져 들어온 눈보라가 건물 내에 팽배한 벼락의 열기에 의해 자욱한 수증기로 증발하고 있었다.

황우는 인력의 산물이라고는 도저히 믿기지 않는 그 모든 일들이 겉보기에는 아무 행동도 취하지 않은 것 같은 석대원에 의해 행해졌음을 알고 있었다.

석대원은 전신을 떨며 서 있었다. 시허연 벼락이 늑대 탈의 눈구멍을 통해 불똥처럼 튀어 오르고 있었다. 어느 순간 황우는 자신이 공포에 질려 있음을 깨달았다. 그리고 같은 공간에서 석대원을 지켜보는 다른 사람들 또한 자신과 마찬가지로 공포에 질려 있음을 깨달았다.

석대원으로부터 비롯된 절대적인 공포는 적아를 가리지 않았다. 혈랑곡도도, 그리고 비각의 각원도. 마치 법정에 끌려와 판관의 판결만 기다리는 무지렁이들처럼 숨을 잔뜩 죽인 채 석대원의 눈치만 살피고 있었다. 말도 안 될 만큼 무거운 침묵 속에서 시간은 한없이 느리게 흐르는 것 같았다.

"소주!"

숨 가쁜 외침과 함께 열린 문을 통해 달려 들어온 사람은 석대원의 노복인 한로였다.

한로는 여전히 백열하는 석대원을 보고 흠칫 놀라 걸음을 멈췄다. 그는 떨리는 눈길로 바닥에 죽어 있는 이명과, 그 옆에 왕구연의 쌍창에 꿰뚫려 쓰러진 양무청과, 바퀴 의자 위에서 눈을 감고 있는 운리학을 차례로 훑어보았다. 그의 눈길이 다시 석대원에게로 돌아왔다.

"소, 소주, 이게 대체……?"

그때 석대원이 쓴 늑대 탈 안으로부터 낮지만 강렬한 한마디가 흘러나왔다.

"추운 산."

'추운 산?'

황우가 어리둥절해할 때, 벼락의 기운을 담은 석대원의 음성이 중인들의 머리 위로 폭포수처럼 쏟아져 내렸다.

"모든 악연이 시작된 곳. 바로 그곳에서 모든 악연을 매듭짓겠소."

황우는 마른침을 삼켰다. 석대원이 무슨 말을 하는지는 전혀 알아들을 수 없었지만, 그 말로부터 뭔가 거대한 사건이 벌어지리라는 것은 짐작할 수 있었다.

늑대 탈의 눈구멍이 한로를 향해 슥 돌아갔다.

"나, 혈랑곡주가 혈랑검동에게 명하오."

한로의 몸이 부르르 떨렸다.

"혈랑검동이 혈랑곡주님의 명을 받잡습니다!"

한로가 달려가 석대원 앞에 허리를 깊이 굽혔다.

"혈랑검동은 개방 방주에게서 받은 신물을 개방 방주의 제자에게 돌려주시오."

"알겠습니다!"

한로는 즉시 황우의 앞으로 달려왔다. 황우는 한로가 붉은 장포와 그 안에 입은 두툼한 솜옷을 벗고 왼쪽 어깨와 오른쪽 옆구리에 걸어 감아 두었던 사부의 철포를 푸는 모습을 긴장된 눈길로 지켜보았다.

철포가 황우의 손으로 넘어왔다. 그것을 멍하니 내려다보다가 석대원을 향해 고개를 돌린 황우는 늑대 탈의 눈구멍이 자신을 향하고 있음을 알아차렸다.

석대원이 말했다.

"개방 방주는 그 철포를 돌려받는 날, 내 요구 한 가지를 들어주기로 약속했소."

황우는 저 말이 사실임을 알고 있었다. 그는 현기증이 나도록 고개를 열심히 끄덕였다.

"이제 내 요구를 말하겠소."

늑대 탈의 눈구멍 속에서 또 한 번 벼락이 울었다. 황우는 눈을 감지 않기 위해 눈알이 타들어 가는 듯한 고통을 참아야만 했다.

"개방은 강호인이라는 자들이 존재하는 천하의 모든 곳에 방문을 내걸어 혈랑곡주의 명을 알리시오."

석대원의 목소리는 불길 위에서 일렁거리는 연기처럼 허공에 오랫동안 맴돌았다. 황우는 그 절대적인 권위 앞에 숨죽인 채 혈랑곡주의 명령을 기다릴 수밖에 없었다.

석대원이 말했다.

"지금으로부터 사십 일 뒤인 명년 원소절 날, 나는 혈랑곡주의 이름으로 곤륜산 무망애 정상에서 이 차 곤륜지회를 개최하겠소. 앞을 다투는 자, 스스로 그럴 자격이 있다고 주장하는 자, 한 사람도 빠지지 않고 그곳으로 와서 혈랑곡주에게 자신의 자격을 증명토록 하시오. 마땅히 와야 할 자, 오지 않으면 혈랑곡주가 직접 찾아갈 것이오."

벼락의 명령은 경고로 끝이 났다.

"마땅히 와야 할 자, 오지 않는다면 혈랑곡주가 직접 그자를 찾아갈 것이오."

그것은 무문관을 나온 석대원이 자신의 삶에 대해 발현한 최초의 의지이자, 앞을 다투는 세상, 쟁선계를 향해 이 대 혈랑곡주가 내린 거역할 수 없는 호집령呼集令이기도 했다.

다음 권으로 이어집니다